渡越
Crossing

從世變到文變

文學的海峽中線

The Median Line of Literature

From Historical Change to Literary Transformation

梅家玲 Chia-Ling Mei ——著

人文·學術·思想

「渡越／Crossing」書系編輯前言

梅家玲

在漢語中，「渡」與「越」基本上都意指移動、通過、由此及彼。「渡」從「水」，遂另有「渡水」、「渡引」之意；「越」從「走」，可衍生出「超越」、「踰越」的想像。至於英文的「Crossing」，則兼有交叉點與跨越的意涵。以「渡越／Crossing」並置，意圖體現的，即是多維度的彼此跨越、多面向的往來互動；而這正是一切文化形構、文明發展的基礎。

臺灣位處於西太平洋海域之中，是歐亞大陸東緣的島嶼；千百萬年前，它因歐亞大陸板塊與菲律賓海板塊的移動交會而生成；大航海時代開始，又因海路輻輳，與跨海而來的各路文明多方互動，成為移民之島。這些渡海而來的人群與文化，以來自彼岸的漢人與中華文化為大宗，然而作為南島文化圈的一環，臺灣早有在地的原住民族，與先於漢人即來此落地生根的若干南島語族。長久以來，各族群在種種有形無形的藩籬內外彼此跨越，相互對話，為島內文化的生成，形塑多元風貌。因此，從歷史中一路走來的臺灣，無論自然環境，抑是人文景觀，莫不交織著不同層面的「渡越」，不同形式的「Crossing」：從古代到現代，從蒙昧到進步，從西方到東方，從彼岸到此岸；以及，他者與自我，在地與異地。

另一方面，孕生於中原大陸的中華文明，同樣渡越千山萬水，在數千年的時空之中播散於各方。它與不同地域的文化交融互動，並在時光推移中融入當地，轉化為在地文化的一部分。十七世紀以降，它隨著明清士人與移民渡海來臺，舉凡語言文字，生活習俗，宗教信仰，政經方略，無不與臺灣風土交會互通，既為臺灣文化厚植根基，挹注動能，也因為臺灣特殊的地理環境與歷史境遇而開啟新變。其間的轉折創化，在在值得深入研探。

「渡越／Crossing」書系的成立，正是希望為此提供一個多方「渡越」的知識交流平臺。我們關注不同文明之間的越界協商，尤其著重於中華文明與臺灣的交會對話。企盼經由多重渡引，超越阻隔，走向更為開濶無垠的知識天地。

梅家玲，國立臺灣大學中國文學系特聘教授。現任國立臺灣大學現代中華文明研究中心主任。

推薦序

「海峽中線」，就是文學

王德威

「海峽中線」是臺灣海峽中的一條無形界線，東北－西南走向，長度約五百公里。中線的設定始於一九五四年臺灣與美國簽訂「中美共同防禦條約」。美方為控制國共對峙局面，要求國軍必須在臺灣「海峽中線」以東活動，自此臺灣空軍即以「海峽中線」規畫防空識別區。

中共政權既然視臺灣為中國領土的一部分，自然不承認中線存在。然而在冷戰格局中，這條中線卻發揮相當作用。兩岸一九五、六〇年代屢有軍事衝突，之後緊張局勢趨緩，不跨越中線成為雙方默契。二十世紀末以來臺灣政局變換，中線問題又成焦點。二〇二二年夏天臺灣與美國互動關係熱絡，八月初解放軍圍繞臺灣軍事演習，越過中線，至今已成為常態。

文學與海峽中線有什麼關係？這條在地圖上由北緯二十七度、東經一百二十二度延伸至北緯二十三度、東經一一八度的虛擬直線，是由美軍勢力主導，以軍事制約為前提的「互不侵犯的假想中線」，中共稱之為「偽命題」。然而不論是虛擬、假想，或是偽命題，中線的確在歷史時刻中發揮作用，維持海峽兩岸起碼的和平。

假作真時真亦假，道是有時恰似無。海峽中線不像東西柏林森嚴血腥的圍牆，也不像南北韓危機四伏的三十八度線。在波瀾洶湧的水道中，它間接靠航海與衛星儀器確定方位。中線是一個象徵符號，甚至隱喻，演繹二十世紀中期一段波詭雲譎的政治敘事。中線雖為虛構，但落實其「存在」的軍事角力和外交運作卻無時或已。跨越與否的凶險和結果成為不斷揣測、協商的前提。在想像與實存、修辭與政治、拓撲與疆域間，海峽中線既劃分又連接兩端，出虛入實——就是一種「文學」。

另一方面，文學領域是否也有一道海峽中線呢？這是梅家玲教授新書《文學的海峽中線：從世變到文變》的重點。一九四九年後現代中國文學一分為二，各自形成論述。早在一九二〇年代共產黨已經發展文學的革命功能，一九四二年延安文藝座談會後，毛澤東高舉工農兵大旗，強調文學為意識形態服務。革命成功後，毛對文學的操弄變本加厲，各種清算運動每每從文學開始，可見一斑。

相形之下，國民政府的文藝政策搖擺得多，早期一面認同五四新文藝啟蒙，一面自許為正統傳人，一面嚮往蘇聯式文藝機器，企圖控制「上層建築」。國民黨政權來臺後痛定思痛，認定五四新文學為動搖國本的亂源之一，因此多所壓制，同時在「大中國」前提下，對本土文學傳統視若無睹。反共抗俄成為文學使命。

然而有心之士，不論本地文人或新近渡海而來者，堅持以文字銘刻所思所聞，居然創造出奇花異果。一九六〇年代之交現代主義、鄉土文學興起，各自將臺灣文學導向不同方位。

八〇年代末以來臺灣本土意識崛起。臺灣文學又經歷一次洗禮，如何與中國區隔成為又一代學者文人念茲在茲的課題。

據此，兩岸文學可謂涇渭分明。跨越中線與否彷彿看不見的攻防，戰爭與和平，民主與極權，故土與離散，正統與嬗變這些命題都將遭受考驗。然而兩者論述其實暗通款曲，都是以國家主義綁定文學敘事，而國家文學又是十九世紀西方國族主義論述透過日本轉口中國的舶來品。換個角度思考，兩岸對文學與個人、社會、國家所做的有機連鎖，何嘗不正是傳統文學思想的影響？從「文章經國之大業」到「興、觀、群、怨」，老中國「文」與「政」的糾纏歷久而彌新。

梅家玲教授的《文學的海峽中線》以二十世紀中期以降為背景，探討現代中國文學在臺灣靈根自植的一頁。她不僅視海峽中線為軍事座標，標明世紀中期兩岸分立的事實，也視其為一種感覺結構，投射國家危機或轉機的臨界點。值得深思的是，梅教授的研究點出「文學的海峽中線」其實變動不居。因應時代政治氛圍，它可以是反共的，也可以是反中的；可以是延續古典、一以貫之的，也可以是落地生根、自成一統的；可以是寫實主義的，也可以是現代主義的，可以是歷史的先入為主，也可以是歷史的後見之明。

這引入此書的另一個重點。既然文學的海峽中線未必總一清二楚；文學生產與詮釋也未必總如應斯響。臺灣鄉土文學標榜的模擬式寫實難道沒有大陸鄉土文學的影子？現代主義到底是去政治化還是再政治化的美學實驗？反共文學的八股何以與共產文學八股似曾相識？文學史是文學對國族歷史的複寫，是文學脫離或陷入「國家」束縛的記錄，還是作家各行其是的見證？

本書透過文學史書寫、國、語、文辯證，國文教科書編纂、文學期刊的推出，還有大學（尤其是文學系所）作為教育機構，對以上各種觀察做出回應。全書共分為六章，首先以二十世紀中期兩位文學學者黃得時與臺靜農的文學史書寫，點出「中國文學」到臺灣的微妙變遷。黃得時（一九〇九－一九九九）成長於殖民時期的臺灣，大學期間即展現文學熱忱，積極投入各式文藝活動，一九四三年發表〈臺灣文學史序說〉，為日後〈臺灣文學史〉書寫首開其端。黃所論述的「臺灣文學」以明清之際沈光文渡海來臺，成立「東吟詩社」推廣文運為起點，不僅將此後宦遊來臺的清代文人之作納入文學史，更認為「康熙雍正時代的儒學是培育下一代本土文人的道場」。

正當黃得時等在地知識分子自覺醞釀臺灣文史脈絡的同時，一輩大陸文人學者渡海而來，臺靜農、許壽裳、魏建功、夏濟安、英千里、殷海光等都先後參與臺灣去日本化，再中國化的過程。其中臺靜農（一九〇二－一九九〇）的案例尤其特殊。臺早年廁身左翼運動，與魯迅來往；抗戰後因緣際會來臺，任臺大中文系主任長達二十年。由於國共局勢使然，他對早年經歷諱莫如深。但所著《中國文學史》卻透露曲折線索，讓我們得以一窺其人心事。

梅教授提醒讀者，黃得時、臺靜農的文學史書寫一方面各有所本，一方面也分享當時流傳的泰納（Hippolyte Taine）文學史觀。泰納以「種族、環境、時代」作為衡量文學、歷史、國家聯動關係的方法，在在顯示十九世紀歐洲實證主義的知識結構；文學成為現實的簡單反映。黃、臺雖然承襲此說，卻各有修訂。黃對臺灣歷史記憶頻頻致意，臺則對中國文學的形式與寄託別有領悟。他們懷抱的「史識」與「詩心」畢竟註記了個人的塊壘。

其次，梅教授將重點轉向文學知識生產的場域，檢視文學如何透過「國語」和「國文」被納入國家教育體系。一如「國家文學史」，「國語」與「國文」也是經由日本輸入晚清，進而落實為各級學校的文化實踐。兩者都脫胎於十九世紀國族主義「言文合一」運動。據此，白話被視為純潔透明的表意工具，直通文字、文化、以迄民族國家精神；文言則被視為傳統圖騰，裝點封建菁英的教養和趣味。這一「言文合一」的訴求又被左翼運動放大為無產階級革命的利器。其極致處，一九三〇年瞿秋白（一八九九－一九三五）等人甚至提倡漢字拉丁化運動，徹底廢除中文。

誠如梅家玲指出，「語」與「文」是相對概念，二者的辯證交融，原是持續發生的自然現象。中國幅員廣大，各地方言雜陳，原無統一的「標準語」。反倒是自秦漢以來即已統一的「文」，不僅成為境內交流溝通的重要憑藉，甚至遠播東亞，形成「漢字文化圈」。唯「文」須經學習而得之，僅能流通於士人階層，一般庶民難以親近。現代民族國家興起後，除以制度化的方式訂定「國語」，以利全民溝通，更企圖普及教育，進一步打造「國文」，形塑全民「共同體」。如此一來，古已有之的「文」，在是否應該、以及如何成為「『國』

文」的過程中，平添爭議。

不少臺灣學者倡導臺灣話與臺灣文的獨立性，卻不自覺地發揚五四時代由胡適、陳獨秀等所推動的白話運動。他們的言文合一理想令人發思古之幽情，繼承而非拒絕了五四、甚至中共左翼傳統。更反諷的是，推動臺語拉丁化的學者同時與帝國殖民及列寧左翼語言策略形成應對，彷彿經由文字語言的統一操作，擺脫雜質，即可形成有效政教機制。近年的文白之爭仍然延續此一辯論，梅教授的研究因此特別值得玩味。

梅家玲的國語文探源學也為當下大學國文課的存廢之爭提供又一省思角度。如果國文攸關國家想像共同體的建立，提議廢除者必須捫心自問，他們是期待將語文教學與國家民族主義脫鉤，解放文學的多義性；或是改頭換面，將國語文教學置於另一套國家民族主義的框架，繼續國／文的正當性；或是僅僅現學現賣，追求語文的實用性？

梅家玲的回應之道是重建歷史脈絡，審視一九四〇年代以來郭紹虞、魏建功、朱自清、楊振聲等學者在不同語境所編纂的國文教材。文言還是白話？實用還是修養？認同還是反認同？這些辯論非自今始，唯有明白了「國文」本身的前世今生，繼之而起的辯論才能切中要害。「國文」課程、內容和教學法當然有與時俱進的必要，如果僅操弄國／文轉型正義，不過將時鐘撥回到百年前的「文學革命」時刻，將原本千絲萬縷的「傳統」簡化為鐵板一塊。至於國語的文學，文學的國語……，這在AI時代不是有點落伍了？

以上話題引領我們進入本書第二部分。梅家玲以三章篇幅分別討論一九五〇年代迄今三本學院派文學雜誌：《文學雜誌》、《現代文學》與《中外文學》。《文學雜誌》由夏濟安、劉守宜、吳魯芹等人主編，上承抗戰前朱光潛等京派文人主編的《文學雜誌》精神，標榜文學的自由主義，創作、翻譯、評論並重，尤其呼應英美新批評主義，強調文字、形式所承載的審美表現和倫理意涵。這和五〇年代的宣傳文學不啻背道而馳，以此夏濟安等人以曲折的方式表達他們的信念。《現代文學》創刊於一九六〇年，顧名思義，不但著眼「現代」的歷史現場感，更鼓吹「現代主義」的前衛風格甚至意識形態。這本期刊以其糅合東西的想像和突破現狀創作力，成為臺灣文學傳奇。《中外文學》則由臺大外文系主編，自一九七一年創刊至今從不間斷。不論早期的論述、創作齊頭並進，或之後對各種文學文化專題的介紹，無不引起學界注意，尤其在比較文學的介紹以及「臺灣文學」的思辨，可謂開風氣之先。

上述三本文學雜誌相互銜接，承先啟後的意義不在話下。梅家玲也以之作為驗證她對文學史、國文與國語、文學與教育等議題的實例。二十世紀中期歷史轉折時刻，黃得時、臺靜農各自為古典中國文學和臺灣文學寫下他們的見證，從而為臺灣的中文文學教育拉開序幕，那是古典與現代，此岸與彼岸的嘗試性接觸。一九四、五〇年代的「國文」、「國語」運動，不論其霸權邏輯如何運作，畢竟培養一個世代的青年學子掌握漢語文字語言，進而表述立場，創作文學。《文學雜誌》、《現代文學》、《中外文學》不僅提供創作翻譯平臺，更彰顯一項事實：只要文網言禁稍有空隙，文學立刻展現自為自主的力量，或創新語言形式，或試探理念欲望，迂迴、衝撞權力當局設下的尺度——或曰中線——內外，凸顯禁忌，甚至突破禁忌。

二十世紀中期的臺灣文學與教育制度在國家權力的監管下運作，絕非理想。弔詭的是，當權者的文工機器畢竟不夠精密，因此給予臺灣文學意外的空間。相對共和國滴水不漏的文學生態，臺灣在反共文學之外兀自發展出不同聲音。一九五四年美國在臺灣海峽設下中線時，毛澤東正磨刀霍霍指向胡風——中共最重要的現實主義文學理論家。早在前一年，由上海到臺灣的詩人紀弦（一九一三—二〇一三）創辦《現代詩》，掀起新詩革命，為臺灣的現代主義拉開序幕。當文化大革命斲喪所有文學自由時，臺灣的《現代文學》、《中外文學》正欣欣向榮。

一九八〇年代以來臺灣主體正名呼聲此起彼落，文學率先推波助瀾，功不可沒。一頁頁的中國蛻變為臺灣文學的歷程，正是文學的海峽中線「這一邊」的故事。文學與國家的關係既然若即若離，我們無從預測未來臺灣文學的「代表性」如何。但有一點可以確定，文學作為文化建構，必須給予想像力與創作力的極大空間。這樣的多元想像力是立場，也是能力——臺灣回擊中國大陸文學政治的最佳利器。

《文學的海峽中線》思考臺灣光復以來從「中國化」到「本土化」的過程，但拒絕給予簡單的線性答案。如前所述，所謂海峽中線起自軍事部署，但更可以是關於作為政治的「文學」隱喻。藉此，梅家玲教授關心的不只是中線如何分隔敵我的方式，而是中線如何導致——甚至投射——逾越與跨越的威脅，以及種種協商。在這層意義上，文學想像其實是政治判斷，面對危機，賦予無限可能。

這就不能不讓我們思考本書另一潛在命題，那就是文學作為「渡」的能量。近年臺灣文化論述標榜海洋想像，但舉目所見，無非是根深柢固的本土糾結。海洋所承諾的深邃、流動、神祕變化似乎都平面化、一體化、座標化了。就著梅教授對海峽中線的叩問，我們或可提議，漢語傳統的臺灣文學始於先民渡海而來的離散或移民經驗：隨機應變的「過渡」，無可不可的「讓渡」，意料之內或之外的「偷渡」，鋌而走險的「強渡」；還有最耐人尋味的，文字、語言與書寫形式你來我往的「擺渡」……。

現當代中國或臺灣文學何去何從？選項之一，用理查・羅蒂（Richard Rorty）的話說，文學「視一切事務為語境選擇的產物而非由內在性質的決定，將客體溶解為功能，將本質揭示為注意力暫時的焦點，將認識理解為如何成功地使信念和欲望之網以更貼合，更優雅的式樣組織起來。」[1]這才是海洋而非陸地的想像。無形的中線下，那洶湧的波濤與暗潮永遠指向流變。或許「渡」的想像可以成為梅教授另一項有關文學、歷史與修辭政治的研究計畫。

梅家玲教授以研究六朝文學起家，之後轉治現代文學而見重兩岸。兩者乍看似無關聯，但何嘗沒有對應之處？魏晉六朝將近四百年，是中國歷史的大分裂時代。南北之間以長江為「中線」，各自發展獨特傳統。南朝文章綺麗多姿，日後被視為古典審美意識和人文精神崛起的關鍵——而那是晉室「南渡」後、與在地風土所融合的成就。千百年後，有多少人記得南北朝政治的殘暴混亂？歷史的分合從不稍息，唯有文學渡過，也渡引，亂世，成為一代又一代興歎的焦點，記憶的結晶。梅教授費時十年，研究當代文學「中線」何在，回看來時之路，能不發思古之幽情？是為序。

王德威，中央研究院院士，美國國家藝術與科學院院士，美國哈佛大學東亞語言與文明系暨比較文學系 Edward C. Henderson 講座教授。

---

1 Richard Rorty, "Philosophy without Principles," in W. J. T. Mitchell ed., *Against Theory: Literary Studies and the New Pragmatism* (Chicago and London: The University of Chicago Press, 1985), p. 135.

目次

「渡越／Crossing」書系編輯前言　梅家玲 5
推薦序　「海峽中線」，就是文學　王德威 7
導論 25
一、「海峽中線」與「文學渡海」 26
二、民族國家意識與語文新變 30
三、現代大學的學科建制、知識生產與學院人的文化志業 35
四、從世變到文變：臺灣文學的「文」與「學」 40
第一章：動盪時代的史識與詩心
——黃得時與臺靜農的「文學史」書寫 45
一、前言 46
二、泰納的「種族．環境．時代」說與日本的「文學史」書寫 49
三、重讀黃得時的〈臺灣文學史〉——以「歷史」為核心的書寫形態 55
（一）黃得時〈臺灣文學史〉研究的縫隙 55
（二）當「時代」被轉易／譯為「歷史」 60

（三）〈臺灣文學史〉的書寫形態與文學／史論述　64
四、從「方法論」到書寫實踐：抗戰時期臺靜農的文學史書寫　74
（一）臺靜農《中國文學史》的理論基礎：〈中國文學史方法論〉　75
（二）從〈中國文學史方法論〉到《中國文學史》：臺靜農「文學史」的書寫實踐　88
五、超越泰納：黃得時與臺靜農的「史識」與「詩心」　93
六、結語　103

第二章：世變中的國．語．文
——以一九四〇年代「大學國文」教材編選為起點的論析　107

一、前言　108
二、「國文」概念的生成及其在現代大學課程的設置源起　111
（一）晚清「國文」論述的生成與「大學」國文課程之設置　112
（二）現代大學「大一國文」的定制及其關涉面向　120
三、文言？還是白話？——抗戰期間大學國文教材選本中的「語」與「文」　123
（一）燕京大學選本：郭紹虞編選的《近代文編》與《學文示例》　124
（二）教育部選本：《部定大學用書．大學國文選》　130
（三）西南聯大選本：《西南聯合大學國文選》與《大一國文習作參考文選》　137

四、「語文復原」與「文化復原」：戰後初期臺灣大學國語文教材選本的語文理念與編選實踐　145
（一）《大學國語文選》　147
（二）《大學國文選》　155
五、「國」與「文」：大學國文與國族意識、文化想像及語文形構的多重交錯　164
（一）「國」、「語」、「文」與現代（民族）國家的學科建構　164
（二）「語」與「文」，「以資實用」與「文化傳承」：歷史脈絡中的多層次錯綜關係　168
（三）如何「語文」？怎樣「復原」？——民族主義與「國」、「語」、「文」的再思考　176
六、餘論　180
第三章：大學與文學——夏濟安、《文學雜誌》、臺灣大學與臺灣的「學院派文學雜誌」　185
一、前言　186
二、一九五〇年代的臺灣大學及其人文／文學教育　190
三、《文學雜誌》：文化場域與教育空間的互涉　196
（一）《自由中國》的純文學版？——前行研究的盲點　196
（二）從臺灣大學到《文學雜誌》：教育空間的位移　200
（三）教育空間與文化場域的互涉　208

四、從《文學雜誌》到《文學雜誌》：傳統的賡續與開創　216
（一）「學院派」文學雜誌傳統的賡續　216
（二）《文學雜誌》與臺灣學院派雜誌傳統的開創　222
五、結語　229
附錄一：夏濟安生平大事記　230
附錄二：《文學雜誌》各期首排論著作者篇目表　234
附錄三：一九五〇年代夏濟安、吳魯芹臺大授課表　240
附錄四：朱光潛主編《文學雜誌》各期首排論著作者篇目表　243
第四章：「現代」是怎樣煉成的？
——現代主義小說家的「故」事新編與美學實踐　245
一、前言　248
二、《現代文學》與西方現代主義小說的在地轉化：卡夫卡與喬伊斯小說的譯介、取法與新編　252
三、「破壞的建設工作」：《現代文學》與中國古典小說的新編　261
四、白先勇的現代美學實踐與故事新編：從〈芝加哥之死〉到〈遊園驚夢〉　270
五、李渝的女性意識及其〈和平時光〉：超越冷戰視閾的現代主義文學　280
六、結語　288

第五章：《中外文學》與中國／臺灣文學研究
——「學院派文學雜誌」與當代臺灣的知識生產及學科建制

第五章：《中外文學》與中國／臺灣文學研究——「學院派文學雜誌」與當代臺灣的知識生產及學科建制 291
一、前言 292
二、《中外文學》的創刊宗旨與轉折流變 292
三、中外攜手，薪火相傳：「學院」脈絡中的《中外文學》及其中國（古典）文學研究 300
（一）匯通中外：近現代學科建制的理念與實踐 300
（二）中外攜手，兼容並包：比較文學與中國文學研究 305
（三）教學相長，薪火相傳：《中外文學》與學院教學及學術人才養成 309
四、《中外文學》轉型與臺灣（現當代）文學研究的「學院化」 312
（一）本土轉向（？）——《中外文學》視野中的「中國」與「臺灣」 313
（二）學者與作者、文學研究與文學創作的對話 316
（三）從比較文學到文化研究：《中外文學》的理論譯介與批評實踐 318
（四）《中外文學》之「專號化」、「理論化」與臺灣現當代文學研究的「學院化」 323
五、結語 330

第六章：近四十年來臺灣的近現代文學研究——學科形構與研究動向 333
一、前言 334
二、禁忌的年代：一九五〇年代至七〇年代 336
三、從蓄勢待發，到風起雲湧：一九八、九〇年代 340
四、學院化、跨域化、國際化：二十一世紀 345
五、臺灣近現代文學研究的新動向 350
六、結語 358

結論 361
一、從「政治」到「文學的政治」：現代學院人的文教志業與「文．學．史」的再解讀 362
二、「海納百川」與「融會轉化」：超越「海峽中線」的文學新變 365
三、從民族國家拯救國文：「國．語．文」問題的歷史根源與當代反思 367

各章論文出處 371

後記 375

引用書目 381

文學的海峽中線

從世變到文變

From Historical Change to Literary Transformation

The Median Line of Literature

導論

一、「海峽中線」與「文學渡海」

「海峽中線」向來是軍事與政治用語，又名「臺海中線」或「海峽中心線」。它是一條位於臺灣海峽中央，呈東北－西南走向的虛擬界限，雖然設定者與設定時間迄今並無定論，但一般被視為國共內戰的副產品，並在一九四九年國府播遷，兩岸分立之後，發揮了規範雙方活動界閾、避免軍事衝突的作用。[1]

然而，不能否認的是，「中線」在維護臺海和平的同時，卻也劃分壁壘，形成隔絕的藩籬。它雖因應軍事與政治需要而生，所牽動的層面，所帶來的影響，則是無所不在。無論是國際間的合縱連橫，兩岸間的各行其是，也無論是經濟還是社會，是教育還是文化，莫不因為這一無形界限而發生動盪變化。文學想像的因革遷變，更是不在話下。尤其，對於臺灣文學而言，從反共懷鄉文學的頻頻回望大陸，到解嚴之後的在地創化，直面臺灣，半個多世紀的歷程之中，所隱含的，亦是與那想像中的「海峽中線」的不斷對話。

究其根柢，「海峽中線」之所以為臺灣文學觸發多方面的想像對話，自當是因為臺灣的文學發展，向來與中國大陸淵源深遠；甚至於，早在數百年前，就形成了一條從「中國」到「臺灣」的文學渡海之路。因此，兩者因盤根錯節而衍生的種種問題，雖因「中線」而凸顯，對它的觀照與思辨，卻不能僅限於一九五〇年代之後。參照眾所推崇的黃得時（一九〇九－一九九九）〈臺灣文學史〉，它所論述的「臺灣文學」，就正是以明清之際沈光文渡海來臺，成立「東吟詩社」推廣文運為起點。[2]黃不僅將此後宦遊來臺的清代文人之作，都納入成為臺灣文學史的一部分，更認為「康熙雍正時代的儒學是培育下一代本土文人的道場」。[3]儘管臺灣還有原就棲居島內的原住民族，甲午戰後，復因日本殖民統治而產生諸多以日文書寫的文學作品，但一則原民並無文字，再則，經歷戰後初期的「去日本化」與「再中國化」，[4]加上國府遷臺之後，仍然以正統中國自居，戒嚴時期的臺灣文學書寫，便理所當然地名之為「中國文學」。[5]一九八、九〇年代開始，臺灣主體意識日益鮮明，大中國的政治認同不再，應運而生的文學書寫與相關研究，也就漸次剝除「中國文學」之名，表裡如一地以「臺灣」

1 參見大陸常用辭語編輯委員會編：《大陸常用辭語彙編》（臺北：秀威資訊科技出版，二〇〇九），頁三七四。

2 黃得時作，葉石濤譯：〈臺灣文學史序說〉，原載《臺灣文學》三卷三號（一九四三年七月）；後收入江寶釵編：《黃得時全集九》（臺南：國立臺灣文學館，二〇一二），頁二九－四八。按：黃得時是出生於日本殖民時期的臺灣在地學者，自臺北帝國大學畢業後，曾任職報刊編輯，戰後進入臺灣大學中文系，持續教學與研究長達數十年。他的〈臺灣文學史〉是第一部為「臺灣」撰寫的「文學史」，意義非凡。有關黃得時〈臺灣文學史〉的論析，詳參本書第一章。

3 黃得時作，葉石濤譯：〈臺灣文學史．第二章康熙雍正時代〉，原載《臺灣文學》終刊號（一九四三年十二月）；後收入江寶釵編：《黃得時全集九》，頁一四一－一八四。

4 有關戰後臺灣「去日本化」與「再中國化」的研究，詳參黃英哲：《「去日本化」「再中國化」：戰後臺灣文化重建（一九四五－一九四七）》（臺北：麥田出版，二〇〇七）。

5 例如：一九七二年，余光中為巨人出版社主編「中國現代文學大系」，所收入者，即全數為當時身在臺灣，或是具有臺灣背景作家的作品；齊邦媛教授英譯臺灣文學，其英文譯名亦為：*An Anthology of Contemporary Chinese Literature: Taiwan, 1949-1974* (Taipei: National Institute for Compilation and Translation, 1975)。

之姿現身。新世紀以來，「去中國化」幾乎是大勢所趨，「海峽中線」自然同樣成為區隔兩岸文學的無形分界。

不過，就有如水域的游移不居，浮動多變，分界的表象之下，總也潛藏著多方匯通的暗流。且不說，早先的臺灣文學，原就多有彼岸渡海而來的學者文人之作；國府播遷前後，更有大批學人從大陸來到臺灣。他們在學院從事文學的教學與研究，培育新一代文學人才；亦經由編寫教材、譯介新知與出版文學刊物，為爾後臺灣文學的發展挹注源頭活水。舉凡臺靜農、許壽裳、魏建功、夏濟安、英千里、殷海光等學者，來臺後致力於推展文教，所引進者，亦不完全囿限於傳統的中國文學。其所作所為，看似與沈光文等渡海前輩若相彷彿，實已多有不同。尤其，由現代民族國家所形構的國際現勢、嚴峻的「中線」想像、身經喪亂的時代遭逢，以及意圖匯通中外，融會創新的種種努力，在在使其所開啟的局面迥異於既往。從現今觀點看來，這批學院人心念「中華民族」，關懷「中國文運」，並且以「中國知識分子」自居，[6]實難免於「政治不正確」。但回到當時的歷史語境，且不說「中華民族」與「中（華民）國」原就是彼時臺灣的主流認同，那些為「中國文運」努力付出而獲致的成果，於今也都融入臺灣的文學與文化，成為它的內在肌理。因此，與其順應「去中國化」的時勢潮流，去批判，或否定過去臺灣文學裡的中國元素，不如進一步思考：是什麼力量，促成了文學渡海之後的臺灣轉向？其間產生了怎樣的轉化與創新？我們該如何超越政治，回歸文學，重新思考、評價這一條跨越了海峽中線的文學之路？

循由黃得時的論述，本書首先意圖指出的是：文人的培養，文學書寫的開展，皆非無中生有，而是必須奠基於一定的教育與學習歷程。無論是最基本的語言文字運用，抑是高階的人文素養、文化傳衍、情思感發與美學追求，這一切涵括於「文」之範疇內的技藝與素養，莫不需要長時間的學習與琢磨。而「文」所生成與積累的成果，亦將轉化為「學」的內涵，成為日後有志為文者的取法對象。「文」與「學」的相生相成，彼此辯證，正所以形構文學，綿延文化。它的推動，往往由具有學養與文化地位的知識分子所主導。只是，隨著時代變遷，「文」與「學」的相生互動，以及知識分子的主導方式，也不斷變化。十八、九世紀以來，由於民族主義與現代性追求等因素介入，使得語文體式、教育制度與傳播媒介，都發生巨大變革，遑論還有各類意識形態、國家權力與地緣政治等力量相互作用。特別是「國語」與「國文」概念的生成、「言文一致」的語文革新、「國家文學史」的形構，皆為前所

6 如由夏濟安所創辦的《文學雜誌》創刊號〈致讀者〉一文即表示：「我們不想在文壇上標新立異，我們只想腳踏實地，用心寫幾篇好文章。大陸淪陷之後，中華民族正當存亡絕續之秋，各方面都需要人『苦幹、硬幹、實幹』；我們想在文學方面盡我們的力量，用文章來報國」（《文學雜誌》一卷一期〔一九五六年九月〕，頁七〇）。其後《現代文學》也在〈發刊詞〉中強調：「對於國家，我們有傳統中國知識分子的熱愛，甚至過而遠之。我們有生而為中國人的光榮驕傲，儘管我們的國家今天正處於存亡絕續之秋，但我們的驕傲中有著沉痛的自責。」因此呼籲：「讓我們——中國的知識分子——鞭策自己吧！」（《現代文學》一期〔一九六〇年三月〕，頁二）。《中外文學》則表示：「在此國步艱難而文壇荒蕪之際，我們竭盡所能地創辦這份刊物，懇切盼望海內外所有關心中國文運的人士能給我們鼓勵和支持。」參見胡耀恆：〈發刊詞〉，《中外文學》一卷一期（一九七二年六月），頁四－五。

未有。與此同時，「現代大學」[7]的建制，為「文」與「學」的相生相成提供了運作與實踐的平臺，也為此後的文學發展，開啟許多嶄新的可能性。欲探討從「中國」到「臺灣」的「文／學」互動與因之而生的文學新變，自當必須由此著眼。因此，以下即先就「民族國家意識與語文新變」、「現代大學的學科建制、知識生產與學院人的文化志業」，以及「從世變到文變：臺灣文學的『文』與『學』」三個面向，就本書論題的源起、背景與論述脈絡略作釐析。

二、民族國家意識與語文新變

早在一八九五年，嚴復（一八五四－一九二一）就已慨嘆：「觀今日之世變，蓋自秦以來未有若斯之亟也。」[8]誠然，晚清所面臨的「世變」並不僅止於國勢陵夷，屢敗於列強而已；西風東來，舉凡器物技術、政治制度、思想文化，在在對於傳統中國造成強大衝擊。其中，因民族主義蔚興、民族國家建構而催生出的國族意識與「國語（文）」概念，更是深遠地介入了此後文學與教育的發展。

民族國家的概念源起於歐洲，重視以統一的語文形塑一「國」之「共同體」意識，藉此凝聚國民向心力，兼及普及教育。箇中關鍵要素，即為統一的「國語」、「言文一致」的理念以及伴隨現代性而生的報刊印刷媒體。[9]其中「國語」概念流風廣被，很快為明治時期的日本所吸納，並據此啟動連串語文改革。一九八四年，日本學者上田萬年發表演講詞〈國語與國家〉，明確提出「國語（日語）可謂日本人之精神血液」之說，主張「國語」乃是喚起國民意識、維繫日本「國體」所不可或缺之要素，即可視為當時東亞國家藉「國語」而形塑「國族意識」最具代表性的言論。[10]日本各級學校先後有「國語」、「國文」課程科目之設置，目的即是希望以日本自身的語言文字取代過去士人階層習用的漢字漢文，既以此形塑民族國家的「共同體」意識，也讓一般庶民得以識字作文，開啟民智。[11]

---

7 本書所論及的「現代大學」，對應的是西方的「University」；亦即取法於歐西，具有分科制度的高等教育學校，其義與中國古已有之的「大學」，以及晚清時期的「大學堂」皆有所不同。有關「現代大學」的意涵及相關論述，可參見蔡元培：〈中國現代大學觀念及教育趨向〉，《蔡元培全集五》（北京：中華書局，一九八八），頁七。它與中國古代「大學」的異同，以及它在建制過程中，如何於日、德、美等不同形態大學之間的取捨，詳參陳平原：〈中國大學百年？〉，《歷史、傳說與精神：中國大學百年》（香港：三聯書店〔香港〕有限公司，二〇〇九），頁一五－四五。

8 嚴復：〈論世變之亟〉，收入王栻主編：《嚴復集：詩文（上）》第一冊（北京：中華書局，一九八六），頁一。

9 相關論述請參見艾瑞克・霍布斯邦（Eric J. Hobsbawm）著，李金梅譯：《民族與民族主義》（*Nations and Nationalism since 1780: Programme, Myth, Reality*）（臺北：麥田出版，一九九七）；班納迪克・安德森（Benedict Anderson）著，吳叡人譯：《想像的共同體：民族主義的起源與散布》（*Imagined Communities: Reflections on the Origin and Spread of Nationalism*）（臺北：時報文化，二〇一〇，二版）。

10 上田萬年：〈國語と國家と〉，《國語のため》（東京：冨山房，一八九七）。按：初版明治二十八年（一八九五），日本國會圖書館藏修訂二版，出版於明治三十年（一八九七）。

11 在明治時期的學制系統中，各級學校有關「本國語文」學科的設置，形態十分複雜，大體而言，中等以上教育稱「國語」或「國文」，以之與「漢文」相區隔（其間也有歸併原本獨立的「漢文」而為「國語及漢文」科者）。大學方面，則經由明治初年的「和漢文學」、「和文學」，最後確立了「國文學」的地位。參見Lee Yeounsuk（李妍淑）：《国語という思想：近代日本の言語認識》（東京：岩波書店，一九九六），頁九六－一〇五。陸胤：〈國家與文辭〉，《國文的創生：清季文學教育與知識衍變》（北京：社會科學文獻出版社，二〇二二），頁一七三－二一九。

清廷於甲午戰敗之後，痛定思痛，遂欲取法日本，以圖變法維新。光緒二十八年（一九〇二），時任京師大學堂總教習的吳汝倫親赴日本考察學政，曾與日本教育名家伊澤修二晤談，談話中，伊澤強調：「欲養成國民愛國心……統一語言尤其亟亟者。」他甚至建議中國學堂「寧棄他科而增國語」。吳深受感發，返國後即上書管學大臣張百熙，建言編輯「國語課本」，用「京城聲口」使天下語音一律，並稱之為「國民團體最要之義」。另如京師大學堂學生王鳳華等人也上書北洋大臣袁世凱，「請奏明頒行官話字母，設普通國語學科，以開民智而救大局」。雖然當時未及施行，但具有「標準語」之現代意義的「國語」觀念，已儼然成形。[12]

此外，「國文」與「國家文學史」的概念也同樣經由日本而先後進入清季學人視域，進而落實為各級學校中的教學實踐，與新時代之文學（觀）的建構互為表裡。其中「國文」與「國語」二者，正是由於民族國家意識介入，為原本的語言與文學發展，開啟新變。

基本上，「語」與「文」乃是相對的概念，具有既對立，又辯證統一的關係。綜觀語文發展的歷史進程，二者的辯證交融，原是持續發生的自然現象。中國幅員廣大，長久以來，各地方言雜陳，原無統一的「標準語」。反倒是自秦漢以來即已統一的「文」，不僅成為境內交流溝通的重要憑藉，甚至遠播東亞，在境外形成「漢字文化圈」。只是，「文」須經由識字作文的過程習得，僅能流通於士人階層，雖然兼具「公私實用」與「保存國粹」（傳承文化）之意義，[13]並成為「文學」之所以形構的基本要素，一般庶民卻並沒有能力使用，也不需要使用。現代民族國家興起之後，致力於全民「共同體」意識之形塑，除以制度化的方式訂定「國語」，以利全國人民之溝通交流，還意欲經由「言文一致」普及教育，讓全民皆具有使用文字的能力。如此一來，卻使得古已有之的「文」，在是否應該，以及如何成為「『國』文」的過程中，憑添許多論辯與爭議。主要原因，當在於「言文一致」所期待的「文」，是與口說語言一致的「語體／白話文」；古已有之的「文」，則是行諸書面的「文言文」。因此，文言，抑是白話？或者是，文言「如何」白話？遂成為「國文」被設置為現代教育體系中的學科以來，語文教育者不斷思考論辯的議題。這個從歷史中一路迤邐而來的「文」，不斷與「國語運動」及「文學革命」展開對話，並促發語言與文學的新變。其間所涉及的，已不再是單純「語」與「文」的辯證融合，而是在「國」的因素介入下，隱含著民族主義、文化想像、意識形態與國家政策的多方拉鋸。

另一方面，以「國」為本位的「國家文學史」概念，同樣隨著民族國家意識而進入晚清中國，成為學校教育中的一個學習科目。作為一種知識體系的「國家文學史」源起於歐洲，

12 詳參王爾敏：〈中國近代知識普及化之自覺及國語運動〉，《近代史研究所集刊》一一期（一九八二年七月），頁一三－四五；王風：〈晚清拼音化與白話文催發的國語思潮〉，收入夏曉虹、王風等著：《文學語言與文章體式：從晚清到「五四」》（合肥：安徽教育出版社，二〇〇六），頁二〇－四五。

13 「公私實用」與「保存國粹」語出〈奏定學務綱要〉，見璩鑫圭、唐良炎編：《中國近代教育史資料匯編．學制演變》（上海：上海教育出版社，一九九一），頁四九三－九四。

是十九世紀歷史學與社會學發展下的時代產物。它以「現代性」為內核，所反映的，是歐洲自啟蒙運動以來逐漸發展起來的一種崇尚理性、科學精神的現代性追求。伴隨著民族國家的構建，文學史書寫成為想像的民族共同體的一種圖解形式，由此追溯各民族在各個時代精神文化的連續性發展，新的歷史主體遂於焉出現，重要性不言可喻。[14]尤其，法國學者泰納（Hippolyte Adolphe Taine, 1828-1893）撰寫《英國文學史》（*Histoire de la Littérature Anglaise*, 1863），提出「種族」（la race）、「環境」（le milieu）、「時代」（le moment）三要素作為文學史的理論框架，此一做法，更是被日本與兩岸學者廣泛挪用。

中國過去並無「文學史」的名目，「中國文學史」之成立，兼括「中國文學」與「文學史」兩組概念的引進。前者乃是在民族國家觀念下對傳統文學的重新建構，後者則為具有某種體系性的專史書寫，既關乎文章之學源流正變的重新建構，也體現書寫者對於此一知識體系之目標、路徑的自覺體認，甚至兼含個人的情志寓託。「國家文學史」的想像與書寫，因此內蘊「文學」、「歷史」與「國族意識」的糾結互動，它與「國語」及「國文」於十九、二十世紀之交的中國相偕出現，標識出的，正是因「世變」而產生的重大「文變」；是千百年來傳統語言、文學與相應的知識生產，在現代民族國家意識衝擊下所催生出的新興學科項目。

然則，對於二十世紀的海峽兩岸而言，前述的「世變」與「文變」畢竟還只是開端而已。此後接踵而來的，無論是中日戰爭還是國府播遷；是日本殖民、臺灣戒嚴抑是美蘇冷戰，它們或導致千萬人背井離鄉，或造成無數受害者身心俱創，所引發的動盪變化，實屬空前。但另一方面，現代大學的學科建制與學院人的參與付出，卻是在時代的風雲變幻之中，形成另一股不容忽視的力量。它為文學與文化發展厚植根基，引領走向，所締造的成果與引發的思辨，值得進一步梳理。

三、現代大學的學科建制、知識生產與學院人的文化志業

任何革新，都必得經由制度化的教育課程實施，才得以根深柢固，行諸久遠。「大學」是高等教育中重要的一環，旨在培育高級知識分子；在教育猶未普及的年代裡，大學師生的動向，每每動見觀瞻，它的專業學科建制與研習科目的課程規畫，更攸關國家未來發展。晚清京師大學堂之設立，壬寅、癸卯各級學校之《學務章程》的研擬，都是意圖以新體制實施新教育，推動革新。雖然真正具有專業分科制度的現代大學，要直到民國肇建之後，才得以正式成立，但是「文學」、「國文」與「文學史」等學習科目，不但多已在清季的學制章程中出現，並且延續至今。

基本上，清季的教育改革乃是以明治日本為中介，追步西方學制。它以實用之學是尚，詞章之學並非重點。「文學」得以在清季的《學務章程》中成為一個正式學科，其實經歷了

14 參見陳廣宏：《中國文學史之成立》（上海：上海古籍出版社，二〇一六），頁九一－一一五。

一段曲折的歷程；原因一則是日本的學制章程有此設置，再則，也因為國粹派人士意欲假「文學」之名，將「中（國）學」納入西方體制的「文學」學科之中，藉此為傳統國學保留一席之地。[15]因此，從《欽定京師大學堂章程》（一九〇二）到《奏定大學堂章程》（一九〇四），「文學」雖被列為正式學科之一，其範圍，卻幾乎涵蓋總體的傳統學術，與現今所認知的純文學不同。不過，其間一個最重要的差別，乃在於後者不只突出（現今意義的）「文學課程」的設置，更在於以西式「文學史」取代傳統的「文章流別」。[16]由於它是一門全新課程，為因應教學所需，授課教師不得不自編教材，撰寫以「中國文學史」為名的講義。中國的「文學史書寫」，遂由學院教師開啟端緒。從最早的林傳甲與黃人之作開始，不同時期、不同作者在「文學史書寫」中所反映出的文學觀，既與時人對於「文學」的認知與界定互為表裡，也體現撰著者的個人理念與立場。

至於「國文」，此一詞語未見於載籍，而是晚清時期始自日本引介而來。雖然早在官方研擬相關章程之前，清季民間的蒙小教育即已採酌日本教育學科，設有此一項目；作為學校的正式課程科目名稱，始見於光緒三十三年正月（一九〇七）清廷頒布的〈女子師範學堂章程〉。成為「大學」的必修科目，更要遲至一九二九年國民政府頒布《大學規程》之後。即或如此，民間各級學校以「國文」為名的教材課本，卻是早已開始編輯出版。擺盪在古今中外不同的觀念之間，時人對於「國文」的理解與期待，也因此複雜多端；甚至於，連「文學史」都曾一度被納入為「國文」課程的一部分。[17]而教材教本的編選，正所以投射出這些不同的理解與期待。特別是大學國文教材，一九四〇年代以來，諸如郭紹虞、魏建功、朱自清、楊振聲等當時任教於各大學的重量級教師們，都曾投入編選工作，教育部並且在抗戰方殷期間，主動邀集多位大學教師共同編選部訂本教材。教材選文應採文言，抑是白話？教學目的，是為了以資實用，還是文化傳承？其間又是否還有國族認同的考量？這些議題，不唯當時眾所關切，甚至延續迄今，不斷引發學者論辯。

除卻學院之內的教材撰寫與編纂，學院人面向社會大眾，共同編輯出版文學刊物以譯介新知，引領文學走向，對於當代知識生產與文學實踐，更是發揮了深遠影響。此一現象始興於二十世紀，其所以出現，又與現代大學的建制、知識分子的現代轉型，以及報章雜誌業的興起有關。

眾所周知，現代大學在中國興起，以及開始以專業分科，是為教育文化史上劃時代的

---

15 參見陳國球：〈文學立科〉，《文學史書寫形態與文化政治》（北京：北京大學出版社，二〇〇四），頁一－四四。

16 參見陳平原：〈新教育與新文學——從京師大學堂到北京大學〉，《「文學」如何「教育」：文論精選集》（新北市：新地文化藝術出版，二〇一二），頁二一－五七。

17 根據陸胤研究，晚清民初的「國文」不僅是一門正在形成中的課程或學科，更包含著錯雜乃至相互衝突的多層意義，它們包括古已有之的漢字或詩文詞章，又時而指當代世界通行的文章標準（稱為「普通國文」或「應用國文」），還可專指新式文學教育所追求的文體典範。而根據未曾公布的癸卯學制稿本，當時已有「國文」學科之目，而「文學史」也被納入，成為其中的一部分。參見陸胤：《國文的創生》，第一章〈緒論〉，頁六，以及第三章，〈國家與文辭．癸卯學制稿本所見的國文學科〉，頁一九四－二〇七。

盛事。它不只引進「現代」國家社會的各種觀念與知識，更啟動知識體系的重構，教育理念的調整，文學書寫的新變，以及現代公民素質的養成。作為培育高級知識分子的重要機構，「大學」亦因匯聚了同具理想性格的學院師生，使其能夠群策群力，為共同的理念而努力。因此，較諸傳統士人僅能於「廟堂」與「江湖」之間依違取捨，現代知識分子既得以在「廣場」上成為意見領袖，鼓吹行動，亦可藉由新興的報刊媒體播散理念，倡議新猷。五四時期，北京大學師生分別創辦《新青年》與《新潮》，催生出風起雲湧的新文化運動，就是最顯著的實例。再者，「文學」原本就重在閱讀與書寫，師生於學院之內研習新學新知，在學院之外的報刊上發表文章，正是將「學」轉化為「文」，並以學院人所獨擅的知識能力與所占有的文化場域位置，率先引領文風，為書寫與評論別開生面。

一九三〇至一九三七年之間，包括周作人、林徽因、葉公超、沈從文、聞一多、朱自清、朱光潛在內的多位北大、清華學者們，先後分別創辦了《駱駝草》、《水星》、《學文》與《文學雜誌》等文學刊物，刊載以學院師生之作為主的評論與創作。為二十世紀的「學院派文學雜誌」[18]首開端緒。這批學者多具有留學歐美的背景，熟諳中西文學理論與世界文學潮流，在學院從事文學教育的同時，兼及新文學創作，一般現代文學史多以「京派」名之。其中，《駱駝草》與《水星》偏重創作，《學文》兼顧創作、翻譯與研究，同時開始刊載具有學術研究性質的長篇論文。一九三七年發刊的《文學雜誌》集其大成，在文學創作與研究方面，都多有建樹。雖然只刊行四期，即因抗戰爆發而停刊，卻深受矚目。它所體現的知識生產與文學實踐模式，以及貫串於其中的學院人的志業與承擔，尤其對日後臺灣學院人創辦文學雜誌，產生重大啟迪作用。

過去已有不少學者注意到，《文學雜誌》、《現代文學》與《中外文學》這三份由臺大外文系師生創辦的文學性刊物，對於戰後臺灣文學的書寫及研究深有影響，並已積累不少研究成果。[19]然而一個值得追問的問題是：衡諸（包括中國大陸在內的）其他地區，雖然也不乏由學院人創辦並主導的文學性雜誌，其影響力卻都無法與之比肩，這是什麼緣故？這些刊物除了具有「學院」特質之外，還有什麼其他值得注意的面向？顯然地，臺灣的「學院派文學雜誌」得以深度介入戰後的文學書寫與知識生產過程，並非偶然，對它們的關注，也許不宜僅聚焦於刊物本身的文學意義。細察三種刊物創刊者的動機與理念，當可發現：它所隱含

18 「學院派」文學雜誌的說法，參考自胡耀恆對《中外文學》的評論：「正因為論文質精量多，而且不避艱澀，中外常被定位為『學院派』的刊物，這是譏評，也是讚美。中外文學是學院人編給讀書人看的」（胡耀恆：〈中外編讀二十年〉，《中外文學》二一卷一期（一九九二年六月），頁一一－一四）。在此取其「是學院人編給讀書人看的」之義。

19 如陳芳明、柯慶明、許俊雅等學者皆曾就此進行研究。分見陳芳明：《臺灣新文學史》，第十二章，〈橫的移植與現代主義的濫觴〉、第十三章，〈現代主義文學的擴張與深化〉（臺北：聯經出版，二〇一一），頁三一七－四四、頁三四五－八二；許俊雅：〈回首話當年——論夏濟安與《文學雜誌》〉（上）、（下），《華文文學》五三期（二〇〇二年十二月），頁一三－二二，二五、五四期（二〇〇三年一月），頁五五－六四，六九；柯慶明：〈學院的堅持與局限——試論與臺大文學院相關的三個文學雜誌之一：《文學雜誌》〉，《沉思與行動：柯慶明論臺灣現代文學與文學教育》（臺北：國立臺灣大學出版中心，二〇二一），頁三九－七三。

的，其實是走過烽火戰亂的現代學院人，在戰後臺灣這個特殊的時空節點上，對於「世變」以及「文變」所做出的回應，既體現知識分子的時代承擔與文化志業，也在時光推移之中，醞釀出臺灣文學的在地新變。其間的轉折，誠然值得深入探究。

四、從世變到文變：臺灣文學的「文」與「學」

綜上言之，「民族國家意識」，為「文學」帶來了「國語」、「國文」與「言文一致」的概念，以及「國家文學史」的書寫形態；「現代大學」中，「文學」的學科建制與知識生產，則是藉由正規的教育體制，培育新一代的文學創作與研究人才。其間，大學師生群的理念與實踐，往往是主導文學動向的關鍵。緣於臺灣在歷史境遇及地緣政治上的特殊性，本書的研究，乃是以「海峽中線」的政治現實與「文學渡海」的歷史因緣，作為問題意識的起點，探討從它如何因為「世變」而啟動「文變」，如何從承衍「中國文學」，到開展「臺灣文學」，以及此一過程中，「文」與「學」的辯證互動。其中，學院知識分子的文化志業與文教實踐，尤將是貫串的主軸。

從「中國」到「臺灣」的文學新變，不只是地理空間的位移，更有心理認同的轉向、名實指涉的翻轉。此一歷程悠遠曲折，所涉及的各類辯證繁複多端，然而撮其綱領，「文學史書寫」、「大學國語文教育」，以及「學院派文學雜誌」三者，實為其中之犖犖大者。因此，全書凡六章，第一章即以黃得時〈臺灣文學史〉與臺靜農《中國文學史》對讀，探討動盪時代中，原本分處於兩岸的學院人是如何藉由文學史書寫，寓託其「史識」與「詩心」，並以「超越泰納」之姿，突破歐西「國家文學史」的框架，成就兩種不同的文學史書寫典型。[20] 臺灣當代的歷史文化，主要由中國大陸與日治臺灣雙源滙流而成，臺、黃二人分別為「雙源」的代表性學者。黃在日本殖民時期為臺灣文學撰史，以明清來臺文人的書寫，作為臺灣文學史的開端；臺於抗戰勝利之後舉家渡海來臺，自此在臺作育英才，落地生根，皆可謂現身說法，為臺灣文學的生成發展，各自揭示從「中國」到「臺灣」的移動路徑。臺灣學院人藉由文教實踐去回應政治變局，寄託個人志業，自此發出先聲。

第二章〈世變中的國．語．文〉，旨在探討世局動盪之際，「語」與「文」如何因為「國」的因素介入，成為民族主義、文化想像、意識形態與國家政策往來交鋒的輻輳點。大學旨在培養專業的高級知識分子，將「國文」設置為必修課程，所被賦予的教育期待與引發的各種論爭，實較中小學多有過之。「大學國文」得以在現代教育體制中定型為必修科目並穩定發展，一九四〇年代實為關鍵時期。它始於對日抗戰期間，迄於勝利還都，中共建國，以及臺灣結束日本殖民統治。涵蓋的時間雖然不長，卻因時逢鉅變，使得「國文」的問題益形複雜。尤其是，國府亟欲在甫自結束殖民統治後的臺灣推行「去日本化」與「再中國

20 按，黃得時撰寫〈臺灣文學史〉期間，並未於大學任教，而是任職於報刊編輯，但因其先前曾在臺北帝國大學擔任助手，戰後臺北帝國大學改為臺灣大學之後，黃旋即進入該校任教，直到退休，因此在此仍以「學院人」概稱之。

化」，許壽裳、魏建功渡海而來，為臺大編選國語文教材，除具有「語文復原」與「文化復原」的鮮明目的性之外，還涉及了臺灣的「方言」問題。該章以它與四〇年代裡，燕京大學、西南聯大與教育部的部訂本三種大學國文教材相參較，就其編選目的及所選篇目所引發的各種討論開展思辨，另輔以對於明治日本及晚清以來，「國語」、「國文」與「言文一致」等問題的歷史追溯，將有助於我們反思民族主義為語文教育所帶來的利弊得失。

第三、四、五章分別聚焦於《文學雜誌》、《現代文學》與《中外文學》三份戰後臺灣的「學院派文學雜誌」，尤其側重於學院人如何滙通「學院」與「文壇」，藉由學術教育機構在知識生產方面的優勢而傳播新知，引領文學走向。早先學界對於《文學雜誌》的討論，多側重於夏濟安的自由主義思想，及其與聶華苓之間的文學往來，以為它是《自由中國》的「純文藝版」。〈大學與文學〉一章，轉而著眼於它的「學院」特質，關注其中「教育空間」與「文化場域」的互涉，以期凸顯它作為臺灣「學院派文學雜誌」的獨立性格與開創性意義。[21]《文學雜誌》以臺灣大學為它供稿的後援基地，它兼顧文學的「創作」與「評論」，並且重視「翻譯」，正是在承衍朱光潛《文學雜誌》的同時，所走出的不同路向。[22]這一點，恰恰在《現代文學》與《中外文學》中分別得到進一步開展。《現代文學》大量譯介西方現代主義大師的經典之作與相關評論，為當時貧瘠荒涼的文壇注入源頭活水，譯介之功，早為眾所公認。但它最大的成就尚不在於此，而是藉此培養出一批致力於現代主義美學書寫的小說家，為臺灣文學史寫下新頁。因此，第四章〈「現代」是怎樣煉成的〉雖然以《現代文學》

為重心，卻是擴而大之。它以當年該刊作者群對於西方現代主義小說的譯介、取法與改寫為觀察起點，再由「故事新編」面向切入，經由若干代表性文本，探勘臺灣的現代主義小說家們，是如何挪用並轉化中西文學的傳統資源，以成就具有本土性格的文學書寫；而不同的作者們，又是如何以「現代」的關懷與「傳統」對話，各自形構出嶄新的藝術形式和風格。至於《中外文學》，主要貢獻乃是以它在文學與文化研究方面的理論譯介與轉化運用，為中國文學及臺灣文學研究開啟嶄新視野，同時參與了從「比較文學」到「臺灣文學」的學科建制。第五章〈《中外文學》與中國／臺灣文學研究〉所擬探討的，即是該刊如何以其「學院」的教育機制與學院人在「知識生產」方面的優勢，深化臺灣的文學評論與研究，從而促成臺

21 以《文學雜誌》為「《自由中國》的純文藝版」之說，由朱雙一首開其端（朱雙一：〈《自由中國》與臺灣自由人文主義文學脈流〉，收入何寄澎編：《文化．認同．社會變遷》（臺北：文建會，二〇〇〇），頁九五）。其後陳芳明、許俊雅、徐筱薇等學者的研究，皆從此。又按：本章初稿刊載於二〇〇六年《臺灣文學研究集刊》創刊號，發表迄今，所提出的此一論點已成為學界共識。如王智明最新的研究專著在論及夏濟安及其《文學雜誌》時，即提到：不少學者點出：《文學雜誌》並非一九五〇年代憑空而起的想法，而是有意識要賡續一九三七年由朱光潛主編的同名雜誌，想在政治鬥爭與文化低谷時期，藉創作和評論來主張一種自由而嚴肅的文藝傳統。參見王智明：《落地轉譯：臺灣外文研究的百年軌跡》（臺北：聯經出版，二〇二一），頁一五九。

22 朱編《文學雜誌》在第一次編委會上，即決定雜誌編輯的三大原則：一、除創作外要有論文；二、每期要有幾篇書評；三、不要翻譯作品。參見常風：〈回憶朱光潛先生〉，《逝水集》（瀋陽：遼寧教育出版社，一九九五），頁八五。夏編卻是在稿件徵用上，強調歡迎「各種體裁的文學創作與翻譯，希望海內外作家譯家，源源賜寄，共觀厥成」。此為二者最明顯的不同之處。

灣文學研究的「學院化」。

最後，〈近四十年來臺灣的近現代文學研究〉一章，則試圖指出：此一研究領域向來是對岸的顯學，相對地，它在臺灣的發展，卻是一脈曲折的歷程。緣於與政治現實的相關性，該領域早年在政策壓抑下隱而未顯，僅能於學院之外遊走徘徊；直到一九八〇年代前後，才得以在文化界與學術界的合作下逐漸成形，此後蓬勃發展，開啟許多國際間的跨域連結。而也正是在這由隱而顯，「逐漸」成形的過程中，發展出自具特色的研究動向。它與前五章，正是分從不同側面，共同勾勒出「文學渡海」之後的轉折與新變。

第一章

動盪時代的史識與詩心

——黃得時與臺靜農的「文學史」書寫

一、前言

「文學史」是隨著新式教育體制之建構而出現的一種書寫類型。在中國，它最初的撰寫雖然是作為特定學科教材之用，然而隨著對於「文學」與「文學『史』」之觀念的日益明晰，加上外在時代社會種種複雜因素使然，其書寫形態及內蘊的文化政治與個人寄託，也益趨繁複多元，並引發學界關注。[1]它所涉及的，既有「文學」與「歷史」的相互辯證，更有時代思潮、教育體制、政治環境與個人才氣識見的多重對話。一九三、四〇年代時局動盪，臺灣時當日本殖民統治，漢文教育備受壓抑；中國大陸則是遍地烽火，抗戰方殷。即或如此，各式「文學史」的書寫撰述，仍然未曾或已。[2]其間所透露的訊息，值得深思。而黃得時（一九〇九－一九九九）與臺靜農（一九〇二－一九九〇）的文學史書寫，恰是兩個最具代表性的個案。

一九四〇年代初期，黃得時先後撰述並公開發表〈晚近臺灣文學運動史〉、〈臺灣文學史序說〉、〈臺灣文學史·第一章明鄭時代〉、〈臺灣文學史·第二章康熙雍正時代〉等篇什。在查禁漢文，「皇民化運動」鋪天蓋地的臺灣，不僅意義重大，對於日後〈臺灣文學史〉的書寫，尤其影響深遠。[3]而海峽彼岸，輾轉道途，避難白沙的臺靜農，則是在大學教授「中國文學史」課程的同時，致力於編寫〈中國文學史方法論〉，以及《中國文學史》教材講義，持續多年。[4]這些講義文稿當時並未正式出版，而是在他逝世十餘年之後，才由門人弟子代為編纂成書。[5]雖引發若干討論，仍相對有限。[6]這兩位學者的成長背景與經歷迥然不同，當時天各一方，並不相識，當然更不曾想到，戰後因緣際會，竟會在臺大中文系共

1 相關論著至少包括梁容若：《中國文學史的研究》（臺北：三民書局，一九六七）；戴燕：《文學史的權力》（北京：北京大學出版社，二〇〇二）；陳國球：《文學史書寫形態與文化政治》（北京：北京大學出版社，二〇〇四）；陳平原：《作為學科的文學史》（北京：北京大學出版社，二〇一五）；陳廣宏：《中國文學史之成立》（上海：上海古籍出版社，二〇一六）等多種。

2 據梁容若與黃得時的研究，此一時期大陸所出版的文學史，至少包括楊蔭深的《中國文學史大綱》（一九三八）、鄭振鐸《中國俗文學史》（一九三八）、霍衣仙《中國文學史通論》（一九四〇）、劉大杰《中國文學發展史》（一九四一）等多種。見梁容若、黃得時合著：〈重訂中國文學史書目〉，《幼獅學誌》六卷一期（一九六七年五月），頁一－三六。

3 相關研究可參見陳芳明：〈黃得時的臺灣文學史書寫及其意義〉，《殖民地摩登：現代性與臺灣史觀》（臺北：麥田出版，二〇〇四），頁一〇〇－一一五；陳萬益：〈黃得時的臺灣文學史觀析論〉，收入東海大學中文系編：《戰後初期臺灣文學與思潮論文集》（臺北：文津出版社，二〇〇五），頁一六一－一八七；吳叡人：〈重層土著化下的歷史意識：日治後期黃得時與島田謹二的文學史論述之初步比較分析〉，《臺灣史研究》一六卷三期（二〇〇九年九月），頁一三三－一六三；江寶釵：〈黃得時的古典文學史論及其相關問題〉，《臺灣文學研究學報》一九期（二〇一四年十月），頁一九一－二二二；李育霖：〈帝國與殖民地的間隙：黃得時與島田謹二文學理論的對位閱讀〉，收入李育霖、李承機編：《「帝國」在臺灣：殖民地臺灣的時空、知識與情感》（臺北：國立臺灣大學出版中心，二〇一五），頁二七七－三〇〇。

4 臺靜農於一九三五年受聘於廈門大學，開始講授「中國文學史」課程；一九三六年轉赴山東大學任教，亦講授此一課程。一九四七年受邀渡海來臺，任教於臺灣大學，不僅講授「中國文學史」課程多年，更於一九五四年與國立編譯館簽約，撰寫《中國文學史》教材專書。參見羅聯添：《臺靜農先生學術藝文編年考釋》（臺北：臺灣學生書局，二〇〇九），頁二一四、二二五、四一〇、四七三。

5 詳見柯慶明：〈出版前言〉、何寄澎：〈編序〉，俱見臺靜農：《中國文學史》（臺北：國立臺灣大學出版中心，二〇一八臺大九十週年校慶版），頁xix-xxi、頁xxiii-xxix。後文所引用之臺著《中國文學史》，版本皆同此。

事二十餘年，一起作育英才，為日後臺灣的文學教育奠定根基。在那個阢隉不安的時代裡，兩人文學史所關注的對象一為臺灣，一為中國，乍看之下，互不相涉，各自的撰述因由與所欲回應的問題亦有所不同；然而，臺灣當代的歷史文化，主要乃是由中國大陸與日治臺灣雙源滙流而成，兩人不約而同地在動盪時代中從事文學史書寫，並比而觀，正所以凸顯近代以來，「文學史」在作為學科教材，以及被視為辨識國族特徵、形塑文化認同之重要憑藉的同時，與時代歷史之間的複雜互動。另一方面，由於中國與臺灣學者的文學史書寫皆淵源於日本，自十九世紀末以來，日本各類文學史的書寫，又深受法國學者泰納（Hippolyte Adolphe Taine, 1828-1893）撰寫《英國文學史》（*Histoire de la Littérature Anglaise*, 1863）的啟迪。泰納所提出的「種族」（la race）、「環境」（le milieu）、「時代」（le moment）三要素之說，更是被日本與兩岸學者廣泛挪用，影響深遠。儘管該說因過度重視實證而備受批評，風行一時之後，即趨於沉寂；[7]但細讀黃得時與臺靜農的文學史書寫，仍可看出：兩人皆對泰納之說有或多或少地接受，並且做出不同面向的轉化運用。因泰納學說而產生的微妙牽連，以及因對照而生的問題性，亦值得深究。因此，以下即以日本之文學史書寫對於泰納三要素說的承衍情形為切入點，進而試圖探討：黃得時為何要以「歷史」取代泰納的「時代」說？我們如何循此「重讀」黃得時的〈臺灣文學史〉並開展不同的觀照面向？臺靜農為何會有〈中國文學史方法論〉之作？放在晚清以來的「中國文學史」書寫脈絡之中，我們如何為臺靜農的文學史書寫尋找定位？當然，更重要的是，如果說，「史識」與「詩心」分別是中國傳統「史學」與「文學」書寫的核心要素，那麼，作為「文學史」的作者，黃得時與臺靜農的文學史書寫，是否，以及如何以其「史識」與「詩心」的交融辯證，體現超越泰納的格局並留下不同的書寫典型？

二、泰納的「種族・環境・時代」說與日本的「文學史」書寫

泰納是法國著名的文學批評家與史學家，早年曾在醫科學校學習過生理學，後來進入巴黎高等師範學院專攻哲學，著作包括《十九世紀法國哲學家研究》（一八五七）、《評論集》（一八五八）、《英國文學史》（一八六三）、《藝術哲學》（一八六五）、《論智力》（一八七〇）等多種。他重視科學與實證研究，嘗試將自然科學的研究引入人文科學，被公認為自然主義文學的理論旗手，也是連結黑格爾與佛洛依德學說的重要樞紐。其中，《英國文學史》無疑是最具影響力的著作。

基本上，以「國別」為本位的文學史書寫，乃是伴隨歐洲民族國家興起，以及現代性

6　參見何寄澎：〈敘史與詠懷——臺靜農先生的中國文學史稿書寫〉、齊益壽：〈冰雪盈懷絕世姿——臺靜農師魏晉文學史稿讀後〉，俱收入國立臺灣大學中國文學系編：《臺靜農先生百歲冥誕學術研討會論文集》（臺北：國立臺灣大學中國文學系，二〇〇一），頁一五九－八二、頁二二九－六二；何寄澎、許銘全：〈文學史書寫的典型——寫於臺靜農先生《中國文學史》三版付梓前〉，《書目季刊》四九卷三期（二〇一五年十二月），頁一二九－四三。

7　參見陳廣宏：《中國文學史之成立》，頁一一五。

之追求而出現的產物。它一方面與歐美各國在共同的希臘、羅馬、中世紀等文化遺產外，尋求個別的國家認同與傳統有關；另一方面，也受到達爾文與史賓塞等人進化理論的影響。[8]而「文學」觀念的趨於現代化，則是重要關鍵之一。據喬納森．卡勒（Jonathan D. Culler）之說，一直到十八世紀，「literature這個詞和它在其他歐洲語言中相似的詞指的是『著作』或者『書本知識』」，[9]現代意義的「文學」，直至十九世紀才真正出現；[10]而「國家文學」（Nationalliteratur）的概念則是從一七七〇年代才開始在德國發展出來。[11]此時，「文學」被視為是民族精神、國家心靈的反映，文學史書寫，遂亦成為想像的民族共同體的一種圖解形式，重要性不言可喻。而「進化論」，則成為人們運用於組織文學發展歷史的一種時尚的理論框架。

在此情況下，泰納的「種族．環境．時代」三要素說，正是以科學精神為基底，為文學史書寫，提供明確的方法論依據。當時的「文學史」，或仍雜入不少「非文學」的敘述，或停留於依時序臚列作家作品之際，他的《英國文學史》無論取材抑是論述方式，皆不同既往。在〈導論〉中，泰納依循由外而內、由現象而成因、由個別而整體的論述方式，層層推進，闡明文學如何在「種族．環境．時代」的相互作用之下，體現其「民族精神」。該文開宗明義宣示：

> 我們已經發覺，文學作品並非僅是想像的遊戲、孤絕於外的腦內狂想；而是對周遭風

俗的摹寫以及對精神狀態的標誌。通過文學經典，我們得以發覺數個世紀以前的人們是如何感受以及思考。此一方法已經被嘗試並且獲得成功。[12]

循此，泰納進一步闡述：「種族」乃是著眼於生理學和遺傳學意義，意指一個民族與生俱來的本能與可辨識的特徵，包括固有性格、氣質、觀念和智力等方面所體現的內在本質。「環境」意指塑造人類性格的外部力量，包括種族生存的自然環境，以及政治狀況、思想潮流、風俗習慣等社會環境。而「時代」，則是「種族」與「環境」的共同作用下，在持續的

8 參見Rene Wellek, *The Attack on Literature and Other Essays* (Chapel Hill: The University of North Carolina Press, 1982), pp. 64-65。

9 因此，現今在普通學校和大學的英語或拉丁語課程中，被作為文學研讀的作品，「過去並不是一種專門的類型，而是被作為運用語言和修辭的經典學習的。」參見（美）喬納森．卡勒（Jonathan D. Culler）著，李平譯：《當代學術入門：文學理論》（*Literary Theory: A Very Short Introduction*）（瀋陽：遼寧教育出版社，一九九八），頁二一－二二。

10 如Terry Eagleton就表示：「其實，我們自己的文學定義是與我們如今所謂的『浪漫主義時代』一道開始發展的。文學（literature）一詞的現代意義直到十九世紀才真正出現。這種意義上的文學是晚近的歷史現象：它是大約十八世紀末的發明。」見（英）特雷．伊格爾頓（Terry Eagleton）著，伍曉明譯：《二十世紀西方文學理論》（*Literary Theory: An Introduction, Second Edition*）（北京：北京大學出版社，二〇〇七），頁一六－一七。

11 參見雷蒙．威廉斯（Raymond Williams）著，劉建基譯：〈Literature（文學）〉，《關鍵詞：文化與社會的詞彙》（*Keywords: A Vocabulary of Culture and Society*）（臺北：巨流圖書公司，二〇〇四），頁二一五－二二〇。

12 Hippolyte Taine, *Histoire de la Littérature Anglaise* (Paris: L. Hachette et cie, 1863), p.3. 法文譯文由臺大中文研究所博士生林文心協助翻譯。

時間中所留下的痕跡。它凝聚了一個種族所有的過去經驗，在時間上劃定種族生存和環境發展的不同階段；而每一階段，皆各有支配政治、哲學、文學、美術等領域的一致傾向與自我特徵，從而構成此種族在特定歷史中的精神狀態。[13]而正是由於這三要素所構成的法則，使得人們對於探究一切人類的精神現象，也如同探究物質現象一般，能夠總體把握它們產生、變化、消亡的成因。

泰納《英國文學史》及其三要素之說的出現，不僅令人耳目一新，而且風行一時。不久之後，不少學者紛紛承據其說而更新了文學史撰寫的取材、論述方向與敘述模式。就以影響中國文學史書寫最鉅的日本學界而言，其轉變更是明顯可見。事實上，為了學科建制的需要，日人早有《中國文學史》之作。只是當時在觀念、取材，及書寫方式上，都深受中國傳統學術思想與文獻學的影響。以出版於一八八二年的末松謙澄《支那古文學略史》為例，該書論述範圍僅限於先秦，以中國上古思想家、文學家及經典為貫穿線索，包括《周禮》、《左傳》、《國語》及孔、孟、老、莊、楊、墨等人，各列一篇，首先是概述，其次是名篇名句段落拔萃，最後進行人物與作品總評。雖有穿插對《詩經》、《楚辭》之評價，實際上對於「文學」的理解卻限於諸子學，書寫方式上，亦僅止於文獻的摘錄列述。

然而，一八九〇年前後，日本出現了許多出自於年輕學者之手的「文學史」，無論是「日本」文學史，抑是「中國」文學史，都可看到對於泰納之說的接受與運用。[14]如由三上參次、高津鍬三郎所合撰，號稱日本第一部的《日本文學史》，便明白提到：

> 法國碩學泰納，編撰文學史，研究該國心理學，心理學可知心內之現象，了解智情意三者，文學史因此得以窺得國民之心。[15]

隨後古城貞吉（一八六六－一九四九）、笹川種郎（一八七〇－一九四九）、久保天隨（一八七五－一九三四）等人的《支那文學史》，更是將之融會於對「中國文學」之發展的詮解中。例如古城之作，開篇即從中國文學外部的自然環境與政治環境因素談起，並藉此說明南北文風差異：

> 中國的環境對於中國文學的影響是非常大的，山川風土、風俗好尚都是一個國家的縮影，這個縮影會映射到文學上，中國作為亞細亞最大的一個國家，高山大河在境內流

---

13 相關論述，亦可參見林巾力：〈建構「臺灣」文學——日治時期文學批評對泰納理論的挪用、改寫及其意義〉，《臺大文史哲學報》八三期（二〇一五年十一月），頁一－三五；陳廣宏：〈泰納文學史觀的引入〉，《中國文學史之成立》，頁九一－一一五。

14 據日本學者川合康三之說，明治時期的年輕學者既具有中國傳統學術訓練，又勇於接受新知，因此能很快吸收西方新興學說，並將其融會、落實於「文學史」之撰寫。參見川合康三作，朱秋而譯：〈中國文學史的誕生：二十世紀日本的中國文學研究之一面〉，收入葉國良、陳明姿編：《日本漢學研究續探：文學篇》（臺北：國立臺灣大學出版中心，二〇〇五），頁二三七－四八。

15 三上參次、高津鍬三郎：《日本文學史》（東京：金港堂，一八九〇），頁二八－二九。

過，土地廣漠無邊，風俗習慣南北東西皆不同……。中國自古以來西北的政治較為嚴苛，江南的統治較為寬鬆，政治的影響呈現在文學上，則西北之詞氣勢剛烈，音韻鏗鏘；江南之詞雍容和雅，和音婉轉。……[16]

笹川之作，則是根據地域之別，將中國分為「南人」與「北人」，並認為正是由於人種差異，遂導致文學創作的不同，提出「南方人種善於想像」，「北方人種注重實際」之說，並循此說明何以「燕趙古來多慷慨悲歌之士」，而「楚國的巫術以及辭賦皆屬南方」。[17]至於久保天隨，則是在地域上的「北方」與「南方」文學之分外，另再提出「中部文學」之說，同時並強調：「全部的藝術作品，是因時代共通的思想與個人的癖性而形成」，[18]雖然泰納之說已被調整修正，但影響仍然依稀可見。[19]

由此可見，泰納「三要素」之說，打破日本對於中國文學研究的傳統方法論與書寫方式，中國文學的研究思路，亦因此得到進一步的拓展。而此一「文學史」內蘊的觀念與書寫方式，隨即也分別對中國與臺灣兩地的文史研究及文學史書寫造成極大影響。中國方面，梁啟超、王國維、周作人等，皆曾援用其說，作為闡述己說的框架；鄭振鐸《插圖本中國文學史》的〈緒論〉中，更直接引據泰納之說，並與之對話。[20]臺灣早期的文學批評家，包括島田謹二、巫永福、劉捷、黃得時等人，亦無不挪用其說，作為建構臺灣的文藝批評或文學史書寫的重要論據。[21]其中，黃得時的臺灣文學史論述，更是以此為基礎而開展。經由這樣的理解，我們乃得以深入探析黃得時與臺靜農的文學史相關書寫。

三、重讀黃得時的〈臺灣文學史〉——以「歷史」為核心的書寫形態

（一）黃得時〈臺灣文學史〉研究的縫隙

作為撰寫「臺灣文學史」的先行者，黃得時以及他的文學史論述，在臺灣文學研究發展之初，即備受關注，並引發諸多學者討論。檢視既有的研究成果，明顯可見的是：各家論述雖因所關注之面向不同，各有重點；但強調並肯定黃得時立足於臺灣土地，以臺灣為主體的立場去建構臺灣文學史的用心，以及它對於戰後臺灣文學史書寫的重大影響，則是並無二致。[22]其中很重要的原因，應是當時島田謹二等在臺日本學者提出「外地文學」之論，不僅

16 古城貞吉：《支那文學史》（東京：東華堂，一八九七），頁六。按：雖然《北史．文苑傳》已有「江左宮商發越，貴於清綺，河朔詞義貞剛，重乎氣質」之說，但明確從自然環境與政治環境因素去說解其所以然者，仍以古城為始。

17 笹川種郎：《支那文學史》（東京：博文館，一八九八），頁二－三。

18 久保天隨：《支那文學史》（東京：早稻田大學出版部，一九〇四），頁二－三。

19 趙苗：〈日本中國文學史觀的建構——一八八二－一九一二〉，《華文文學》一三九期（二〇一七年二月），頁六四－七一、陳廣宏：〈泰納文學史觀的引入〉等文，對此皆有詳述，可參看。

20 參見鄭振鐸：《插圖本中國文學史．緒論》（臺北：莊嚴出版社，一九九一），頁二。

21 林巾力：〈建構「臺灣」文學——日治時期文學批評對泰納理論的挪用、改寫及其意義〉一文對此論之甚詳，可參看。

將「本島（臺灣）人」排除在外，並且將它納入為日本文學的一翼。島田以為：

> 臺灣的文學作為日本文學的一翼，其外地文學——特別作為南方外地文學來前進才有意義。和內地風土、人和社會都不同的地方——那裡必然會產生和內地不同而有其特色的文學。表現其特異的文學名之為外地文學。此一名稱於西歐漸為學界所採用。對我們日本人來說，臺灣和朝鮮及其他並排著正是那樣的外地。南方的一外地——這就是臺灣作為日本文學中之一翼占有的特殊意義。[23]

所以如此，除了涉及當時日本文壇的中央／地方之爭外，[24]島田以殖民者的立場檢視臺灣文學，遂認為隨著殖民者的轉易，臺灣文學只能分別隸屬於荷蘭、大清及日本等殖民母國的文學，無法獨立成史。然而黃得時翻轉其說，不僅為臺灣文學界定出明確的範圍與必須提及的對象，更從「種族・環境・歷史」三方面去標舉臺灣文學的「獨特性格」，並據以說明自己撰寫〈臺灣文學史〉的原因：

> 有些人也許會說，改隸前的文學當然是清朝文學的一環，又改隸後的文學包含在明治文學之內，不必特地銜奇，獨立思考〈臺灣文學史〉。然而，**臺灣從它的種族、環境抑或歷史而言，具有獨特的性格**，所以擁有清朝文學乃至於明治文學怎麼也看不到的獨特

作品。倡導這樣反對論的人，猶如日本文學包含在世界文學之內，南洋史的一部分包含在東亞史內，另一部分包含在西洋史之內，因此不需要特地把日本文學抑或南洋史巧立名目之說相同。我們相信日本文學在世界文學之中放出異彩，臺灣文學也具有清朝或明治文學所沒有的獨特性格而撰寫本文。[25]

也因此，黃隨後即分別針對「種族」、「環境」、「歷史」三者予以進一步闡釋，包括：「種族」兼有原本之高砂族、先後來臺的荷蘭、西班牙、漢人、日本人，多種多樣；「環境」之自然景色瑰麗且具備高砂族之珍奇風俗習慣，以及「歷史」是時間性的作用，臺灣先後分

22 既有之研究由陳芳明、陳萬益開啟端緒，為黃得時的臺灣文學史研究奠定重要基礎。之後論者各有脈絡，亦各有洞見，據所涉及的重點，則可大別為兩個面向：其一是綜論之外，兼及黃的取材來源，探討連橫《臺灣詩乘》對於黃得時撰寫古典文學部分的影響，以陳芳明：〈黃得時的臺灣文學史書寫及其意義〉、江寶釵：〈黃得時的古典文學史論及其相關問題〉為主。其二則是側重於理論之辨析，關注黃得時與島田謹二的對話／對抗，或對位式閱讀；陳萬益、橋本恭子、吳叡人、李育霖等，皆著眼於此。而林巾力則從「殖民地的文學史建構」角度，就其認識論、方法論以及實際的歷史開展進行討論。

23 島田謹二作，葉笛譯：〈臺灣文學的過去、現在和未來〉，原載《文藝臺灣》二卷二號（一九四一年五月二十日）；後收入黃英哲主編：《日治時期臺灣文藝評論集》第三冊（臺南：國立臺灣文學館籌備處，二〇〇六），頁九七－一一六。

24 詳見柳書琴：〈誰的歷史？誰的文學？——日據末期文壇主體與歷史詮釋權之爭〉，收入國立成功大學臺灣文學系主編：《臺灣文學史書寫國際學術研討會論文集二》（高雄：春暉出版社，二〇〇八），頁八九－一三四。

25 黃得時作，葉石濤譯：〈臺灣文學史序說〉，原載《臺灣文學》三卷三號（一九四三年七月）；後收入江寶釵編：《黃得時全集九》（臺南：國立臺灣文學館，二〇一二），頁二九－四八。以下所引該文，皆同此。

由不同國家統治，「這些相異民族的政治底支配力，不久就反映在文學作品上」。

參照於泰納學說，明顯可見的是，黃對它的援用，其實已經過相當程度的改寫。例如，在「環境」方面，黃僅著眼於臺灣自然景觀與原民風俗對於文學書寫的影響，未及於政治狀況與思想潮流等因素。尤其，黃對於臺灣「種族」多種多樣的陳述，實與泰納以單一民族之特色去觀照各國的文學史發展，有明顯差異；而這一部分，正是現今學者關注的重點所在。其中，吳叡人就此提出「重層土著化」之說，認為黃將先後來臺的不同移民皆吸納為臺灣「土著」，讓臺灣成為一個「混血民族」，正是強化臺灣文學的主體性格，展現被殖民者對日本殖民者的反抗。[26]此一持以後殖民立場，凸顯「反抗性」的觀點，先後為不少學者援引，並不斷開展。[27]

不過，既有的研究成果固然精采紛呈，其中卻有一個很大的縫隙，始終未能得到重視，遑論深入探討。那就是：如果黃得時的文學史書寫，乃是以泰納的三要素說為基礎發展而成，那麼，在「種族」與「環境」之外，泰納的另一要素明明被理解為「時代」（le moment／epoch），但黃得時，卻是將它轉易／譯為「歷史」，這是什麼緣故？以「歷史」取代「時代」，是否別有用心？據此進行的文學史書寫，以及因之開啟的解讀與研究，是否將出現不同的風景？再者，儘管論者咸以為黃得時以「臺灣」為主體的書寫立場明確，但由於書寫分期仍依據（一）鄭氏時代；（二）康熙、雍正年代；（三）乾隆、嘉慶時代……等次第進行，遂認為他「還是免不了必須將臺灣的文學置入『中國』的時間裡來掌握，這相對於以『日本』的時間作為開展或許有其對抗的意味在內，但如此一來，還是無法真正地讓臺灣的文學在自身的時間脈絡中成為自成一格的敘事」[28]——這類論述所帶出的問題是：臺灣文學「自身的時間脈絡」與「『中國』的時間」是否一定必須完全切割？臺灣文學的生成過程如何？它與「中國文學」，以及「日本文學」之間，具有怎樣的相互關係？正是這些問題，讓我們意識到「重讀」黃得時〈臺灣文學史〉的必要性；而黃的「歷史」觀，很可能就是一個重要的切入點。以下，即先釐清泰納「時代」說與黃得時「歷史」說的義界，並據此審視〈臺灣文學史〉書寫的實際操作方式與隱含其間的文學史觀，以期為黃得時的「文學史書寫」開展出不同的閱讀可能性。

26 吳叡人：〈重層土著化下的歷史意識：日治後期黃得時與島田謹二的文學史論述之初步比較分析〉，頁一三三－六三。

27 如江寶釵〈黃得時的臺灣古典文學史論暨其相關問題〉一文即論析黃如何根據重層土著化的原則，以民族主義與場域概念去建構他的臺灣文學範疇論，同時比對連、黃二人關於古典詩人的敘述文字，指出二人的歧異處。李育霖〈帝國與殖民地的間隙：黃得時與島田謹二文學理論的對位閱讀〉亦在吳說的基礎上，另行援引薩依德的「對位閱讀」與「文化地形學」之說，試圖據此「重新探測黃得時的文學理論與島田謹二的外地文學中的不同主題如何相互交織、抗衡與爭勝，並協調導引出秩序的過程」；亦即意圖以「協調導引」取代「對抗」，進而「導引出一個新的後殖民斡旋的方法與策略」。

28 林巾力：〈殖民地的文學史建構——重探日治時期「臺灣文學史」書寫〉，《臺灣史研究》二三卷四期（二〇一六年十二月），頁八一－一二二。

（二）當「時代」被轉易／譯為「歷史」

泰納的《英國文學史》原是以法文寫就，一八八六年由Henri Van Laun英譯，在倫敦出版。此外，亦有平岡昇的日文譯本，一九四〇年東京文創社出版。對照之下，法文版的「le moment」一詞英文版譯作「epoch」，二者雖然都有「時代」之意，但側重的意涵實略有出入。一般而言，「epoch」較具有劃分特定時期之意，並未強調其中所可能隱含的過去因素。然而細讀泰納的論述，可以看出：書中凡言及「le moment」部分，幾乎都指向時間的延續性，而這同時也連結到他對「人種」及「環境」的論述。例如，他提醒：民族特質與周遭環境的變因並非是在一塊白板上運作，其運作的平面本身便已承載過去的印記；藉由繼承與創新，才可能開創出每一偶然的輝煌時期。也因此，他的結論是：前行者的成果總是影響著後繼者。[29]換言之，「le moment」隱含著過去時間歷程中所積澱、留存的各種或有形、或無形的事物，它們影響當代，也開啟未來。只是一般讀者大多受英譯「epoch」一詞的影響，將「le moment」理解為「時代」，遂與泰納的原意略有出入。

反觀黃得時，他以「歷史」作為與「種族」、「環境」並列的文學史三要素，雖然也未必與「le moment」的原意完全相吻合，卻是凸顯出其著重「時間」之「綿延」歷程的用心。而這恰恰是貫串黃之「文學史書寫」最關鍵的元素。綜觀黃得時完成於一九四〇年代的〈臺灣文學史〉書寫，依序計有〈輓近臺灣文學運動史〉、〈臺灣文學史序說〉，以及〈臺灣文學史・第一章明鄭時代〉、〈臺灣文學史・第二章康熙雍正時代〉四篇。除第一篇書寫範圍為日治之當下外，另三篇皆屬古典文學範疇。其中，〈臺灣文學史序說〉是為序篇，該篇先釐清文學史的書寫範圍與對象，繼而從「種族・環境・歷史」三者去敘明臺灣文學的特色，之後便依「明鄭」、「康熙雍正」、「乾隆嘉慶」、「道光咸豐」、「同治光緒」、「改隸之後」之次第，簡敘各階段文學發展之大要。而〈序說〉，一開始便是這麼說的：

> 姑且不論無所屬年代，荷蘭時代的三十八年（一六二四—一六六一），鄭氏時代的二十二年（一六六一—一六八三），清領時代的二百二十二年（一六八三—一八九五），以及改隸以來到今年的四十九年，加起來總共三百一十年的歷史，其間到底有怎樣的文人存在？又有怎麼樣的作品從這個島嶼產生？這些作品承繼了怎樣的潮流一直到現在？

這段文字出現於全文篇首，先簡敘歷史，繼而連串提問，才開始分別說明臺灣文學史的範圍與對象，以及關於「產生文學的三個泉源」：「種族」、「環境」、「歷史」。甚至於，在正式進入界定「範圍與對象」之前，還特別補充說明：

---

29 Hippolyte Taine, *Histoire de la Littérature Anglaise*, p. 30.

不用說，臺灣是個遠海的孤島，自古以來沒有形成統一的國家，除去鄭氏時代僅有的二十二年間之外，或作為荷蘭或作為清朝的屬地，直到明治二十八（一八九五）年才收入日本的版圖之故，臺灣文學史自然也受到這些政治性影響，其範圍極其廣大，而所要提的對象也是涉及到多方面。因此，簡單地說到臺灣文學，在某種情況下，跟中國有特別的關聯。

論及「歷史」時，更明確表示：

這裡所說的歷史，是時代或時世的意思；如果把前項的環境視為空間性作用的話，它恰好是時間性的作用。如今，回顧從荷蘭治世以來到現在的三百多年時間的歷史，……分別由不同的國家所統治。換言之，荷蘭為歐洲人，鄭氏是漢民族，清朝是滿洲族，日本是大和民族，這些相異民族的政治底支配力，不久就反映在文學作品上。

在這些文字中，我們看到黃得時幾乎是不憚其煩地，一再陳述臺灣自荷治以迄於日治以來的歷史進程，他對於臺灣「歷史」的重視，由此可見。顯然，在他的論述中，「時間性作用」的「歷史」與「空間性作用」的「環境」，正是構成「臺灣文學」生成的兩大座標；唯其立足於臺灣土地的同時，亦放眼於歷時性的轉折遷變，才能理解其間「種族」之所以多種多樣，以及隨之而來的，不同的「政治支配力」之於文學的作用。

也因此，黃在界定臺灣文學史之範圍及論述對象時，雖然條列出「五種情形」，[30]並且表示：真正可以成為臺灣文學史的對象的是第一種情形：「作者為出身臺灣，文學活動在臺灣做」。但是作為臺灣文學史要予以處理的範圍，卻應該是：

> 以出身於臺灣，在臺灣進行文學活動的人以及出身於臺灣之外，但久居在臺灣，在臺灣進行文學活動的人為主，短暫逗留及其他人，限於有必要時提他們的程度。領臺以後，只把日本人在臺灣的文學活動當作文學史的對象，這稍微失之為見解窄狹，是我們所不取。

箇中關鍵，即在於三百多年來，臺灣政權幾經更迭，

> 改隸以前屬於荷蘭或清國，改隸以後一直隸屬日本，所以文學也與中國有密切的關

30　五種情形依次為：1.作者為出身臺灣，文學活動在臺灣做。2.作者出身於臺灣之外，但在臺灣久居，文學活動也在臺灣做。3.作者出身於臺灣之外，只有一定期間，在臺灣進行文學活動，此後即離開臺灣。4.作者雖出身於臺灣，但文學活動在臺灣之外進行。5.作者出身於臺灣之外，且從來沒有到過臺灣，只是寫了有關臺灣的作品，文學活動皆在臺灣之外進行。

係，特別是說到明末清初時代的文學作品，幾乎由對岸來臺的官吏或文人之手中完成，因此，第二種情形也應考慮做重要的對象。這在有關改隸後的日本人的文學也適用。

關於此一界定，幾乎所有論者都注意到，它乃是以「臺灣」的地理空間為核心。再根據作者與臺灣關係之深淺，逐一確立臺灣文學史的書寫範圍及對象。其意欲對話或反駁的對象，即是島田謹二僅取在臺日人之作而撰寫的〈南島文學志〉與其他臺灣文學相關的論述。[31]然而，在與島田對話的同時，黃將「中國人」與「日本人」的文學納入臺灣文學史的用心，毋寧更值得注意。它提示我們：所謂臺灣文學獨特性或是主體性的建構，與其說是藉由排除／脫離中國文學與日本文學而完成，不如說，正是吸納並兼融了與臺灣相關的中、日文學，才成其為「清朝文學裡不存在，明治文學裡也不存在的臺灣獨特的文學」——而箇中最重要的關鍵，正是黃得時的「歷史」意識，以及因之而生成的、兼融並蓄的文學視野。他的〈晚近臺灣文學運動史〉經由觀察報刊雜誌與文藝組織的動態發展，兼顧在臺日人與臺灣人的文學；〈明鄭時代〉與〈康熙雍正時代〉兩章，則專論來臺之中國詩人，正是其歷史意識與文學觀的體現。明乎此，我們乃得以深入其文學史的書寫形態及文學／史論述。

（三）〈臺灣文學史〉的書寫形態與文學／史論述

如前所述，黃得時在歷史的時間座標軸上，清楚看到異民族「政治支配力」之於文學的作用，因此，相對於泰納將「政治」視為「環境」因素的一部分，黃卻是將它納入為「歷史」因素的作用。他的書寫形態與文學史觀，亦是以此為中心而開展。它以「史實」、「史料」為基礎，進而形成其個人之「史識」。落實於「文學史」書寫的組織結構，首先可見的是，〈序說〉闡釋「歷史」之於文學的作用，即根據史實史料，舉例說明：

例如，明朝遺臣而不甘心為清朝官吏的人，或者改隸當初不願做帝國臣民而逃回對岸的文人當中，就有人創造了許多吐露民族不滿或對政治不平的作品。不過不要忘記，另一方面也留下了許多超越民族意識，欣然協力新統治者的多數作品。

其次，進入臺灣文學史的具體論述時，更是每章開始皆設置一節「導論」，概說該時期的歷史與政治實況，並據此總說當時的文學特色，之後才開始依序敘述個別作家作品。如〈明鄭時代〉的導論，即先界定此一時期為「包含明鄭渡臺以前以及鄭克塽降清以後的大約十年多的時間」。而「這個時代的特色是幾乎所有作者，不欲在新王朝的清國做官。歌詠

31　橋本恭子曾指出：島田謹二的「南島文學志」與「外地文學」相關論述，其實原本就是從日本立場談「在臺灣的」文學，而不是「臺灣」文學，因此只談日人文學，將臺人之作排除在外。參見橋本恭子著，李文卿、涂翠花譯：《島田謹二：華麗島文學的體驗與解讀》（臺北：國立臺灣大學出版中心，二〇一四），頁一一五—一二一。

著為保全幾莖頭髮而渡海的明遺臣的存在，以及其作品都有哀切剜心的鄉愁情念；否則就是吐露對清朝不平、憤懣的激情。這跟接著而來的康熙、雍正時代的作家，只是被獵奇心所驅使，鬧著玩地歌詠臺灣風物，飽嘗異國情趣，卻是大異其趣的」。因此，「明鄭時代的作家更顯得態度認真，苦惱深刻。一行一句都以心淚來描寫。讀這種詩篇，有大大地感動人的剛毅精神。」[32]

第二章〈康熙雍正時代〉亦然。〈導論〉先陳述明亡之後，清廷是否要將臺灣納入永久版圖的爭議，與納入清版圖後的地方政治體制；其後才說到「在文學史上這個時代的特色，不同於明鄭時代的文人為明朝遺臣，此時代的文人，幾乎全部都來自對岸來臺的官吏抑或其賓客。在這些人的手裡完成的詩文，不像前代文人，歌詠鄉愁和憤懣的敘情詩文非常少見，採用竹枝詞，日記和雜詠及叢談的形式，對初次接觸的臺灣特殊風光現出驚異的眼光，多是對看不慣的原住民奇習做有趣的吟詠，敘景或敘事的詩顯著地多」。[33]

正是由歷史變遷與政治實況切入，黃得時對於作者及其詩文的論述，遂也多從文學的主題與內容著眼，就關乎於「臺灣」之自然環境、民情風俗或歷史政治進行說明，至於風格形式或修辭技法，相對所論不多。然而，其中仍不乏重要見解，尤以「寫實」為主軸而開展出的論述，最值得注意。

基本上，泰納的「種族．環境．時代」之說，原就是以實證主義與科學精神為核心，影響所及，對於文學「寫實」之重視，遂成為一時主潮。就黃得時而言，他在稍早發表的〈輓近臺灣文學運動史〉一文中，即以此為準則，就西川滿與《文藝臺灣》提出批評，認為西川滿的詩作「一味地追求耽美的、幻想的固有趣味，常忘去現實，有耽溺之嫌」。《文藝臺灣》的編輯「為追求美的結果，趣味性濃。乍看非常美麗，可是相對地小而整齊且遠離了現實生活，所以一部分人的評價並不高」。相反地，作者多為本島人的《臺灣文學》「徹底貫徹了寫實主義，非常具有野性。『霸氣』或『魁偉』充滿著篇幅」。[34]此一文學觀，同樣貫串於〈臺灣文學史〉的作家論之中。如論明鄭時代的沈光文，「其詩平淡以寫實為主，哀切的鄉愁，打動人心紘」。談他的〈東吟社序〉、〈平臺灣序〉，則說他雖然用了四六駢體的文章，但不被典故和形式束縛，

> 大膽適切地詳細記錄從臺灣的星野到山川、草木、歷史、地理，充分表現了光文的寫實精神及一點也不被形式所拘束的漂泊詩人的人品。[35]

32　黃得時作，葉石濤譯：〈臺灣文學史．第一章明鄭時代〉，原載《臺灣文學》四卷一期春季特輯號（一九四三年十二月）；後收入江寶釵編：《黃得時全集九》（臺南：國立臺灣文學館，二〇一二），頁七一－九〇。以下所引該文，皆同此。

33　黃得時作，葉石濤譯：〈臺灣文學史．第二章康熙雍正時代〉，原載《臺灣文學》終刊號（一九四三年十二月）；後收入江寶釵編：《黃得時全集九》（臺南：國立臺灣文學館，二〇一二），頁一四一－一八四。以下所引該文，皆同此。

34　黃得時作，葉石濤譯：〈輓近臺灣文學運動史〉，原載《臺灣文學》二卷四號（一九四二年十月）；後收入江寶釵編：《黃得時全集九》（臺南：國立臺灣文學館，二〇一二），頁二〇七－二一四。

35　黃得時作，葉石濤譯：〈臺灣文學史．第一章明鄭時代〉，《黃得時全集九》，頁七七。

不過，即或「寫實」是評論文學的重要準則，仍然需要與其他條件相配合。以談郁永河與《裨海紀遊》一節為例，黃得時讚美郁永河的臺灣踏查之行及採硫書寫具有求真的科學精神，敘述亦極具科學性；《裨海紀遊》「文辭簡潔流暢，一點也沒有停滯，常觸及到事物的核心，客觀地觀察而描寫事物」，沒有中國文人因重視對仗平仄而歪曲事實的缺點，它能夠「按事實實在記述，所以文章有活潑而打動人心弦的力量」。因此，黃推舉它為「臺灣文學史上，隨筆文學裡最出色的作品」。然而，郁永河還有不少以寫實筆法描寫臺灣風俗民情的詩作，黃對它們的評價卻並不高：

> 郁永河的詩同其文章一樣過分寫實，所以很可惜作者的主觀和個性沒有表現出來。[36]

由此可見，作者的「個性」，或者說，「性情」與「懷抱」，是黃評論文學的另一重要原則，尤以詩作為然。因此，論明鄭時代的張煌言，選錄的是「風韻與氣骨卓越的詩」；[37]論康雍時期的藍鼎元，讚美他的〈檄臺灣民人〉「文句之間，流露著真情，打動人心弦」；然而詩作卻只是「藉著韻語而討論時事之作，從詩中感受不到作者高邁的藝術感興」。[38]

不過，整體而言，黃得時文學史對於所書寫之作者的取捨，往往並不完全從文學本身考量，而是兼及其人其文對於臺灣文學、歷史、文化與文教事業的貢獻。其中，關乎文學「史料」來源的「修志事業」，與落實、普及文教的「推展文運」二事，尤其是論述重點。

在「修志事業」方面，第一章〈明鄭時代〉論季麒光，黃就提及他曾在臺「修志」。第二章〈康熙雍正時代〉的「導言」，敘述該時期政治環境變革之後，緊接著便是關於季麒光以來，臺灣「一府四縣三廳志」之修志情況的介紹；隨後進入個別作家論述，更是以「高拱乾與修志事業」開篇，詳述高拱乾如何以季氏的《臺灣郡志稿》為底本，纂集為《臺灣府志》十卷，後繼者又如何以之為基礎，進行多次「重修」與「續修」。對於這部作為臺灣本島正式修史之嚆矢，也是清領後的第一本官撰府志《臺灣府志》，黃得時認為「應該予以特書大書」。

在「文學史」中加入大篇幅的「修志」說明，應非偶然，如此做法，實為其他一般文學史所罕見。除了再次凸顯黃得時對「歷史材料」的高度重視之外，亦涉及清領時期臺灣古典文學作者群的背景特色，以及文學史書寫之取材來源的現實問題。前已言及，明鄭以來，臺灣的文學書寫，多出自於對岸來臺的文人或官吏；尤其康雍時期，政治安定，來臺文人閒覽臺灣風光，對臺灣具有好奇心，黃得時以為，此一傾向作用於政治方面，即為「促進了紀錄臺灣風土人情的所謂『修志事業』」。就文學史的撰寫者而言，亦以此而得有取材之資。黃

36 黃得時作，葉石濤譯：〈臺灣文學史．第二章康熙雍正時代〉，《黃得時全集九》，頁一五五。
37 黃得時作，葉石濤譯：〈臺灣文學史．第一章明鄭時代〉，《黃得時全集九》，頁八五。
38 黃得時作，葉石濤譯：〈臺灣文學史．第二章康熙雍正時代〉，《黃得時全集九》，頁一七五。

曾明白指出：

> 其中的藝文項收錄貴重的詩文及散佚的文獻序文，我們透過這些才能認知當時的文學。[39]

另一方面，由於不少文人官員往往兼具修志者身分，他們的文學，自然都被收入於臺灣的府志與各縣方志的「藝文卷」中，成為重要內容。舉凡來自對岸的文人高拱乾、陳璸、陳夢林等，莫不如此。本土文人方面，乾隆時代的臺南舉人陳旭初，為巡道劉良璧聘請續修《臺灣府志》，同樣「在志中收入自己寫的詩多篇」。[40]此一特殊現象，或可歸因於臺灣早年文教未能廣被，文人與文學書寫有限；但是其間所隱含的「文」與「史」的微妙辯證，毋寧更值得注意：文人與文學書寫被作為歷史之一部分，載錄於史書；史書所載，則又成為文學史的構成內容。黃得時的〈臺灣文學史〉特別著墨於此，自是對此有所會心。此一對於「文學」與「史志」相倚相成的體認與實踐，更是不時流露於他的文學史論述之中。如「郁永河與《裨海紀遊》」一節，首先強調的是它「為臺灣文化史的研究提供許多優秀的資料」，「其中所詠的詩歌，在認知當時的人情風俗上不可缺少」。談「藍鼎元與《鹿州全集》」，說明他集中的〈平臺紀略〉是有關朱一貴之亂靖定始末的紀錄，因屬「有關朱亂的根本史料而被珍重」；《東征集》為戡定朱亂幕中所寫各公檄、書稟等文的精選，「自古以來作為治臺必讀之書而膾炙人口」。論及「黃叔璥與《臺海使槎錄》」，指出其中〈赤崁筆談〉、〈番俗六考〉、〈番俗雜記〉三篇「採摭最豐富，給後來的府縣志編修，留下貴重的材料」。〈赤崁筆談〉、〈番俗六考〉都與文學相關，但它的重要性不在作者個人文學書寫本身，卻是因為前者的「雜著」部分有如正史藝文志，敘述了高拱乾〈臺灣賦〉、季麒光〈客問〉等文章；後者記載「用漢音來寫出原住民歌的原語」，「在研究原始歌謠上留下極佳的材料」。[41]因此最後，黃得時對於黃叔璥其人其作的總評是：

黃叔璥為優秀的政治家，同時為極認真的儒學家。說到文學之路，其實並非他所長。……雖然如此，黃叔璥留下了《臺海使槎錄》，在研究臺灣歷史和文學上有偉大的貢獻。[42]

至於論及江日昇的《臺灣外記》，更是明白將它的價值定位為「以閩人的立場寫了同屬閩人的鄭芝龍一族，廣搜羅了材料，異於普通的稗官小說，對於正史的採擇多少有助益」。[43]

39 黃得時作，葉石濤譯：〈臺灣文學史‧第二章康熙雍正時代〉，《黃得時全集九》，頁一四三。
40 黃得時作，葉石濤譯：〈臺灣文學史序說〉，《黃得時全集九》，頁四〇。
41 俱見黃得時作，葉石濤譯：〈臺灣文學史‧第二章康熙雍正時代〉，《黃得時全集九》，頁一七八。
42 同前注。

凡此，皆可見「歷史材料」之於黃得時文學史論述的重要性：它不僅是文學史書寫的取材所資，甚至於，「文學」文本的意義與價值，有很大一部分都是取決於它是否能為歷史留下可資記述與研究的素材。

然則，無論是「歷史」，抑是「文學」，它的書寫能力莫不來自於文教之養成。因此，「推廣文運」遂成為黃得時文學史中，另一個反覆致意的重點。以沈光文為例，他在「明鄭時代」占有最大的敘述篇幅，原因正是他來臺之後成立東吟詩社，扶掖後進，有助於臺灣文教發展。因此黃得時引述全祖望「海東文獻，推為初祖」，以及季麒光〈題沈斯菴雜記詩〉所謂：「從來臺灣無人也，斯菴來而始有人矣。臺灣無文也，斯菴來而始有文矣」等推崇之語，讚美他「為臺灣的文運發展盡力，所以我們要永遠記住裝飾這文學史第一頁的功勞」。至於敘及「東吟詩社」及其成員時，特別提到季麒光可見之作僅寥寥幾篇，但是擔任諸羅縣令時，「自動召集儒童設學堂，厚遇成績優秀的人」，同時著手編纂《臺灣郡志》，雖未及完成，已開啟為臺灣「修志」的端緒，有功於文教。總體言之，即使東吟諸子傳世的詩文十分有限，黃卻給予他們極高評價：

> 以沈光文為中心的「東吟社」成員，致力於本島文運的向上發達的功績，在臺灣文學史上發出燦然的光芒。[44]

不只於此，黃在〈序說〉中即先提到：乾嘉時期，臺灣本土出身的文人逐漸出現，「值得大大高興」。所以如此，卻是要歸功於自鄭氏以迄於康雍時期，來臺官員文士在臺推展文教。〈康熙雍正時代〉一章的「結語」，更是聚焦於此，再次強調：

> 最後對教學的振興不得不一說。用不著說，教學的振興是使文學興隆的根本。……明鄭時代、康熙、雍正時代的文人是大部分來自對岸的官吏。由於文教振興，下一個乾隆、嘉慶年代，本土出身的文人相繼輩出，真值得慶賀。不過給這些文人帶來基本，對其薰陶有力的，是康熙雍正年代的儒學為首的各種文教振興的設置。可以說，康熙雍正時代的儒學是培育下一代本土文人的道場。[45]

由此可見，所謂的「本土文人」並非橫空出世，而是承續了前代的、來自於對岸文人官吏的教學培養。積「學」以成「文」，是黃得時論文學的重要觀點，論改隸之前的文學如此，論改隸之後的文學，也是如此。[46]此一體認，亦是其能綜覽文學之歷時性發展的「歷史

43 同前注。
44 黃得時作，葉石濤譯：〈臺灣文學史・第一章明鄭時代〉，《黃得時全集九》，頁八三。
45 黃得時作，葉石濤譯：〈臺灣文學史・第二章康熙雍正時代〉，《黃得時全集九》，頁一八二－一八四。

／文學」觀，有此致之。

正是這樣的歷史／文學觀，黃得時的〈臺灣文學史〉不僅不自外於「中國」的時間脈絡，甚至於，還以之作為生成「本土」文人與文學的必然要件。也正是基於此一史觀，他坦然面對「改隸」之後的政治與文學現實，將日本文學與新興的白話文學皆廣納其中，[47]所體現出的，既是「政治支配力」之下的臺灣文學發展現況，也是有別於島田謹二「外地文學論」的臺灣文學主體論述。它涵蓋「種族」與「環境」面向，卻是以具有歷時性特質的「歷史」為核心主軸，輔以「海納百川，有容乃大」的視野與襟懷，為〈臺灣文學史〉的書寫開啟先河，樹立典範。

四、從「方法論」到書寫實踐：抗戰時期臺靜農的文學史書寫

相對於黃得時〈臺灣文學史〉在臺灣文學研究領域的備受矚目，臺靜農的《中國文學史》在學界所引起的討論，卻是極其有限。主要原因，應是它原本只是未及成書的手稿，臺靜農過世多年後，才由門生輯佚出版；如何追溯其原有架構及思路並開展研究，實有一定難度。不過，由於臺靜農的書信、早年佚文，以及撰寫於抗戰時期白沙的長篇話本小說《亡明講史》等，都已於近年內相繼問世，這些資料，皆有助於臺靜農及其《中國文學史》相關研究的開展。為求聚焦，本節將以草成於對日抗戰前後的〈中國文學史方法論〉與〈春秋戰國諸子散文〉為主，接續前一節對黃得時文學史書寫的討論，擬探討的問題是：相對於黃得時

在日本殖民期間試圖以〈臺灣文學史〉與島田謹二的「外地文學論」對話，建構臺灣文學的主體論述；那麼，在戰爭烽火中書寫〈中國文學史方法論〉及《中國文學史》初稿〈春秋戰國諸子散文〉的臺靜農，他的對話對象為何？試圖回應，或解決什麼問題？他的「文學／史」書寫，對於他個人，對於「文學史」的書寫傳統，乃至於整個動盪飄搖的時代，具有什麼意義？

（一）臺靜農《中國文學史》的理論基礎：〈中國文學史方法論〉

一如其他早年許多《中國文學史》的作者，臺靜農之所以撰寫《中國文學史》，同樣是為了教學所需。一九二七年，臺由劉半農推薦，受聘為北京中法大學講師，從此開始長達六十餘年的教學生涯。一九三三年起，他先後在北平國立女子文理學院、廈門大學、山東大學、白沙女子師範學院開授「中國小說史」與「中國文學史」等課程，一九四六年受邀赴臺灣大學中文系任教，不僅開授中文系必修課「中國文學史」長達二十年之久，還曾受教育部

46 在〈晚近臺灣文學運動史〉一文中，黃也同樣提到：「最近本島人間的讀書風氣特別升高，……加上，從明年開始實施義務教育制度，在未來十年間，本島人方面的讀書風氣會大大地提高，是必然之事。這對於本島的文學向上有助益。」參見黃得時：〈晚近臺灣文學運動史〉，《黃得時全集九》，頁二二三。

47 黃得時在〈臺灣文學史序說〉「改隸以後」一節，開始即明言：當時「除承繼古時系統的詩文之外，有嶄新的日本文學和白話文學引進來，所以文學的形態也就愈見複雜」，頁四六。

之託，撰寫《中國文學史》作為大學教本之用，撰寫工作的準備時間，前後將近三十年。後來雖因故解約，未能完稿出版，[48]然而直到晚年，仍有心將其付梓，[49]可見此一文學史對於臺靜農的重要性。以下將先以較早成篇的〈中國文學史方法論〉（以下簡稱〈方法論〉）為中心，從它與二十世紀以來，中外文論的對話關係出發，進而結合臺靜農於抗戰期間的其他相關書寫，進一步探勘其「文學／史」的書寫形態、內蘊寄託與時代意義。

據羅聯添先生考訂，〈方法論〉一文大致完稿於一九三六年前後，亦即臺靜農任教於廈大、山大時期。[50]推估應是教學所需，編撰講義之際，也就文學史之研究方法進行自覺性地思考。全文凡七講，開篇即表明：

> 文學史之作，不外乎以歷史為經，以作家作品為緯。故文學史的方法應注意研究作家，分析作品。至於如何研究與分析，則非單純方法所能詳解。[51]

乍看之下，這是環繞於「作家」、「作品」、「歷史」的研究，無非是以傳統「知人論世」之說為基礎而進行發揮。[52]不過，從第一講即敘明中國原有之研究方法，並指出其弊病看來，該文顯然希望以不同的思路，與傳統文學研究對話。因此，參照其所指陳的弊病，以及所提出的具體研究方法，不僅可看出其〈方法論〉於傳統與現代之間的折變，亦可略見錯綜於其間的，中外文論的協商。

傳統文學研究的弊病是什麼？〈方法論〉第一講〈中國原有之文學方法要籍分類〉除就傳統文學研究綜其大要，分就「流別」、「體製」、「做法」、「批評」四項簡敘其義外，接下來便指出其大弊：

> 一、太偏重形式而忽略內容；二、不注意文學與社會之關係；三、不注意作者之文學環境及心理之發展。[53]

正是由於「太偏重形式而忽略內容」，因此第二講〈形式的研究：體製、意境、詞藻〉，便以較多篇幅先從「形式」談起，但特別著重內容與形式的連結，目的乃是如何就形

---

48 參見羅聯添：〈臺靜農先生學術藝文編年考釋・序言〉，《臺靜農先生學術藝文編年考釋》（上冊），頁一－一九。

49 一九八九年底，臺靜農致好友李霽野信中提到：「去年七月，我出了一本《龍坡雜文》，不知告訴你沒有，這些年寫的，還有好評。有便再寄給你。論學集一本剛出版，也等有便寄來。今後不知有否精力與興趣，將文學史稿整理出來。……」臺靜農：〈致李霽野（一九八九年年底）〉，收入黃喬生編：《臺靜農往來書信》（鄭州：海燕出版社，二〇一五），頁七四。

50 羅聯添指出：一九三五年臺靜農應聘廈大之後，始講授「中國文學史」課程，一九三六年應聘山東大學，亦講授此課程。一九三七年入川之後，在白沙九年，書寫文稿，多用「一曲書屋」稿紙，此編講義稿紙，有標示「松雅齋」者，疑為臺在廈大、山大任教，編寫講義所用。見羅聯添：《臺靜農先生學術藝文編年考釋》（上冊），頁二三一。

51 臺靜農：〈中國文學史方法論〉，《中國文學史》，頁七〇九－四五。

52 參見何寄澎、許銘全：〈導論：文學史書寫的典型〉，收入臺靜農：《中國文學史》，頁v-xviii。

53 臺靜農：《中國文學史》，頁七〇九。

式去研究作品的內容與作家的淵源。也正是由於「不注意文學與社會之關係」及「不注意作者之文學環境及心理之發展」，因此第三、四講，分別討論「社會環境」與「文學環境」。又因為無論「形式」抑或「環境」，無不與作品內容及作者之內在情思相扣連，遂以第五、六講專論與「作者」相關的「傳記」和「年譜」；最後一講，再回歸於「作品的研究」。

從組織結構看來，此七講循序而進，乃是就中國文學史之研究，進行整體性思考。不過，各講篇幅詳略有別，除第一講之外，第二講談「形式」與第七講論「作品」的篇幅，實遠多於談「環境」與「作者」的四講。容或如此，卻並不表示「作品」本身是〈方法論〉的最重要的核心，臺靜農的意圖，毋寧是在傳統重作品「形式」的基礎上，將作品與作者內在「心理」及外在「環境」進行多維度的相互交融，以期去弊革新。如「形式」一講中談「體製」，指出「體製之所以形成，是由內容決定的」，「內容便是人的思想」；談「意境」，則以為它是「由作品中看出的生活與情緒」；「意境所以形成的，是由於作品的內在的精神反映出的」。即使談「詞藻」，都認為作者喜用之詞藻，乃是「作者生活之反映」，以及「作者以此表現其情緒」。故而雖然肯定「文學形式的功用，為形成文學作品唯一的手段，所以形式是有美術價值的」，卻仍然不忘強調：「形式是供作家思想驅使的，而不是以形式來創造作品的」。而「思想的形成有兩個原動力：（一）作家所屬社會之文化發展程度；（二）作家所屬社會間的相互關係影響於作家生活環境」。

這些論述，無不指向「形式」與「作者」及「環境」的多維度關聯。此後第三至六講亦是如此，如論「文學環境」，首先指出：各時代之作者作風不能完全獨立，而是受到前人影響；此影響可見之於「作品內容」、「作品形式」與「文字表現法」。「文學環境」包括「作者與其時代風氣之關係」、「作者與其家庭之關係」，以及「作者與朋友之關係」。「社會環境」則有「家世與生活」、「政治階段」、「社會形態」三面向。至於談「傳記」，強調的是「研究作品，不能只顧作品的本身，還得要注意作者的人格，因此我們對於作者的傳記要特別注意」；論「年譜」，則「不僅要讀譜主的全部著作，並且要研究譜主的家族、朋友、社會種種的關係」。而最後一講「作品的研究」，臺靜農更是以「作品」為主軸，分就「題目」、「內在的思想」、「內在的情緒研究」與「文字表現法的研究」四項，再次論述了作者與作品、形式與內容之間的相互關係。其中「思想」與「情緒」固然關乎於作者的內在心靈，即或是談「文字表現」，都要再次提醒：

> 最重要者，作者所採用的表現法，與其作品內容聯繫的關係。

參照於傳統的文學史研究方法，臺靜農的〈方法論〉，乃是既強調形式與內容具有不可分割之關係，也揭示作者（心理）與外在環境的高度關聯。誠然，傳統文論中早有「知人論世」、「文變染乎世情，興廢繫乎時序」之說，不過，將所論之「世」聚焦於社會環境與文學環境，將「世情」指向影響作家成長及心理變化的家庭、朋友等人際關係及時代風氣，應是此一〈方法論〉的重要特色，由傳統而至當代的文論折變，亦由此可見。

然則，此一折變亦非橫空出世，而是內蘊了不少中西文論對話。其間，泰納的「種族・環境・時代」之說，仍然是無可迴避的要點。如前所述，黃得時之於泰納學說的接受與改易，主要是以「歷史」說取代一般人所理解的「時代」說；並以臺灣「多種多樣」的種族構成，改變泰納的就單一種族立論。然而回到二十世紀上半葉的中國，當時文學史作者對泰納學說的借鑑，卻是參照由古城貞吉、藤田豐八、笹川種郎等日本學者的做法，側重由「時代」與「環境」因素對個人的影響，去闡述中國文學形式與審美趣味的發展變遷。從王國維由南北文學不同論〈屈子文學之精神〉，到魯迅《中國小說史》、《漢文學史綱要》、鄭振鐸《插圖本中國文學史》，大體皆採此一框架，[54]卻又或多或少有所因革損益。臺靜農的〈方法論〉及其《中國文學史》之撰寫，即是如此。對它的探討，或可由最後一講「作品的研究」，先後引述William Henry Hudson（一八六二－一九一八，以下稱「韓德森」[55]）與Caleb Thomas Winchester（一八四七－一九二〇，以下稱「溫徹斯特」[56]）兩位學者的論點一事開始。

韓德森與溫徹斯特同為西方學者，前者的*An Introduction to the Study of Literature*（《文學研究導論》，中文節譯本名為《文學研究法》）與後者的*Some Principles of Literature Criticism*（《文學評論之原理》）皆為探討文學原理的專著，出版之後，都因為作為課程教材而風行一時。[57]一九二三年一月十日，《小說月報》刊出西諦（鄭振鐸）〈關於文學原理的重要書籍介紹〉一文，簡要介紹了包括亞里斯多德《詩學》、泰戈爾《藝術論》、泰納《英國文學史》等總計五十種重要的西方文學理論與文學史著作，這兩部專書亦在其中。[58]臺靜農因思考中國文學史之研究方法而參考援引，正是良有以也。

不過，雖然同被援引，〈方法論〉對於兩書之參考借鑑處，卻略有不同。「作品的研究」開篇從作品「題目」切入，所提出的論述即是對韓德森之說的引述與轉化；引溫徹斯特之說，則是在其後論「內在的情緒」部分。大體而言，臺靜農取法於韓德森者，主要是關於「環境」與「作者」的論述，泰納餘影，依稀可見；得自溫徹斯特者，則是論及「作品」之「形式」與「情感」方面的觀點。溫氏為美國康州衛斯廉大學教授，*Some Principles of Literature Criticism* 一書於一八九九年由紐約Macmillan Company出版，全書深具新人文主義色彩，因作為教科書而流傳甚廣。書中就「文學之定義與範圍」、「何謂文學」，以及文學

54 參見陳廣宏：《中國文學史之成立》第二章〈泰納文學史觀的引入〉。

55 William Henry Hudson之中文譯名，鄭振鐸作「韓特孫」；宋桂煌中譯本作「韓德森」，後亦或有作「哈德森」者。

56 Caleb Thomas Winchester之中譯名鄭振鐸作「文齊斯德」、臺靜農〈方法論〉譯作「文卻斯德」，景昌極、錢堃新之中譯本作「溫徹斯特」。

57 據學者考辨，當時在日本與中國都極具影響力的本間久雄《文學概論》一書，其實就是借鑑、挪用了這兩部專著的論點，再予以融會的產物。參見張旭春：〈文學理論的西學東漸——本間久雄《文學概論》的西學淵源考〉，《中國比較文學》二〇〇九年四期，頁二四－三八。

58 西諦：〈關於文學原理的重要書籍介紹〉，《小說月報》一四卷一期（一九二三年一月），頁一－一一。

之四原素：「感情」、「想像」、「思想」、「形式」，分章詳述，另有論「小說」與「詩」之專章，所論深受論者肯定。一九二三年，中譯本《文學評論之原理》出版，對現代中國文學理論的知識建構頗有影響。[59]該書的文學「四原素」之說流播廣遠，其中的「感情」原素，則尤為溫氏所最著重者。[60]〈方法論〉談作品「內在的情緒研究」，不但援引其說，分情感為五，並且列舉〈長恨歌傳〉、〈答蘇武書〉、《楚辭》等多種古典文學經典以為解說之資，分繫於五類之下，適時反映出當時文論的潮流所趨。[61]

除「情感」之外，溫氏的「思想」、「形式」之說，同為〈方法論〉所取法。尤其溫氏論「形式」，高度強調它與「內容」的關聯性，此一論點，顯然對臺啟發更大。第二章〈何謂文學〉談及「形式」時，溫就指出：

> 評論文章，必注意於其形式。感情想像及思想必有文字為之媒介，而後能表現。形式一語，含一切發表之要點，對於所發表之內容而言也。故形式之自身非目的，乃工具耳。然甚重要，當別論之。蓋文學之所以不朽之魔力，多恃於其表現之方法。[62]

第六章〈文學上之形式原素〉，又再次申明：

> 形式之完備，當求確稱其情思。形式乃內容之表現，舍其發表力，則無足賞也。……

> 文字之完備，視其表現情思之確切與否而定，必使作者之心懷與性情活現紙上。[63]

由此可見，臺靜農〈方法論〉論析「形式」與「內容」之關聯性的部分，原來同樣其來有自。

不過，論及臺靜農「作者」與「環境」的觀點，則顯然來自於韓德森的*An Introduction to the Study of Literature* 一書。韓為英國倫敦大學教師，該書是以他在英國兩所大學的系列演講為基礎修訂結集而成，一九一〇年由倫敦George G. Harrap & Co出版，之後又根據讀者

---

59 參見孫化顯：〈從《文學評論之原理》的譯介實踐看現代中國文學理論的知識建構〉，《宜賓學院學報》一九卷一一期（二〇一九年十一月），頁三四－三五。按：由景昌極、錢堃新中譯的《文學評論之原理》，一九二三年由上海商務印書館出版，至一九二七年已印行三版。唯此一中譯本將全書中論「詩」之一章全數刪去，另以吳宓〈詩學總論〉一文取而代之，作為附錄。

60 溫氏於「四原素」之「感情」項下特別說明：「此為文學最要之原素。」溫徹斯特著，景昌極、錢堃新譯：《文學評論之原理》（臺北：臺灣商務印書館，一九七二年臺二版），頁三二。鄭振鐸〈關於文學原理的重要書籍介紹〉一文簡介該書時，也提到：「他以情緒為文學的最重要的特質，受他此論的影響的人極多」。

61 溫氏以為，具有永久價值的文學，其特徵有五：（一）情感之合理或適宜；（二）情感的生動或有勢；（三）情感之持續或恆久；（四）情感之錯綜或變化；（五）情感之品格或性質。〈第三章文學上之感情原素〉，《文學評論之原理》，頁四三。〈方法論〉基本上俱承其說，唯將（五）改易為「情緒的階級或性質」。參見《中國文學史》，頁七四三。

62 《文學評論之原理》，頁三二一。

63 同前注，頁一一三。

反饋而推出第二版。由於所設定的讀者為大學生與一般人士，被認為是「易讀、入門教科書」，多次再版。該書較溫著晚出，若干論點或有承襲自溫氏者，亦不乏綜採當代其他學者之處。[64]全書凡六章，前兩章綜論文學研究之道（Some Ways of Studying Literature），其後三章分別為「詩」、「小說」、「戲劇」的分體研究，最後一章則是「批評研究與文學評價」。一九三〇年，宋桂煌取前兩章中譯，名為《文學研究法》，由上海光華書局出版。譯本分上下兩編，將各小節獨立成章，並據內容擬訂分章標題。[65]其中，「泰因的文學進化公式」一章，正是對泰因學說的回應。[66]因此整體而言，它應可視為當代論者取法泰納學說而予以調整改進的代表論述之一。

該章一開始，韓德森便說：「以上我已再三申述一時代的文學與該時代一般生活的直接的、必然的關係，可知我對於泰因是表示相當的贊同的」。[67]不過，接下來他卻要指出：泰因想以嚴正的科學方法，應用種族、環境、時代的公式來解釋文學，如能注意其限制，也有可取之處，但此一方法「有幾個要點是顯然錯誤的」。原因是，泰因的興趣實不在文學本身，而在視文學為民族心理學史中的一種文籍，因此，他將文學的研究從屬於社會的研究，其觀點與目的，當然與以文學為本位的研究不同。據此，他指出其方法中的「兩個顯著缺點」，其一是忽略了「一切真正偉大文學的基本原素，即個性原素」，而「愈是偉大的天才，其個人的變異每愈大而重要」。其二是，他揭示了時代影響作家的情形，但作家影響時代的情形，則未嘗注意及之。「實則文學與人生的關係是一種對待的關係」，「偉大作家是時代的創造品，同時也是時代的創造者」。

顯然地，韓德森乃是在以「文學」為本位的立場上，藉由突出「作者」及其「個性」的重要性，去修正泰納漠視個人創作力的文學史觀。而作者的創作，又來自於個人的人生經驗，其中，外在「環境」的因素尤其重要。[68] 因此，《文學研究法》談「文學的性質與要素」，首先便指出文學著作的兩大特質：一是題材與表述題材的方法的關係，都是合於一般的人類興趣；二是其中形式的原素與形式所給與的愉快，都應視為最關重要。繼而強調「我們重視文學，本係因為文學有深長而永久的人生意義。凡偉大的作品都直接從人生產生出來

---

64 例如：韓論「文學的性質與要素」，所提出的文學四種原素，與溫的四原素說幾乎完全相同（《文學研究法》〔上海：光華書局，一九三三年三版〕，頁一〇－一一）；溫認為「文學之趣味，亦大半出於作者具特之人格」；「純正文學必表現作者之人格」（《文學評論之原理》，頁七、頁二二）；韓著亦有專章論「文學為個性的表現」（《文學研究法》，頁一三－二二）。其中強調文學與「人生」的關係，便是當代文學論者所普遍持有的觀念。

65 「上編」五章：「文學的性質與要素」、「文學為個性的表現」、「作家的研究——編年法與比較法」、「文學研究上傳記的濫用與功用」、「風格的研究為個性的索引」；「下編」六章：「文學之史的研究」、「文學為社會的產物」、「泰因的文學進化公式——文學的社會學方面」、「文學史的比較研究法——文學的相互關係」、「風格之史的研究」、「文學技術的研究」。又，其中專論小說的第四章，亦由宋桂煌以《小說的研究》之名譯出，於一九三〇年由上海光華書局出版。迄一九三三年止，《文學研究法》已印行三版。

66 按：此「泰因」乃宋桂煌譯本中「Taine」之譯名。以下引述該書處，皆從此譯名。

67 韓德森著，宋桂煌譯：《文學研究法》，頁六九。

68 韓德森重視包括政治、社會、風俗、習慣、學術、文化、宗教、哲學等一時代共同相互作用之生活總量；他所謂的「環境」實兼括「社會環境」與「文學環境」。參見《文學研究法》，頁六五－六六。

的」。接下來，韓進一步「考究文學所從事的問題」，而他所歸納出的五大項目，恰是〈方法論〉所援引者。「作品的研究」一講中，臺首先從「題目」切入，他說：

中國文學作品的題目，作者本人是異常注意的，可是研究者一向不注意到這一層。這問題和人生一樣複雜。據英國 W. H. Hudson 的 *An Introduction to the Study of Literature* 將它分作五大類；現略參其意，分作數項：

（一）作者本身獨有的經驗——外部和內心生活的一切。

（二）作者對於一般的經驗——生、死、罪惡、命運、及作者對於本身民族的希望。

（三）人與人的關係——社會生活和朋友生活。

（四）作者與自然界的關係——山、水、花、鳥……等。

（五）作者體裁的選擇——如擬古或擬某人體，是即探其表現法或詞藻描寫法。[69]

參照韓德森原文，〈方法論〉對它的援引，其實是將原本為考究文學整體的論述，挪移、集中為對於作品「題目」的研究。[70]經由改寫後的各類簡述，尤其凸顯出「作者」之於作品形構的主體性地位。顯然，在臺靜農看來，研究文學作品所應關注的，不只是作者所經歷的人生萬象，還有體裁的選擇；而「題目」之訂定，恰可兼及內容與形式兩方面因素，故得以具體而微地體現作者所欲表達的意旨。此外，韓德森在「文學為社會的產物」一章中曾表示：「我們研究一時代的文學，不但要考察它與當時社會狀況的關係，尤當考究文學運動與當時其他生活與思想方面的運動與潮流的關係」。[71]另有專章論「傳記」之於文學研究的功用，[72]以及主張以「編年法」將「作家的各作品依產生的次序排列」，俾便考究「作者心靈的與道德的發展階段，作者的作品的變遷」。[73]這些論述，應該也都為〈方法論〉中，有關「社會環境」、「文學環境」，以及「傳記」與「年譜」諸講的理論建構，提供了參考框架。

綜上，〈方法論〉一文，應可視為一個古今中西有關文學研究方法相互對話的平臺，臺靜農吸納以溫徹斯特與韓德森兩人為主的當代文學理論，為中國文學史研究，建構理論框架。他所揭示的「形式」、「環境」、「傳記」、「年譜」等研究法，固然亦為中國傳統文論

69 臺靜農：《中國文學史》，頁七三七。

70 韓德森的原文如下：這些問題的紛繁複雜，幾與生活本身等（因為生活中不可當為文學論題的很少），使我初看去，竟不敢將牠們歸納成系統的敘述。但我們仍是為著實際便利起見——也可以將牠們勉強分為五大類：（一）各個人的親身經驗，即造成個人內部生活與外部生活總量的事物；（二）人類的經驗，即生，死，罪惡，命運，上帝，人類與上帝的關係，人類目前及今後的希望等共通的大問題，……屬於人類全體者；（三）個人與其同類的關係，或個人與社會全體及其一切活動與問題的關係；（四）自然的客觀界及其與人們的關係；（五）人類以各種形式的文學與藝術創造並表現的努力。參見《文學研究法》，頁七－八。按：參諸韓在「文學的性質與要素」中的說法：「文學作品，無論是否傳授知識，有一個理想的目標是想由藉應付題目的過程以產生審美的滿足」（《文學研究法》，頁三），臺將韓的論述挪至「題目」項下，亦屬其來有自。

71 同前注，頁六五－六六。

72 同前注，頁三一－四〇。

73 同前注，頁二六。

所固有，但卻經由西方文論的介入，翻轉出新時代的樣貌。

（二）從〈中國文學史方法論〉到《中國文學史》：臺靜農「文學史」的書寫實踐

〈方法論〉完稿之後，雖然未曾發表，但臺靜農渡海來臺，始終攜之藏之，可見對其個人而言，實具有一定意義。他的《中國文學史》一直未能終篇，但準備工作及初稿撰寫，則是早自抗戰前後即已開始。根據臺大總圖書館所藏手稿資料看來，不少文稿於四川白沙時期，即已草成，與〈方法論〉完稿的時間相近。[74]因此，接下來要進一步探討的是，〈方法論〉的研究框架，對於他撰寫《中國文學史》如何產生作用？我們能否據此為他的文學史撰寫開展不同的觀照視野？在進入此一論題的相關討論之前，還有必要先就魯迅的文學史撰寫，以及臺對他的評述略做了解。

臺靜農自一九二五年結識魯迅開始，就深得魯迅賞識，兩人結為忘年之交，談文論學，互動頻繁。魯迅編選《中國新文學大系．小說二集》，收入自己和臺靜農各四篇小說，是當時入選最多的兩位作家。臺則在一九二六年編印《關於魯迅及其著作》，熱愛魯迅那種「跳到半天空，罵得你體無完膚——還不肯罷休」的精神。[75]在京期間，臺經常陪同魯迅出席各類活動；魯迅過世之後，曾受邀在紀念會上演講，並撰寫〈魯迅先生的一生〉、〈魯迅先生整理中國古文學之成績〉、〈《古小說勾沉》解題〉等多篇文章，對魯迅有關「文學史」的著作論之甚詳。特別是談《中國小說史略》，臺靜農分就「流別」、「考訂」、「批評」三方面，陳述魯迅的撰述特點及貢獻。諸如：

> 先生於每一新的內容與形式之發生，其歷史的背景與環境，皆有一簡括的敘述。……至於每一作者之環境以及作品之淵源與影響，皆有極正確之解釋。
>
> 倘要論文，最好是顧及全文，並且顧及作者的全人，以及他所處的社會狀態，這才較為確鑿。[76]

在此，「歷史背景」、「環境」、「社會狀態」、「全人」、「全文」，等語詞的出現，應非偶然。參照〈方法論〉，其間實多有聲氣相通之處。已有研究者指出：魯迅的文學史觀頗有得自猶太裔丹麥學者勃蘭兌斯（Georg Brandes, 1842–1927）之處。勃氏重視社會環境，更看重作者因之而產生的心靈變化，其說同樣是基於對泰納學說的批判性承衍。影響於魯迅者，即為重視影響作家成長及心靈變化的社會環境與知識界的文化氛圍，落實於「文學

---

74 《中國文學史》手稿前後使用的稿紙十分多樣，包括：一曲書屋稿紙、國立編譯館稿紙、臺灣總督府外事部原稿用紙、國立臺灣大學稿紙等。其中，以「一曲書屋」與「國立編譯館」稿紙書寫者，應可判定為早年白沙時期所撰。

75 臺靜農：〈《關於魯迅及其著作》序言〉，《靜農佚文集》（臺北：聯經出版公司，二〇一八），頁一五四－一五五。

76 臺靜農：〈魯迅先生整理中國古文學之成績〉，原載《理論與現實季刊》一卷三期（一九三九年十一月五日）；後收入《靜農佚文集》，頁二〇三－四〇。

史」書寫，遂著墨於「世態」與「人情」的深度勾連。[77]就此看來：當時中國學者的文學史觀，其實並非直接得自於泰納，反而是取法於西方學者對泰納之說的修正與調整。這些經過修正後的論述，與中國傳統文論與文學作品相融會，落實於文學史的撰寫，即是關注「作者」（全人全文及內在心靈）及與所生活之「（社會與文化）環境」的交互作用，並且將作品內容與文體形式之變遷，置入社會與文化環境之中，進行歷史性與整體性的考察。魯迅的文學史書寫，即是此一做法的體現。而隱現於此一做法之中的，實則是能洞悉文學發展的「史識」。[78]這對於臺靜農《中國文學史》的撰著，顯然具有一定的作用。

就現今成書的《中國文學史》看來，在進入各重要文學時期之前，確乎都是先從該時期的社會環境與文學思潮變化說起。如言周代詩歌三百篇，先敘明殷商已進入農業社會，由於農業發達，土地益形擴大，遂得建立封建國家，創造燦爛文化；[79]談漢代文學，則從「漢初政體與文學」談起，凸顯當時的封建制度與帝王倡導兩因素。[80]其被確認為來臺前即已完稿的〈春秋戰國諸子散文〉一章，亦是如此。[81]

然則，參照一九二、三〇年代以來其他已出版的諸多《中國文學史》，此一經由政治與社會環境變化以說明文學變革的撰述方式，其實不乏其例。鄭振鐸《插圖本中國文學史》（一九三四）與劉大杰《中國文學發展史．上卷》（一九四一），大抵即是採取類似模式。不過，臺作的特殊處，乃是除了根據政治社會環境、文化思潮變化去闡析各時期文學所以變革的因由外，還能夠將之落實於書面語言的改變、「內容」與「形式」如何相生相成等方面，就書寫形式的變化，及其在文學史上的意義進行更為深入具體的剖析；甚至於，還多有個人的褒貶論斷。即就〈春秋戰國諸子散文〉而言，乍看之下，論述方式與劉大杰《中國文學發展史》第三章〈詩的衰落與散文的勃興〉十分近似：兩者皆是從春秋戰國之際，農業經濟轉為商業經濟的社會形態改變說起，指出原為貴族所專有的知識，轉落於庶民身上；舊思想不足以統一人心，各式新思想勃起於民間，作為傳達思想之工具的文學，也因此發生劇變，出現新形式。只是，劉大杰隨後就「歷史散文」與「哲理散文」兩部分，分別列述各家散文特色，雖然點出〈周誥〉中的文辭是當時口語的記錄，後來隨時代改變而殭化，而《春秋》

77 勃蘭兌斯被歐洲學界譽為「比較文學之父」，他的《十九世紀文學主流》（*Main Currents in Nineteen Century Literature*）一書更被視為經典之作。其論述主要受泰納和聖伯夫（A. Sainte-Beuve, 1804-1869）影響，但卻做出不少調整。泰納強調一個國家的文學藝術是由種族、環境、時代三因素決定，勃氏較少論及種族與自然環境，轉而凸顯「時代」之於個人心靈的作用。他認為：「文學史，就其最深刻的意義來說，是一種心理學，研究人的靈魂，是靈魂的歷史」。有關魯迅文學史與勃蘭兌斯文論之間的關係，參見陳平原：〈清儒家法、文學感覺與世態人心——作為文學史家的魯迅〉，《作為學科的文學史》，頁二六〇－九三。

78 早在鄭振鐸《插圖本中國文學史》出版之前，魯迅即致函臺靜農，就鄭作提出批評，並強調「史識」的重要。參見一九三二年八月十五日魯迅致臺靜農函，魯迅：〈魯迅致臺靜農（一九三二年八月十五日）〉，收入黃喬生編：《臺靜農往來書信》，頁一〇二－一〇三。

79 《中國文學史》，頁一九－二六。

80 同前注，頁六一－六七。

81 同前注，頁四五－五五。該章全文以「國立編譯館稿紙」撰寫，據羅聯添考訂，完稿時間應在一九四三年八月。參見《臺靜農先生學術藝文編年考釋》（上冊），頁三六四。

「在造句用字上，都從《尚書》的文體中解放進化出來，日趨於簡練平淺，建立了新文體」；但「新文體」的特色為何？劉並未多做說解。[82]反觀臺靜農，則經由古今「口頭語」變化的角度，對此提出極具洞見的說明：

> 貴族所專有的文體已然失勢，崛起於民間作者的新文體則油然勃興；新文體的特徵，便是口頭上的語言和書面上的語言打成一片，不像銅器銘文那樣具有一致的韻律和整齊的形式了。現在視為古文的虛字，如：之、乎、者、也等字，即當時的口語，時代久了，不復是活的語言而是死的文字了。[83]

循此，臺靜農指出：「全部《論語》記言的特色，便是口語所產生的虛字的應用，這正是當時文學上的變化，文體接近口語的一種進步現象。」論《荀子》，則提醒大家：他的辭藻華飾，多用複筆，尤其值得注意的是，「散文到了戰國階段就慢慢走上修辭主義的路了，過去散文中的口語，雖然依舊保留著，可是與大部分新的辭藻已經水乳交融了。荀卿是戰國末期的耆舊，他的散文便足以證明春秋階段的解放文體又傾向於新的風格了」。

此外，臺亦經由對《孟子》的論析，揭示外緣環境與內在思想、文章內容與文體形式之間的內在互動關係。臺認為《孟子》論詩所提出的「知人論世」是「以意逆志」的客觀條件，兩者合而用之，則成因果，詩人之真意，始可得之。原因是：詩人之為詩，必有其外緣的社會因素，及成為詩，而此社會因素又成為內在的思想，故能論其世始能逆其意。再者，孟子為推王道，不惜反覆譬喻言之，為文以宏肆明快勝，幾至了無含蓄。一般文學形式論者往往忽視其內容，但賞其「波瀾壯濶」，於是後世凡是意圖夸夸其言，以尋波瀾的作者，便以《孟子》為宗，作為摹擬對象。殊不知孟子文章為當時解放的文體，並非從古書摹擬而來。而這就有如近世梁啟超的文體，其實也是為了迎合新知識，不得不從古文辭解放出來，若說其出於孟子，或《戰國策》，實則昧於時代背景。同樣地，《莊子》之所以能做出「洸洋自恣」的文章，為後人所不及者，亦是因為他具有任性自然的思想，「有其內容，才有其形式，絕不是形式主義者透過努力所能得其萬一者」。這些論述，不僅都可視為〈方法論〉的具體實踐，其由「文體解放」觀點而將孟子與梁啟超之文相提並論，所體現出的，亦是洞悉文體之歷史因革的「史識」。凡此，皆所以構成臺靜農文學史書寫的特色。

五、超越泰納：黃得時與臺靜農的「史識」與「詩心」

泰納的「種族・環境・時代」之說，以及《英國文學史》的書寫模式，深遠地影響了

82 劉大杰：《中國文學發展史》（上海：上海書店，一九九〇，民國叢書第二編五八文學類），頁四五－四六。按：劉著上卷完稿之後，於一九四一年由中華書局出版，一九五七年再版時曾做出若干修訂。如本章的標題即修改為〈社會的變革與散文的勃興〉內文刪除傅孟真論〈周誥〉的部分，其他行文，也略有增刪，與初版不盡相同。

83 《中國文學史》，頁四六。

日本以及中國與臺灣的文學史書寫。無論是黃得時的〈臺灣文學史〉，抑是臺靜農的《中國文學史》，皆以不同方式受其沾溉。然而，泰納之說被各方轉譯挪用的過程中，實已產生不少改變。黃得時將泰納用以辨識民族國家之特質的「種族」從單一改寫成多元；又將「時代（le moment）」轉譯為凸顯時間歷程之積累作用的「歷史」；臺靜農不談「種族」，縱使文學史從〈方法論〉到書寫實踐，都凸顯「環境」與「時代」因素的重要性，然而著重它們對作者心靈與作品內容形式所產生的作用，實與泰納忽視個人，僅視文學為歷史社會或環境風土之印記的論述大相逕庭。二者相互參照，所體現的，卻又絕不止於泰納學說在兩岸不同的流播承衍而已。黃凸顯「歷史」，臺亟思與過去的文學傳統對話，都使得他們的文學史書寫，在吸納新式文學史書寫框架的同時，也契接了過去中國「史學」重視歷史識見的「史識」，與文學內蘊情性寄託的「詩心」傳統，並在二者的交融辯證之下，開展出超越泰納的格局。這一節，即是藉由黃、臺於一九三、四〇年代的處境、關懷及與「文學史」相關的各類書寫，論析兩部「文學史」所以能別出於泰納的內在原因，以及彼此之間所可能產生的對話。

首先回到黃得時。他的〈臺灣文學史〉以「臺灣」為主體，就島內的文學發展進行歷時性勾勒，當時固然是針對島田謹二等內地學者的「外地文學論」而發；然而內蘊的關懷與書寫根柢，卻是來自於長時間的醞釀積累。黃自幼兼受中日文化陶養，得自於漢文者尤多。[84]日本侵華戰爭爆發前，殖民地臺灣的生活相對安定，這使他得以依個人所好蒐集各類文獻書籍，讀書寫作，為致力島內文學活動、建設臺灣文壇而多方努力。據〈晴園讀書雜記〉，他早在國中畢業暫居東京期間，即培養出逛舊書店的嗜好；進入臺北高校之後，則是開始有系統地尋購有關臺灣歷史、民俗、文學方面的舊書，尤其著重與「鄭成功」相關的書籍，甚至有心想寫一部有關鄭成功的長篇小說。[85] 一九三〇年代期間，他不僅高度參與各類新文學活動，[86] 同時也勤於文學寫作。作品兼括漢詩及白話文學，另有不少對於中、日及臺灣文學的評介。[87] 日本侵華戰爭開打之後，臺灣總督府力推皇民化運動，禁絕報刊漢文欄，黃則以日文撰寫《水滸傳》，在報刊連載；並以改良方式推廣臺灣布袋戲。這些努力的指向，無非都是希望在殖民地的特殊政治處境中，匯融臺灣島內長久以來所積累的各類文化資產，以形塑具有臺灣特性的、新時代的文學與文化。

---

84 黃得時的父親黃純青為臺灣著名的漢詩人，向來注重黃得時的漢文教育。黃五、六歲時即進入私塾讀《三字經》、唐詩、《詩經》等。一九二四年考入臺北第二中學，黃純青赴上海購書，特別為其購買多套中學國文教科書，使其得以讀到許多五四以來的中國新文學作品。參見許俊雅：〈黃得時生平著作年表初編〉，《臺灣文學家年表六種》（臺北縣：臺北縣政府文化局，二〇〇六），頁一〇五－二二二。

85 黃得時：〈晴園讀書雜記〉，原載《臺灣文學》二卷一號（一九四二年二月）；後收入《黃得時全集二》（臺南：國立臺灣文學館，二〇一二），頁三四九－五四。

86 如一九三三年進入臺北帝大就讀，當年即與廖漢臣、陳君玉等人共組「臺灣文藝協會」，並負責機關雜誌《先發部隊》「隨筆類」的審稿工作。一九三四年五月臺灣文藝聯盟成立，亦被選為北部委員之一。

87 黃於一九二〇年代開始寫作漢詩；三〇年代則多有對於中國、臺灣及日本文學的評介之作，文章包括：〈談談臺灣的鄉土文學〉、〈中國國民性與文學特殊性〉、〈孔子的文學觀及其影響〉、〈讀郭沫若先生著《屈原》〉、〈童話創作家——小波翁之小傳〉、〈達夫片片〉、〈一九三二年之臺灣文學的檢討〉、〈文藝時評〉等多種。

正是如此，一九四〇年大政翼贊會成立，日本政府透過它在殖民地推行振興地方文化運動，意圖建構戰時新體制，泯除臺灣人的認同與文化，黃得時自是深不以為然。他的〈新體制與文化〉一文，即就此表達不同意見：

這裡所說的文化，在空間上不能夠成為對中央唯唯諾諾的追從者；在時間上不能夠像煙火般在兩三年後立刻熄滅了光芒。臺灣一定有自己獨特的生活方式與社會結構，將這種獨特的生活方式與社會結構融入文化當中並加以活用，正是我們背負的神聖使命。新體制必須是建立在舊有基礎上的新東西才行。[88]

之後在〈臺灣文壇建設論〉一文中再次強調：

我們不輕視地方，應該始終把根牢牢地紮在臺灣這個大地來寫。[89]

另一方面，黃對於「文學史」的研究與書寫準備工作，其實起步甚早。他在帝大主修中國文學，當時「中國文學史」課程由久保天隨講授，所用教材，即是早年自撰的《中國文學史》。[90]黃對久保之作評價甚高，尤其稱賞其重視戲曲小說的做法。他也因此留意日本各種《中國文學史》著作，「對於在日本出版的中國文學史一本一本搜集」，熟諳日本學界援用泰納學說以撰述文學史的書寫模式；對於對岸的文學史書寫，亦不陌生。[91]爾後因緣際會，買到連雅堂的《臺灣詩薈》全二十二冊，更是「高興得要跳起來」，原因是：

> 其中有整理過古人的詩，對於臺灣文學史的研究是不可或缺的珍貴文獻。[92]

因此，當島田謹二意圖藉由「外地文學論」將臺灣文學納入為日本文學之一系，黃得時撰寫〈臺灣文學史〉作為具體回應，原是勢所必然。考究它的內在構成，除了以「臺灣大

---

88 黃得時：〈新體制與文化〉，原載《文藝臺灣》二卷一號（一九四一年三月一日）；後收入《黃得時全集二》（臺南：國立臺灣文學館，二〇一二），頁二五五－五六。

89 黃得時：〈臺灣文壇建設論〉，原載於《臺灣文學》一卷二號（一九四一年九月一日），後收入《黃得時全集二》（臺南：國立臺灣文學館，二〇一二），頁二八五－九四。

90 久保天隨所撰述的《支那文學史》前後至少有兩個不同版本，最初的版本於一九〇三年由人文社出版；一九〇四年早稻田大學又出版修訂版，較諸前書，明顯增加了戲曲小說的內容，對重要作家以專節論述。如將《水滸傳》列為第四編「近世文學」第一篇「金元文學」之中，詳考作者，並高度肯定其在中國文學史上的重要性。

91 據〈晴園讀書雜記〉，黃認為出自於中國學者的《中國文學史》，唯胡適、鄭振鐸、譚正璧等少數幾人的還算可觀，顧實所編的《支那文學史》，根本是逐字翻譯自久保天隨之作，甚至多有誤譯之處。

92 黃得時：〈晴園讀書雜記〉。按：學者陳芳明及江寶釵皆以為黃得時〈臺灣文學史〉的撰寫取材來源為連橫的《臺灣詩乘》（參見注22）。但事實上，《臺灣詩薈》收錄明鄭以來的詩作總量遠多於《詩乘》，檢視黃在〈文學史〉中所引錄的詩作，有不少未見於《詩乘》，卻見於《詩薈》者。如〈明鄭時代〉論「張煌言」，所列述之多首詩作，皆為《詩乘》所無，卻見於《詩薈》，即為一例。就此看來，其文學史的組織架構或許依循《詩乘》，然而取材來源，主要還是《詩薈》。

地」為中心的書寫理念之外，如何根據臺灣「獨特的生活方式與社會結構」，在「舊有基礎」上發展出「新東西」，更是重要的書寫驅力。就這一面向切入，我們於是更能理解：黃得時之所以要在「種族」與「環境」之外，以「歷史」作為貫串「文學史」的軸心，正是基於對「舊有基礎」的重視。而他論輓近的臺灣文學，首先揭櫫其兼受日本與中國影響，繼而兼論臺人與在臺日人的文學書寫，所要指出的，恰恰就是臺灣文學於舊基礎與新體制之共同作用下，「新」面向的開展。[93]

循由這一面向，我們於是得見黃得時文學史書寫何以要以「歷史」為核心，以及其所內蘊的「史識」與「詩心」——他的「史識」以博覽中日文史典籍為基底，因此能洞悉臺灣文學所以從無到有的原因，並總體掌握各發展階段特點；他的「詩心」，源自於對臺灣文學的深切關懷與兼容並包的博大襟懷，兩者相融交織，所投射於〈臺灣文學史〉書寫的，亦正是以舊基礎開展新未來的期待。既挪用、改寫泰納理論的框架，也凸顯出個人特定的文化政治立場，為文學史書寫建立嶄新的範式。

然而，就在黃得時心心念念於臺灣文壇建設，抗衡日本對殖民地文學之收編的同時，一九三、四〇年代的臺靜農卻是始經喪亂，避難白沙；迫於生計的他，對於昏亂的時局心懷憂憤，鬱結難伸。參照其於三、四〇年代的其他書寫，我們不難看出：他的《中國文學史》不只展現文學「史」識見，更成為另一種「詩」心寄託的方式。

這些書寫包括學術文章、雜文、小說、劇本，以及不曾公開發表的古典詩作等。儘管體類繁多，然而批判時局，藉古諷今的憤懣之情每每溢於言表，成為貫通其間的共同基調。如小說〈被侵蝕者〉揭露戰時大後方政治腐敗和民不聊生的社會現狀，〈電報〉諷刺戰時有錢人的卑劣行為；[94]劇本〈出版老爺〉表現戰時文人生活之困窘與出版商對作家之盤剝；[95]雜文〈讀知堂老人的《瓜豆集》〉、〈「謝本師」周作人：老人的胡鬧〉批評周作人媚日，[96]〈談「倭寇底直系子孫」〉控訴侵華日軍暴行，也指斥國內「發國難財」與「當國難官」的人；[97]〈關於販賣牲口〉通過有宋一代，尤其是「南宋十六路中無告之流民婦女，皆有被充牲口販賣之可能」的歷史揭示，對照「抗戰中的今日」發國難財者，得出「後之視今，猶今之視昔。千古同轍，不足為奇」的結論，[98]在在可見一斑。學術文章方面，〈黨錮史話〉談史，指出後漢覆亡實由於黨禍；[99]〈紀錢牧齋遺事〉論人，揭示錢降清豫王事，文後附記：「今日的時勢，在任何方面都不能和晚明相比，而比跡於錢牧齋者，卻偏有其人」，[100]顯然都是項莊舞

93 參見黃得時：〈輓近臺灣文學運動史〉。按：該文是《臺灣文學史》系列論述中最早發表的一篇，不無宣示或預告的意味。
94 分見《文摘戰時旬刊》（一九三九年二月二十一日）、重慶《全民抗戰》（一九三九年二月五日）。
95 重慶《新蜀報．蜀道副刊》（一九四〇年五月二十四日），署名「孔嘉」。
96 分見重慶《文壇半月刊》二期（一九四二年四月五日）、《抗戰文藝月刊》七卷六期（一九四二年六月十五日），頁四〇四－四〇六。
97 重慶《抗戰文藝周刊》（一九三九年一月二十一日）。
98 重慶《新蜀報．蜀道副刊》（一九四〇年五月二十八日），署名「孔嘉」。
99 上海《希望月刊》二卷四期（一九四六年十月）。
100 重慶《七月》月刊五卷四期（一九四〇年十月），頁一七三－七四，署名「孔嘉」。

劍，意有所指。

此外，原以新文學見長的臺靜農，在白沙開始了古典詩寫作。回到千百年來文人學者以詩言志的文學傳統之中，無論是書寫生活中典當衣服以維持生計的困窘（〈典衣〉）、描述江岸獨行所見景物的淒冷荒寂（〈蜀江岸行〉），或是抒發夜起時分的孤絕憂思（〈夜起〉），體現出的風格，卻是冷寂森寒，既像阮籍詠懷，又類似明遺民詩。[101] 詩中對時局的批判諷刺，更不時可見。如一九四四年秋冬之際所作的〈孤憤〉，有暗諷蔣介石《中國之命運》之意；〈乙酉冬馬歇爾來作迎神曲〉，諷刺一九四七年「馬歇爾來華至滬，冠蓋往迎」；[102] 都與魯迅寫寄給臺的舊詩相類：「寓有政治性很強的諷刺」。[103]

這些篇什大多攸關時政，或批判競逐利益權勢者，或流露對於邊緣弱勢者的關懷與同情；既洞悉種種權力轇轕，更體現敏銳易感的詩人心靈。落實於〈文學史〉書寫，此一洞察識力與善感文心，遂化為褒貶論斷之言，不時閃現於字裡行間。以〈春秋戰國諸子散文〉一章的結語為例，臺就十分犀利地指出歷來文人與封建主之間，假儒術以相互為用的情形：

秦漢以後文學的內容，不外儒、道兩家互相消長，亦相互為用。表面看來，儒家思想適用於封建社會，而封建主亦樂得御用之以統天下，於是儒家藉資居於上風，文學之士則緣飾儒術以取富貴，此風遠自漢代，以至唐、宋以下作者。至於儒術是否因之而昌明，又恰恰相反，蓋此輩文學作家之視儒術為上達的工具，猶之封建主之視儒術為統治的工具，了無二致。彼以此道來，我以此道去，各不說破，卻相得為用——此史家所歌誦的君臣契合，亦君子之能行其道也。如近古所謂「文起八代之衰」而以文、武、周公孔子自任的韓愈，便是這一派作者的代表。[104]

如此直白地論斷古代文士與封建主的關係，在當時其他文學史著作中，實未曾得見。另如「魏晉作家」一章，他以一整節的大篇幅剖析陶淵明內在心靈及其詩文，現今看來，幾乎就是「夫子自道」：

> 一個曾懷「猛志」的人，一旦與世永絕，果真心如止水嗎？這又是不可能的，於是往往激發出他那不能抑止的熱情來，……淵明到暮年，便已壯心無著，其悲涼的心情猶甚

101 參見舒蕪：〈憶臺靜農先生〉，收入陳子善編：《回憶臺靜農》（上海：上海教育出版社，一九九五），頁五三－七六。

102 參見羅聯添：《臺靜農先生學術藝文編年考釋》（上冊），頁三七一、頁三七九。

103 據臺靜農好友李霽野回憶：在舊體詩方面，魯迅「偶然寫一首，但不發表，因為怕影響文學改革。但先生覺得，仍然有點感觸，不敢高攀天才所膜拜的『靈感』。舊體詩對自己彷彿比新語體詩便當一點。以後我看到過先生寫寄給靜農的舊詩，看內容倒不是先生以前很想提倡的抒情詩了，而寓有政治性很強的諷刺」。李霽野並且表示，自己在抗戰時期開始寫舊體詩，即是受魯迅影響。臺靜農之所以在白沙時期寫作舊體詩，或許同樣與此有關。見李霽野：〈魯迅先生對文藝嫩苗的愛護與培育〉，《李霽野文集》卷二（天津：百花文藝出版社，二〇〇四），頁六五。

104 臺靜農：《中國文學史》，頁五四－五五。

於孟德。於是痛惜擊殺暴君的荊軻，（〈詠荊軻〉）歌頌神勇的夸父與刑天。（〈讀山海經〉）可是心情儘管悲涼，卻不放鬆自己的操持；儘管舍棄了用世的觀念，卻加深了個人身心的修養。……世俗的看法，總以為他是個飲酒自放之人，不知他內心的世界，卻是如此的嚴肅。

（淵明死前）在〈自祭文〉中卻不自覺流露兩句沉重的話：「人生實難，死如之何！」……人們只見其曠達高懷，有誰知道他永遠藏著一顆熱烈的心，耿耿不滅，以至於死。[105]

「陶淵明」一節應為渡海來臺後不久所撰。[106]日後臺的書法作品中屢次出現「人生實難」的題詞，由此應可得到另一層面的理解。「文學史」書寫之於臺靜農，遂不只是課程教材，而是一如「文學」，內蘊了詩人藉古諷今的隱喻、觸人事而興情的感懷。它與洞悉史實曲折的識見交相為用，成為作者心靈對於當代社會環境、文學思潮及文化氛圍的特殊回應方式。

正是在這一層面，我們或可進一步得見黃得時與臺靜農之作的對照、對話，與各自的時代意義。身為動盪時代的知識分子，黃、臺二人皆以為己身所屬的國族或地域撰寫「文學史」，作為投射個人特定關懷與國族想像的重要方式。他們都汲取國外的理論資源以確立研究方法，建構論述框架。不同的是，黃得時為原本「無史」的臺灣文學創建新猷，他用心直白明快，以「歷史」作為論述主軸，為臺灣文學劃訂時空座標，吸納匯流百川，無非是意圖要讓「臺灣」浮出歷史地表，在「世界」的「文學」地圖中擁有一席之地。儘管未能終篇，所展現的氣象與格局，對後學啟廸良多。臺靜農身在「中國文學」的悠遠傳統之中，面對的卻是家國離散，文化傳統崩裂的危機。他力求綜貫古今，融通中外，然而時局晦昧，己身之去從未明，遂只能藉由託喻感興的詩學表述，演示古已有之的春秋大義。他的文學史既非完帙，亦不曾公開發表，雖然未必有「藏之名山，傳之其人」的想望，畢竟還是以「一家之言」的姿態，在新世紀的臺灣學界現身，遙向中國文學與文化傳統致意。黃得時與臺靜農所體現的，是兩種截然不同的文學史書寫取徑，卻是互映互補，共同為危疑動盪的時代做出見證，樹立典型。

六、結語

一九三、四〇年代的海峽兩岸，風雨如晦，戰亂方殷，黃得時與臺靜農天各一方，在其所處身的臺北與白沙，分別撰寫〈臺灣文學史〉與《中國文學史》。所關注的對象一為臺灣，一為中國，乍看之下，互不相涉；卻因為「文學史」作為文類書寫的特殊性，以及與泰納學說的因緣，產生微妙的牽連，並形成饒富意義的對照。

黃得時師承久保天隨與島田謹二，經由日本師長的導引中介，他熟諳「中國文學史」的

105　臺靜農：《中國文學史》，頁一九九－二〇一。
106　據臺大總圖書館手稿資料，該文稿所用的稿紙為臺灣總督府外事部原稿用紙與國防部副官處專用稿紙，應為來臺初期所撰。

日本書寫模式與泰納「三要素」的理論框架；據以書寫的〈臺灣文學史〉，卻是對於泰納理論的改寫，對於帝大師長島田謹二「外地文學」之說的抗辯。其關鍵，自然是堅守以「臺灣」作為書寫主體的基本立場。在改泰納之「單一種族」為「多元種族」、轉譯「時代」為「歷史」的框架之下，他的「文學史」書寫從明鄭時期開始，展現的不僅是「海納百川，有容乃大」的氣度與襟懷，也隱含如何在舊有基礎上開展新未來的期待，如何在「世界」文學中為「臺灣」爭取版圖的企望。臺靜農推尊魯迅，亦留意當時各種歐西文藝理論，對於泰納之說的吸納應用，以「環境」與「時代」論述為主，但特重作者心靈與外界的交融感盪，已是經過相當程度的調整改易。不同於黃得時心念臺灣文學的未來發展，意圖藉由文學史書寫而彰顯臺灣主體，臺靜農的文學史原是作為課程教材之用，身在「中國文學」的悠遠傳統之中，他所關切的，毋寧是文學史研究方法的去弊革新，與歷來「文學」的發展變化。面臨危機時刻，他不唯著意於「環境」與「時代」之於作者心靈及文學書寫的作用，更以一己書寫的詩心寓託，證成了其間複雜的動態關係。放在林傳甲以降的《中國文學史》書寫脈絡中，它體現晚清以來，中國學者取法日人之作後的自我開拓，內蘊了古今中外不同文論的對話協商，以及作者個人寄「史」以抒「情」的感興幽懷。全書在新世紀之初的臺灣出版，實不啻以「現身說法」的姿態，體現「中國文學／史」的書寫，是如何因為同時契接交融於大陸與臺灣的歷史社會，彰顯其特殊的時代意義。與黃得時之作相對照，二者分屬一九三、四〇年代「文學史」書寫的兩種不同典型，差異顯而易見。不過，無論二者如何挪用、改寫泰納的理論框架，也無論所關注的重點為何，他們各自以書寫「文學史」回應所處身的時代環境，似乎又為泰納的「時代．環境」之論，做出見證。只是，畢竟有所不同的是，黃得時與臺靜農的文學史，皆以其論斷文學發展的「史識」，與寄寓個人襟懷的「詩心」，發展出超越泰納理論的書寫高度。「史識」與「詩心」的辯證交融，成為動盪時代中，兩岸文學史書寫最為動人心魄的風景；黃得時與臺靜農之作的互映互補，雙源匯流，更共同為日後臺灣的文學史教育，留下彌足珍貴的資產。

第二章

世變中的國・語・文

——以一九四〇年代「大學國文」教材編選為起點的論析

一、前言

從歷史的進程看來，「語言」、「文學」與「教育」三者，一直是啟蒙大眾、召喚認同、生成並推進現代文學與文化發展的重要環節；並且多與種種政治社會的改造方案深相關聯。尤其近代民族國家興起，藉由「國語」而普及教育，厚植國力，以期凝聚國民向心力，更是大勢之所趨。「國語」每每以「言文一致」為其核心理念，至於左右其成敗的關鍵，則在於「語文教育」。晚清中國屢敗於列強，所遭逢的變局前所未有。有識之士亟思變法圖強，如何藉由「統一語言」而「養成國民愛國心」，正是其中要務。[1]雖然當時官方還未及建立制度，付諸實行，但種種文字拼音化方案的推行，以及對於「國語」的籲求，已在民間各地展開。其目的，亦無非是希望經由「言文一致」去化解口語與書面語言的隔閡，讓普通公眾擁有獲取知識的能力，進而促成社會文明與文學革新。

民國肇興，語文教育隨即以「『國』語」與「『國』文」之名，被正式納入教育體制。然而時局倥傯，屢見兵戎，不僅長久以來「言文」不一致的情況未見改變，各級學校於語文育教之實踐，亦多在新舊體制轉變之中依違徘徊，尋找方向。其間的猶疑，往往體現於教材編選的斟酌取捨。其中，一九四〇年代「大學國文」的課程設置及教材編選，尤其值得關注。主要原因有三：

其一，「現代大學」在中國的興起與建制，是為教育文化史上劃時代的盛事。它不只引進現代國家社會的各種觀念與知識，更牽動此後知識體系的重構，教育理念的調整，以及整體文化素養的提升，影響國家社會未來的走向甚鉅。其設置目的原在培養高級知識分子，屬意於培育「專家」而非「通才」。然而各學系除專業課程之外，仍以「國文」作為「共同科目」之一，所意味的，正是某些特定素養需要與時俱進，不可或缺。因此，語文教育雖早自童蒙時期便已開始，大學將「國文」規定為必修，應是在基礎的語文訓練之外，還有更高層次的寄託與期待。相較於其他各級學校的「國文」，大學國文課程的設置與教材編選，自然也就蘊含更多值得深究的問題。

其二，「大學國文」得以在現代教育體制中定型為必修科目並穩定發展，一九四〇年代實為關鍵時期，它始於對日抗戰期間，迄於勝利還都，中共建國，以及臺灣結束日本殖民統治。涵蓋的時間雖然並不長，卻因時逢鉅變，世局動盪，使得「國文教育」在原先的「語／文」問題之外，更因國族意識與諸般文化想像的強力介入，輻輳出遠較先前複雜的面向，由此切入，適得以小見大。

---

1 如光緒二十八年（一九〇二），時任京師大學堂總教習的吳汝倫赴日本考察學政，曾與日本教育名家伊澤修二晤談，談話中，伊澤強調：「欲養成國民愛國心……統一語言尤其亟亟者。」他甚至建議中國學堂「寧棄他科而增國語」。吳深受感發，返國後即上書管學大臣張百熙，建言編輯「國語課本」，用「京城聲口」使天下語音一律，並稱之為「國民團體最要之義」。另如京師大學堂學生王鳳華等人也上書北洋大臣袁世凱，「請奏明頒行官話字母，設普通國語學科，以開民智而救大局」。參見本書導論注12。

其三，國文教學必得憑藉教材教本，隱現於教材選文篇目之中的，每每是特定的教育理念與目的。以教材編選為研探起點，亦可觀微而知著。

因此，本章選擇一九四〇年代最具代表性的幾種「大學國文」教材選本，擬就其中所糾結的「文／白」、「語／文」問題，以及編選理念中所隱含的國族意識、文化想像等問題進行研探，目的不在於就現代大學之國文教育與教材編選問題進行全面性研探，而是希望以少總多，為相關問題梳理端緒，進而深入思辨。基於此一考慮，所據以研探的選本將集中於以下四項：一、燕京大學選本：郭紹虞編選的《近代文編》（一九三九）與《學文示例》（一九四一）；二、教育部選本：《部定大學用書・大學國文選》（一九四三）；三、西南聯大選本：《西南聯合大學國文選》（一九四二）與《大一國文習作參考文選》（一九四四）；四、臺灣大學選本：魏建功的《大學國語文選》（一九四七）與許壽裳的《大學國文選》（一九四七）。臺大的選本，尤將是討論重點。

其中，燕京大學為當年中國最重要的教會大學，西南聯大是對日抗戰期間，由北大、清華、南開三校遷徙於昆明後共組的聯合大學，臺灣大學則由日本殖民時期所創建的臺北帝國大學改制而來，是戰後臺灣第一所國立大學，三校皆具有相當的代表性；負責編選者，亦皆為當時的重量級學者。教育部選本，則反映了當時主政者的教育理念。燕京大學選本兼顧閱讀與寫作，教育部選本側重經典閱讀訓練，二者選篇皆為「文言文」。西南聯大的教本兼顧古今與讀寫，對於白話文寫作的訓練著力尤深。至於臺灣方面，由於甲午戰後割讓於日本，在歷經殖民統治半世紀之後，日語幾乎已成為全島最主要的語文。一九四五年抗戰勝利，國民政府隨即於臺灣大力推動「去日本化」與「再中國化」，臺灣的大學國文教育，自當與中國大陸有所不同。它在「國文選」之外，另編有「國語文選」，這既是戰後特殊語文環境使然，也體現出「國『語』」與「國『文』」之間相生互補、錯綜游移的動態關係。以臺大選本為核心，與其他三者進行對話，亦將使「國」與「文」的論析，得以有更多重面向的開展。因此，以下除將先就「國文」概念的生成及其在現代大學課程的設置源起略作說明外，主要將循由三部分進行論析：一、文言？還是白話？——抗戰期間大學國文教材選本中的「語」與「文」；二、「語文復原」與「文化復原」：戰後初期臺灣大學國語文教材選本的語文理念與編選實踐；三、「國」與「文」：大學國文與國族意識、文化想像及語文形構的多重交錯。

二、「國文」概念的生成及其在現代大學課程的設置源起

初步看來，作為現代教育基本學科之一的「國文」，在語詞構成及概念內涵上都至少包括了「國」與「文」兩個層面。「國」指的應是現代「國家」觀念，「文」則兼括「語言」與「文字」；二者交相為用，所指向的，即是以全國共通、統一共享的語言文字進行語文教育，以期促進人際溝通，提升人文素養，進而體現國民精神文化，形塑全民「共同體」意識。無可否認地，它與十九世紀以來，民族國家的興起深相關聯；然而其概念意涵，卻並非不證自明，自始即然；而是經過一段歷時性的折衝衍變，始得逐步生成。

一般而言，無論學校體制，抑是實際學習次第，大學教育奠基於中小學教育；由童蒙教育以至於初、高等教育，原應是逐步漸進的過程。然而一個值得注意的現象是，由於求變心切，清季官方的教育改革，卻是以「本末倒置」的進程展開的——它以語言學堂的出現為嚆矢，接下來是軍事技術學堂、各類實業學堂、大學學堂，最後才是初等教育、中等教育，以及小學童蒙教育。此外，醞釀於晚清的「現代教育」，也並不像其他多數國家，先由政府頒布有關的法令規章，政策制度，自上而下地推動，反是先由各地方、各部門，甚至民間自發進行，經過長時期的各自為政之後，才由國家頒布統一學制和課程。[2]官方與民間教育的相生互補，是為中國現代教育發展的一大特色；特別是民間對於「蒙學」課程的改革推動，影響深遠。這是探究「國文」與「國語」等概念的生成及其相關問題時，必須具備的基本理解。

（一）晚清「國文」論述的生成與「大學」國文課程之設置

事實上，「國文」的概念，最先即是在民間蒙學教育的相關論述之中被挪用，並且落實為課程實踐。至於作為體制內的現代大學必修課程，實則為時甚晚。從字源考索，「國文」一詞未見於古籍，直到晚清，才經由日本轉介而進入時人視域，進而成為學制中不可或缺的一環。至於現代意義上「國語」一詞的出現，則稍早於「國文」。其源起，當是甲午敗戰後，朝野有識之士，都體認到日本國富兵強，舉國同心，很重要的原因之一，即是各級學校教育都高度重視「本國語文」，因而對日本學制多所關注。如光緒二十二年（一八九六）冬，梁啟超發表《變法通議・論師範》，列舉日本尋常師範學校制度，即提到：「其所教者有十七事，一修身，二教育，三國語，四漢文……」。並在「國語」下注明：「謂倭文倭語」，其所指涉者，即是具有全國統一之標準語意義的日本語言。[3] 其後不少朝野人士紛紛建言清廷宜統一各地語言、編輯「國語課本」，以及在學校中設置「國語學科」，當時雖未及實施，但「國語」一詞的現代意義，已然成形。

此外，就如同「國語」一詞的觀念係由日本師範學校制度中的「倭文倭語」轉介而來，「國『文』」一詞亦然。它早先應是出現於民間知識分子對於日本小學校章程的譯介文字之中。以旨在啟蒙孩童的《蒙學報》為例，它在創刊後的次年（一八九八），便刊出由松林純孝所翻譯的〈日本小學校章程〉，作為當時蒙學教育的「他山之石」。文中除明確指定小學所須修習之學科，還具體說明了各科教授的原則和進行次第。其中「第三條：授讀書作文」即出現「國文」一詞：

2 田正平：〈中國教育近代化研究叢書・總前言〉，收入田正平：《留學生與中國教育近代化》（廣州：廣東教育出版社，一九九六），頁一三。

3 有關日本「國語」意識之形成及其與「國文」學科建構的相關問題，詳見後文。

> 先令知普通文字，及日常須知之文字，文句，文章，讀方綴字，及其意義。又用穩當言語字句，以養推辨思想之能，兼要啟發智德。……讀本之文章，總要平易而可為普通國文之模範，故採授兒童易理會，而令其心情快活純正者。又其所載事項，須用修身地理歷史格致，其他必須日常生活而可添教授之趣味者。[4]

該章程實為一八九一年日本文部省頒布的〈小學校教則大綱〉，所提到的「讀本」，就是小學校「讀書科」課程所使用的教本。譯文中的「普通『國文』」，乃為「本國文章」之謂；至於「其所載事項，須『用』修身地理歷史格致」，意謂文字作為各類知識的「載體」，因此它的教學，實以「應用」為主要考量。

此一「國文」的語彙及概念出現之後，立即為當時學界採納，如南洋公學即編訂《蒙學讀本》並且實際應用於課程教學之中。學者們據以形成「論述」的同時，也不無調整。如光緒二十九年（一九〇三）劉師培撰寫《國文典問答》一書，目的即是以之「為小學校國文教課本」。其序言開宗明義，提出國文課之教學須以「字類」、「文法」為授課內容；[5]並從說明「國文」學科之必要性開始，逐一論述由「文字」而「文法」的學習次第，正是將日本「讀本」概念、當時新興的「文法」之說與中國固有的「小學」課程相連結。[6]次年，劉氏復於《中國白話報》刊出〈講教授國文的法子〉，則是在《國文典》問世之後，進一步指導教師如何講授國文。他除了再次說明識字的學習次第，同時還指出：「國文一科，可以參入各科裡面。就是地輿、歷史、倫理各科，也都可以兼教國文」，此與日本小學校的教學要旨聲氣相通，顯示當時蒙學的國文教學，同樣著重於匯通各學科，以利習得知識。[7]此一論述，隨著商務印書館編印出版系列成套的《最新國文教科書》而深入人心。可見當時蒙小國文課程的性質偏於「應用」，應屬時人共識。據此，「國文」在蒙小階段的課程設置、課本編撰及相關論述的生成，大致於一九〇四年前後，即已底定。只是，「國」與「文」在民族意識及文學或文化方面的特殊意義，還並沒有被刻意論及。

相對於蒙小教育多由民間有識之士熱心推動，「大學」教育必得由官方主導，其建制與發展，實相對複雜。作為諸多學校課程科目之一的「國文」，無論在名目訂定、課程設置，

4〈日本小學校章程〉，《蒙學報》二二冊（一八九八年四月），頁四一。

5 劉師培：〈國文典問答．序〉：「吾觀東西各國，國文設為專科，而教授之書，皆有一定課本。而吾中國之所謂文法者，則僅恃古人之文字而已，此其所以無規則也。不揣固陋，撰《國文典問答》一書，以分析字類為主，而以國文綴繫法繼之，庶世之閱者而有以知正名之不可苟與？」劉師培著，萬仕國輯校：《劉申叔遺書補遺上冊》（揚州：廣陵書社，二〇〇八），頁七二－七三。

6 劉師培：〈國文典問答．第一章總論〉，《劉申叔遺書補遺上冊》，頁七三－七四。

7 劉師培：〈講教授國文的法子〉，原載《中國白話報》一四期，教育，一九〇四年七月三日，署名光漢；後收入《劉申叔遺書補遺上冊》，頁二六九－七一。按，當時的蒙學教材以南洋公學所編訂的《蒙學課本》與《新訂蒙學課本》最具代表性，其文體皆為「淺近文言」。劉揭示文體須「以演白話為主」，與當時一般童蒙讀本有別，則是其改革趨新之處。

乃至於教材編纂方面，起步都較民間蒙小教育為晚，其內涵與性質，因亦隸屬「高等教育」而略有出入。光緒二十七年（一九〇一）京師大學堂重建，同時暫充新式教育的最高行政機構。歷經壬寅、癸卯學制，官方雖已有「大學」之規畫，但其體制，實與現今頗為不同。據癸卯學制之《奏定學堂章程．學務綱要》（一九〇四），其高等教育為三級制，包括「高等學堂」（大學預科）、「大學堂」（大學本科）與「通儒院」（研究所），修業年限分別為預科三年，本科三至四年，通儒院五年。而無論哪一級別，課程設置都沒有「國文」之目。「國文」作為高等學校的正式學科之一，最早出現在光緒三十三年正月（一九〇七）清廷頒布的〈女子師範學堂章程〉之中。該章程首先闡明：「女子師範學堂，以養成女子小學堂教習、並講習幼兒保育方法，以期於裨補家計、有益家庭教育為宗旨」，繼而揭示學科設置：

> 女子師範學堂之學科，為修身、教育、國文、歷史、地理、算學、格致、圖畫、家事、裁縫、手藝、音樂、體操。[8]

對於「國文」的學科要旨，則進一步規範如下：

> 在使能解普通之言語及文字，便能以文字自達其意，期於涵養趣味，有裨身心。其教課程度，先講讀近時平易之文，再進講讀經、史、子、集中雅馴之文，又時使作簡易而

有用之文，兼授文法之大要及習字；並授以教授國文之次序法則。[9]

女子師範學堂的設置目的在「養成女子小學堂教習」，此一「要旨」，顯然是承納並配合當時民間蒙學教育中已經成形的、對於「國文」的學科理解與教學期待而來。

另一方面，〈學務綱要〉的其他各學堂章程雖無「國文」之目，卻有「中國文辭」或「中國文學」的修習要求，性質與「國文」近似。它大抵是被設置於大學的「預科」之中，進入本科之後，除非是文科專業，一般就不再修習。大學之所以設置「預科」，一則是參照日本學制；再則，新學制伊始，高等教育無法立即招收到合格的學生，只得經由「預科」先行培育，以為進入大學之預備；[10]因此，它與現今的高中教育大致相當。而〈學務綱要〉在明訂「高等教育」之「中國文學」課程的同時，亦敘明各級學堂循序而進之次第，並將「以資官私實用」作為各級學堂設置此一科目的重要目的：

8〈學部・奏定女學堂章程程折・學科程度章第二〉，收入璩鑫垚、唐良炎編：《中國近代教育史資料匯編・學制演變》（上海：上海教育出版社，二〇〇七），頁五八四。

9 同前注，頁五八六。

10 參見何二元：《現代大學國文教育・緒論》，收入何二元編著：《現代大學國文教育》（上海：華東師範大學出版社，二〇一七），頁二。

> 今擬除大學堂設有文學專科，聽好此者研究外，至各學堂中國文學一科，則明定日課時刻，……各省學堂均不得拋荒此事。……其中國文學一科，並宜隨時試課論說文字，及教以淺顯書信、記事、文法，以資官私實用。……中小學堂於中國文辭，止貴明通。高等學堂以上於中國文辭，漸求敷暢，然仍以清真雅正為宗，不可過求奇古，尤不可徒尚浮華。

不過，由於預科的學生多已具備初小以上的語文基礎，其「中國文辭」之主要教育目標雖仍在「以資實用」，但亦同時提升為「保存國粹」：

> 學堂不得廢棄中國文辭，以便讀古來經籍。
>
> 中國各體文辭，各有所用。古文所以闡理紀事，述德達情，最為可貴。駢文則遇國家典禮制誥，需用之處甚多，亦不可廢。……且必能為中國各體文辭，然後能通解經史古書，傳述聖賢精理。文學既廢，則經籍無人能讀矣。外國學堂最重保存國粹，此即保存國粹之一大端。假使學堂中人全不能筆為文，則將來入官以後，所有奏議、公牘、書札、記事，將令何人為之乎？

此一論述，被學者視為中國現代語文教育的起點，也是大學語文教育的源頭。[11]它的頒布時間，恰在劉師培發表〈講授國文的法子〉一文之前不久。[12]由此可見，大學語文教育與蒙小教育容或深淺有別，但以「讀書」（讀古來經籍）與「作文」（能為中國各體文辭）為要旨，仍是一氣相通。只是大學教育於「保存國粹」——也就是傳承固有文化方面尤須用心，則是與其他各級學校的差別所在。

不過，根據新近被考掘問世的《清內府檔案稿本》，癸卯學制的師範學堂章程中的「中國文學」一科，在「稿本」階段，其實就是以「國文」名之；而它對應的乃是日本學制的「國語科」，具有普遍語文學科的意識，以應用為主要目的。但在當時國粹思潮和學制主導者張之洞等人政教關切的引導下，不僅「國文」在稿本中先後被改易為「中國文」、「中國文章」，最後也經由改竄名詞、充實材料、調整結構、羅列綱目等方式，以《奏定大學堂章程》定稿問世，凸顯官方文體意識與對傳統詞章資源的重視。[13]

11 參見何二元：〈學堂不得廢棄中國文辭：《學務綱要》（節錄）〉，收入何二元編著：《現代大學國文教育》，頁二。又，相關論述，還可更往前推溯至張之洞的〈致京張冶秋尚書〉（一九〇二）一文：「中國文章不可不講，自高等小學至大學，皆宜專設一門」。張之洞為癸卯學制的重要擬訂者之一，學制明訂自小學以迄大學皆須講授「中國文章」的理念，自應與此相關。

12 〈學務綱要〉頒布於西元一九〇四年一月十三日；〈講授國文的法子〉發表於一九〇四年七月三日。

13 《清內府檔案稿本》為吉林省圖書館所收藏，新近始輯入該館所編《清末教育史料輯刊》，於二〇二〇年出版。經由「欽定」、「奏定」兩種學堂章程，以及兩者之間的各種稿本相參照，可看出晚清主政者於「趨新」與「守舊」之間的游移擺盪。相關研究參見陸胤：〈國家與文辭〉，《國文的創生：清季文學教育與知識衍變》（北京：社會科學文獻出版社，二〇二二），頁一七五－二一九。

正因為彼時的「保存國粹」須以「能為中國各體文辭，然後能通解經史古書，傳述聖賢精理」為前提，遂使得高等學堂以上的「中國文學」或「中國文辭」課程，必得要以研讀古典經籍、習作古典文體為主，這當然也就關涉到「以資實用」的「文體」選擇。民國肇興之後，它尤其成為編選大學國文教材時，無可迴避的問題。

（二）現代大學「大一國文」的定制及其關涉面向

放在中國近現代教育發展史的脈絡中來看，清廷於教育方面力圖改革，畢竟是迫於時局所需，實行上則力有未逮，無法全面推廣落實。官方的理念政策與各地方的實際作為，亦頗有差參；甚至於，往往因隨地方教育的既成現實而調整改易。在「國文」之課程建制方面，〈學務綱要〉雖然並未明文規定設置大學「國文」科目，但就現存之清季「國文讀本」資料看來，至少原屬官辦的上海高等實業學堂，當時即有以「國文」為名目之課程；[14]原為留美預備學校的清華學堂，亦是如此。[15]至於「現代」大學之「大一國文」課程的設置及發展，實有待於民國肇造之後，新學制的擬訂。

顯然，成立於南京的新政府對於教育制度及「國文」課程相當重視。民國伊始，即推出「壬子學制」（一九一二），將小學、中學、大學預科的「中國文學」統一名之為「國文」；「國文」作為各級學校的共同必修課程，至此遂得以明確規範。一九二二年，教育部復就學制予以調整（時稱「壬戌學制」），決定取消預科，延長中學教育年限，希望它具有大學教育的預備作用，[16]並在一九二九年八月頒布的《大學規程》中，明訂定大學各科應修習的課程標準：

大學各學院或獨立學院各科，除黨義、國文、軍事訓練及第一第二外國文為共同必修科目外，須為未分系之一年級生設基本課目。

一九三八年，復就大學科目重新規範整理，將「國文」與「外國文」並訂為「基本工具科目」，且做出特別規定：

國文及外國文為基本工具科目，在第一學年終了，應舉行嚴格考試。國文須能閱讀古文書籍及作通順文字。……至達上述目標，始得畢業。

14 二十世紀初，唐文治曾於上海高等實業學堂（原南洋公學，一九〇五年更名）講授國文課程，親編講義；一九〇九年，他整理自己編寫的《高等學堂國文講義》，改名為《高等國文讀本》，交付上海文明書局出版發行，被視為中國「大學語文教材」之肇始。參見顧黃初編：《中國現代語文教育百年事典》（上海：上海教育出版社，二〇〇一），頁三八。

15 參見歐陽軍喜：〈在中西新舊之間穿行：五四前後的清華國文教學〉，《清華大學學報》二〇一三年三期，頁三八－四六。

16 當時學界對於學制調整、「預科」存廢問題，曾有許多不同意見的討論，參見《中國近代教育史資料匯編．學制演變》第三章〈壬子癸丑學制的修訂〉、第四章〈壬戌學制的醞釀、制定和施行〉，頁八四五－一〇七〇。

至此，現代大學之「大一國文」課程，遂正式得以確立。

然而，考諸當時的實際情況，推展新學制卻並非盡如預期。受限於當時中學教育猶未完備，不少「大學」的生源及素質皆明顯不足，在現實情況無法配合之下，遂又不得不以特設「先修班」的方式，以供大學招生。因此直到國府遷臺之前，各地大學的「預科／先修班」或存或廢，學制狀況始終未能統一。即或如此，「現代」意義上的「大一國文」，仍在許多重點大學先後開設。它的設置目的，一說是因為預科取消之後，作為中學語文教育的延伸與銜接；但事實上，有鑑於當時大學生的語文程度不佳、文化素養不足，因而意圖以共同必修科目的方式進行補強，恐怕才是更關鍵的原因。[17]

與此同時，萌興於晚清的啟蒙思潮、國語運動，與五四以來的國語統一、文學革命、白話文運動相結合之後，對長久以來書寫文體造成極大衝擊。更不提當時還另有廢漢字、倡行萬國新語等種種更為激烈的語文革命運動，這些體制內外的暗潮波濤洶湧，甚至危及「漢字」的存廢。[18]就「大一國文」的教學目標與教材編選而言，它首先面臨的問題是：倘若課程的教育目標是「以資實用」，那麼，在一個即將進入以「白話」為主要應用語言的現代社會中，該課程的教學是否也應該以「白話文」為主要導向？怎樣的白話文訓練，才能符應於社會大眾對於大學（畢業）生的期待？若是旨在「傳承文化」，又是否要以「能閱讀古文書籍」為必要條件？所需要閱讀的，是什麼樣的古文書籍？此外，「以資實用」與「保存國粹（傳承文化）」如何得兼？在它們彼此激盪匯流的過程中，國「語」與國「文」的游移辯證，將如何介入其中，並且積極發揮作用？當然，一個更基本的問題是：作為現代國家的大學必修學科之一，它的「國」與「文」之間，具備了什麼樣的關聯，二者之間，是否必然相生互涉？事實上，「大學」乃是時代文化知識建構的重要場域，其國文課程的理念與實踐，每每著眼「文」的再塑造、再生產，自有超乎一般簡單的政治架構與意識形態之處。以下，即從教材選本面向切入，就前述問題逐步探析。

三、文言？還是白話？——抗戰期間大學國文教材選本中的「語」與「文」

教育部明令取消預科，於大學設置「國文」為一年級必修科目的時間在一九二九年八月；但由於各大學取消預科的時間不一，對於「大一國文」課程的想像與期待，也因當時外在環境、各校實際狀況與主事者的個人理念而有所出入。大致而言，一九三〇年代各校開設大一國文課程之情況尚不普遍，即或開設，所規定的學分數也未盡一致。據學者統計，截至一九三五年止，此一課程在北京大學、武漢大學、中山大學等校都還未及設置；已開設的

17 這一點，由清華學堂轉型為清華大學過程中，各時期對於「國文」課程的討論，即清晰可見。參歐陽軍喜：〈在中西新舊之間穿行：五四前後的清華國文教學〉，《清華大學學報》二〇一三年三期，頁三八－四六。

18 從晚清開始，為求教育普及，民間即有多種不同的語文革命方案，其著眼點多在於漢字太過繁難，宜廢除，或改造，提出的方案包括使用拼音文字、簡體字、注音文字及拉丁化新文字等。詳參黎錦熙：《國語運動史綱》（上海：商務印書館，一九三五）；黃曉蕾：《民國時期語言政策研究》（北京：中國社會科學出版社，二〇一三）。

學校中，浙江大學二學分，廣西、山東大學四學分，清華大學、大夏大學、齊魯大學、安徽大學六學分，廈門大學和滬江大學則高達十二與十六學分。[19]修習年限，也有一年與兩年之別。其教材之編選，或為零篇講義，或為系統性選文，各有不同考量，當時並未引起太多討論。反而是抗戰爆發之後，國民政府高度重視高等教育之人才培育，遍地烽火之中，依然黌宮不廢，弦歌不輟，大學國文教育，亦因此備受重視。一九四〇年代，遂因此成為大學國文教育發展過程中，極其重要的一段時期。

儘管彼時物力唯艱，各大學卻不僅以最堅強的師資陣容進行授課，[20]還大多自行編選教材，以利教學；甚至於，更有教育部統一編纂的國文選本問世。當時圍繞於大學國文的相關問題，大抵包括：課程本身與中學國文、預科國文之間的銜接與區隔、課程目標的訂定、選文原則、文白比例，以及寫作訓練該如何落實等。這些問題環環相扣，但大多輻輳、投射於所編選的教材選本之中。由於各方考慮的重點不一，遂因此引發諸多論辯。燕京大學、西南聯大以及教育部頒行的部編《大學國文選》，正是中國大陸當時最具代表性的三個個案。

（一）燕京大學選本：郭紹虞編選的《近代文編》與《學文示例》

燕京大學是頗具盛名的教會學校，卻素來重視國文教學，國文課程不僅為大一必修，甚且還延續到大二。國文課教材包括「名著選讀」與「國故概要」兩部分，早自一九三五年起，即由多位教師合作編有一套四冊的《燕京大學國文名著選讀》，「分選學術論著，文學史，國學常識之文，及與各系特有關係之作而為中學所未及者」。編者以為近世及現代作者「於學術思想所關至重」，因此選入不少近代文章，諸如〈國學學刊序〉、〈國學學刊宣言〉等。[21]

然而，當時任教於該校的郭紹虞（一八九三－一九八四）顯然並不滿意於此。郭兼治古典文學與語文學，同時關注當時的新文藝發展。他對於大一國文教學的主張向來是閱讀（思想訓練）與寫作（技巧訓練）並重，如何以具有體系性的方式為學生編選適當教材，尤為其所戮力者。一九三九年，他為燕大編選大一國文教材，[22]推出之後，頗受矚目。該教材分《近代文編》與《學文示例》二編，《近代文編》定位為「參考教材」，主要供閱讀之用；「以思想訓練為主而以技巧訓練為輔」；編選目的在「適合大學生一般之需要，故所選文篇偏重在應用」。既重應用，則「自以不背現代生活為原則，爰以戊戌變政為中心，輯同光以來有關灌輸思想討論學術或研究生活之作，俾於講習之餘，兼收指導人生之效」。其選文包括李慈銘〈越縵堂日記〉、蘇曼殊〈嶺海幽光錄〉、譚嗣同〈記洪山形勢〉、劉師培〈論文雜

19 參見謝循初：〈今日大學課程編制問題〉，《安徽大學季刊》一九三六年一期，頁一－一四。

20 如當時西南聯合大學有朱自清、聞一多、羅常培、王力等，皆為名師。

21 參見李瑞山、陳振、鄒鐵夫：〈民國大學國文教育課程教材概說〉，《中國大學教學》二〇一五年八期，頁八三－八七。

22 據《學文示例．編例》，此一教材雖然由郭主編，但編纂過程中，仍然參酌了董魯安、凌敬言、鄭因百、楊弢甫、黃如文等教授的意見，「商討去取，頗得其助」。

記〉等，遍及日記、筆記、遊記、傳記、敘記、論說、論評、論辨、題序、書告、論述、疏證，凡十二體類。「所選教材，務取明顯，以便學生預習，俾增閱讀能力；同時又以體式分組，俾與作文取得聯繫，庶於臨文之頃，得有觀摩之資」。[23]《學文示例》主旨乃重在訓練寫作技巧，而以思想訓練為輔。其凡例有言：

欲使大學國文教學有較異於中學之方法，故略本修辭條例，類聚性質相同之文，理論實例同時並顧，俾於講授之外，兼有參考教材。

本書教材，文白互收，俾適於語言文字之訓練，韻散兼收，又蘄適合於文學的訓練。[24]

全書架構以例為綱，計分「評改」、「擬襲」、「變翻」、「申駁」、「鎔裁」五大例，每例先簡敘該例要旨，其後又各有「理論之部」、「實例之部」，分別收入範文若干，以供學生摹習。如「評改」例的「理論之部」，編選劉勰《文心雕龍．指瑕》；「實例之部」，則有葉燮〈汪文摘謬〉、方苞〈古文約選〉等文，具體演示古人評改之法。

所以如此，乃因為郭紹虞以為，「國文教學或重在思想之訓練，或重在技巧之訓練，原如車之雙輪，鳥之雙翼，不可偏廢」；因此分編二書，各有所重，卻適以相輔相成。[25]與其他選本不同的是，為能暢言其編選旨趣，郭不僅以〈大一國文教材之編纂經過與其旨趣〉一文，為兩書之共同序文，說明編纂原委、二書關係，更分別為二書另行撰文以申言要旨。

針對《近代文編》，他撰寫了〈新文藝運動應走的新途徑〉一文作為代序；而為了闡示《學文示例》中的諸多問題，甚且將自己歷年討論語文問題的相關文章結集成為《語文通論》一書，作為「《學文示例》的序」。此一情形，他自己在〈語文通論自序〉中也說：「為作序而寫成一部書，除梁啟超的《清代學術概論》之外，我尚無所聞」，但仍著力於此，「只為編纂大學國文教本的恉趣有很多話要說，決不是一篇短序所能罄述。」[26]

郭紹虞此舉，顯然是為了從根本上回應當時國文教學以及新文藝發展中的若干關鍵性論題，那就是：文言與白話之間的關係為何？如果說，訓練作文技巧是大一國文教學的重要目的，那麼，它應如何於當時的文白之爭中尋找自己的位置？《語文通論・正編》一書涵括〈中國語詞之彈性作用〉、〈文筆再辨〉、〈中國文字型與語言型的文學之演變〉、〈新詩的前途〉等多篇論文，用郭紹虞自己的話來說，它們都是根據中國語言文字的特性，去討論「語體」與「文體」的問題，從而「得到解決國文教學的方案」。它的體例新穎，組織架構井然，問世之後，頗獲好評。[27]只是，在一個白話語體文已日漸為一般人所習用的時代中，此

23 郭紹虞：〈大一國文教材之編纂經過與其恉趣〉，《語文通論正續編合訂本》（香港：太平書局，一九七八），頁一四〇－一五六。
24 郭紹虞：〈編例〉，《學文示例》（上海：開明書店，一九六九），頁一。
25 郭紹虞：〈大一國文教材之編纂經過與其恉趣〉。
26 郭紹虞：〈語文通論自序〉，《語文通論正續編合訂本》，頁一－四。

一以「學文」為旨趣的教材選文，絕大多數仍屬文言，難免引發疑慮。如朱自清雖認為「郭先生編《學文示例》這部書，搜採的範圍很博，選擇的作品很精，類列的體例很嚴，值得我們佩服」，但對其中白話選文極少，仍不無微詞：

書中白話的例極少，這是限於現有的材料，倒不是郭先生一定要偏重文言；不過結果卻成了以訓練文言為主。所選的例子大多數出於大家和名家之手，精誠然精，可是給一般大學生「示例」，要他們從這裡學習文言的技巧，恐怕是太高太難了。至於現在的大學生有幾個樂意學習這種文言的，姑且可以不論。[28]

不過，回到郭紹虞自己的思路中考量，他之所以選文偏重文言，根本原因，仍是著眼於「應用」之故。一九三、四〇年代之交，中國大陸的新文學固然方興未艾，當時一般的應用文書往來，仍須出之以文言體，白話文則被視為少數新文學創作者始得為之的「文藝文」。這一點，郭紹虞在為《近代文編》撰寫序文，表述編纂旨趣時，便說明得非常清楚：

文言文之所以有其殘餘勢力者，即在社會上猶有應用的需要，而新文藝尚不足以應付這需要的緣故。[29]

〈大一國文教材之編纂經過與其指趣〉一文，更以「應用」為由，為其選文多屬文言而說解：

> 我們之顧及文言，正與迷戀骸骨者不同，不以文言為美文，而以文言為時下的應用文。[30]

根據《語文通論・正編》的多篇論述，「文言」與「白話／語體文」的區隔原非一成不變，隨著時間推移，不僅兩者的邊界不斷改變，「應用文」的文體，也會隨之調整。因此，在郭紹虞看來，

> 白話文是文藝文，同時也是應用文，那才是白話文的成功。[31]

---

27 如朱遜：〈介紹《學文示例上冊》〉即對它採「示例」方式，讓學者能夠「舉一反三」頗多讚譽（《國文雜誌》一九四三年一卷四、五期合刊，頁三八－三九）。張長弓：〈讀《學文示例》〉也以為它「系有組織有結構的著作，是以『比較』金線，貫穿各種文體，提起來成就一串瑕鏈」。（《教育函授》一卷一期（一九四八年一月），頁一八－一九）。

28 朱自清：〈評郭紹虞編著的《學文示例》〉，《清華學報》一四卷一期（一九四七年十月），頁一六七－七三。

29 郭紹虞：〈新文藝運動應走的新途徑〉，《語文通論正續編合訂本》，頁八五。

30 郭紹虞：〈大一國文教材之編纂經過與其指趣〉，《語文通論正續編合訂本》，頁一四七。

31 郭紹虞：〈新文藝運動應走的新途徑〉，《語文通論正續編合訂本》，頁八八。

據此，《近代文編》與《學文示例》所體現的，乃是在白話文發展仍未完全臻於成熟的時代中，著眼於「應用」考量的大學教本。《近代文編》十二體類的編排方式，遙契《古文關鍵》、《古文辭類纂》一脈的古文選本；《學文示例》藉類聚古今文章演示學文門徑，編排體例自出機杼，在語文變遷交替的時代中，無論在編選理念抑是實踐方面，都體現出該時代的特殊意義。

（二）教育部選本：《部定大學用書．大學國文選》

一九四〇年代伊始，為解決戰時教科書編製、印刷與運輸方面的困難，教育部遂取消過去一直沿用的「審定制」，改為「部定制」；同時為了宣揚固有文化與民族精神，凝聚民心士氣，也統籌組編教科書。一九四〇年夏，教育部大學用書編輯委員會決定編選大學國文全國統編教材，推選魏建功、朱自清、黎錦熙、盧前、伍俶儻、王煥鑣六人負責編選，並由魏建功擔任召集人，總責其事。

該選本名為《部定大學用書．大學國文選》，在廣蒐資料，共同研議多時之後，於一九四二年公告頒布篇目，一九四三年由國立編譯館大學用書編輯委員會出版，正中書局印行。選目凡五十目，六十篇，全為經典文言文，依經史子集四部次第排列。書前有教育部長陳立夫為序，敘明大一國文作為共同必修科目，以及必須編定選本之原因：

> 大學一年級之國文學程為共同必修科目，所以**養成學者理解載籍之能力，與運用文字之技術，以期漸進而闡揚固有之精粹者也**。……教材無妨其從同，進度乃臻於一致。爰聘專家，加詳選擇，沿波討源，垂條立幹，歷代著錄，其名篇大家，亦嘗其一臠，庶幾流變可知，體裁有別，觀瀾於海，是在學人。

其後另有〈大學國文選例言〉，說明編訂要旨有三：

> (1) 在瞭解方面，養成閱讀古今專科書籍之能力。
> (2) 在欣賞方面，能欣賞本國古今文學之代表作品。
> (3) 在修養方面，培養高尚人格，發揮民族精神，並養成愛國家、愛民族、愛人類之觀念。

參照一九三八年教育部將大一國文定位為「基本工具科目」，並以「閱讀古文書籍及作通順文字」為通過標準，此一教材在編選旨趣方面顯然有所突破。首先，它雖然承襲了過去國文教學重在培養學生「閱讀」能力的一貫要旨，但已不限於古文書籍，而將範圍擴及於「古『今』」作品（雖然此一選本實際上並沒有選任何一篇白話範文）。其次，增加「欣賞」與「修養」兩項目，尤其「修養」方面，不只「愛國家、愛民族」，還要有「愛人類」的觀念，明顯擴大了國文教育的涵蓋面向。

然而，五十目選文之中，全數皆為文言，且先秦兩漢選文即有二十餘篇，所占比例尤高，幾達二分之一。選錄之篇什，包括《易》之〈乾〉、〈坤〉、〈文言〉；《書》之〈秦誓〉；《詩》之〈氓〉、〈蒹葭〉、〈七月〉、〈東山〉；《禮記》之〈禮運〉、〈樂記〉；《左傳》之〈殽之戰〉、〈鞌之戰〉等，以經史類居多。時代最晚近的，則是姚鼐的〈與魯絜非書〉。由於選文復古傾向濃厚，文體分布也並不均衡，從頒布之初，就引發不少爭議，《高等教育季刊》甚至為此製作「大學國文教學特輯」，朱光潛、朱自清、魏建功、黎錦熙、阮真、陳延傑等學者紛紛各抒己見，甚至彼此論辯；向來關注國文教學的《國文月刊》、《國文雜誌》，就此也有相關討論，大學國文的教學目標、教材編選，以及其所內蘊的文白之爭等問題，以此益形凸顯，並備受關注。

檢視相關爭議，最初乃是由朱光潛首發其端，他的主要論點在於：

> 大學國文不是中國學術思想，也還不能算是中國文學，它主要的是一種語文訓練。
>
> ……
>
> 一個受過高等教育的中國人，他起碼就應有用中國文閱讀和寫作的能力，大學國文就應懸訓練閱讀和寫作兩種能力為標準。

更何況，就閱讀而言，中國古籍深奧難解者甚多，非日積月累無法窺其堂奧，因此他以為：

我們不能希望大學生對於這須循序漸進的工作可一蹴而就；我們只能希望他們藉有注解而讀群經諸子，不藉注解而讀兩漢以後散文而略懂其大義的能力。……我們不能希望一般大學生能寫高深古雅的詩詞歌賦和古文，能固然好，不能也無妨，我們能希望他們能用淺近文言或國語寫公私信，做學術論文，敘述時事或故事，描寫眼見耳聞的人物，寫得辭明理達，文從字順，我們所懸的大學國文教學的目標不應低於此，也不必高於此。

為此，他提出「立本」與「示範」兩條路徑，前者重在閱讀，以小學與文法為基礎，進而蘊積學理，以期厚積薄發；後者則「純從文章的規模法度技巧諸方面著手」，精選範文，「使學者熟讀爛嚼口誦心維，從裡面討些訣竅」，進而有助於寫作能力之精進。儘管二者相互為用，但朱光潛認為：「國文在一年的短促期限裡決談不到立本。立本是大學以前的事和大學本科諸專門科目的事，我們決不能希望在寥寥數十篇模範文中求立本。但為示範起見，如果選得精，講得好，讀得熟，習作得勤，寥寥數十篇模範文就很可夠用」。也因此，「寫作比閱讀重要」；而在白話文日漸普及，大學多數學生都在使用白話文寫作之際，對於部訂

《國文選》「竟不選一篇白話文範作，我百思不得其解」。[32]

對於朱光潛的批評，編輯委員朱自清、魏建功與黎錦熙都紛紛撰文予以回應。如朱自清〈論大一國文選目〉一文，便對大學國文主要作為語文訓練一事，提出不同意見：

> 大學國文不但是一種語文訓練，而且是一種文化訓練。朱先生希望大學生的寫作能夠「辭明理達，文從字順」；「文從字順」是語文訓練的事，「辭明理達」，便是文化訓練的事。[33]

在朱自清看來，「文化訓練」其實也就是朱光潛所謂的深一層的「立本」，這雖然不是國文這一科目的責任，但國文也該分擔起這個責任。教材若能今古兼及，並以「重今的選本」將文化訓練與語文訓練合為一事，固然最為理想，只是時機還未成熟，只要「日子越久，語體文應用越廣，大學國文選目自然會漸漸容納它的」。再者，畢竟一年的時間有限，當時中小學的國文教學，原就以白話文與唐宋以降的文言文本為主，大學國文多選秦漢文，不外乎是為求區隔與提升之故。

魏建功既為主其事者，自然更是有話要說。部訂本完成後，他首先撰寫了〈大學一年級國文問題〉，說明編纂原委、編訂過程、選文標準，以及它與高中國文教學的關聯；看到朱光潛的文章之後，又以〈答朱孟實先生論大一國文教材兼及國文教學問題〉一文回應。魏建功呼應朱自清之論，他認為：

大學國文內容方面也是中國學術思想，也是中國文學，而形式方面主要的是語文訓練。著眼不同，說法也將不同。……一個國家受過高等教育的人對於他自族語文所表現的一些形式和內容應該有知道而懂得的義務。……「示範」一義，如只限於發表寫作「能」的訓練，我們覺得是大學標準程度下墜的現象；我以為大學國文已不限於「能」而必及於「知」的訓練，所有選文應是兩重示範的作用，——形式和內容雙方兼有之。[34]

魏建功所說的「形式」和「內容」，其實大致相當於朱光潛所提出的「示範」與「立本」，但語意更為清楚。只是如此一來，或許會讓一般人誤解為「內容」重於「形式」。更何況，就部編本的選文考量與教學目標設置而言，恐怕也都不免有「重內容，輕形式」的取向。然據魏建功解釋，部訂選本的編選要旨，除了前引〈例言〉中所明列的了解、欣賞與修養三者之外，原本還有一項是：「在發表方面，能作通順而無不合文法之文字」[35]——也就

32 朱光潛：〈就部頒《大學國文選目》論大學國文教材〉，《高等教育季刊》二卷三期（一九四二年九月），頁四九－五二。

33 朱自清：〈論大一國文選目〉，《高等教育季刊》二卷三期（一九四二年九月），頁五三－五五。

34 魏建功：〈答朱孟實先生論大一國文教材兼及國文教學問題〉，《高等教育季刊》二卷三期（一九四二年九月），頁五六－六一。

是包含寫作訓練。然而最後定稿，卻刪去此一項目，其原因，乃是從初高中以來，國文課程都在訓練學生熟悉運用本國語文的技能，大一已是修習國文的最後一年，若致力於單純的語文訓練，未必能獲致具體成效。因此，他認為朱光潛所提出的「立本」與「示範」兩個途徑，大學與中學應該共同分擔其責任而略有輕重：

從小學到中學「示範」的責任大些，大學裏該在「立本」的意義重些。我們議訂篇目是把四個教學目的中間的了解欣賞修養三方面綜合起來編選的。[36]

再者，關於文、白問題，魏建功也以為：「文言」、「白話」只是工具的組織（文法）不同，發表的技巧初無二致。由此，或許也就不難理解，部編《大學國文選》之所以全為古文，且以先秦兩漢文居多，正是因為它原就以「立本／內容」為先，並不十分期待學生據此去琢磨寫作技能的緣故。

不過，對照於陳立夫為此一選本所撰寫的序文，部訂本的編選理念與實際選文顯然是有一定差距的。據陳立夫所言，大學一年級以國文為共同必修科目，目的在於「養成學者理解載籍之能力，與運用文字之技術，以期漸進而闡揚固有之精粹」。據此，「閱讀（理解載籍）」、「寫作（運用文字）」與「傳承文化（闡揚固有之精粹）」原應兼容並重。然而編委會實則重閱讀而輕寫作，它的選文，更是與時代語境頗有距離，不易引發學生學習欣賞的興趣，推出之後，普遍反應不佳，各大學也未必全數照表操課，因此幾乎沒有任何影響力。相對地，反倒是西南聯大自編的國文教材與國文教學風格獨具，讓學生難以忘懷。即使多年之後，當時課程點滴，仍不時出現於學子們的各類追憶文字之中。

（三）西南聯大選本：《西南聯合大學國文選》與《大一國文習作參考文選》

西南聯大是抗戰時期由當時北大、清華、南開三校在雲南昆明共同組成的大學，一九三八年正式成立，一九四六年結束，為時雖不過八年，然而戰時師生共體時艱，戮力於斯文的精神，已成為現代教育史上的一則傳奇。當時校內的大一國文，亦以其獨具隻眼的課程選材，對學生處世態度與文學品味的養成，造成深遠影響。

聯大的大一國文課為全校一年級學生共同必修，校方對此極為重視。從一九三八至一九四二年期間，特別為此組成「大一國文編撰委員會」，由楊振聲（一八九〇－一九五六）擔任主任委員，朱自清、浦江清、羅庸等人共同參與，編訂了一部《西南聯合大學國文選》作為課程教材。該教材發動全體任課教師推薦篇目，幾經斟酌討論，並採「邊用邊修訂」方式，在使用中不斷增刪，至一九四二年定稿。它前後有三個不同版本，大同而小異，最後一

35 見魏建功：〈大學一年級國文的問題〉，《高等教育季刊》二卷三期（一九四二年九月），頁三一－四八。

36 魏建功：〈答朱孟實先生論大一國文教材兼及國文教學問題〉，頁五六。

個版本完成於一九四二年，包括十五篇文言文、十一篇語體文、四十四首詩、一篇附錄。現今所見的版本，主要是第二次的修訂版，選文分上中下三編，上編為古文，以史傳和序記為主；中編基本上都是語體時文，選入胡適、魯迅、周作人、徐志摩等反映新文學運動實績的現代文學作品，體類涵括散文、小說，戲劇劇本與文學理論等；[37]下編則為古詩詞，以唐宋為主。[38]初步看來，將大量的新文學語體文名篇選為教材，應是它最大的特色所在，甚至是「具有劃時代意義的創舉」。[39]但事實上，它在選錄古典詩文方面的慧眼與用心，同樣值得注意。其精采獨特之處，或可由汪曾祺〈晚翠園曲會〉一文的描述略見一斑：

聯大的大一國文課有一些和別的大學不同的特點。一是課文的選擇。《詩經》選了〈關關雎鳩〉，好像是照顧面子。《楚辭》選〈九歌〉，不選〈離騷〉，大概因為〈離騷〉太長了。《論語》選〈冉有公西華侍坐〉。「莫春者，春服既成，冠者五六人，童子六七人，浴乎沂，風乎舞雩，詠而歸」，這不僅是訓練學生的文字表達能力，這種重個性，輕利祿，瀟灑自如的人生態度，對於聯大學生的思想素質的形成，有很大的關係，這段文章的影響是很深遠的。聯大學生為人處世不俗，誇大一點說，是因為讀了這樣的文章。這是真正的教育作用，也是選文的教授的用心所在。

魏晉不選庾信、鮑照，除了陶淵明，用相當多篇幅選了《世說新語》，這和選〈冉有公西華侍坐〉，其用意有相通處。唐人文選柳宗元〈永州八記〉而舍韓愈，宋文突出地全錄了李易安的〈金石錄後序〉。……白話文部分的特點就更鮮明了。魯迅當然是要選的，哪一派也得承認魯迅，但選的不是〈阿Q正傳〉而是〈示眾〉，可謂獨具隻眼。選了林徽因的〈窗子以外〉……林徽因的小說進入大學國文課本，不但當時有人議論紛紛，直到今天，接近二十一世紀了，恐怕仍為一些鐵杆左派……所反對，所不容。但我卻從這一篇小說知道小說有這種寫法，知道什麼是「意識流」，擴大了我的文學視野。[40]

參照於先前之國文課程目標的設定，無論是「以資應用」、「文化傳承」，抑是思想與寫作訓練，總不免於經世致用取向。然而汪曾祺這段文字所披露出的訊息，卻極其不同尋常。且不說，《論語》選錄〈冉有公西華侍坐〉，投射出「重個性，輕利祿，瀟灑自如的人生態度」；即或是林徽因的小說〈窗子以外〉，所達致的教學效果，也絕不止於制式的寫作訓練，而是擴大了學生的文學視野，啟發了文學創作的興趣。

---

37 如胡適〈建設的文學革命論〉、徐志摩〈我所知道的康橋〉、郁達夫〈薄奠〉、陳西瀅〈閒話〉、丁西林〈一只馬蜂〉、朱光潛〈文藝與道德〉、魯迅〈我怎麼做起小說來〉等。

38 學者劉東、吳耀宗即根據北京國家圖書館所藏之此一版本予以整理出版，見《西南聯大國文課》（南京：譯林出版社，二〇一五）。

39 見楊起、王榮禧：〈追思楊振聲先生〉，收入李宗剛、謝慧聰選編：《楊振聲研究資料選編》（濟南：山東人民出版社，二〇一六），頁三一七－一九。

40 汪曾祺：〈晚翠園曲會〉，《汪曾祺全集》卷六（北京：北京師範大學，一九九八），頁二〇七。

除此之外，檢視此一《國文選》所選錄的篇章，它始以《論語》十章，先秦兩漢文只選了《左傳．鞌之戰》、《戰國策．魯仲連義不帝秦》、《史記．司馬穰苴列傳》、《漢書．李陵蘇武傳》；之後便是《三國志．諸葛亮傳》與《世說新語》。《世說》首選過江諸人「新亭對泣」一則，或許不無特定的時代因素考量，但是之後的「桓公北征」、「簡文入華林園」、「支道林養馬重其神駿」、「嵇中散臨刑奏廣陵散」、「王子猷雪夜訪戴」，以及《人間詞話》選錄「造境與寫境」、「有我之境與無我之境」與「人生三境界」等段落，皆可說是別出於其他選本的「獨具隻眼」之作。顯然，擺落功利實用的目的，轉而關注美感意趣、人生境界，自當是它最值得稱道之處。不少聯大學生畢業多年之後，仍津津樂道於當年國文課程的點滴，更是凸顯出教材選文與學生人生態度、思想素質養成之間的關聯。

此外，聯大重視白話文教學，但當時多數教師不擅於此，因此在課程師資安排方面，「教授專教語體文（白話文），教員、助教講授文言文，這樣既表示對現代文學作品的重視，也解決語體文不易教的難題」。[41]一九四四年，聯大又編選了一冊《大一國文習作參考文選》（後改名為《語體文示範》），更是純為白話文選。[42]所以有此編之選，主要的原因正是針對教育部的部訂《大學國文選》而來。聯大的國文教師對部訂選本深不以為然，認為它完全無助於學生習作，故而另選此編，作為國文教學之輔助。為此，楊振聲特別撰文為序，敘其原委；文中主張：「近代的文明國家，沒有不是語文一致的」，「只有記載活語言的文字才是活的，因為它與語言共同生長」。現代大學生各有其學科專長領域，無法殫精竭力於學習古文，未來也不會使用古文寫作，故應讓學生「以確切的語言接受知識，更以確切的語言表達出來」。而這個「確切的語言」，即是語體白話文。因此，全文最後特別強調：

> 歐洲的近世文明，誰都承認是起源於文藝復興。而文藝復興的基本精神是敢於承認現代，敢於承認自己的思想與情感，敢於**以現代的語言表示現代人的思想與情感**，其實這也就是希臘的精神，也就是吾國周秦諸子的精神。有了這種精神才有現在，才能充實現在而創造將來。……讓我們繼承古人的精神，不要抄襲古人的陳言；讓我們放開眼光到世界文學的場面；以現代人的資格，用現代人的語言寫現代人的生活，在世界文學共同的立場上創造現代的文明。[43]

---

41 見楊起、王榮禧：〈淡泊名利，功成身退——楊振聲先生在昆明〉，收入李宗剛、謝慧聰選編：《楊振聲研究資料選編》，頁三二五－三三一。

42 該文選所選的文章包括：胡適〈建設的文學革命論〉、魯迅〈狂人日記〉、〈示眾〉、徐志摩〈我所知道的康橋〉、〈死城〉、宗白華〈論世說新語和晉人的美〉、朱光潛〈文藝與道德〉、〈無言之美〉、梁宗岱〈歌德與李白〉、〈詩、詩人、批評家〉、謝冰心〈往事〉、林徽因〈窗子以外〉、丁西林〈壓迫〉。選文篇數並不多，其中所選的胡適、魯迅、徐志摩、冰心、林徽因、朱光潛之作，大致同於先前的《國文選》；另新選入宗白華、梁宗岱的文學論述，丁西林的戲劇選文則由原先的〈一只馬蜂〉改為〈壓迫〉。

43 楊振聲：〈新文學在大學裡——大一國文習作參考文選序〉，《國文月刊》二八、二九、三〇期合刊（一九四四年十一月），頁二一－三。

楊振聲是「新文學」的重要推手，從任教於清華大學開始，多年來一直致力於讓新文學教學進入大學課堂，此一序文的立場鮮明，自不令人意外。《習作參考文選》從現實面考量，強調「語體文」習作訓練之於現代大學生的必要性，亦有其說服力。雖然，隨著抗戰勝利，聯大解散，聯大的《國文選》與大一國文課亦成絕響。然而它古今兼顧的選文原則、重視白話語體文之教學與習作的教學理念，卻未見中輟，反而開枝散葉，在戰後的北京大學、臺灣大學等校綿延流盪。

一九四八年，復員後的北京大學出版包含上中下三卷一冊的《北京大學國文選》，下卷全為白話文選，選文包括魯迅〈狂人日記〉、徐志摩〈我所知道的康橋〉、林徽因〈窗子以外〉等，便明顯承襲了先前聯大國文教材的風格特色。只是，中華人民共和國成立之後，大陸的國文教材編選與教學理念驟然丕變，原先國文課程念茲在茲的語言文學、文化思想等關懷，若非蕩然無存，便是轉向為黨意與意識形態服務。一九四九年，新華書店出版由北大與清華合編，華北教育部教科書審定的《大學國文（現代文之部）》，大量選入毛澤東、劉少奇、陳伯達、周揚等人文章，毛澤東的文章更是選錄了四篇之多。[44]其以意識形識掛帥的要旨，由葉聖陶所撰寫的序文即可見一斑。[45]一九五〇年，商務印書館出版郭紹虞與吳文祺、章靳以三人合編的《新編大一國文選》，開篇便是毛澤東的六六文告：〈為爭取國家財政經濟狀況的基本好轉而鬥爭〉，其後選文多配合中共一年中的各項「節目」，依次排列。如史倩之〈偉大的中國共產黨〉，是配合中國共產黨紀念日「七一」；「八一」為人民解放軍建軍節，遂選入四篇與戰鬥、行軍有關的文學作品；「十一月七日」是十月革命紀念日，故配合選入史達林的〈十月革命底國際性質〉、〈關於批評與自我批評〉等；[46]凡此，都可見其質變之處。

綜前所論，儘管三種選本編選所著重的面向各有不同，選文也有文言與白話之異，然而「閱讀」與「寫作」，始終是其共同的主軸。它所涉及的「文／白」、「語／文」問題，實則關涉到國文課程在「以資實用」與「文化傳承」之間的游移拉鋸，以及對於「現代生活」的不同想像。郭紹虞與教育部選本固然全屬文言，然而郭本顯然著眼的是「應用」。在郭看來，當時白話文雖已有一定的普及性，書牘公文等應用文體仍須以文言為之。為資實用計，國文課程自當以文言的閱讀與寫作訓練為主。教材全屬文言，本是理所當然。而他體察

44 該選本之選文凡三十四篇，開篇即是毛澤東的〈在延安文藝座談會上的講話〉，隨後依序為毛的〈毛澤東論學習〉、〈《農村調查》序言二〉、〈中共中央毛澤東主席關於時局的聲明〉；劉少奇的〈人的階級性〉、陳伯達〈「五四」運動與知識分子的道路〉，與周揚的〈表現新的群眾的時代〉。

45 葉聖陶以〈大學一年級國文的教學目標和學習方法——《大學國文（現代文之部）》序〉一文說明該選本的編選要旨：我們選材的標準不約而同。那些懷舊傷感的，玩物喪志的，敘述身邊瑣事的，表現個人主義的，以及傳播封建法西斯毒素的違反時代精神的作品，一概不取。入選的作品須是提倡為群眾服務的，表現群眾的生活跟鬥爭的，充滿著向上的精神的，洋溢著健康的情感的。我們注重在文章的思想內容適應新民主主義革命的要求，希望對於讀者思想認識的提高有若干說明。就文章的體裁門類說，論文、雜文、演說、報告、傳敘、速寫、小說，都選了幾篇。這些門類是平常接觸最繁的，所以我們提供了若干範例。參見葉至善、葉至美、葉至誠編：《葉聖陶集》卷一三（南京：江蘇教育出版社，一九九二），頁一六一－一六八。

46 見〈編後記〉，《新編大一國文選》（北京：商務印書館，一九五〇）。

古今語文變遷大勢，當然明瞭以文言文為應用文的態勢並非一成不變，所以說「白話文是文藝文，同時也是應用文，那才是白話文的成功」。[47]此外，他所想像的「現代生活」，乃是源自於戊戌變政，故而需要藉由「同光以來灌輸思想討論學術或研究生活之作」作為指導人生之用。[48]教育部選本所以全數為經典古文，凸顯出的，乃是主政者重視文化傳承，因此強調須藉國文課程以訓練「理解載籍之能力」並「闡揚固有之精粹」。[49]至於西南聯大選文兼收古今，並特重白話語體文，同樣也是基於白話語文與「現代生活」之間的關聯，希望學生「以現代人的資格，用現代的語言寫現代人的生活」。只是，聯大教師們所想像的「現代生活」，顯然與郭紹虞大異其趣。它超越政教思維，因此選文多重在啟發美感意趣，揭示人生境界與擴大文學視野，其目的，無非是希望學生「敢於以現代的語言表示現代人的思想與情感」。[50]而此一思想情感非關政教，用汪曾祺的話來說，乃是出自於「重個性，輕利祿，瀟灑自如」的人生態度。[51]

不過，中共建國之後，國文教材選文考量的大幅改易，揭露了政治意識形態其實是左右選文的另一重要因素。尤其，一九五〇年郭紹虞與吳文祺、章靳以三人合編《新編大一國文選》，其編選目的與所選篇目，都與先前的《近代文編》與《學文示例》迥然不同，特別引人矚目。而曾擔任教育部部定《大學國文選》編選召集人的魏建功，後來也曾為臺灣大學編選了一本《大學國語文選》，這當然使人好奇，該選本的考量因素與編選情況如何？以之與前述三種大學國文教材選本相參照，又將為大學國文教育，開展出什麼值得進一步探討的問題？

四、「語文復原」與「文化復原」：戰後初期臺灣大學國語文教材選本的語文理念與編選實踐[52]

對照自晚清以來的現代大學國文教育，戰後臺灣的「國『語』」與「國『文』」問題實因日本語文之介入而益形複雜。原因是，乙未割讓後，殖民政府在臺灣最重要工作項目之一，即是經由語言教育而重新形塑新的文化與民族認同。以至於，戰後初期臺灣主要交流溝通的語言，既非國民政府所訂定的「國語」，亦非臺人先前所習用的閩語或客語，而是日本語。一九四五年抗戰勝利，臺灣脫離日本殖民統治，國民政府接收臺灣之後，隨即致力於「去日本化」與「再中國化」；如何將「日語臺灣」盡速改造為「國語臺灣」，實為當務之急。其

47 郭紹虞：〈新文藝運動應走的新途徑〉，《語文通論正續編合訂本》，頁八八。
48 郭紹虞：〈大一國文教材之編纂經過與其指趣〉。
49 參見前引陳立夫之序言。
50 楊振聲：〈新文學在大學裡——大一國文習作參考文選序〉。
51 汪曾祺：〈晚翠園曲會〉。
52 有關戰後初期臺灣的國語文教育以及臺大《大學國語文選》的相關討論，詳見梅家玲：〈戰後初期臺灣的國語運動與語文教育——以魏建功與臺灣大學的國語文教育為中心〉，《臺灣文學研究集刊》七期（二〇一〇年二月），頁一二五－一六〇。本節所論，乃是就該文予以改寫而成。

中，經由「語文復原」而進行「文化復原」，正是最為關鍵的要務。[53]

臺灣大學由日本帝國大學改制而來，是戰後臺灣第一所國立大學，在高等教育界動見觀瞻。據當時臺大師生所述，戰後初期臺大校園中的語言情況是：「學生受的皆是日本教育，不通中文」，上課時，各學院的老師們「非精通日語，無法上課」；醫學院甚至還用德文解說。[54]學生之間，每每也因語言不通，產生溝通上的困難。[55]在此情況下，雖然大學教育原本在於傳授專業知識，卻不得不同時兼顧語文教育。一九四七年，許壽裳接任臺大中文系主任，多項推動校內國語文教育的工作，隨即展開。「為求適合本省學生的需要，特新編印國文及國語教本，並以注音教授標準國語」，[56]就是要務之一。一九四八年二月七日，許壽裳以中國文學系主任身分召集臺大校本部及法、醫學院全體國文國語教師召開國語國文教學會議，會中再次確認「全校各院國文國語採用同一教材，即國文採用本校選印之《大學國文選》，國語採用本校選印之《大學國語文選》」；遂為全校國語文課程定制。[57]值得注意的是，許壽裳與魏建功兩人所以來臺，原本乃是受命分別擔任臺灣省立編譯館長與國語推行委員會主委，主導臺灣的「文化重建」與「語文復原」工作。二二八事件之後，兩人先後轉入臺灣大學任教，又分別主編「國文」與「國語」教材，兩者之間的相互關係，尤其值得深究。由於「由『語』而『文』」乃是當時臺大國語文教育理念與實踐的重要準則，以下的討論，即先從《大學國語文選》的編選開始。

（一）《大學國語文選》

《大學國語文選》由時任臺大中文系教授的魏建功編選，吳守禮注音，於一九四七年十二月十日正式出版；無論是整體架構抑是個別選文考量，都顯示了它的別開生面與別有用心之處。要言之，它的主要理念大致有三：一、「語文復原」；二、由「方言」而「國語」；三、「由『語』而『文』」，以此與《大學國文選》相互為用。

所以如此，實與臺灣光復之初，國民政府教育部「國語推行委員會」根據當時「全國國語運動綱領」所擬定的在臺工作計畫有關。該計畫有幾項基本假定，最主要的兩項是：1.假

53 如魏建功來臺後，即一再宣導：推行國語的唯一的意義就是「恢復臺灣同胞應用祖國語言聲音和組織的自由！」〈「國語運動在臺灣的意義」申解〉，原載一九四六年《現代週刊》一卷九期；後收入《魏建功文集》第四冊（南京：江蘇教育出版社，二〇〇一），頁三〇六－一六；「我對於臺灣人學習國語的問題，認為不是一個單純語文訓練，卻已牽聯到文化和思想的光復問題。」參見〈何以要提倡從臺灣話學習國語〉，原載一九四六年五月二十八日臺灣《新生報·國語週刊》二期；後收入《魏建功文集》第四冊（南京：江蘇教育出版社，二〇〇一），頁三一九－二一。

54 見葉曙：〈我所認識的八位臺大校長〉，《閒話臺大四十年》（臺北：傳記文學出版社，一九八九），頁一七。

55 據當時就讀臺大的外省籍學生張以淮所述，「本省同學有的臺灣話都不見得講得好，更不要說是國語了；所以溝通上相當難。」見〈陣陣春風吹麥浪——張以淮的證言〉，收入藍博洲：《麥浪歌詠隊：追憶一九四九年四六事件（臺大部分）》（臺中：晨星出版社，二〇〇一），頁四九－五〇。

56 《國立臺灣大學校刊》五期（一九四七年十二月一日），第五版。

57 《國立臺灣大學校刊》九期（一九四八年三月一日），第一版。

定「閩南語」尚能通行臺灣社會各階層，而足以代替日語以應全部生活的需要；2.假定臺胞在光復後，痛心於使用日語，在尚不能講國語時，會自覺的恢復使用母語——閩南語和客家話。[58]一九四六年四月，「臺灣省國語推行委員會」成立，魏建功來臺擔任主委，隨即經由各種管道發表談話，在前述「假定」的基礎之上，宣揚國語文教育理念。[59]而「從臺灣話學習國語」，即是其中最重要的項目。

因此，當魏建功離開國語推行委員會，來到臺大任教之後，他便很自然地將臺灣推行國語文教育的原則落實於所編選的《大學國語文選》。選本一開始，魏建功即以〈國立臺灣大學一年級國語課程旨趣〉一文，明敘它的編選旨趣，及其與既有之「國文」課程的關係：

本大學為應臺省學生需要，開設國語課程，與國文課程相輔為用，主旨在使學者能——（1）認識國字，（2）正確讀音，（3）流利應用標準語。「說」「讀」在國語課程占重要地位，「寫作」「欣賞」歸到國文課程裡，但這裡也不能不顧到。同樣，國文課程對於「說」「讀」，並不比「寫作」「欣賞」可以輕忽了多少。本大學為了特別需要，在語文復原的意義上，把國文多分出一部分來叫做國語而已。[60]

據此，「國語」與「國文」其實為一體之兩面，在教學內容方面，國語課程固然著重「能說」，「能讀」；強調「發音」，「會話」，「讀講」，但「寫作」與「欣賞」，同樣必須兼顧。[61]

此外，由於「語文復原」，乃是奠基於「閩南語尚能通行於臺灣社會」，「臺胞在尚不能講國語時，會自覺的恢復使用母語」的「假定」之上，它遂成為《大學國語文選》在考慮教學方法與教材編選時，一以貫之的主軸。如論及「國語課程教學方法」，除了「鼓勵應用，多方變化」，提倡「誦讀，講演，辯論，座談」等活動外，魏建功特別強調：

（1）著重方言對照—關於音，詞，語法，須儘量培植臺省青年「恢復母語，推行國語」的心理，以達到自立更生的語文復原。

（2）引導國字正確觀念—國字專讀一音，與日本訓音讀法複雜紛歧習慣不同，為求語文復原，必須促令改變，加以糾正。[62]

58 參見張博宇編：《臺灣地區國語運動史料》（臺北：臺灣商務印書館，一九七四），頁二七－二八。

59 這些論述至少包括：〈「國語運動在臺灣的意義」申解〉，原載一九四六年《現代週刊》一卷九期；後收入《魏建功文集》第四冊，頁三〇六－一六；〈何以要提倡從臺灣話學習國語〉，原載一九四六年五月二十八日臺灣《新生報・國語週刊》二期；後收入《魏建功文集》第四冊，頁三一九－二一；魏建功：〈臺語即是國語的一種〉，《新生報・國語週刊》五期（一九四六年六月二十五日）。

60 魏建功：〈國立臺灣大學一年級國語課程旨趣〉，《大學國語文選》（臺北：臺灣大學教務處，一九四七），頁一－五。

61 俱見魏建功：〈國立臺灣大學一年級國語課程旨趣〉。

62 同前注。

選文方面，全為白話語體，共計二十目，「備與發音、會話同時並進」，分「故事」、「對話」、「小說」、「戲劇」、「歌謠」、「演說詞」、「文」七大類，每類選目之後，都簡要說明其特定考量及相對應的教學目標，綱舉目張，自具體系。此一做法，與先前他為教育部編選部訂《部定大學用書：大學國文選》完全不同，自是臺灣戰後特殊的語文環境使然。該選本不僅是國語文教材編選者之創舉，同時也凸顯出選文背後，編者的理念、學術背景，以及當代語境的特殊性。為便於討論，茲將七類選文及說明文字引述如下：

A：故事一目，有趙元任〈北風跟太陽〉（國語）、羅常培〈北風及日頭〉（廈語）（這一目表示國語方言對照的例子，是一個國際間語學研究的母題。）

B：對話二目，有趙元任〈功課完畢太陽西〉、葉紹鈞〈水患〉（這兩目表示一種會話的例子，所以別於一般會話那樣陋而且俗的意味，前一篇是兒童會話，後一篇是成人會話，都是語學和文學的專家之作。）

C：小說三目，有老舍〈駱駝祥子〉、〈傷天害理欲洩機謀〉（節選自清文康《兒女英雄傳》）、〈俞伯牙摔琴謝知音〉（節選自明馮夢龍編《醒世恆言》。）（這三目表示國語小說的時代變遷。老舍為當代北平人，所寫是現在的標準語。

文康是清代北京人，所寫是標準語從前的面目，馮夢龍所編的《醒世恆言》中的短篇小說，是宋元明以來傳統的通俗文學，表現了更早的一種語體文，和現在的標準（語）[63]有血脈相通的關係。）

D：戲劇三目，有曹禺〈蛻變〉（節選）、丁西林〈壓迫〉、趙元任（譯）〈最後五分鐘〉（這三目話劇，後兩個獨幕劇，用國語推行委員會注音本；前一個是五幕劇的一段。）

E：歌謠二目，有北平歌謠〈澎澎澎〉（國語）、臺灣歌謠〈草蜢公〉（臺語）（這兩目是民間文藝形式相似的例子。國語臺語除了音、詞、語法可以對照，還有表現形式也完全相通。A類故事表現了詞和語法的對照，這類表現的形式的對照。至於音的對照，在G類有一篇〈怎樣從臺灣話學習國語〉，可以得到一些參考。對照是比較的，而比較所得到的條例卻要能「舉一隅」「以三隅反」才行。文言詞說「隅反」，我們現在就叫它做「類推」。）

63《大學國語文選》原文無「語」字，此據《魏建功文集四》所收入之版本補入。

F：演說詞二目，有梁啟超〈學問之趣味〉、蔡元培〈勞工神聖〉（這兩目表示演說詞的例子。兩位講演人都是現代文化的先驅領導者，所以特別選入。論講演用語言，這兩篇可以代表知識高的人士說的話，不完全是普通口語尤其未必是北平話。但不能說不是「國語」。因為內容思想的關係，也就漸漸近於「文」了。這是國語便是國文的證明。）[64]

G：文七目，有魯迅〈聰明人，傻子和奴才〉、落華生〈補破衣底老婦人〉、胡適〈差不多先生傳〉、朱自清〈春〉、冰心〈寄小讀者通訊七〉（節選）、巴金〈海上的日出〉、魏建功〈怎樣從臺灣話學習國語〉（這七目前六篇是現代文的各體，大半都屬於小品。魯迅作品中這一篇最合於口語。落華生是臺灣省作家，這一篇用字頗有他特殊的風格，如「底」字和「的」字的分別，又有臺灣方言字用法，如「號」字。其餘胡適朱自清冰心巴金諸作，從誦讀上都能體味到個人個性的不同。最後一篇是為了說明「對照類推法」的學習國語，應該算做附錄。對照類推法正適合於知識青年的臺省學生的需要）。[65]

七類的教學重點各有側重，卻又彼此呼應。整體看來，「語文復原」是它的總體目標；「由方言而國語」，繼之「由『語』而『文』」，是它的推進過程。細部觀之，則作為一份重點在「說」與「讀」的國語文教材，它不只選擇了「對話」、「戲劇」、「歌謠」、「演說詞」等語文類型為教學內容，同時也收入「故事」、「小說」和「文」；選文取材，更是兼括方言與國語、語言與文學、古典與現代，以及中國與臺灣不同面向；甚至於，還意圖藉由不同時代的白話小說，來「表示『國語』小說的時代變遷」。因此，它的意義，顯然並不僅限於作為一份用於大學教學的國語文教材而已，而是聯繫到前述魏建功來臺後所發表的各種國語文教育論述，成為理念的具體實踐。

以《大學國語文選》一開始的「故事」類為例，所標舉的，即是「國語方言對照的例子」；「文」類中特別標舉落華生是臺省作家，指出他的文章中「有臺灣方言字用法」；「歌謠類」以國、臺語歌謠並舉，說明國臺語在音、詞、語法、形式上的可對照性，最後，乾脆再附以魏建功自己的〈怎樣從臺灣話學習國語〉一文，凡此，都呼應當時國語運動的核心理念：從方言學習國語。而它的具體學習策略，則是經由「對照類比」的方式，舉一反三，「從臺灣話學習國語」。

不過，就當時臺灣的「國語運動」而言，雖然魏建功很早就表示希望能表現出新文化

64《大學國語文選》原文排版有誤，據《魏建功文集四》，原文「知識高的人士」校訂為「知識高的人士」，「這是神語便是國文的證明」校訂為「這是國語便是國文的證明」。

65 魏建功：〈國立臺灣大學一年級國語課程旨趣〉，《大學國語文選》，頁五。

運動「言文一致」的實效，但由於當時一般人對於「國語」的說與寫都還未臻嫻熟，所謂的「言文一致」，其實僅止於日常應用層面，以「口語化」的「說」（言）與「寫」（文）為主，談不上「文學性」的提升與錘鍊。再根據當時臺灣討論「國語」問題最重要的報刊《新生報．國語週刊》的各種言論看來，一開始，臺灣「國語推行委員會」與當時民眾所關注的，的確都只是如何學習國「語」，包括，怎樣正確發音，如何在言談中洗刷日語的語法等。一直到將近半年之後的二一期，才開始有俞敏的〈注意方言文學〉，強調「民謠、兒歌、童話、傳說」在「方言文學」中的重要，是為初步關注到「文學」層面。二三期刊出何欣的〈國語文學名著介紹：紅樓夢〉，將《紅樓夢》視為「國語文學」並加以說解，「文學」始正式走進「國語運動」的推行範圍之中。[66]然則，從語文發展的歷史進程面著眼，「語」與「文」原就是在不斷相互辯證的過程中生成發展。《大學國語文選》的「對話」強調所選的材料「都是語學和文學的專家之作」，因此「別於一般會話那樣陋而且俗」；「演說詞」所選的是「知識高的人士說的話」，特色是：「不完全是普通口語尤其未必是北平話。但不能說不是『國語』。因為內容思想的關係，也就漸漸近於『文』了」。所意味的，正是口說語言之「文學化」的過程。至於「小說」一類，以不同時代的三篇白話小說來「表示『國語』小說的時代變遷」，除了再次印證「國語便是國文」之外，也引進了語言與文學「史」的視野。這些面向都是「臺灣省國語運動推行委員會」成立之初，有心推動卻力有未逮者。以之與許壽裳主編的《大學國文選》相參照，更可看出「國文」與「國語」的相互關係，及其在臺灣戰後初期大學教育中的特殊性。

(二)《大學國文選》

許壽裳受命來臺之初，原任臺灣省編譯館長，所負責的「文化重建」工作，本來就涵括「語文復原」。他對於如何在臺推動國語文教育，同樣十分關注。當時編譯館的重要工作之一，是藉由編印「光復文庫」叢書以宣揚「祖國文化」，首發之作，即是許壽裳親自撰寫的《怎樣學習國語與國文》。據許壽裳所言，該叢書編印旨趣乃是「為了要普遍地供應本省同胞一種精神食糧，使他們能夠充分地接受祖國文化的教養而成立的。所以除了編印中小學教科書以外，還要編選許多社會讀物來供應本省的一般民眾，……使他們對於祖國的文化、主義、國策、政令等一切必需的實用的知識，明白了解」。[67]而在〈怎樣學習國語與國文・敘

66 《新生報・國語週刊》創刊於一九四六年五月二十一日，發刊目的在作為「本省國語推行委員會跟社會上取得聯繫，互相研究討論的機關刊物」；「不發空理想的議論，而提供解決問題的理論」。首期刊有魏建功〈國語運動綱領〉、吳守禮〈臺灣人語言意識側面觀〉等，都是具有政策宣示意味的文章。魏建功的〈何以要提倡從臺灣話學習國語〉、〈臺語即是國語的一種〉、〈注音符號十八課〉、〈談注音符號教學方法〉；何容的〈關於國語的標準〉、〈語音和讀音〉等文，都是在此發表。〈注意方言文學〉刊載於一九四六年十月一日；〈國語文學名著介紹：紅樓夢〉刊載於十月十四日；距創刊已經半年之久。

67 許壽裳：〈「光復文庫」編印的旨趣〉。至於該文庫之所以用「光復」為名，乃是因為「這次臺胞重新投入祖國的懷抱，是多麼一件可紀念的事啊！所以用『光復文庫』這名詞來編選介紹祖國的和國際的一切有價值有趣味的新知識，也有著很深的令人警惕的意義在。」收入黃英哲編：《許壽裳：臺灣時代文集》（臺北：國立臺灣大學出版中心，二〇一〇），頁一二二。

言〉裡，他開宗明義表示：

自從日本人統治了臺灣五十一年，使得我們臺灣同胞既不會說本國的標準語（國語），也不會讀本國的國文（包括語體文和文言文），……所以我很知道現在的臺灣同胞是多麼迫切地希望怎樣就能說道地的國語，和看懂古今名人所做的文章，並且還能把自己心中所要說的話很自然地用本國筆調寫出來，和一般同胞所寫的沒有差別，因此我選定了這一個題目來談，或許能夠對臺灣同胞學習國語和國文時有點幫助。[68]

此書雖然在書名上兼及國語與國文，但對「國語」部分著墨不多，真正的重點，還是「學習國文」；尤其是著重於如何從「文法」方面洗刷日語文法的影響。所以如此，乃是許壽裳以為，較諸「說國語」，「學國文」要達到「看得懂，寫得出」這一標準，實在困難得多。主要原因，正是在於多年以來，臺灣人接受的都是日文教育，行文造句都難脫日式漢文影響，因此，

為了要使我們臺胞不再寫冒牌的國文，全能以本國文字寫出自己所要說的話，篇篇都成為純本位文化的本國文，所以想特別提出我國文法和日本文法究有那些點不同，並且舉些實例加以說明。[69]

不過，在為臺大編選大學國文教材時，許壽裳顯然別有考量。據早年文獻，當年的《大學國文選》因選入不少左翼作家作品，國府來臺之後被列為禁書，始終不見於世。[70]早先的研究遂僅能依據當年許壽裳所遺留的殘缺手稿，大略得知選文至少包括蔡元培〈我在教育界的經驗〉、陳獨秀〈文學革命論〉、胡適〈國語的文學，文學的國語〉，以及魯迅的〈吶喊自序〉、〈狂人日記〉等。[71]直至二〇一二年，有熱心校友將其所收藏之舊日課本捐贈臺大總圖，才使人得以窺其全貌。印製成書的《大學國文選》前後有兩個不同版本，分別是一九四七年九月的初版與一九四八年十月的改訂版，編選者署名皆為「國立臺灣大學中國文學系」。相互參照，初版與許壽裳的手稿略有出入，但差別不大，改訂版則有明顯差異。其間的承衍與改易之跡，頗值得留意。以下姑以表列方式，呈顯手稿、初版與改訂版之間的出入，再據以進一步討論：[72]

68 許壽裳：〈怎樣學習國語與國文．敘言〉，《許壽裳：臺灣時代文集》（臺北：臺灣大學出版中心，二〇一〇），頁一二五。

69 參見許壽裳：〈學習國文應注意之點〉，《許壽裳：臺灣時代文集》（臺北：臺灣大學出版中心，二〇一〇），頁一二八。

70 據路統信所言，「光復初期，本省同學閱讀文言文，非常吃力，當時的臺大中文系主任許壽裳教授，就特別為此編了一本白話文的《大學國文》，裡頭包括魯迅、郭沫若、夏衍……等進步作家的文章；一九四九年十月，中華人民共和國成立以後，這些作家都沒有跟隨國民黨到臺灣，於是就成為「附匪」作家；這樣，這本臺大講義組出版的《大學國文》就變成禁書了。」引自路統信：〈臺灣糖的滋味——路統信的證言〉，收入藍博洲：《麥浪歌詠隊》，頁二五一－五二。

71 見梅家玲：〈戰後初期臺灣的國語運動與語文教育〉；所據之許壽裳手稿為黃英哲教授提供。

72 前有「◎」者為手稿獨有，加「△」者為手稿與初版皆選，而改訂版未選錄者，加「＊」者為手稿、初版、改訂版皆選錄者；加「★」者為手稿所無，但初版即選錄而改訂版亦繼續收錄者。

排序	手稿	一九四七年成書初版	一九四八年改訂版
1	我在教育界的經驗（蔡元培）	＊我在教育界的經驗（蔡元培）	＊我在教育界的經驗（蔡元培）
2	四十年前之小故事（吳敬恆）	△四十年前之小故事（吳敬恆）	＊文學革命論（陳獨秀）
3	知難行易（孫文）	△知難行易（孫文）	＊國語的文學，文學的國語（胡適）
4	文學革命論（陳獨秀）	＊文學革命論（陳獨秀）	中國文字不進步底原因（許地山）
5	◎為學與作人（梁啟超）	歐遊心影錄楔子（梁啟超）	復古的空氣（聞一多）
6	論文章作用（梁啟超）	△論文章作用（梁啟超）	亡友夏穗卿先生（梁啟超）
7	◎新民說（梁啟超）	△與黎錦熙羅常培書（錢玄同）	文人宅（朱自清）
7	吶喊自序（魯迅）	△讀書（胡適）	自然（豐子愷）
9	狂人日記（魯迅）	＊國語的文學，文學的國語（胡適）	＊吶喊自序（魯迅）
10	與黎錦熙羅常培書（錢玄同）	＊吶喊自序（魯迅）	＊狂人日記（魯迅）
11	讀書（胡適）	＊狂人日記（魯迅）	★一個人在途上（郁達夫）
12	文學的國語，國語的文學（胡適）[73]	★一個人在途上（郁達夫）	由日本回來了（郭沫若）

13		薄奠（郁達夫）	★秦嶺之夜（茅盾）
14		我的中學生時代及其後（茅盾）	十月十七日（巴金）
15		★秦嶺之夜（茅盾）	★淪陷的北平中秋（老舍）
16		濟南的冬天（老舍）	黃蓋密獻苦肉計（羅貫中）
17		★淪陷的北平中秋（老舍）	林教頭風雪山神廟（施耐庵）
18		八百壯士（巴金）	★劉老老游大觀園（曹雪芹）
19		藝術三昧（豐子愷）	★添四客述往思來（吳敬梓）
20		圖書與人生（豐子愷）	★明湖居聽書（劉鶚）
21		給亡婦（朱自清）	秋水　莊子（莊周）
22		槳聲燈影裡的秦淮河（朱自清）	楊朱　列子（列禦寇）
23		西湖的六月十八夜（俞平伯）	淮陰侯列傳　史記（司馬遷）
24		談學問（朱光潛）	李廣蘇建傳　漢書（班固）
25		侵略者的失敗（常乃悳）	郭太傳　後漢書（范曄）
26		青島（聞一多）	諸葛亮傳　三國志（陳壽）

73　原手稿作「文學的國語，國語的文學」，應為「國語的文學，文學的國語」之誤。

27		武松打虎和李逵殺虎（施耐庵）	典論自序（曹丕）
28		★劉老老游大觀園（曹雪芹）	文選序（蕭統）
29		★添四客述往思來（吳敬梓）	養生論（嵇叔夜）
30		★明湖居聽書（劉鶚）	長恨歌傳（陳鴻傳，白居易撰歌）

大體而論，原先半頁手稿中的選目，多數在初版中被保留，調整不多；推判初版《大學國文選》之編選，乃由許壽裳主持其事，應無疑義。手稿與初版，因此可視為同一版本。初版與改訂版的選文縱有出入，但作為一份「國文」教材，卻有一個不容忽視的共同的特色，那就是：雖然兩者選文都兼括古今，並以「文學」方面的經典篇什為主，但「文學性」並非編選的唯一標準；如何同時帶入新教育與新文學運動發展的相關論題，當是另一重要考慮。因此，明顯可見的是，初版與改訂版的篇目編列，皆以蔡元培〈我在教育界的經驗〉作為全書開篇；其後所選的陳獨秀〈文學革命論〉、胡適〈國語的文學，文學的國語〉等文，即為文學革命以來，討論有關文言、白話、方言、國語等重要問題的篇章。至於文學性的文本，則採「先現代，後古典」次第。當年一些膾炙人口的白話文學文本，諸如魯迅〈狂人日記〉，以及郁達夫、茅盾、老舍、豐子愷、朱自清、俞平伯等人之作，都依序編入；最後，才是古典文學作品。

此外，初版所選之古典文學文本只有四篇，皆為白話長篇小說中的段落，屬「語體文」之一種。因此雖為國「文」選，仍與魏建功的國「語」文選較為接近，屬於配合當時臺大學生語文程度的選本。它也同時呼應了魏建功〈國立臺灣大學一年級國語課程旨趣〉一文所說的：臺大的國語課程，實與國文課程相輔為用，二者皆兼顧「說」、「讀」、「寫作」與「欣賞」，只是各有偏重，並且「把國文多分出一部分來叫做國語而已」。

然而，時隔不過一年，改訂版的古典文學選文卻出現極大更動。其中至少有兩點十分值得注意：

首先，在文白比例方面，相對於初版教材全數為白話語體文，改訂版最明顯的不同，在於雖然保留〈劉老老遊大觀園〉等白話小說，卻另外新增十篇之多的文言文本，其中更不乏《莊子・秋水》、《列子・楊朱》、《史記・淮陰侯列傳》、《漢書・李廣蘇建傳》等先秦兩漢的子史之文。

其次，比對改訂版與初版的現代白話文選，又可看出：雖然兩者都選入梁啟超與聞一多的文章，但改訂版以梁啟超〈亡友夏穗卿先生〉取代初版所選的〈歐遊心影錄楔子〉與〈論文章作用〉；以聞一多〈復古的空氣〉取代〈青島〉，其用心亦或有可資探究之處。基本上，這兩篇文章多少都涉及了在「復古」與「求新」之間的斟酌思考，甚至隱含對於「古」的批判性反思。如〈復古的空氣〉一文即明言：

> 我們強調的聲明，民族主義我們是要的，而且深信是我們復興的根本。但民族主義不該是文化的閉關主義。我甚至相信正因我們要民族主義，才不應該復古。[74]

因此，乍看之下，此一版本的《大學國文選》新增多篇古典文選，似乎是走向「復古」。但是所選入的聞一多文章，卻是提出「不應該復古」之論，並提醒大家適時擷取外來文化之必要。梁啟超悼懷夏穗卿，同樣憶及當年兩人如何追求「新變」，其間曲折，值得推敲。據時序看來，改訂本出版於一九四八年十月，許壽裳先生則是在同年二月十八日即因意外辭世，從該年三月至十月之間，臺大中文系主任由喬大壯而臺靜農，它的大幅改訂，或許是因為主事者易人，編選主張遂因此改易；但更有可能的是，它一方面落實了當時「由『語』而『文』」的語文教學理念，從「語文復原」走向「文化復原」；另一方面，亦意圖為「大學國文」教育理念提出更繁複的思考：選取經典文言篇什為教材，未必只是單純地崇尚文言文，而很可能是朝向民國以來「大一國文」基本教學理念的回歸，意味著只要大學生具備了一定的語文基礎，高等教育終究是必須要藉由研習文言文，以達致更高一層次的、「傳承文化」的目的。只是，傳承之餘，仍應予以一定程度的反思。改訂版所以選入梁啟超、聞一多之作，或可從這一面向予以了解。

然則，追本溯源，臺灣戰後初期的國語文政策及推行方向，實奠基於當時「閩南語」尚能通行於臺灣社會各階層等假定之上。姑不論這些「假定」是否屬實，推行過程中一再強調

「語文復原」，又是否真能復「原」，[75]由臺大這兩部國語文教材所凸顯出的「語」與「文」的相互關係，以及隱括其中的「國族意識」、「文化想像」與「語文形構」等問題，卻正可與前述三種國文教材形成饒富意義的對話。它提醒我們：「國」語文教育所關涉的，並不止於「語」與「文」的形構及應用，更有「國族」與「文化」方面的重大意義。只是，民族主義所造成的流弊，早為眾所周知；國文教育，是否必然要被規範於以民族主義為核心的國族框架之內？將燕京大學以迄於臺灣大學的幾種大學國語文選本比合而觀，是否能為「國文」的教育目標及教材編選，提供更為深入的思考？若欲正本清源，勢必須回溯到明治時期的日本教育革新，以及晚清以來，朝野人士對它的取法借鑑。因此，以下即先大略梳理日本教育革新過程中，「國語」與「國文」學科之所以成立的緣由，及其在中國境內的發展，繼而論析相關問題。

---

74 聞一多：〈復古的空氣〉，收入國立臺灣大學中國文學系編：《大學國文選》（臺北：臺灣大學教務處出版組，一九四七），頁三二－三八。

75 證諸當時臺灣社會上的語文使用狀況，這些假定其實並不成立，詳後文。

五、「國」與「文」：大學國文與國族意識、文化想像及語文形構的多重交錯

（一）「國」‧「語」‧「文」與現代（民族）國家的學科建構

「國文」一詞係由「國」與「文」組構而成，一般而言，意謂一「國」之「文」。「國」的概念來自現代民族國家，「文」則可以是（兼括古文與白話文的）書面文字，亦可延擴為文明與文化。「國『語』」兼有「標準『語』」與「白話／語體『文』」二義；前者相對的是「方言」，後者則與「文言文」相對。「國語」與「國文」之間的關係，往往會依隨時間推移與語文的應用調整而不斷產生邊際游移。在日本的歷史脈絡中，它之所以萌興於明治時期，主要是長久以來，日本知識分子與統治階層都藉由「漢字」書寫往來，與一般庶民所習用的語文頗有差距。時當民族國家觀念逐漸成形，有心者遂意欲經由「言文一致」而普及教育、凝聚全「國」民眾之「共同體」意識；具體進程，乃是以日語之表音符號「假名」與當時流通於統治階級的「漢字」相區隔，進而以日本民族自有之語文取代「漢文」。它強調「國語」之於民族國家的重要性，因此將「東京方言」（東京のことば）標準化為通行全國的「標準語」，再落實於體制內的語文教育，讓國人能夠「以適當的語言及字句來正確地表達思想」，同時也能將言說形成書面文體。如此，（相對於「方言」的）「標準語」亦得以成為「文章上的語言」，遂能突破時空限制，確保其地位。[76] 新制教育的日本小學校制定「讀書」、「作文」、「習字」等課程，其所閱讀之材料兼括博物修身，作文科著重簡易文書之教

學，[77] 目的即是讓學生具備基本的閱讀與寫作能力，「以資實用」的取向相當明顯。當時學者上田萬年、文政大臣井上毅等，皆致力於此。上田的系列論述，尤其具有影響力。一八九四年，他發表演講詞〈國語與國家〉，明確提出「國語（日語）可謂日本人之精神血液」之說，主張「國語」乃是喚起國民意識、維繫日本「國體」所不可或缺之要素，即可視為當時藉「國語」而形塑「國族意識」最具代表性的言論：

語言，對言說它的人民來講好比血液一般，可以證示為身體上的同胞，亦可證示為精神上的同胞；若以此譬喻日本國語，則日語可謂日本人的精神血液。日本的國體，主要以此精神血液維持；日本的人種，因有此最強固最能永久長存之聯繫而不致散亂。是故，一旦大難臨至，只要有此語言號召，則四千萬的同胞無論何時皆能傾耳垂聽，無論何處亦願赴之，鞠躬盡瘁，不惜一死。[78]

此外，在《作文教授法》與〈關於尋常小學的作文教授〉等論述中，上田則著力於

76 參考安田敏朗著，呂美親譯：〈日本「國語」的近代〉，《東亞觀念史集刊》三期（二〇一二年十二月），頁七一－一一七。
77 參見松林純孝譯：《日本小學校章程》，《蒙學報》二一冊，光緒二十四年四月初一日。
78 上田萬年：〈國語と國家と〉，《國語のため》（東京：冨山房，一八九七）。按：初版明治二十八年（一八九五），日本國會圖書館藏修訂二版，出版於明治三十年（一八九七）。

「語·文」關係的闡析，以及由「語」而「文」的推展進程。他以為，「以語言整理思緒且加以言說，以及馬上將言說轉換為文字形式加以紀錄，乃普通教育中的作文教學之大重點」；[79]「現今的日本語，只要不過於卑俗，儘可能也將之收於文章為宜」，不必讓學童書寫古語或漢語。[80]循此，日本「語」將成為「文章」的構成基礎，原為知識階層所獨享之漢字漢文，亦將為假名與漢文訓讀體取代。而日本各級學校中的「國語（文）」，也因此成為獨立於「漢文」之外的必修學科。[81]

不過，誠如安田敏朗所指出的，上田顯然未曾意識到「言文一致」在本質上的問題，那就是：自由書寫與統一的文體是兩個完全不同方向的開展。沒有規則的自由書寫，僅會造成混亂而已。因此，即或標準國語已經制定，並且成為國民習用之日常語言，當日常生活用語要轉換為書寫文體時，仍然必須經過一定的學習訓練。因為，「所謂『言文一致』，並非如何言說就如何書寫，而是能創造出新的文體才有了意義」。此外，要醞釀出以民族國家成員為前提的一體感，僅有橫向共時性的現今一體感其實仍有所不足，必須還要有縱向通時性的——亦即具有「歷史性」、「傳統性」的，使全民具有共同綿延不絕意識的一體感，才能更形鞏固。因此，學校教育的「國語科」中仍需教授「古典」，即是為了連結那共有的意識，使現時國民得以上接古代先賢，生出共有的歷史傳統意識。[82]

參照晚清以來中國與臺灣之「國語」或「國文」的學科建構與隨之而來的教材編選，可見的是，它大體上追步日本，卻也不無因革調整。一個明顯的差異是：晚清士人雖然自日本挪用了「國語／國文」等具有現代意義的語彙、觀念與「言文一致」理念，卻並不若日本或朝鮮在建構民族國家時，意圖將長期介入本「國」語文的他國文字視為「他者」，亟欲與之區隔並取而代之。[83]箇中關鍵，實因漢字漢文原就是「中華文化」的重要表徵，不僅在中國源遠流長，並且開枝散葉，於東亞各地形成廣大的「漢字文化圈」。這就使得晚清以來的學者們論及「國語」問題時，雖然同樣著重於在眾多方言中「統一語言」，培養愛國心，落實於教學，重點卻是多從文字源起、文法修辭，以及如何「以資官私實用」等方面去體現該學科的教學內容及重要性。換言之，具有強烈排他性的「國族意識」，最初在各級學校「國語」或「國文」的課程教材中，似乎並未刻意凸顯。倒是如何經由選讀文言經典的閱讀訓練以達致「文化傳承」，反而成為高等教育的一大重點。從針對小學國文課程而論的劉師培《國文

---

79 上田萬年：《作文教授法》（東京：富山房，一八九五），頁七。

80 上田萬年：〈尋常小學の作文教授につきて〉，《國語論》（東京：金港堂，一八九五），頁九。

81 在明治時期的學制系統中，各級學校有關「本國語文」學科的設置，形態十分複雜，大體而言，中等以上教育稱「國語」或「國文」，以之與「漢文」相區隔（其間也有歸併原本獨立的「漢文」而為「國語及漢文」科者）。大學方面，則經由明治初年的「和漢文學」、「和文學」，最後確立了「國文學」的地位。參見Lee Yeounsuk（李妍淑）：《国語という思想：近代日本の言語認識》（東京：岩波書店，一九九六），頁九六－一〇五。

82 參見安田敏朗：〈日本「國語」的近代〉。

83 同樣情形也見諸當時的朝鮮。長久以來，朝鮮的統治階級與知識階層都以漢字記事表意，「國文」學科建構過程中，漢字之存廢亦成為其中一項重要論題。參見三ツ井崇著，李欣潔譯：〈開化期朝鮮的「國文」與漢字／漢文的糾葛〉，《東亞觀念史集刊》三期（二〇一二年十二月），頁一一九－六五。

典問答》，到抗戰時期部訂《大學國文選》的選文篇目，大抵都是如此。

然而，現代「國語」的概念，畢竟就是民族國家的產物，它的推動，更需要「國家」以制度化方式介入，才得以完成。即或晚清論者未能如上田萬年一般，提出「國體，主要以此精神血液維持」之類旗幟鮮明的論述，但從空間上橫向凝聚國民向心力，形塑共時性之「一體感」的意圖，仍是不言可喻。至於重視講授文字源起，側重古典文本的閱讀訓練，亦無非是意欲藉此連結歷史文化傳統，醞釀縱向通時性的「一體感」。落實於教材編選，遂有關乎「語」與「文」，以及「以資實用」與「文化傳承」等不同問題的取捨考量。其間，晚清民國以來的「言文一致」、「國語運動」、「白話文學」與「文學革命」等問題之於語文形構所造成的影響，都是不可忽略的因素。

（二）「語」與「文」，「以資實用」與「文化傳承」：歷史脈絡中的多層次錯綜關係

前已述及，清季之「國語」概念被引進之初，雖具有（相對於「方言」）之「標準語」的現代意義，但「國語統一」或「國語運動」在當時僅止於朝野有心人士倡議，官方並未從事於此。倒是其中的「言說」特質，適所以與「言文一致」理念中的「言」相連結，被視為普及教育的重要憑藉，特別受到重視。「言文一致」旨在讓口說語言與書面語言一致，以期便於啟蒙大眾；「國語」遂由此衍生出（相對於「文言」的）「白話文」涵義，並且成為推動啟蒙教育的基礎；此時，它與「國文」的關係，應僅建立於（不涉及「標準語」的）「（白話

／語體）文」的層面。[84]因此，在大學猶未有「國文」課程項目時，蒙小「國文」教材之取捨斟酌，大多體現於「口語」與「書面語」（淺近文言）的邊際游移。

不久之後，民國肇造，「國語統一」是為中華民國新政建設的一部分，它開始於一九一三年，政府召開「讀音統一會」構擬民族共同語的框架，會中製訂統一的「注音字母」和漢字標準讀音；一九二〇年，教育部訓令各國民學校，將小學一、二年級「國文」課程改為「國語」，所有文言課文，從此全數改為語體文，[85]「統一語言」與「普及教育」，遂共同成為國家之既定政策。以「標準國語」為基準的「白話語體文」，亦逐漸成為一般社會大眾習用的書寫文體。「國語」作為「國文」的對立面出現，並成為既對立，又辯證統一的兩組觀念。

然而，即或同為「白話文」，往往因為它究竟旨在日常生活應用，抑是正式文書往來，以及是否具有「文學」性，而有不同之文體想像與書寫規範。這就又關涉到稍早的「文學革命」與「白話文運動」。

「文學革命」，主要由北大《新青年》、《新潮》諸子所倡議。陳獨秀、錢玄同、劉半

84　參照彼時若干地方性的《白話報》，其書面語每每因隨當地的「方言」用語，呈現不同之書寫樣貌。
85　有關國語運動的發展，參見黎錦熙：《國語運動史綱》（上海：商務印書館，一九三五）；倪海曙：《中國拼音文字運動史簡編》（上海：時代出版社，一九五〇）。

農、胡適、傅斯年等，皆先後就文學語言的改良熱烈討論。所措意者，原不在口說語言，而在於書寫文字。全國語言統一與否，並不是他們關切的重點。因此，討論之初，雖也大量使用「國語」一詞，所指涉者，實與晚清時期相同，都是（與文言相對的）「白話『文』」，而非（與方言相對的）「標準『語』」（Mandarin）。所不同者，晚清的「國語／白話文」以實用為要，不考慮「文學性」；但「文學性」卻正是「文學革命」的重點訴求。胡適〈建設的文學革命論〉主張「白話文」應正名為「國語文學」，目的即在提高白話文地位。副標題「國語的文學，文學的國語」，意思是說：一定要先以「國語（白話文）」作為文學的書寫語言，之後的國語（白話文），才會成為具有文學性的語言。而「文學革命」，「只是要替中國創造一種國語的文學。有了國語的文學，方才可有文學的國語。」[86]正是其中最具代表性的論述。[87]

不過，由於胡適等人先後都加入了「國語研究會」與「國語統一籌備會」，也開始從事「國語統一」運動，傅斯年提出另外引入「口語」及「歐化中國語」兩條思路，以充實並活化「白話文學」；[88]「國語運動」與「文學革命」，於是正式合流，並因此在白話文中形成「實用文」與「文藝文」兩種不同走向。前者偏重於日常文書應用，後者則追求文學性，是為文學革命的成果。「語」與「文」，以及「實用」與「文藝」之間，也因此開展出更多的辯證性。

但另一方面，晚清的「言文一致」之議，實為針對啟蒙一般大眾而發；當時「以資官私實用」的「應用」文體，仍然非「文言」莫屬。胡適等人所倡議的文學革命，主要是著眼於「文學」，也就是「文藝文」的書寫文體改革，未及於應用文。因此，文學革命研議之際，錢玄同率先主張「應用文」亦宜「以國語為之」，即是希望將先前多用於社會中下階層、易與俚言俗語混為一談的「白話文」，也提升為知識分子之間的「書面語言」，郭紹虞之所以認為成功的白話文，必須要能同時兼為文藝文與應用文，原因亦在於「文言文」在社會「應用」方面的地位高居不下，無可取代。因此，淬鍊語體言說，形構白話新文體，遂成為近現代語文發展過程中的時勢所趨。

循此，亦可進而論析「以資實用」與「文化傳承」間的轇轕。這兩者同為明治日本與清季教育改革者所重視，前者著眼於「語（文）」於空間維度上的普及應用，後者則側重藉由「文」的匯通，完成時間維度上的今古相續。看似兩種不同取向，其實內在皆與民族國家共同體之形塑息息相關，不過，「實用」之道廣泛多端，「文化」內涵駁雜多元，如何付諸教學，還是得取決於課程設置與教材編選。兩者間的游移，及其與國族意識、語文形構間的複雜對話，從清季壬寅、癸卯為教育改革而擬訂的《學務章程》中，即可見端倪；前所論及的

86 胡適：〈建設的文學革命論——國語的文學，文學的國語〉，《胡適作品集三：文學改良芻議》（臺北：遠流出版公司，一九八六），頁五七。
87 國立臺灣大學的《大學國文選》，從許壽裳的手稿至一九四八年的改訂版，三個版本都收入此一篇章，亦可見編者之用心。
88 見傅斯年：〈怎樣做白話文〉，《新潮》一卷二期（一九一九年二月），頁一七一－一八四。

四種選本，文白選文比例所以有明顯差異，更可由此一層面予以理解。

根據既有研究，壬寅學制較後出的癸卯學制在國語文之讀寫課程安排上，更側重工具性，為便於溝通，甚至時而流露對本國文辭的忽略，如規定高等學堂可「加外國文而去古文詞」，與日本以「國語」為綜合性的應用語文科目立意相近，實用傾向至為明顯。癸卯學制則是深受國粹思潮影響，重視「中國文章」、「中國文辭」之閱讀寫作，兼顧「以資實用」與「文化傳承」，但所看重的應用所需，乃是「奏議、公牘、書札、記事」等文言書寫，主要目的還是為了保存國粹，維持長久以來由知識分子所主導的文教體系。因此，它雖然有意識地吸納了來自日本國語理念所內蘊的「共同體」意識，但卻迴避了「言文一致」的進程。相對於「國語統一」由「語言」所帶來的空間同一性，癸卯學制的主事者卻是更重視「文字」、「文理」、「文學」等由書寫層面所帶來的同一性[89]——它以時間維度的同一性為主，力求貫通古今，傳衍歷史文化，看似也兼及空間維度的溝通交流，但此一空間仍是僅為知識分子所獨享，一般庶民始終不得其門而入。

以是，若欲考量「以資實用」，根本上仍然必須回到「文體」選擇與施用範圍的問題，而這又勢必與「語」與「文」的辯證發展進程息息相關。換言之，若欲以「國語／白話／語體文」成為全民通用的文體，必得讓白話語體文成為全國各階層皆能通「用」的文體；它的前提，則又是得讓「白話」脫離純粹的口語階段，提煉為可形諸書面的「新文體」。這也就如明治日本所倡議的：使「標準語」成為「文章上的語言」，方得以突破時空限制，行之久遠。

就前述幾種大學國文教材的編選情形看來，郭紹虞應是最先洞悉箇中曲折的編選者。他的《語文通論》一書，就語文的辯證發展進行多方面論析，藉此闡析《近代文編》與《學文示例》的編選用心，多為深入有得之見。然而最能體現此一語文辯證發展及其於「以資實用」方面之推展進程者，實為戰後臺灣大學的國語文教材。

如前所述，由於戰後臺灣的境況，乃是一個已經日本殖民半世紀之久的「日語臺灣」，當時銜命來臺推行國語文教育的魏建功、許壽裳的工作，即是拮抗、滌清既有的強大日語文化，形構「國語臺灣」。一切的「語文復原」，都必須從零開始，從無到有。相對於中國大陸於大學教育之前，已有多年中小學國語文教育為根基，臺灣「大」學生在缺乏中小學國語文教育的情況下，學習「國文」，遂必得兼及「語」、「文」，並且「由『語』而『文』」；納入「方言」文學作為學習國語與國文的過渡，亦屬合宜。它的進程，實與明治時期的日本若相彷彿。一九四七年十月，《國立臺灣大學校刊》刊出時任校內共同科教員李竹年的〈我對於本校國文教學的意見〉一文，評論當時新編出版的《大學國文選》，其論點即相當具有概括性：

89　參見陸胤：〈國家與文辭〉，《國文的創生：清季文學教育與知識衍變》，頁一八三、頁二〇九。

> 本校一年級用的國語教本，已經編印了出來；國文課用的《大學國文選》，在本學期開始時已由中國文學系幾位先生選定印就，在應用著了，我雖未曾參加這本書的編選工作，但我覺得這本書內所選的三十篇文章，是適合我們的教學對象——臺大學生的。這裡面選的大半是現代人的白話文，但也有一部分是現代人作的「現代文言文」。……我們認為教臺灣學生，在現階段，還只能以白話文為主，少量的夾一點現代人的淺近的文言文是可以的。像外省有些大學用的國文教本，充滿了周秦漢魏，經史子集的文章（西南聯大的除外），高深誠高深矣，但不適合於我們此時此地的需要。……將來再過一二年，再漸漸加一些時間較古而詞意仍較淺的散文和韻文，以培植他們欣賞中國舊文學的能力，藉以瞭解中華民族的真實的精神生活的歷史。[90]

此外，擔任醫學院國文教師的張則貴也為文響應，表示：「國語文既是構成民族國家的基本要素，客觀的精神生活之反映」，國語文教學就「不只要教『大』學生們國語的『說』，『聽』，『讀』，『寫』與『作』；養成他們的國語理解力與表現力，更擔負著一個最容易被人忽略而最重大的責任」；簡言之，那就是：

> 要以國語文為工具，以分析，理解，鑒賞——文化領域內最尖端的文藝作品以及其他論文等——為媒介，使學生們理會，體得民族國家的智慧，德行，文化精神以及人類共

通的「生」與人性美等，培養共同的體驗；陶冶道德的人格；也就是形成關係密切的有機的共同社會之準備；完成民族國家生存的第一個基本條件。[91]

這兩篇文章，都是因應當時臺灣語文現況立論，前者呼應「由語而文」的學習次第，與藉由淺易古文以了解過去的必要；後者強調「國語文」之於民族國家構成的重要性，都見證了「國」與「文」在現代國家中的交相為用，以及大學國文如何因隨時空移易而進行內涵與教育目標的自我調整。再者，從李竹年所提及的「現代白話文」、「現代文言文」與「淺近的文言文」等用語及其間的學習次第看來，所謂的「白話文」與「文言文」，原非對立的兩極，反而具有遞進的層次關係。參照臺大《大學國文選》前後不同版本選文的文白比例變化，以及郭紹虞為編選《學文示例》所撰寫的〈中國文字型與語言型的文學之演變〉一文所論，亦可看出「文言」與「白話」、「語言」與「文字」之間辯證發展的動態關係。

90 李竹年：〈我對於本校國文教學的意見〉，《國立臺灣大學校刊》一〇期（一九四八年三月十六日），六版。李竹年（一九〇四－一九八八），又名何林，早年曾與臺靜農、李霽野等共組未名社，一九四六年，與李霽野同受老師許壽裳之邀而來臺灣參與臺灣省編譯館工作，編譯館裁撤後，進入臺大中文系任教，許壽裳遇害後，隨即離開臺灣，返回大陸。

91 張則貴：〈三十七年度國語文教育問題〉，《國立臺灣大學校刊》一〇期（一九四八年三月十六日），七版。按：原文中「文化精神以及人類共通的『生』與人性美等」，疑有脫漏字。

（三）如何「語文」？怎樣「復原」？——民族主義與「國」、「語」、「文」的再思考

誠然，若純就大學國語文教材編選而論，魏建功、許壽裳對於選文篇目的斟酌考量，完全基於臺灣當時的語文現況，規畫「由語而文」的學習進程，自有其合宜性。然而，若就其所極力主張的「語文復原」與「文化復原」一事深入思考，卻會發現，其中實有許多矛盾弔詭之處；而也正是這些矛盾弔詭，讓我們意識到，以「民族主義」（或特定的意識形態）去規範國語文教育時，所可能產生的問題。

首先，「語文復原」是魏建功來臺推行國語時的政策主軸，目的在於「文化復原」；而「從臺灣話學習國語」，則是其具體實踐策略。因此，極力辨明「國語」與「日語」的分別及語文中所隱含的國族文化異同，遂成為教導臺灣民眾學習國語文過程中的首要之務。魏建功來臺之初曾撰寫〈國語的德行〉一文，所揭示的問題性遂特別值得討論。

該文一開始，首先闡明「文化」之於語言形成的重要性，指出：「我們的國語標準的形成是文化的自然演變，它的推行也靠著文化自然的發展」。中文與日語文表現形式不同，不只根植於兩國民族文化中處世態度的差異，更關乎於「德行涵養」：

> 我們民族有一種豁達大度，它的來源與孔子人生哲學裡的「恕」有關係。這種恕道發展在我們的處世態度上，是「適可而止」，是「不為己甚」，是「易地以處則皆然」。我

> 們的語言標準系統也就是從這種處世哲學裡陶鑄成功的。……
>
> 我國的語言極為自由而平等，不像日本語，長輩與晚輩，上官與屬僚，官吏與人民，男子與女子，中間有用不用敬語的分別。我們的敬與不敬，是靠態度語氣等來表現的而不是日本人那樣機械的形式上劃分的。我們國語的推行當然是「和平」的，而不誇張聲勢的。真的「自由平等」樹立在「恕道」上，凡是出言不遜的一定沒有正規，失去標準的。只有遵用標準語言，才可以得到「公正」的態度，才可以分出「嚴明」的是非。我們的國語有極端重的禮貌而不具行迹。推行國語不僅是口頭語音的形迹改變，還要有民族德行善良的涵養。[92]

論者曾指出：一個民族的精神文化特色，每每藉由該民族的語言文字而體現。[93]在此，魏建功將語言與民族文化相連結，自有其學理依據；但要將它提升到「道德」層面，顯然是牽強附會，過猶不及。不過，回顧戰後初期的臺灣歷史語境，魏建功來臺的主要任務，原就是要在鋪天蓋地的日語環境中推行國語，他認為「一切語言文字間的隔閡，表現了文化道德

---

92 引文俱見魏建功：〈國語的德行〉，《魏建功文集四》，頁三七三－七五。

93 參見威廉・馮・洪堡特（Wilhelm von Humboldt, 1767-1835）著，姚小平譯：《論人類語言結構的差異及其對人類精神發展的影響》（*Über die Verschiedenheit des menschlichen Sprachbaues und ihren Einfluss auf die geistige Entwickelung des Menschengeschlechts*）（北京：商務印書館，二〇〇八）。

的衝突」。藉由語言而強化國族意識與文化涵養之外，同時訴諸「道德」，無非是想讓推行國語一事深入大眾生活，增益合理性。因此大肆抨擊日語是「貌為恭順的有毒工具」，倡言希望臺灣人民藉由「說國語」而袪除日本文化的毒害，「陶冶出新中國的好公民來」，[94]其說固然可議，卻正是投射出當時主政者對於臺灣「語文復原」一事的焦慮與急迫感。與明治日本推展「國語」及建構學科的過程相參照，戰後初期的臺灣以詆毀日本語言文化的方式去推動國語文教育，在做法上當然失之偏激，並不可取，但將「國語」賦予國民精神與品德的內涵，並藉排除他者之語文以強化自身國族意識與文化想像的用心，兩者仍是聲氣相通。

其次，魏建功倡議「語文復原」，但耐人尋味的是，其所欲「復」之「原」，究竟是什麼樣的「原」？乙未割臺之前，臺省語言，原就有閩語、客語等不同地方語系；閩語之中，更有漳州、泉州、潮州等不同方音雜然並存；若真要在臺灣進行語言之「復原」，則其所「復」者，若非閩語，也該是客語等鄉音方言，而不應該是以北平官話體系為主的「國語」。所以致此，自當是「國語」在開始制訂之初，便關涉到民族國家的統一及認同問題。民國肇造，「國語運動」成為政府新政體系之重要部分，其政治意義，顯然可見；臺灣光復，國民政府汲汲於臺灣的語文教育，同樣著眼於此。魏建功等人秉持「語文復原」之國家政策入臺，並且以「從臺灣話學習國語」為實踐策略，固然有個人學術上的背景及理論基礎，[95]卻也凸顯出「語文復『原』」所內蘊的弔詭——這個「原」，其實既不是什麼「原初」的語言，也不是通行於臺省的既有方言，而是以大陸地區「官話」系統為據，經由國家政策制訂出來的「國」語；至於真正「原初」的臺灣方言，卻反而不過是作為達成「國語統一」之目標的手段而已。更有進者，此一「從臺灣話學習國語」的策略，卻從來便僅停留於理論階段，並未實際發揮作用。原因是，當時一般青少年，都不識國字，也不能完全用方言表情達意，公教人員急需應用國語，不願花費時間學那不急之需的方言，因此乾脆跳過以「臺灣話」為中介，直接經由注音符號識字讀書，學習國語。[96]國府遷臺之後，甚至還因為要貫徹國語推行運動，嚴禁使用方言。[97]語文復「原」的結果，竟然是真正原初語言的被排除與禁用，這真不能不說是莫大的諷刺。

所以如此，就是因為「『國』語」之制訂與推行的內在驅力，乃是來自於具有強大排他

94 見〈國語的德行〉：「『能諂善驕』，是我國論人處世的精語。我們語言的標準裡是絕迹沒有培養諂驕的形式和意味。我們希望從這個標準裡陶冶出新中國的好公民來。先讓我詛咒一下日本語言的毒害，日本人推行日本國語的狠辣。日本人對我國的惡意宣傳固然是侵略思想從中作怪，同時還有那一套表現思想的語言在助虐。我因此要指出：中華民國的國語不是日本國語那樣貌為恭順的有毒工具，要把它自然嫺熟了，永久消除怪戾之氣，才能說的像是『話』」。

95 魏建功於一九二三年發表〈搜錄歌謠應全注音並標語調之提議〉一文，文中曾表示：「國語統一的可能，是站在各處方言的組織法有相同之點上，而不因方音的懸殊發生不可能；因為最後認為適用的國語是根源在各處的方音相同的標準音」。原載《歌謠增刊》（一九二三年十二月）；後收入《魏建功文集》第三冊（南京：江蘇教育出版社，二〇〇一），頁四－一三。

96 見張博宇：《臺灣地區國語運動史料》，頁八八、八九、一一五、一五二。

97 一九四九年國民政府遷臺之後，制訂「臺灣省非常時期教育綱領實施辦法」，加強國語教學，隨後更有「各縣市政府各級學校加強國語推行計畫」、「廣播電視法」等先後公布，逐漸排除本土語言文化，舉凡學校、電影院、街頭集會、公眾宣傳等，都禁止使用方言。

性格的民族主義，強行運作之下，破綻處處，自不令人意外。此一情形，亦促使我們意識到：以具有排他性的民族主義去主導語文教育，進而尋求，或建構當前的「國族認同」，是否僅是一廂情願的政治迷思？以及，是否反而因此限縮了「國語／文」原本所內蘊的能量，以及可能的開展？

六、餘論

因此，在本文即將進入尾聲之前，我們不妨再回顧前述對於「國文」之學科建構的論析，並以一九四〇年代「國文」教材諸多不同的編選考量為據，就前述問題做出回應。回顧過往，清晰可見的是，語文教育一般皆以先「語」後「文」為進程；而「語」又必須經由特定之規範，書面化為「文」並形成「文體」，才得以傳諸久遠。現代民族國家的形構過程中，統一的「國語」是形塑「空間」共同體不可或缺的要素；「國文」則是在以「文字」為載體的情況下，同時擔負了「時空」兩方面的滙通交流任務：在「時間」上，它連結今古，傳載歷史文化，讓今人據以理解先民的過往，營造全民共同的歷史感；在「空間」上，則應用於公私往來，成為可留存的書面紀錄。只是，古與今，一般庶民與高級知識分子，文書應用與純文藝創作，所習用的「文體」往往各有不同，這便在不同時代、不同群體或是不同的施用場合之間，形成溝通障礙，必須經由多方閱讀學習，才得以克服。因此，無論時空如何遷易，各階段「國文」教育的內涵，始終以「讀書（閱讀）作文（寫作）」為主軸；其目的，便是希望先求「以資實用」，再兼而「傳承文化」。由於漢字漢文不僅為中國所固有，而且流澤廣被，發軔於蒙小教育的晚清「國文」概念，並無明顯的「排他」意識，所強調的重點，乃是落在漢字與漢文法的學習之上，並視之為習得一切知識的載體。直到初、高等學堂的「中國文學」與「中國文辭」學科，才漸次提升至「通解經史古書，傳述聖賢精理」。這意味著「國文」與「國粹／固有文化」的連結，主要乃是建立在「經史古書」與「聖賢哲理」之上。因此，倘若不是因為日本殖民臺灣半世紀，讓「光復」之初的臺灣面臨中日語文的強烈衝突，「『國』文」或許未必會被賦予如此強烈的國族意識。

進而言之，若將「文」僅作為通用於一時一「國」的文字載體，其實是大大低估了「文」內蘊的豐富性，以及參與創變的動能。且不說，漢文字的歷史悠遠綿長，即或作為「載體」，也因為穿越不同時空，既負載重層的歷史文化，也參與無數跨地域文明的交融變化。因此，它不只是文字、文書，更是文學、文化與文明。它連結歷史傳統，也開展出與當代世界對話的契機。無論是《文心雕龍》等古典文論，抑或近年來備受矚目的「世界文學」、「華語語系文學」論述，無不揭示出「文」的繁複多變，兼容並包。相形之下，晚清以來的「言文一致」觀念，凸顯出聲音／語言／國語在啟蒙教育、文體革新方面的積極作用，固然為「文」增益現代性的意義，卻也同時因為民族主義帶來的浪漫國家想像，[98]為它設下無形藩籬，縮限了「文」的能動性。

再者，參照前文所論析的幾種大學國文教材，不難看出：其中最受肯定的，便是西南聯大的選本。一九四〇年代初期，即或中日戰爭方興未艾，舉國民族主義情緒沸騰，在楊振聲、朱自清等學者引領下，西南聯大編選國文教材，非但沒有刻意藉此凸顯「國族意識」，反而不斷用心於琢磨「文」在人文教育上的各種可能性。它的「以資實用」，體現於教材選篇古今兼收，並且因應時勢趨向，重視白話語體文習作；它的「文化傳承」，不在於訓練學生閱讀艱澀古奧的上古典籍，反而著眼於彰顯傳統文化中的美感意趣、標舉人生境界，為學生的思想素質與人生態度帶來啟發性影響。楊振聲當年為大一國文習作參考文選撰寫序文，文中所說的：「讓我們繼承古人的精神，不要抄襲古人的陳言；讓我們放開眼光到世界文學的場面，以現代人的資格，用現代人的語言寫現代人的生活，在世界文學共同的立場上創造現代的文明」。[99]擲地有聲，直到今天，依然值得重視。

而今，時序進入二十一世紀，儘管學界已就民族／國家主義帶來的流弊多所檢討，但若檢視現今諸多與「國文」相關的爭議，無可諱言地，對於「國」的認知與詮釋，正是其中一個很重要的關鍵點。然而，如果鑑往的目的在於知來，可見的是，相對於執著「國」而劃地自限，「文」卻恰恰以其貫通古今、與時俱進的特質，帶領我們走向遼濶無垠的天地，召喚著開創未來的無限可能性。即就楊振聲序文中所提到的「世界文學」與「現代文明」之說看來，當時西南聯大的國文教育目標，其實已經超越了一般民族國家的本位思想，以及「以資實用」與「傳承文化」的既有思維。循此，倘若我們擺脫（受限於民族主義框架的）「國」的桎梏，轉而體察（以漢字漢文為載體，並蘊含豐富深厚文化基底的）「文」所內蘊的多元繁複特質。或許更能為現代大學的國文教育，開啟益形開濶的觀照視野。借用當代歷史學家杜贊奇（Prasenjit Duara）所提出的「從民族國家拯救歷史」之說，[100]作為大學國文的教學與研究者，是否也應該「從『民族國家』拯救『國文』」？如何超越「國」的爭議，致力於「文」的追求，如何藉由「文」的包容性、開創性與能動性，去為當代大學生厚植文化涵養、開發自我創造的潛能，應是值得不斷思考琢磨的方向。

98 參見柄谷行人著，薛羽譯：〈民族－國家和語言學〉，《民族與美學》（西安：西北大學出版社，二〇一六），頁一三三－一六〇。

99 楊振聲：〈新文學在大學裡——大一國文習作參考文選序〉，頁三。

100 杜贊奇研究中國現代史，曾層層剝解線性歷史的困境與民族主義的局限，提出「從民族國家拯救歷史」之說。參見杜贊奇（Prasenjit Duara）著，王憲明、高繼美、李海燕、李點譯：《從民族國家拯救歷史：民族主義話語與中國現代史研究》（*Rescuing History from the Nation: Questioning Narratives of Modern China*）（南京：江蘇人民出版社，二〇〇八）。

第三章

大學與文學

——夏濟安、《文學雜誌》、臺灣大學與臺灣的「學院派文學雜誌」

一、前言

一般的臺灣文學史，多將一九五〇年代定位為「反共懷鄉文學時期」。但事實上，五〇年代實有前後期之分，其中，一九五六年乃是一個重要的分水嶺。那一年，「中華文藝獎金委員會」的年度文藝獎中止，由該會所發行的《文藝創作》也隨之停刊，這些都是五〇年代前期國府介入文學生產的重要管道。而伴隨著政治管控鬆綁，帶來另一個文學發展新契機的，則是另一本同時刊登創作和評論、小範圍發行的刊物《文學雜誌》。[1]它由當時執教於臺大外文系的夏濟安創辦，雖然刊行時間不過四年，卻以「學院派文學雜誌」的姿態，進入了當時的文學場域，為此後臺灣的文學創作與評論，開啟嶄新面向。

所謂「學院派」文學雜誌，乃是由任教於高等院校的學界人士所創辦，以學者與青年學生為編輯及寫作主力，並且每每將學院中的教研成果，轉化為出版文化產品，進而走出學院，進入一般閱讀市場。換言之，擺盪於市場與學院之間，這類刊物每每兼具「文化場域」[2]與「教育空間」交融互涉的特色，不僅多具有理想性與學術性，還能以其學院人的視野與專業素養為一般讀者引介新思潮，為文學書寫開展新方向。放在出版文化史的脈絡中省視，它乃是新文化運動以來，大學教育及學科建制已初具規模之後的產物，其源起，可上溯自一九三七年，朱光潛、葉公超、周作人、沈從文、楊振聲、朱自清、林徽因等北大、清華教授在北京創辦《文學雜誌》。國府遷臺後，臺灣大學師生先後創辦的《文學雜誌》

（一九五六）、《現代文學》（一九六〇）及《中外文學》（一九七二），基本上都屬此類刊物。

臺灣的「學院派文學雜誌」由夏濟安所創辦的《文學雜誌》開其先河。一九五〇年，時年三十四歲的夏濟安先生輾轉由香港赴臺，開始了他在臺灣大學外文系的教學生活。他在臺大擔任教職的時間總計不到十年，[3]然而，或許連他自己都意想不到的是，正是這十年不到的時間，讓他成就了「近人無出其右」的文化志業，[4]對於戰後臺灣的文學研究和創作，產生深遠影響。一九九〇年代以來，夏濟安及《文學雜誌》在臺灣文學發展過程中所開展出的各方面意義，已不斷引起研究者注意；[5]各派文學史家評論五〇年代臺灣文學時，儘管持論不一，但對夏及《文學雜誌》的高度肯定，卻是不約而同。[6]

1 參見張誦聖：《臺灣文學生態：戒嚴法到市場律》（臺北：國立臺灣大學出版中心，二〇二二），頁一二九。

2 本章所謂的「文化場域」，雖借用布赫迪厄（Pierre Bourdieu, 1930-2002）的用語，但並不挪用其理論架構，僅以之指稱學院之外的、兼括文壇、文化界與出版市場的場域。在此，主要的讀者來自社會上的一般大眾，因此有別於以專業教育為主的學院空間。

3 夏濟安名澍元，以字行。一九一六年生於江蘇省吳縣，一九四〇年畢業於上海光華大學英文系。此後，曾分別任教於光華大學、中央軍校第七分校、西南聯大、北京大學、新亞書院等校，但都為時甚短。在臺大擔任教職的時期，同樣不長：一九五〇年到職，一九五九年離校，中間還曾由臺北美國新聞處安排，前往美國印第安那大學研究院深造半年，專攻小說習作。一九五九年，夏濟安以美國洛氏基金會資助，再度離臺赴美，進行教學研究，從此留駐美國，未曾返臺。六年後，突發腦溢血，病逝加州。有關夏濟安先生的生平資料，請參見本文附錄一。

4 劉紹銘先生〈懷濟安先生〉一文曾指出：「自大陸淪共後，不管在海外或在臺灣，在保持中國文學命脈，在栽培中國新作家方面，貢獻之大，近人無出其右者。」《現代文學》二五期（一九六五年七月），頁五。

這些肯定論述所著眼的，主要不外乎兩方面：一是在官方以強勢政策主導文藝發展的一九五〇年代裡，《文學雜誌》能以忠於「文學」的堅持，突破意識形態圈限，嚴肅地進行文學研究、翻譯與創作；二是發掘培養了白先勇、王文興、陳若曦等一批優秀青年作家，這批年輕人，不僅合作創辦六〇年代最重要的文學雜誌《現代文學》，並且以其優異的創作成果，共同締造了臺灣現代主義文學的輝煌時代。換言之，《文學雜誌》的貢獻，乃是「風氣的樹立」和「人才的栽培」。[7]

然而，綜觀一九五〇年代的臺灣文化界，原也有若干風格自具、不與官方政策合轍的刊物，如《野風》、《自由中國》、《文星》等。當時這些雜誌的讀者人數，較《文學雜誌》尤有過之，[8]它們在「風氣的樹立」方面，未必沒有建樹；但若論及「人才的栽培」，便多有未逮；對臺灣文學界及學術界的影響，因此更不及《文雜》遠矣。箇中關鍵何在？很顯然地，主要因為《文學雜誌》乃是以「臺灣大學」——這所匯聚了當時全臺灣最優秀的教授與學生、並且一直是臺灣最具指標性意義的大學——為主要基地，而發展出的一份「學院派」文學雜誌。藉由此一雜誌，不僅成功地匯通了五〇年代臺灣的「文化場域」與「教育空間」，使二者所累積的成果得以相互轉化，彼此生發；同時，也為其後另外兩份深具影響力的學院派文學雜誌：《現代文學》及《中外文學》，導其先路。

《文學雜誌》、《現代文學》與《中外文學》，堪稱是半個多世紀以來，臺灣最重要的三份學院派文學雜誌；這三份雜誌，又全數都與臺灣大學文學院深有淵源。此一現象，絕非偶

然。[9]也因此，本章所進行的，便是試圖由「文化場域」與「教育空間」互涉的角度切入，

---

5 參見褚昱志：〈五〇年代的《文學雜誌》與夏濟安〉，《臺灣文學觀察雜誌》四期（一九九一年十一月），頁六八－七六；楊宗翰：〈《文學雜誌》與臺灣現代詩史〉，《臺灣文學學報》二期（二〇〇一年二月），頁一五七－七八；陳芳明：〈臺灣現代文學與五〇年代自由主義傳統的關係——以《文學雜誌》為中心〉，《後殖民臺灣：文學史論及其周邊》（臺北：麥田出版，二〇〇二），頁一七三－九六；許俊雅：〈回首話當年——論夏濟安與《文學雜誌》〉（上）、（下），《華文文學》五三期（二〇〇二年十二月），頁一三－二二、二五、五四期（二〇〇三年一月）；柯慶明：〈學院的堅持與局限——試論與臺大文學院相關的三個文學雜誌之一〉，《沉思與行動：柯慶明論臺灣現代文學與文學教育》（臺北：國立臺灣大學出版中心，二〇二一），頁三九－七三；徐筱薇：《戰後臺灣現代主義思潮之出發——以《自由中國》、《文學雜誌》為分析場域》（臺南：國立成功大學臺灣文學研究所碩士論文，二〇〇四）等。

6 尹雪曼即指出：「《文學雜誌》的創刊，促使我國的文藝由『戰鬥文藝』轉變到『純粹文學』的表現。」尹雪曼：《中華民國文藝史》（臺北：正中書局，一九七五），頁八八；葉石濤也說：「五〇年代末期的《文學雜誌》的出現，的確扭轉了五〇年代閉鎖的文學風氣，提供了另一扇門，讓跟官方文學意見不同的作家發抒較不被束縛、自由、異質的文學理論和主張。」葉石濤：《臺灣文學史綱》（高雄：文學界雜誌社，一九八七），頁一〇七；另如陳芳明：〈第十三章：橫的移植與現代主義之濫觴〉，《臺灣新文學史》（臺北：聯經出版公司，二〇一一），頁三一七－四四；都是從正面肯定《文學雜誌》的意義。

7 這是劉紹銘論及《文學雜誌》貢獻時所做的總結：「《文雜》於今已停辦多年，若對它的貢獻來個總結，相信沒有人會反對是風氣的樹立和人才的栽培。」見劉紹銘：〈懷濟安先生〉，《現代文學》二五期，頁七。以下本文論及《文學雜誌》亦或簡稱《文雜》。

8 據吳魯芹之說，《文學雜誌》的主要風格在於「平實」，因此「當時的臺灣『文壇』，並沒有把這份刊物看在眼裡，大家也並不以為忤，而且還相當地amused」。見吳魯芹：〈瑣憶《文學雜誌》的創刊和夭折〉，《傳記文學》三〇卷六期（一九七七年六月），頁六三－六六。至於它的銷量，則每期「不過三五千份」，見彭歌：〈夏濟安的四封信〉，《中外文學》一卷一期（一九七二年六月），頁一〇八。反觀《文星》，甫出版即極具聲勢，四、五年之內，印數即從三、五千一直增加到一萬兩千多份，當時引人矚目的程度，遠過於《文雜》。

探討夏濟安及其所創辦的《文學雜誌》，是如何善用了「臺灣大學」——此一負有人才培育與學術研究雙重任務的教育空間——所提供的特殊資源及支援，促成當時文化場域的改變；而它又如何回饋到學院教育，為日後文化場域與教育空間的互動互涉再添動力，彼此對話交融，相生相成，為國府遷臺之後的文學發展與文學研究開啟新面向。

二、一九五〇年代的臺灣大學及其人文／文學教育

夏濟安是一九五〇年來到臺大的。在那個動盪的年代裡，他所進入的，究竟是一個什麼樣的教育空間？

臺灣大學的前身，原是「臺北帝國大學」，一九二八年由日本政府在臺北設立。一九四五年臺灣光復，國民政府接收臺北帝大，遂改名為「國立臺灣大學」。當時，臺大剛由傅斯年接掌校長一職不久，各項校務改革，經緯萬端，方興未艾；[10]不僅制度上已由原先日式三年制的講座大學，改為美式四年的學院制大學，辦學的宗旨與理念，也與過去迥然不同。這一點，傅斯年〈國立臺灣大學第四次校慶演說詞〉，曾說明得很清楚：

日本時代這個大學的辦法，有他的特殊目的，就是和他的殖民政策配合的，又是他南進的工具。我們接收以後，是純粹的辦大學，是純粹的為辦大學而辦大學，沒有他的那個政策，也不許把大學作為任何學術外的目的的工具。如果問辦大學是為什麼？我

要說：辦大學為的是學術，為的是青年，為的是中國和世界的文化。這中間不包括工具主義，所以大學才有他的自尊性。這中間是專求真理，不包括利用大學作為人擠人的工具。由日本的臺北帝大變為中國的國立臺灣大學，雖然物質上進步很少，但精神的改變，意義重大。[11]

傅斯年出身北大文科，早年曾與羅家倫等人共組「新潮社」，引領新文化運動。

---

9 關於這一點，不少與這三份雜誌深有淵源的臺大中、外文系教師，其實都早有自覺。如一九八八年，中文、外文兩系即曾特別為此舉辦過座談會，由當時兩系主任林耀福、黃啟方共同主持，談論三份雜誌的興辦因緣及彼此間的多重關係。與會者包括外文系朱立民、顏元叔、王文興；中文系葉慶炳、林文月、曾永義、方瑜。見郭強生、林慧娥整理：〈《文學雜誌》、《現代文學》、《中外文學》——對臺灣文學深具影響的文學雜誌〉，《中央日報．中央副刊》（一九八八年十一月十七日）。

10 日本政府設立帝大的目的，一方面在於以學術研究機構製造學術研究成果，另一方面，則以高等教育機構養成專門人才，不但設備力求完備，師資素質亦堪稱良好，且明顯扮演日本南進政策輔助機關之角色；其學術研究成果往往成為臺灣總督府和日本政府決策之重要參考，但對於提升臺人教育水準則作用不大。參吳文星：〈日據時期臺灣的高等教育〉，《中國歷史學會史學集刊》二五期（一九九三年九月），頁一五四－一五六。臺灣光復之後，國民政府雖接收帝大，並改名「臺灣大學」，然因政局動盪，校務倥傯，不過三年期間，便三易校長。直到一九四九年，傅斯年先生受命接任臺大校長，力圖「於一年半內辦好臺灣大學」，堅持學術自由，並擬於最短期間內，將臺灣大學的學術水準提升到全國第一，學校氣象，始得煥然一新，可見〈傅斯年簽出期票一紙，一年半內辦好臺大〉，《公論報》（一九四九年四月十六日）。各項改革與發展方向的轉折，可參見項潔主編：《國立臺灣大學校史稿：（一九二八－二〇〇四）》（臺北：國立臺灣大學出版中心，二〇〇五）；歐素瑛：《傳承與創新：戰後初期的臺灣大學（一九四五－一九五〇）》（臺北：國立臺灣師範大學歷史系博士論文，二〇〇四）。

11 傅斯年：〈國立臺灣大學第四次校慶演說詞〉，《臺灣大學校刊》四五期（一九四九年十一月二十一日）。

一九一九年五月四日，他作為三千學生愛國大遊行的總指揮，震驚中外，早就是引人矚目的學生領袖。赴英留學歸國後，歷任中山大學文學院長、北大教授、中研院史語所創所所長、北大代理校長等職。受命接掌臺大之後，以其個人風範及學術界的聲望地位，戮力興廢，在臺大校務及教學研究方面，均多所改革；除倡議學術獨立、引進北大自由校風外，其中最重要的作為之一，即是加強帝大時期曾被刻意壓抑的人文教育。

過去，帝大在自然科學方面卓有成就，但人文教育始終素質不高。除因殖民政策考量，有意壓抑外，師資匱乏，也是主要原因。因此文史、哲學及社會科學方面之研究成果有限，且欠缺自由思想的風氣。為此，當時輿論還特別籲請臺大應訓練學生之國、英文閱讀能力，使其有機會接受新思想及新的思考方法，並養成自由思想風氣。[12]對此，傅斯年的具體做法是，一方面設法使臺大和已經遷臺的中央研究院合作，展開學術研究工作；另一方面，則多方延聘優秀的人文學科師資，如歷史學系的余又蓀、方豪、李濟、姚從吾、劉崇鋐、勞榦、傅樂成、陳奇祿；中文系的董作賓、伍俶、毛子水、孫云遐；外文系的英千里、沈亦珍、張肖松等，都是在一九四九年春，應傅校長之聘而至者。[13]

傅斯年深受自由主義影響，注重以「人」為本的教育。落實在教學實踐上，首先便是充實學校文理兩院的通習科目（即今「共同科目」及「通識科目」），務使學生「一進大門，便得到第一流的教授教他們的普通課」。[14]「語文」與「文學」是人文教育的重要基礎，大一國文與英文共同科目的設置及教學情形，因此特別受到傅斯年關注。一九四九年學年開始，他親自召集大一課程有關各學系教授副教授講師聚談，明訂大一國文之目的為：（一）使大一學生因能讀古書，可以接受中國文化；（二）訓練寫作能力。並且選定《孟子》、《史記》兩書為課本，另選宋以前詩為補充教材，選印《白話文示範》為課外讀物。英文方面，則分授文法與讀本，「務使大一新生，在一年之內，將第一種外國語打定一堅實基礎」。[15]

傅斯年雖在一九五〇年底即猝然棄世，但他任內所揭櫫的理想及訂定的制度，卻影響深遠。特別是文學院，「國內碩彥咸集本校．風雲際會盛極一時」，當年許多北大名師，都來此任教，並且親自擔任大一國文與大一英文的授課工作。[16] 此外，文學院學生規定還有其他若干共同必修科目，授課者同樣都是一流教授，如中、外文系「世界通史」皆由沈剛伯講授；「理則學」老師是陳大齊；中文系「中國通史」老師為勞榦，外文系「哲學概論」老師是方東美等。[17]

也就是在這樣一種強調學術自由獨立、看重人文教育的學術環境與教學氛圍中，夏濟安

12 〈談本省教育〉，《公論報》（一九四八年七月六日）。
13 〈國內碩彥咸集本校．風雲際會盛極一時．新聘教授近四十名〉，《國立臺灣大學校刊》二五期（一九四九年三月）。
14 〈傅斯年先生傳〉，《國立臺灣大學校史稿》，頁四五四－五五。
15 《國立臺灣大學校刊》三八期（一九四九年九月二十日）、四五期（一九四九年十一月二十一日）。
16 據臺大課務組課程表，三十八學年度（一九四九年秋）的大一國文授課教師包括臺靜農、毛子水、洪槱（炎秋）、孫云遐、何定生、董同龢、黃得時、史次耘、劉仲阮、王叔岷、屈萬里等多人；大一英文則有羅素英、傅從德、白靜明、趙經羲、俞大采、黃瓊玖、黃國安、曹文彥、朱謹章、張肖松、萬國錚、錢歌川等。

來到了臺大外文系。

第一年，他被指派擔任兩班共同科的英文課程；第二年起，則陸續為外文系開授專業科目，包括翻譯、小說選讀、英國文學史等。外文系的前身，原是臺北帝大「文政學部文學科」中的「西洋文學講座」，一九四七年，始獨立成為「外國文學系」。一九五五年，更名為「外國語文學系」。一九五〇年代的臺大外文系課程，實以「學英文」為主。李歐梵曾回憶當時的學習情況：

> 作為主修西方文學的我們，主要的外國語文是英文。……在臺大，我們四年的課程都在學英文——大一英文，大二會話與文法，以及英國文學史的課程，大三英國散文與小說，大四戲劇與翻譯——我們被引導以英美文學為主要研究對象。並且課堂上指定閱讀的文本主要是十八、十九世紀的作品，上起課來不免無聊（比如，仔細閱讀的 Thackeray《浮華世界》（*Vanity Fair*）及哈代的《故里人歸》（*The Return of the Native*））。[18]

不過，這裡的「學英文」，其實仍多是由文學作品的解讀入手。綜觀當時外文系，四年中必修課程除「英語語音學」、「演說與辯論」屬於應用語文性課程外，其他如英國文學史、英文散文選讀及習作、小說選讀、戲劇選讀、英詩選讀、西洋文學名著選讀等，都是文學性課程，只不過「主要是十八、十九世紀的作品」，欠缺對西方現當代文學作品的引介。然而值得注意的是，在這一以「學英文」為主要目標的教學設計中，外文系卻從三十八學年度（一九四九年秋）開始，便商請中文系主任臺靜農先生，為大二學生開授一學年六學分的必修課程「中國文學史」（與中文系大二合班）；而素來重視文字、聲韻等小學訓練的中文系，也在四十學年度（一九五一年秋），將全年六學分的「英國文學史」列為大三大四生的必修課程，並由外文系主任英千里先生授課。兩系互以對方「文學史」課程為必修課的規定，前後持續長達十年之久，恰恰縱貫了整個一九五〇年代。[19]

此一情形，顯示早年臺大中文、外文兩系在課程安排上，實有相輔相成，彼此交流匯通的用心，並且意味了所謂「文學」的教育，原就需要兼攝中西，相互映照。經由前述課程安排，不僅兩系學生，都能分別得到相對完整的中西文學訓練，兩系師生，也因此多有互動。而這一切，正所以為日後《文學雜誌》兼重中西文學傳統的論述特色，奠立良好基礎。

17 參見三十八、三十九學年度臺大課程表。
18 李歐梵著，林秀玲譯：〈在臺灣發現卡夫卡：一段個人回憶〉，《中外文學》三〇卷六期（二〇〇一年十一月），頁一七七。
19 外文系的「中國文學史」必修課程，至一九五九年暫且告一段落，前後持續計有十年之久；中文系則於次一學年度起，以「西洋文學史綱」（與外文系大一合班），取代「英國文學史」，作為大三必修課程，仍由英千里授課。之後，該課程雖有兩年由郝繼隆開授，但作為中文系的必修課，同樣持續了十年之久。

三、《文學雜誌》：文化場域與教育空間的互涉

（一）《自由中國》的純文學版？——前行研究的盲點

《文學雜誌》係由夏濟安、劉守宜、吳魯芹三人共同創辦；夏任主編，劉為經理，海外稿件由宋淇負責，吳則幫忙籌募經費。一九五六年九月創刊，一九六〇年八月停刊。前後發行四年共四十八期。從一開始，它便強調「讓我們說老實話」，並且希望：「讀者讀完本期本刊之後，能夠認為這本雜誌還稱得上是一本『文學雜誌』」。[20]這些訴求，在反共文學當道的五〇年代裡，確乎獨樹一幟，贏得各方肯定，自非偶然。

不過，在早先的相關研究中，論者多會強調它與《自由中國》——特別是其中由聶華苓主編之「文藝欄」的密切關係，進而據此申言臺灣一九五〇年代「自由主義傳統」與六〇年代「現代主義文學」之間的關聯與轉折。此說由朱雙一首開端緒，其後論者，大多踵武其說：

> 據筆者粗略統計，曾在《自由中國》發表文學作品的，約有一半人而後又在《文學雜誌》上出現，達三四十人之多。……從發表作品的思想內容、藝術風格以及作品的相互評論等情況看，更可確認兩刊之間的緊密關係。如果說《文學雜誌》乃《自由中國》的

純文學版，《自由中國》為《文學雜誌》開了先河，也許不會太過離譜。[21]證諸聶華苓、彭歌等人的回憶文章，朱說應屬持之有故。如聶華苓即曾清楚提到：

> 臺灣五〇年代的「文化沙漠」的確寂寞，為《自由中國》寫稿的一小撮作家，常常聚在一起，喝杯咖啡，聊聊天，後來由周棄子先生發起，乾脆每月聚會一次，稱為「春臺小集」。……
>
> 「春臺小集」幾經滄桑，最初參加的人除了周棄子、彭歌、琦君與我之外，有郭衣洞、林海音、郭嗣汾、司馬桑敦、王敬義、公孫嬿、歸人，後來郭衣洞突然放棄了我們；司馬桑敦去了日本；王敬義回了香港。夏濟安、劉守宜、吳魯芹創辦了《文學雜誌》，「春臺小集」就由劉守宜「包」了，每個月到他家聚會一次。我們也就成了《文

20 關於創辦原委及刊行過程，可參見吳魯芹：〈瑣憶《文學雜誌》的創刊和夭折〉，《傳記文學》三〇卷六期（一九七七年六月），頁六三－六六。應鳳凰：〈劉守宜與「明華書局」、《文學雜誌》〉（上）、（下），《文訊月刊》二〇期（一九八五年十月），頁三二一－三〇、二一期（一九八五年十二月），頁三〇九－一八。其雜誌理念及特色的分析，可參柯慶明：〈學院的堅持與局限〉。

21 朱雙一：〈《自由中國》與臺灣自由人文主義文學脈流〉，收入何寄澎編：《文化．認同．社會變遷：戰後五十年臺灣文學國際學術研討會論文集》（臺北：行政院文化建設委員會，二〇〇〇），頁九五。其後陳芳明、許俊雅、徐筱薇等人的研究，皆從此。

學雜誌》的撰稿人。記得彭歌的〈落月〉是在《自由中國》連載的；夏濟安對〈落月〉的評論是在《文學雜誌》發表的。後來夏道平也參加了「春臺小集」。一九六〇年，《自由中國》被封，雷震先生被捕，「春臺小集」就風消雲散了。[22]

彭歌也曾述及：

臺北本來有幾位文友，每隔一二個月輒有小聚，大家輪流作東，吃吃小館談談天，所談自以文學寫作方面者為多。這是一個十分不拘形跡的集會，來來往往，參加的人也並不一定。記得最早的幾位，有郭嗣汾、現在東京的司馬桑敦、到美國去的聶華苓、何凡與林海音夫婦，李唐基與潘琦君夫婦，詩人周棄子。後來又有從香港來的南郭、從中南部來的孟瑤與高陽，在臺北的潘壘、王敬義、張明、公孫嬿。另外「偶爾參加」的還有王藍、余光中等許多位，再就是吳魯芹與劉守宜。《文學雜誌》創刊之後，這一群朋友便自然地與濟安先生常常見面，偶爾寫寫稿，或為他出出主意。[23]

不過，仔細玩味，雖然聶、彭兩人都提到《自由中國》與《文學雜誌》成員間的交往狀況，聶華苓並以「春臺小集」串聯起兩刊物間的密切關聯，然而彭歌的敘述，並不強調《自由中國》，反以《文學雜誌》為中心，勾勒出一九五〇年代臺灣某一文學群體的交遊圖貌，這一敘述重點的轉移，或許有助我們從「文壇」，或者說，「文學場域」的角度，重新檢討兩份雜誌間的必然關係——在時處「文化沙漠」的五〇年代，能自由發表純文藝創作的刊物本來為數不多，無論是聶華苓所稱的「春臺小集」，抑是彭歌所說的「臺北文友」，其實都是活躍於當時藝文界的、具有高度自由創作意識的主力寫作群，他們是「文壇」的中堅分子，作品原就散見於各文藝刊物；而各（性質相類的）刊物之間，也就很自然地分享著相近的作者群，彼此縱橫交錯，共同形構出「文化場域」的各色圖景。對這些理念接近的文人而言，《自由中國》和《文學雜誌》固然是重要的發表園地，但並不以此自限。特別是，若檢視當時另一份始終宣稱「不按牌理出牌」、具有強烈自主意識的雜誌《文星》，[24]便會發現：經常為它供稿的文藝作者，無非就是聶華苓、何凡、林海音、余光中、夏菁等人；其他以非藝文性稿件而與《自由中國》或《文學雜誌》重疊的作者，也所在多有。[25]此一現象，適所以提醒我們：若一味著眼於《自由中國》和《文學雜誌》作者之「同」，從而認定「《文學

---

22 聶華苓：〈爐邊漫談〉，收入柏楊編：《對話戰場》（臺北：林白出版社，一九九〇），頁三一—三二。

23 彭歌：〈夏濟安的四封信〉，頁一〇九。

24 《文星》是一九五、六〇年代深具影響力的另一份藝文刊物，創刊於一九五七年十一月，發行人葉明勳，社長蕭孟能。創刊號以〈不按牌理出牌〉作為發刊詞，該文作者即為何凡（夏承楹）。一九五九年十二月，該刊發行進入第三年之初，再次以〈不按牌理出牌的繼續嘗試——「文星」踏進第三年〉標舉理念。

25 如胡秋原、梁實秋、毛子水、黎烈文等。

雜誌》乃《自由中國》的純文學版，《自由中國》為《文學雜誌》開了先河」，未免失之於見樹不見林，並且窄化了《文學雜誌》的重要性和開創性意義。

正是如此，本文無意否認《自由中國》與《文學雜誌》之間的深厚淵源，但也要指出早先研究的盲點。因此所關注的，無寧是二者之「異」——也就是在重疊的作者群之外，《文學雜誌》是如何引進不同於《自由中國》，以及其他文藝雜誌的異質成分，從而開展自我獨特的走向，並循此完成它的文學史意義。顯然，這些異質成分，正是源生於當時最具影響力的人文／文學教育空間——臺灣大學文學院；它的引進者，就是夏濟安。

（二）從臺灣大學到《文學雜誌》：教育空間的位移

夏濟安先生鄉音頗重，講學不暢，雖然滿腹經綸，作為臺大教師，課堂上正式授課並不十分成功。初入臺大不久，甚至還有學生聯名寫信給外文系主任英千里，表示不滿。可是他平易近人，博學風趣，尤其批改學生英文作文，每每點石成金，令人折服不已，因此不多時，便深受學生愛戴。[26]儘管如此，他一生最大成就，畢竟不在現實的杏壇，而是藉由《文學雜誌》，將學院中的研究與教學成果，成功地轉化為閱讀市場中的文化產品，讓大學人文／文學教育，突破學院門牆的局限，面向社會大眾，產生開放性的位移。

此一位移，首先反映在稿件取向及撰稿者的教授身分上。《文學雜誌》兼收文學評論、翻譯，與創作，但徵用稿件，顯然特重論著：

本刊歡迎投稿。各種體裁的文學創作與翻譯，希望海內外作家譯家，源源賜寄，共觀厥成。

文學理論和有關中西文學的論著，可以激發研究的興趣；它們本身不是文學創作，但是可以誘導出更好的文學創作。這一類的稿件，我們特別歡迎。[27]

檢視六卷凡四十八期《文學雜誌》所刊登的篇章，篇數固然還是以各類創作居多，但每一期，必然會選擇一篇極有分量的「有關中西文學的論著」，作為全刊開篇之作。[28]如創刊號首排，便是勞榦的論文〈李商隱燕臺詩評述〉；之後二、三期，首篇分別是梁實秋〈文學的境界〉、Robert Penn Warren原作，張愛玲譯〈海明威論〉。第四期的首排之作，則是臺大中文系主任臺靜農以「白簡」為筆名所撰寫的〈魏晉文學思想的述論〉。同期，還有勞榦〈論文章傳統的道路與現在的方向〉、葉慶炳〈賺蒯通雜劇〉。《文學雜誌》大量刊登臺大中文系教師的古典文學論文，便是自此期開始。

除首排論文外，其他沒有編排在首篇，同樣極具重要性的論文，當然還所在多有。包

26　分見賈廷詩：〈憶夏濟安師〉、侯健：〈紀念夏濟安先生〉，二文俱收入夏濟安先生紀念集編印委員會編：《永久的懷念》（臺北：濟安先生紀念集編印委員會，一九六七），頁六一、三九。
27　〈致讀者〉，《文學雜誌》一卷一期（一九五六年九月），頁七〇。
28　《文學雜誌》每期都以重量級的文學論著，作為該刊首排，詳見本文附錄二。

括：夏濟安援用西方文學批評方法評論本地作品的重量級論文〈評彭歌的「落月」兼論現代小說〉（一卷二期）、〈白話文與新詩〉（二卷一期）、〈一則故事・兩種寫法〉（五卷五期）、白簡（臺靜農）〈關於李白〉（四卷三期）、葉嘉瑩〈從義山嫦娥詩談起〉（三卷四期）、Stephen Spender著，朱乃長譯〈論亨利詹姆士的早期作品〉（四卷五期）等。這些論述或作或譯，全數出自名家手筆，其中又以臺大中、外文兩系教師，占了絕大多數。如隸屬外文系者，有夏濟安、吳魯芹、黃瓊玖、張沅長、英千里、朱立民、侯健、朱乃長等；中文系有臺靜農、鄭騫、葉慶炳、林文月、許世瑛、廖蔚卿、葉嘉瑩、王貴苓等。此外，勞榦、沈剛伯時為臺大歷史系教授，梁實秋、余光中任教於師大、東吳；再加上任教於美國紐約州立大學的夏志清、柏克萊大學的陳世驤、西雅圖華盛頓大學的高格（Jacoborg），學界碩彥，可謂盡萃於斯。

事實上，能夠擁有如此堅實眾多的學界菁英作者群，正是《文學雜誌》與當時其他文學雜誌最大的不同處。而值得注意的是，無論是自著，抑或翻譯，出自這些學院教授之手的篇章，多數與各人當時的任教課程有關，間或有個人學術研究所得者。以中文系教師為例，臺靜農長年開授「中國文學史」，鄭騫開授「詞曲選」、「小說戲劇選」、「宋詩選」；所發表的古典文學評論，都是當時所授科目中的講授課題；外文系方面，夏濟安、吳魯芹、[29]侯健三人先後都開授過「翻譯」、「翻譯與寫作」、「小說選讀」等課程；黎烈文多年來一直是「法文」、「法國文學」、「法國文學名著選讀」的專任教師；黃瓊玖開授「戲劇選讀」；朱立民開授「美國文學」，他們在《文學雜誌》發表的譯作及評論，幾乎都是以自己任教的課程為中心，衍生而出者。特別是夏濟安，其英文譯筆優美流暢，向為眾所公認，創刊號以齊文瑜筆名，親自操觚，翻譯霍桑〈古屋雜憶〉，不啻現身說法，為所開授的「翻譯」課程，做出最佳的示範性操作。

此外，還特別值得一提的，是陳世驤。他的力作〈中國詩之分析與鑒賞示例〉，將中西文學相互對照，不僅援引西方「靜態悲劇」的觀念來詮解杜詩，並以「新批評」的方法與文類觀念分析〈八陣圖〉，為中國古典文學研究開拓新視野，《文雜》四卷四期刊出之後，影響深遠。但事實上，這篇論述，乃是陳世驤當年在臺大文學院的演講稿——陳教授於一九五八年五月返臺，兩週之內，在臺大文學院做了一系列關於中國詩學的密集講座，六月七日第三場，演講的題目正是〈中國詩之分析與鑒賞示例〉。[30]

29 吳魯芹本名吳鴻藻，與夏濟安同為《文學雜誌》創辦人之一，向來以散文名家。《文學雜誌》時期，他自謂只負責籌募補助款項，一般人因此往往忽略了他原也是臺大外文系的教授。一九五四至一九六一年間，他在臺大外文系開授的課程計有「新聞英語」、「文學批評」、「翻譯」、「小說選讀」、「翻譯與寫作」等多種。一九五〇年代期間，他和夏濟安在臺大外文系的授課情形，請見附錄三。

30 據〈中國詩之分析與鑒賞示例〉文後〈編者附言〉（《文學雜誌》四卷四期），美國加州大學教授陳世驤先生一九五八年五月返國，在臺灣大學演講四次，講題及日期分別是：第一次，五月三十一日，〈時間與節律在中國詩中之示意作用〉；第二次，六月三日，〈論中國詩原始觀念之形成〉；第三次，六月七日，〈中國詩之分析與鑒賞示例〉；第四次，六月十日，〈宋代文藝思想之一斑〉。

因此，當陳世驤的演講以文稿形式，刊載於《文學雜誌》時，其實正是以更具體的行動過程，呼應了前述中、外文系教師為該雜誌撰稿的意義：大學中，無論是常設課程，抑是特邀的學者講座，只是作為特定學院教育的一環，所面對的，原本僅僅是該院校中的學生。然而一旦將它文字化，並以出版品的形式進入閱讀市場後，遂無形中將學院的教育空間開放、位移至社會文化場域，使之產生更具延擴性的效應，如此，「誘導出更好的文學創作」，庶幾可期。

與此同時，學院中年輕同仁及學生們的研習成果，也得以藉由這一經過位移後的開放性空間，公開體現。前曾述及，一九五〇年代臺大的「文學」教育，原就以兼攝中西為理想。中、外文系互相必修對方的文學史課程，合班上課，適為兩系互動，提供良好基礎。夏濟安主編《文學雜誌》，更增添雙方合作機會。再者，對於《文雜》，夏自始即期待「真正有現代的眼光，能融合中西，論評中國舊文學的人」[31]，是以創刊號起，便多有討論中國古典文學的論文，這當然需要中文學界大力支援。對此，臺大中文系臺靜農、鄭騫、許世瑛等資深教授都以身作則，共襄盛舉；年輕講師以葉慶炳先生最為熱心，除了不時自己提交論文，還鼓勵系內研究生投稿，發表讀書心得。以林文月為例，當年她仍是臺大碩士生，她的古典文學研究論文，頻頻在《文雜》刊出，葉慶炳功不可沒。[32]

此外，由於當時外文系大一國文課程，恰巧由葉慶炳擔任，葉同時藉此幫忙發掘優秀的創作。現今已負盛名的作家陳秀美（若曦）、白先勇、王文興等，當年都是外文系學生，他們的小說，原不過是課堂習作，經葉推薦給夏濟安，經過夏的精心刪修之後，才逐一於《文雜》發表。這一點，葉慶炳本人曾言之甚詳：

我和外文系結緣要從夏濟安先生主編《文學雜誌》說起。那時我和夏先生在臺大單身教員宿舍對門而居，我常把我所教的大一國文班上看到的好作文推薦給夏先生。夏濟安先生的書案我至今記得，永遠是亂得無一方可供讀寫之地，然而有許許多多當今文壇上赫赫有名的作家，是當年夏先生在那張案前埋頭審稿、修稿時發掘的。

像是陳秀美，就是後來寫《尹縣長》的陳若曦，她那時有一篇作文我覺得不錯，便拿給夏先生過目。雖然夏先生認為作者的文字還不夠成熟，但是頗具潛力，於是將作品刪修後便刊載於他主編的《文學雜誌》上，這是陳若曦初試鶯啼之作。之後她又有一篇〈欽之舅舅〉，大獲夏先生激賞，一字未改便予以發表。另外還有一位同學的作品，我已經記不得名字了，本來說的是一則非常老套的愛情故事，一個窮學生給有錢人家的小姐做家教，然後兩人墜入愛河云云。經過夏先生的整修後，愛情事件全部化為男主角的想像，時空也濃縮在他第一次去上課的途中。等到他見到了那位富家女，才發現對方十分

31 彭歌：〈夏濟安的四封信〉，《中外文學》一卷一期，頁一一三。
32 郭強生、林慧娥整理：〈《文學雜誌》、《現代文學》、《中外文學》——對臺灣文學深具影響的文學雜誌〉。

醜肥，他的幻想因此全部破滅。夏先生對小說技巧的運用掌握可見一斑，尤其處理來稿的審慎態度更非一般人所能及。[33]

當然，夏之審慎處理來稿，並不限於臺大自己的學生，名家林海音，同樣對此感佩不已。[34]然而對於學生，他總是格外用心，這當與夏對《文雜》的理念有關。與夏有師友之情的劉紹銘先生，曾為文引述夏的說法：

我辦《文雜》非為名，更非為利，因此作為編輯的最大安慰是登載一些優秀的稿子。同學投稿，稿子太壞，退稿時雙方不會傷感情。如果稿子還可以，那麼我可以替他動手術修改。我是臺大講師，責任是改同學的文章，因此即使在必要時刪去一大半，他也不能懷恨在心。……

因此，「《文雜》內容雖常參差，然每期中總有一兩篇上好的短篇小說，而好的短篇小說，常來自臺大的同學」。[35]

至於因為閱讀《文雜》而毅然重考大學，進入外文系的白先勇，更生動地記下他主動找夏先生投稿的經過：

進入臺大外文系後，最大的奢望便是在《文學雜誌》上登文章，因為那時《文學雜誌》也常常登載同學的小說。我們的國文老師經常給《文學雜誌》拉稿。有一次作文，老師要我們寫一篇小說，我想這下展才的機會來了，一下子交上去三篇，發下來厚厚一疊，我翻了半天，一句評語也沒找到，開頭還以為老師看漏了，後來一想不對，三篇總會看到一篇，一定是老師不賞識，懶得下評。頓時臉上熱辣辣，趕快把那一大疊稿子塞進書包裡去，生怕別人看見。「作家夢」醒了一半，心卻沒有死，反而覺得有點懷才不遇，沒有碰到知音。於是自己貿貿然便去找夏濟安先生，開始還不好意思把自己的作品拿出來，藉口去請他修改英文作文。一兩次後，才不尷不尬的把自己一篇小說放到他書桌上去。我記得他那天只穿了一件汗衫，一面在翻我的稿子，煙斗吸得呼呼響……，我的心直在跳，好像在等法官判刑似的。如果夏先生當時宣判我的文章「死刑」，恐怕我的寫作生涯要多許多波折，因為那時我對夏先生十分景仰，而且自己又毫無信心，他的話，對於一個初學寫作的人，一褒一貶，天壤之別。夏先生卻抬起頭對我笑道：「你的

33 同前注。

34 林海音曾提到：「王敬羲曾告訴我：『夏先生為了修改你的稿子，整整用了全上午的時間。』果然〈瓊君〉刊出後，硬是把其中的一個人物取消了，銜接的工作，當然要因而費一番手腳的了。」林海音：〈小說家應有廣大的同情——悼念夏濟安先生〉，收入夏濟安先生紀念集編印委員會編：《永久的懷念》，頁二一一—二一三。

35 劉紹銘：〈懷濟安先生〉，《現代文學》二五期，頁五。

文字很老辣，這篇小說我們要用，刊登《文學雜誌》上去。」那便是〈金大奶奶〉，我第一篇正式發表的小說。[36]

由此可見，從課堂講授，到研習成果；從學術論文，到文學創作，以臺大文學院為主的師生們，便是如此這般地經由《文雜》，將原先學院中的所教所學，推移到開放性的出版市場中，為當時的文化場域，經營出深具學院性格的教育空間。在那個風聲鶴唳，一切文藝以反共國策為依歸的一九五〇年代裡，這一批來自學院的作者及其相關書寫，無疑具有相當的異質性——而也正是這樣的異質性，成就了《文學雜誌》不同於其他藝文雜誌的特色。它為貧瘠森嚴的文化場域引進新血，注入清流，不僅與當時的藝文界進行多方對話，樹立了以嚴肅態度討論文學的風氣，流風所及，更為其後《現代文學》與《中外文學》的發刊，產生深遠影響。

（三）教育空間與文化場域的互涉

如前所述，藝文界的自由創作者，以及學院中的教授與學生，共同構成了《文雜》的主要作者群。而當這些來自學院的教授學生，把他們的教學所得，移置到公開出版發行的文學性雜誌之後，不僅《文雜》本身，已因兼括「教育空間」與「文化場域」二者，產生自我交融匯通的特色，並且以此一特色，與當時其他的文化社群進行對話。其中，尤以對於「現代詩」及「小說」的各類論述，以及相應而生的種種創作實踐，最為可觀。[37]

現代詩方面，關於詩之語言、格律，以及所涉及的「浪漫」、「現代」美典之爭，是為關注重點。此一系列的討論始於《文學雜誌》一卷四期梁文星（吳興華）〈現在的新詩〉一文，他從詩之形式規律著眼，表達對臺灣新詩創作之質疑與批判，隨即引發不少回響，除了《文雜》自身持續關注外，《自由中國》與《筆匯》也相繼出現回應文章。其作者群，來自文化界者，有周棄子、覃子豪、嚴明、言曦等，學術界者，則以余光中、夏濟安為主力。如《文雜》一卷六期，即同時有周棄子發表〈說詩贅語〉，及余光中翻譯艾略特〈論自由詩〉。前者指出，現代的詩固然應表現「現代的生活與情感」，而它必得要藉由一「固定的形式」來體現。後者則說明，所謂「自由詩」並非以沒有體裁、不押韻或沒有音步來做定義；且只有以「人為的限制」為背景而出現的自由，才算真正的自由。這些討論，顯然對夏濟安頗有觸發。《文雜》二卷一期，他發表〈白話文與新詩〉；隨即又在《自由中國》發表〈對於新詩的一點意見〉，主張詩人應重視白話文，並善用現代人的口語以創造新的節奏。此後，嚴明在《自由中國》發表〈試談新詩形式上的問題〉；覃子豪在《筆匯》發表〈論新詩的發

36 白先勇：〈驀然回首〉，《驀然回首》（臺北：爾雅出版社，一九七八），頁六五－七八。

37《文學雜誌》三卷一期〈致讀者〉即明言：「這一年來，我們曾經連續發表過幾篇討論『新詩的前途』和『中國社會和小說』的論文，這些文章相當的受人注意。」《文學雜誌》三卷一期（一九五七年九月）。

展〉，余光中在《文雜》發表〈文化沙漠中多刺的仙人掌〉等，都是延續前述論題而做出的不同回應；而它的指向，正是在兼顧既有文化與語文特性的同時，追求具有「現代」特質的新詩美典。[38]

此一指向，在《文雜》看重文學理論的編輯理念，以及強烈的「學院派」特質主導下，落實為作品實踐與理論闡析的相互生發。四卷六期，《文雜》同時刊出夏濟安仿艾略特〈荒原〉的一首詩作〈香港——一九五〇〉，以及陳世驤針對該詩而發的論述：〈關於傳統．創作．模仿——從「香港——一九五〇」一詩說起〉，正是最典型的實例。夏詩藉香港摹寫離散荒涼的現代情境，並且揉合「古文和舊詩裡的句子，以及北平人和上海人所說的話」，和「歐化的句法」等所可能涵具的表現潛力，在語言上進行「集古今中外於一堂」的實驗。陳文則出之以理論意識，對此進行多方解讀；最後，並且特別強調：

> 我說〈香港——一九五〇〉不稱是「奇文」，也不泛說是「好詩」，而是一首相當重要的詩。其重要性在於其為一位研究文藝批評的人（我希望讀者見過《文學雜誌》第二卷第一期夏濟安先生自己〈白話文與新詩〉一文）有特別意識的一首創作。不必個個詩人都如此有意為文……。但明顯的方法意識，在我們的這一切標準都浮游不定的時代，總覺是需要的。[39]

以理論／方法意識去創作或解讀具體文本，既是學院教師講解示範性格的彰顯，同時也再次呼應了《文雜》一貫的編輯理念：「文學理論和有關中西文學的論著，可以激發研究的興趣；它們本身不是文學創作，但是可以誘導出更好的文學創作」。如此做法，對當時藝文界其他作者的影響如何，或未可確知；但至少，日後《現代文學》諸多青年創作者有意識地參據現代主義文學理論和大師作品以進行自我創作，以及歐陽子以新批評方法解讀《臺北人》，都可在此一示範性操作中，找到淵源。

然則，若論及夏濟安先生的文學興趣，以及《文雜》對其後文學發展的影響，畢竟是小說重於詩歌，因此，《文雜》對於「小說」及因之衍生出的社會文化論述，或許更值得注意。大體而言，這些討論包括學界對於中國社會與文學之關係的各方探討、學界與文化界因《紅樓夢》而引發的對話，以及為了藉理論「誘導出更好的文學創作」，學者援用西方文學批評方法評論臺灣當代作家作品等。

其中，關乎中國社會與文學之關係的討論，係由二卷三期居浩然〈說愛情〉一文首開端緒，之後，夏志清針對居文而發的〈愛情・社會・小說〉，於二卷五期刊出，二卷六期，並

---

38 關於「現代詩」方面的對話往來及其意義，可參見楊宗翰：〈《文學雜誌》與臺灣現代詩史〉、柯慶明：〈學院的堅持與局限〉。

39 陳世驤：〈關於傳統・創作・模仿——從「香港——一九五〇」一詩說起〉，《文學雜誌》四卷六期（一九五八年八月），頁四－六。

有勞榦〈中國的社會與文學〉，都就此多所延伸發揮。而三卷一期夏濟安〈舊文化與新小說〉一文，則可視為此一系列討論的初步總結：「我們的新小說，在這個意義上說來，必然是中西文化激盪後的產物」。因而，除了重新認識「舊文化」，參酌儒家思想之外，他對小說家的建議是「所需要培養的，是小說藝術」；而喬治・艾略特、亨利・詹姆士、康拉德、珍・奧斯汀、D. H. 勞倫斯、托爾斯泰，和杜斯妥也夫斯基等人，正是所以取法的對象。如此，「舊文化」與「新小說」，遂不僅不再對立，反而相輔相成，成為構成現代文學創作不可或缺的一體兩面。

此外，三卷三期刊出劉守宜以「石堂」為筆名所撰寫的〈紅樓夢的對話〉，則意外引發學界與文化界的另一重對話。石堂文章的重點，原在論析《紅樓夢》，但因文中以徐訏小說為例，引申出若干討論，徐不以為然，故隨即撰寫〈紅樓夢的藝術價值與小說裡的對白〉，於《自由中國》一八卷四期刊出。該文並引起夏志清注意，據此再撰寫〈文學・思想・智慧〉一文，予以回應。[40]

不過，由於《文雜》所關注的，主要還是中國文學——尤其是近現代的中國文學，因此特別期待這方面的論述。然而，「以一個編輯論，這一類的文章最棘手。困難第一是臺灣根本就沒有幾個夠資格的批評家。第二，臺灣沒有產生過幾本值得批評的好小說。」[41]也因此，夏濟安遂在吳魯芹建議下，親自撰寫〈評彭歌的「落月」兼論現代小說〉一文，於一卷二期刊出。該文援用西方文學批評方法，就彭歌的小說《落月》做出極其細緻深刻的評論，其重點，或許並不在評《落月》，反而是以此為例，以「論現代小說」為名，提供了年輕的寫作者，符合「現代」美感的，創作的基本要領與琢磨求精的寫作方向。為此，彭歌甚至親自致函夏濟安，表示：「自今而後數年間，《落月》或將月落無痕，然以弟意度之，大作則為必傳之文。」[42]

以此之故，夏濟安先生逝世之後，《現代文學》（以下簡稱《現文》）與《幼獅月刊》兩刊物曾先後為他製作紀念專輯，編輯焦點不約而同地落在「小說」之上。《現文》〈紀念專輯前言〉，甚至開宗明義表示：

這個專輯係紀念夏濟安先生而出，裡面蒐有夏志清教授及劉紹銘先生兩篇評介，餘者為夏濟安先生小說創作及對西洋小說的評論。本輯內容偏重小說，有其特殊的意義：因為濟安先生生前對於中國文學最關心的問題，即是中國近代小說發展及其隱憂……

40 據該文後附編者言：本文原係夏志清先生為《自由中國》所寫，經商得「自由中國社」及作者的同意，改由本刊發表。夏文開篇即表示：此文係讀了徐訏在《自由中國》一八卷四期〈紅樓夢的藝術價值與小說裡的對白〉第一部而發揮者。而徐文（連載於《自由中國》一八卷四至六期）則因石堂在《文雜》三卷三期的〈紅樓夢的對話〉而起。四卷一期，石堂並有〈再論紅樓夢的對話——覆徐訏先生〉，作為回應。

41 劉紹銘：〈懷濟安先生〉，《現代文學》二五期，頁六。

42 彭歌：〈夏濟安的四封信〉，《中外文學》一卷一期，頁一〇九－一一〇。

而文中，除多方申言濟安先生對於中國近現代小說創作及文學研究的意見外，文末並且再次強調：

小說一科，其說不小，裡面有最深淵的人生道理，最高度的藝術成就。世界各國首輪學府的中文系早將《紅樓夢》、《水滸》、《三國》奉為中國文學的經典，成百成千的外國學子都孜孜不息的在研究這幾本中國文學名著，而我國大學的國文系，小說一科，尚付缺如。曹雪芹、施耐庵、羅貫中尚且徜徉臺灣大學門外，不得登堂入室。憑此一點，西洋學術界有理由譏評我國人文教育落後。本刊藉發行此專輯之際，重申夏濟安先生生前對中國小說前途之關切，並要求我國學術界對中國小說之重視。43

《現文》為夏濟安在臺大外文系任教時之子弟兵白先勇、王文興等創辦，原以引介西方現代主義文學及小說創作為主。但夏對中國小說高度重視的理念，顯然也在此得到延續。「紀念專輯」之後，《現文》連續兩期刊出夏志清〈《水滸傳》的再評價〉及〈《紅樓夢》裡的愛與憐憫〉等討論中國古典小說的論文，此後，夏志清先生英文版的《中國古典小說》，乃由《現文》逐篇譯完刊出；三三、三五兩期，並由臺大中文系師生合作推出「中國古典文學研究專號」，即可視為以具體行動，回應夏濟安的文學理念。「中國古典文學研究專號」的研究論文，雖然不少係出自年輕研究生之手，未必盡能擲地有聲，但不容否認的是，這些篇章都為日後學院中古典文學的教學與研究，提供了重要參考。而《現文》藉出刊「紀念專輯」呼籲學界「重視中國小說」，並且身體力行，刊載學界的文學研究專號，亦未嘗不是標識著「文化場域」與「教育空間」辯證交融的發展進程：經由學院教育養成的文化工作者，進入文化場域後，返身再對學院教育提出建言，並以實際成果，反饋學院教育——而它的後續成果，亦可得見於九年後《幼獅月刊》所製作的「夏濟安先生追思特輯」：該期出版於一九七四年九月，以Franz H. Michael的〈懷念夏濟安——吾友兼同事〉為首排，繼而選譯夏濟安〈《西遊補》：一本探討夢境的小說〉作為發端，之後所刊各篇，皆是來自於海內外學界研析中國古典小說的論文。內容方面，從《鏡花緣》到《兒女英雄傳》；從《三國演義》到《隋唐演義》、《封神演義》和《水滸後傳》，無不包羅；撰文者則從資深學者夏志清、馮承基到年輕一輩的黃美序、董挽華等，亦同襄盛舉。[44]它以編者前言，切要地說明了該期旨歸：

43 〈夏濟安紀念專輯前言〉，《現代文學》二五期（一九六五年七月），頁二一—二三。

44 該期要目包括：夏志清：〈文人小說家和中國文化——《鏡花緣》研究〉；侯健：〈《兒女英雄傳》試評〉；何谷里：〈《隋唐演義》——其時代、來源與構造〉；馮承基：〈《隋史遺文》涉獵記〉；黃美序：〈從我的初戀《封神演義》談起〉；董挽華：〈《聊齋志異》裡考生與考官的對立關係和科舉內幕〉；Francis A. Westbrook著，王其譯：〈論夢、聖人和魔鬼——《紅樓夢》及《白癡》中的真與幻〉；張健：〈讀《水滸後傳》——中國的烏托邦〉等。

當中國的古典小說已從說書的傳統走出而蔚為大國，讓我們今日更能注目此些奇章珍篇、吉光片羽，以求闡發中國古典小說潛德之幽光。我們籌劃此期特輯的衷願，一在斯焉。

我們謹以此期懷念夏濟安先生。[45]

《幼獅月刊》是「幼獅公司」旗下所屬的刊物之一，與當時的「青年（反共）救國團」深有淵源。自一九五〇年代創刊以來，編輯路線每每依違於政治、文化、學術之間，屢經轉折。七〇年代中期，它的「編輯委員」組成者雖然多為來自學界的青年，刊物內容也以學術性論述居多，但涵蓋面廣泛，刊載者未必盡屬文學性篇章。[46]該期以「特輯」方式，全幅刊載中國古典小說的研究論文，並明言以此「懷念夏濟安先生」，堪稱以另一型式，體現了夏濟安與《文學雜誌》之所以促發「文化場域」與「教育空間」往來互動的影響及貢獻。正是如此，我們得以據此重新省視《文學雜誌》在當代文學／文化史上的意義。

四、從《文學雜誌》到《文學雜誌》：傳統的賡續與開創

（一）「學院派」文學雜誌傳統的賡續

回顧學界關於夏濟安及《文學雜誌》的相關研究，可見的是，儘管各家論者都肯定夏及《文雜》的重要性，但論及其時代意義時，多將它與一九五〇年代稍早的《自由中國》，及

六〇年代之初的《現代文學》相聯繫——也就是往前追溯，認為它承續了《自由中國》之於「自由主義傳統」的堅持，並認為它是《自由中國》「文藝欄」的「純文學版」；往後延續，則以為它啟導了《現代文學》的創刊，為六〇年代臺灣「現代主義文學」開啟先河。這樣的論述固然言之成理，格局卻未免失之狹隘。然而，若循由前文的論述脈絡——也就是著眼於《文雜》與「臺灣大學」的淵源，以及因之而導發的「文化場域」與「教育空間」的往還互動，則對《文雜》在當代文學／文化史上之意義的省察，便也就開拓出不同的觀照視野。

現代大學在中國的興起與建制，是近代教育文化史上劃時代的盛事。無論是知識生產，文化啟蒙，抑是文學傳播，大學的作用，無不舉足輕重。以五四時期新文化／文學運動的推展為例，北京大學師生群的貢獻，即屬有目共睹；而他們的努力，很大部分即是透過期刊雜誌而廣為傳播。從《新青年》、《新潮》，到《語絲》、《駱駝草》，各刊物的訴求與關懷重點容或不同，但以北大師生為主體撰作群的做法，則是大同小異。這一批來自學院的現代知識分子，頻頻藉由出版報刊而引領思潮，推介新知，同時身體力行，開展種種文學實驗，不僅引人矚目，成果斐然，[47]而且也為現代文學／文化史上「文學場域」與「教育空間」的往

45《幼獅月刊》四〇卷三期（一九七四年九月），頁二。

46 以該期為例，其時之編輯委員包括林添貴、邱成章、周玉山、徐芳玲、馬悅麗、陳秀芳、莊伯和、梁伯傑、董挽華、熊世禮、趙綺娜、鄭彥熙多人，他們的學術背景分屬中文、外文、歷史、藝術、政治等不同方面。而該期前後，則分別有針對語言、歷史、教育等不同議題所製作的專輯。

來互涉開啟風氣，提供示範。

作為戰後臺灣首屈一指的指標性大學，「臺灣大學」的地位與五四時期的北京大學原就差堪比擬；再者，傅斯年校長與北大淵源深厚，臺大早年文科主要師資多來自於北大，加上不少課程設計之標準與排列，都是「參考北大清華者定之」。[48]凡此，可見兩校實質上的相類相通之處，也所在多有。《文學雜誌》是為戰後臺灣第一份以臺大師生為主要撰作者的文學性雜誌，論者或因此將它與新文化運動時期的《新青年》相提並論——誠然，就其與學院的關係，以及能夠在政治文化風雲動盪之際開啟一代風氣等方面，二者或有相類之處；然而細究二者的文化思想理念，卻頗多出入。[49]事實上，追本溯源，夏濟安等人創辦《文學雜誌》之初，真正所欲取法的對象，本非《新青年》，而是由朱光潛、廢名等人所創辦的另一同名刊物《文學雜誌》。吳魯芹即曾明言：

> 似乎雜誌的名稱一開始就定了，沒有討論過，我們都覺得抗戰以前朱孟實（光潛）先生主編的《文學雜誌》和我們的構想最接近，也是最值得賡續的傳統。……《文學雜誌》的編排以及外表，多少是承襲當年上海商務印書館出版的《文學雜誌》。守宜不知從那裡找到一本舊本作範本。大體上是一仍舊貫，並不需要什麼新意。[50]

朱光潛主編的《文學雜誌》是一份綜合性文藝月刊，一九三七年五月創刊於北京，由上海商務印書館發行，四期之後，便因抗戰停刊；一九四七年復刊，至一九四八年十一月終刊，共出三卷，凡二十二期。創刊之初，時當左翼／革命之論甚囂塵上、各類思想鬥爭如火如荼，《文學雜誌》則堅持自由生發的文化路線，強調「在衝突鬥爭之中，我們還應維持『公平交易』與『君子風度』」，反對「用低下手腕或憑仗暴力箝制旁人思想言論的自由」。由朱光潛執筆的發刊詞〈我對於本刊的希望〉，特別聲明：

> 我們對於文化思想運動的基本態度，用八個字賅括起來，就是「自由生發，自由討論」。我們相信文化思想方面的深廣堅實的基礎是新文藝發展所必需的條件。……我們主張多探險、多嘗試，不希望某一種特殊趣味或風格成為「正統」，這是我們的新文藝的試驗時期。……

47 陳平原：〈新教育與新文學——從京師大學堂到北京大學〉，《「文學」如何「教育」：文論精選集》（新北市：新地文化藝術出版，二〇一二），頁二二－五七；陳平原：〈一份雜誌：文學史／思想史視野中的《新青年》〉，《觸摸歷史與進入五四：一場遊行・一份雜誌・一本詩集》（臺北：二魚文化事業有限公司，二〇〇三），頁六一－一四三；高恒文：《京派文人：學院派的風采》（上海：上海教育出版社，二〇〇〇）。

48 《國立臺灣大學校刊》三期（一九四七年十一月一日）。

49 《新青年》等刊物主張西化，提倡「新文化」，基本上是近乎全面的否定了中國文學的大傳統。《文學雜誌》則「希望是要繼承數千年來中國文學偉大的傳統，從而發揚光大之」。

50 吳魯芹：〈瑣憶《文學雜誌》的創刊和夭折〉，《傳記文學》三〇卷六期，頁六四。

根據這種信念，一種寬大自由而嚴肅的文藝刊物對於現代中國新文藝運動應該負有什麼樣使命呢？它應該認清時代的弊病和需要，盡一部分糾正和嚮導的責任；它應該集合全國作家作分途探險的工作，使人人在自由發展個性之中，仍意識到彼此都望著開發新文藝一個共同目標；……它應該是新風氣的傳播者，在讀者群眾中養成愛好純正文藝的趣味與熱誠，它不僅是一種選本，不僅是回顧的而同時是向前望的，應該維持長久生命，與時代同生展；它也不僅是一種「文藝情報」，應該在陳腐枯燥的經院習氣與油滑膚淺的新聞習氣之中，闢一清新而嚴肅的境界，替經院派與新聞派作一種健康的調劑。[51]

檢視此一《文學雜誌》，編輯群除朱光潛外，還包括周作人、葉公超、沈從文、楊振聲、朱自清、廢名、林徽因等人，顯然是一份以北大與清華教授為主要撰作群的文學性雜誌，同時被論者視為「一個典型的『京派』的雜誌，並且是集合了『京派』集體力量的第一個雜誌」。[52]此外，卞之琳、何其芳、李廣田等年輕一輩的北大畢業生，也同時在此發表作品，其與北京大學的淵源，由此可見。不過，夏濟安、吳魯芹以之為師法對象，起初所著眼者，未必是它以大學學院人力為主要作者群的做法，而是它在各種意識形態鬥爭激烈的大環境中，仍力圖「開發新文藝」，堅持作為一份「寬大自由而嚴肅的文藝刊物」，以及期待「在讀者群眾中養成愛好純正文藝的趣味與熱誠」。[53]然而不容否認的是，畢竟是由於一批來自臺灣大學的學院撰作群，以及試圖「以理論激發創作」的編輯理念，才使得這份出自於夏濟安之手的《文學雜誌》，在有意賡續朱光潛所編《文學雜誌》之傳統的同時，產生了不同的轉折與開創。

參較兩份同名的《文學雜誌》，明顯可見的相同點是：所刊文稿皆以各類文學創作與評論為主，而且夏編《文雜》每期必以文學評論為首排的做法，更是明顯承襲自朱編。[54]但在這之外，朱編堅持不收翻譯作品，[55]夏編則不僅一開始便說明在稿件徵用上，歡迎「各種體裁的文學創作與翻譯，希望海內外作家譯家，源源賜寄，共觀厥成」；而且還特別表示：「文學理論和有關中西文學的論著，可以激發研究的興趣；它們本身不是文學創作，但是可

51 朱光潛：〈我對於本刊的希望〉，《文學雜誌》一卷一期（一九三七年五月），頁九－一〇。

52 高恒文：《京派文人》，頁一九九。而余光中也以《文雜》的學院作者陣容強大，認為它十分「京派」。見余光中：〈夏濟安的背影〉，《文訊》二一三期（二〇〇三年七月），頁一一一－一一三。

53 夏編《文學雜誌》創刊號〈致讀者〉一開始即表明：「我們希望：讀者讀完本期本刊之後，能夠認為這本雜誌還稱得上是一本『文學雜誌』。」「我們希望：因《文學雜誌》的創刊，更能鼓舞起海內外自由中國人士寫讀的興趣。」

54 朱編《文雜》的一大特點，就是每期必以二至四篇評論文章，作為雜誌的開卷之作，這是新文學運動以來其他刊物所不曾有過的做法。這些篇章的作者包括朱光潛、周作人、錢鍾書、郭紹虞、朱自清、朱東潤、馮至、聞一多、李長之等人，內容則多為關乎討論中國文學的學術性文字。如創刊號葉公超〈談新詩〉一文，討論新詩與中國古典詩歌的藝術繼承問題，即是當時十分重要的詩論。夏濟安主編《文學雜誌》時，很明顯地也採取了同樣的做法。有關朱編《文雜》各期首排論著作者篇目資料，請參見附錄四。

55 朱編《文雜》在第一次編委會上，即決定雜誌編輯的三大原則：一、除創作外要有論文；二、每期要有幾篇書評；三、不要翻譯作品。參見常風：〈回憶朱光潛先生〉，《逝水集》（瀋陽：遼寧教育出版社，一九九五），頁八五。

以誘導出更好的文學創作。這一類的稿件，我們特別歡迎。」這一點，不僅是二者最大不同處，更是夏編《文雜》得以別出於朱編，在戰後臺灣文學史產生重大影響的關鍵。

基本上，撰述中西文學論著與從事翻譯工作，需要一定的學養與訓練，這原為學院派作者所專擅。尤其「京派」學者，多為精通中外文學理論的專家及翻譯高手，他們不此之圖，很大一部分原因，乃是緣於一九三〇年代上海特殊的時代環境，以及因之而生的文化政治立場。[56]時空遷易，五〇年代的臺灣，政治文化環境當然不同於三〇年代的上海；在一切以「反共」為前提的國家文藝政策主導下，臺灣的文化界荒蕪貧瘠，對國外藝文新知新作的渴求，反而因此特別殷切。夏濟安、吳魯芹等人，原就在臺大外文系開授翻譯及西洋文學課程，因授課之便，將大學講堂內容轉化為文化出版品，恰恰符應了當時眾多純藝文愛好者的實際需要。[57]《文雜》的翻譯兼括文藝創作與文學理論，並且試圖援用所引介的西方文學理論來評論時人作品，以求提升創作品質（如夏濟安之評彭歌《落月》），此一路徑，既是朱編《文學雜誌》之傳統的折變，也是戰後臺灣「學院派」文學雜誌之新傳統的開創。

（二）《文學雜誌》與臺灣學院派雜誌傳統的開創

《文學雜誌》對戰後臺灣「學院派」文學雜誌之新傳統的開創之功，具體呈現在一九六〇年代《現代文學》及七〇年代《中外文學》的相繼刊行，並持續對臺灣文學發展及大學教育產生重大影響。《現代文學》（以下簡稱《現文》）於一九六〇年三月創刊，創辦者白先勇、王文興、陳若曦等人，當時都還是臺大外文系三年級的學生。他們受教於夏濟安先生，《現文》創刊前，大都已在《文雜》初試啼聲，發表小說創作。《現文》創刊後，他們不僅藉此持續進行各自的小說寫作實驗，終至卓然成家；並且大力譯介西方現代主義文學理論及名家作品，以為攻錯之資。此外，此一公開園地同時也吸引了王禎和、施叔青、李昂等有志於文藝寫作的青年投入創作，共同締造六〇年代「現代主義文學」的輝煌時代，其於戰後臺灣文學發展的貢獻，早已得到論者多方肯定。

《現文》繼《文雜》之後，成為一九六〇年代臺灣最重要，也最具代表性的文學性雜誌，《文雜》的啟廸和臺灣大學文學教育的導發之功，實不可沒——這不僅是因為夏濟安主編《文雜》，對於這批才情洋溢的文學青年多所栽培，使他們日後得以風格各異的小說創作，在臺灣文學界大放異彩；更因為臺大的自由校風、文學院的課程教學，以及《文雜》的譯介示範，使他們累積了可據以自行選擇譯介歐美作家作品的胸襟、眼光與能力。白先勇〈《現代文學》創立的時代背景及其精神風貌〉一文，即曾清楚指出臺灣大學、夏濟安與《文學雜誌》和《現代文學》的關係：

56　京派的學者文人對於當時左翼文人挾外來的階級理論以自重，卻又寫不出好作品的情形深為不滿，朱編《文學雜誌》因此不收翻譯，不談理論。參見高恒文：《京派文人》，頁一九五—二一五。

57　由白先勇乍讀《文雜》王鎮國譯華頓夫人《伊丹傅羅姆》時的驚喜之情，即可見一斑。見白先勇：〈驀然回首〉。

那時我們都是臺灣大學外文系的學生，雖然傅斯年校長已經不在了，可是傅校長卻把從前北京大學的自由風氣帶到了臺大。……臺大外文系當年無為而治，我們乃有足夠的時間去從事文學活動。我們有幸，遇到夏濟安先生這樣一位學養精深的文學導師，他給我們文學創作上的引導，奠定了我們日後寫作的基本路線。他主編的《文學雜誌》其實是《現代文學》的先驅。[58]

具體言之，《現文》所以有諸多關乎「現代主義」文學大家的譯介，無非是出於夏濟安及《文學雜誌》的啟導。以創刊號製作「卡夫卡專號」為例，這是臺灣對於卡夫卡其人其文的譯介之始。然而，當時臺灣文化界荒蕪寂寞，對歐美藝文訊息所知有限，卡夫卡更是從未為人聞問。《現文》諸子，究竟是如何「發現」了卡夫卡？可見的是，首先，《文雜》四卷二期曾刊出夏濟安以「齊文瑜」筆名，翻譯了Philip Rahv原著的〈論自然主義小說之沒落〉一文，譯者文後並且注言：「該文作者為美國當代批評家，*Partisan Review*創辦人兼主編」。再者，夏濟安並在課堂上大力推介Philip Rahv及「現代圖書館」叢書，而「現代圖書館」，也因此成為《現文》譯介現代主義文學時，最重要的參考來源。[59]

正是以理論配合創作實驗，且又能在創作方面卓然有成，《現文》非但在創作方面的成績明顯超越《文雜》，即就臺灣「學院派」雜誌傳統的開創與承續而言，《現文》重視西方作品及理論譯介的做法，亦是將夏濟安針對朱光潛所編《文雜》所做出的創變處，予以發揚光大，對臺灣文壇帶來重大啟發。白先勇曾肯定地表示：

我肯定的認為《現代文學》在六〇年代，對於中國文壇，是有其不可抹滅的貢獻的。首先，是西方文學的介紹。因為我們本身學識有限，只能作譯介工作，但是這項粗淺的入門介紹，對於臺灣文壇，非常重要，有啟發作用。因為那時西洋現代文學在臺灣相當陌生，像卡夫卡、喬伊斯、湯瑪斯曼、福克納等這些西方文豪的譯作，都絕無僅有。喬伊斯的長篇小說經典之作《都柏林人》我們全本都譯了出來。後來風起雲湧，各出版社及報章雜誌都翻譯了這些鉅匠的作品，但開始啟發讀者對西洋現代文學興趣的，《現文》實是創始者之一。……[60]

再者，將學院師生的教學成果轉化為文化出版品，讓教育空間位移至文化場域，進而再度帶動學院與文化界的交融互動，乃是《現文》對《文雜》之學院傳統的另一項承繼與發

58 白先勇：〈《現代文學》創立的時代背景及其精神風貌——寫在《現代文學》重刊之前〉，收入白先勇編：《現文因緣》（臺北：聯經出版公司，二〇一六），頁三〇－三一。
59 李歐梵著，林秀玲譯：〈在臺灣發現卡夫卡：一段個人回憶〉，《中外文學》三〇卷六期，頁一七四－八六。
60 白先勇：〈《現代文學》的回顧與前瞻〉，收入白先勇編：《現文因緣》（臺北：聯經出版公司，二〇一六），頁二四三－二四四。

揚——箇中關鍵人物，是為學成歸國，回到臺大任教的王文興；而它的具體效應，則是使原先以外文系師生為主要編撰群、側重西洋現代文學與理論的路線出現轉折，重新回到中、外文系攜手合作，同時兼重中國古典文學研究的方向。

一九六五年，畢業後進入愛荷華大學小說創作班就讀的王文興獲得藝術碩士學位，返回臺大任教，同時擔任外文系與中文系的合聘教授，以及《現文》主編。如同當年夏濟安同時身兼《文雜》主編及外文系教師，王文興在《現文》主編任內為臺大中文系開課，同樣是在善用臺灣大學的師生資源下，讓原本局限於學院內的師生教學成果，推移至學院之外，形成「教育空間」與「文化場域」的對話交融。[61]饒有興味的是，夏濟安主編《文雜》，編輯理念原是希望能「繼承數千年來中國文學偉大的傳統，從而發揚光大之」；但所培育出的外文系子弟兵，卻因西洋文學的專業訓練使然，讓《現文》在致力文學創作外，一開始的發展重點，便完全落在西洋文學及理論譯介之上。不過，隨著原初創辦人白先勇等紛紛畢業出國，王文興返校為中文系開課，則又因援引中文系學生共同參與，使《現文》編輯路線轉向，重新回到兼重中國文學論述的方向。此一轉折，固然不無財務、人力配合等其他因素的考量，[62]但一份文學性雜誌精神風貌的形塑，如何受到大學專業教育影響的情形，卻是由此可見。

正是經由此一轉折，《中外文學》（以下簡稱《中外》）的創刊，遂也有其內在脈絡可循。《中外》創刊於一九七二年六月，時當臺大成立比較文學研究所，並舉辦比較文學會議，中文、外文兩系，多有合作機會。當時的文學院長朱立民、外文系主任顏元叔，以及外文系教授胡耀恆、中文系教授葉慶炳，更因公務私誼之便，時相往還。某次聚會之後，朱、顏、胡三人決定創辦一份文學雜誌，遂以朱立民為發行人，顏元叔任社長，胡耀恆任總編輯，而葉慶炳教授，則是溝通聯繫中、外文系之間的主要橋梁。[63]

基本上，《中外》結合臺大中、外文系的師資人力共同經營組稿，原已是再現了當年夏濟安主編《文雜》時的規模；再則，《中外》的發行人朱立民本是《文雜》後期主要的作者之一，雜誌經理則是參與當年《文雜》創辦劉守宜，如此組合，與《文學雜誌》之間的淵源，也顯然可見。此外，細察《中外》創刊號，它與《文雜》的關係，至少還可由以下三點見之：

一、〈發刊詞〉提出三項工作重點：1.文學創作；2.學術論著；3.翻譯介紹國外的文學作品；這三項重點，正是當年《文雜》一貫關注的項目。

二、以臺靜農先生的中國文學史論述為首排，次以顏元叔的現代中國新詩評論與李達三的比較文學論述，此一看重文學研究與評論的做法，仍是從朱編《文雜》到夏編《文雜》的一脈相承。

61 柯慶明：〈短暫的青春！永遠的文學?〉，收入白先勇編：《現文因緣》，頁五三－六三。

62 《現文》的創刊及精神風貌的變化，詳見白先勇：〈《現代文學》創立的時代背景及其精神風貌〉，頁二九－三八。

63 〈《文學雜誌》、《現代文學》、《中外文學》——對臺灣文學深具影響的文學雜誌〉，座談會上朱立民的發言。

三、特別選刊彭歌〈夏濟安的四封信〉，並在〈編後記〉強調：

《文學雜誌》是現代中國文學刊物上極為重要的里程碑，它的主編對中國文學的希望和編雜誌時所遭遇到的困難，在「夏濟安先生的四封信」中充分地顯示出來。這將是中國文學史上一份珍貴的材料。[64]

凡此，皆可見夏濟安及其所編《文雜》的精神與理念，是如何薪火相傳，直至《中外》而源源不絕。

《中外》創刊迄今，已滿五十年，創作方面的成績或許有限，但於譯介西方文學／文化理論、帶動研究風潮方面的貢獻，卻早為各界公認。尤其一九八、九〇年代期間，大量歐西思潮被引介至臺灣學界，無論是後現代抑是後殖民，是女性主義抑是同志理論，由臺大外文系所主導的《中外》莫不引領風騷，早發先聲。它集合師生力量，以專輯形式，從事各種重要歐西理論的引介，其效應，每每是社會文化與學院教育的頻頻追步。縱橫於「教育空間」與「文化場域」之間，它的傳承轉折，本書第五章將再就此進行專論。

五、結語

回到夏濟安、《文學雜誌》與臺灣大學的主題，可見的是，從《文學雜誌》到《現代文學》，以迄於《中外文學》，所標識出的，正是臺灣學院派雜誌新傳統的開創——在對「文學」的堅持、善用學院人才資源以充實篇幅、提升雜誌內容，以及重視中國文學研究等方面，夏濟安的《文學雜誌》誠然是賡續了先前朱光潛《文學雜誌》的傳統；但是，夏編《文雜》高度重視西方文學作品及理論翻譯的做法，卻使它為臺灣建樹了一個與過去迥然有別的新傳統。這個新傳統，不只是學院資源由臺灣大學取代了過去的北京大學，也不只是創作上由「京派」品味轉向體現臺灣自身的文學風貌；更重要的是，長久以來，它充分運用了學院中的師生資源，藉由譯介國外最新進的文學作品及理論以激發優秀創作，深化中、外文學界的學術研究，凡此種種，皆為學術界與文化界激盪出無比的潛力與活力，並無形中左右了戰後臺灣文學與文化的發展走向——而這一點，也正是夏濟安、《文學雜誌》和臺灣大學，在戰後臺灣文學與文化史上共同締造的重大意義。

64〈編後記〉，《中外文學》一卷一期（一九七二年六月），頁一九九。

附錄一：夏濟安生平大事記

時間	事件
一九一六年	・八月十二日生於江蘇省吳縣。初中一、二年級就讀於出生地聖公會創辦的桃塢中學，其後曾轉讀上海立達學園及上海中學。
一九三四年	・蘇州高中畢業。考入南京中央大學哲學系肄業二年，又因肺病休學一年。
一九三七年	・與母親以及弟弟夏志清遷居上海。 ・考入上海光華大學英文系。
一九四〇年	・六月畢業於上海光華大學英文系。 ・秋季開始於母校光華大學擔任英文系助教、講師。
一九四二年	・冬季卸去光華大學英文系職務。
一九四三年	・十一月離開上海前往西安王曲，擔任中央軍校第七分校中校語文教官，教授英文。 ・夏天卸去中央軍校教學職務。
一九四四年	・六至十月居於重慶。於秋時前往雲南，擔任呈貢國立東方語文專科學校英文講師至翌年夏卸職。
一九四五年	・秋迄翌年五月，轉任昆明國立西南聯合大學外語系教員。於西南聯大時，與光華大學老同事錢學熙及詩人卞之琳交稱莫逆外，亦曾愛上一位長沙籍的歷史系新生。

一九四六年	・十月迄一九四八年十二月擔任國立北京大學外語系講師，期間曾與弟弟夏志清同事一年。
一九四八年	・自北大卸職，回到上海。
一九四九年	・於上海陷共前夕逃往香港。於香港滯居一年半之久，除經商之外，並曾短期任教於新創辦的新亞書院，也因此結識錢穆、唐君毅二位先生。
一九五〇年	・十月，夏濟安由港赴臺，開始任教於國立臺灣大學外文系。 ・開授共同英文課程。
一九五一年	・開授共同英文（第三組文法課程）、小說選讀甲、翻譯。
一九五二年	・開授小說選讀A組、翻譯A、B兩組。 ・六月，《今日世界》七期刊出小說〈蘇麻子的膏藥〉（筆名樂季生）。 ・八月，香港中一出版社出版《莫斯科的寒夜》（*A Room on the Route*），澳洲Geoffrey Blunden（白倫敦）著，夏濟安譯。 ・九月，《自由中國》七卷五期刊出小說〈火〉（筆名樂季生）。 ・十一月香港友聯出版社出版《坦白集》（*The God That Failed*），紀德．西隆涅等六人著，齊文瑜（夏濟安筆名）譯。
一九五三年	・開設小說選讀A組、翻譯A、B兩組。 ・十一月香港友聯出版社出版《草》（*The Burned Bramble*）。奧國Manès Sperber著，齊文瑜譯。

一九五五年	・一月香港友聯出版社出版《淵》（*The Abyss*），奧國Manès Sperber著，齊文瑜譯。 ・春季在臺北美國新聞處安排下，前往美國印第安那大學研究院深造，專攻小說習作，於夏季返臺。 ・秋，開授小說選讀B、C、英國文學史。 ・「中央副刊」於五月十、十一、十二日刊載〈耶穌會教士的故事〉。
一九五六年	・九月，主編《文學雜誌》在臺北創刊。 ・推薦甫退役的余光中接下原本於東吳大學兼任教職。 ・開授小說選讀A、B、英國文學史。 ・《文學雜誌》十月號刊載〈評彭歌的「落月」兼論現代小說〉。
一九五七年	・開授英國文學史A、B。 ・《文學雜誌》三月號刊載〈白話文與新詩〉。 ・《自由中國》五月刊載〈對於新詩的一點意見〉。 ・《文學雜誌》九月號刊載〈舊文化與新小說〉。 ・《文學雜誌》十一月號刊載〈兩首壞詩〉。 ・臺北文學雜誌社出版《匈牙利作家看匈牙利革命》，梁實秋、夏濟安等編譯。

一九五八年	・《文學雜誌》四月號刊載〈論自然主義小說之沒落〉（筆名齊文瑜）。 ・《文學雜誌》八月號刊載〈香港——一九五〇〉。 ・十一月臺北文學雜誌社出版《短篇小說選》（四冊），夏濟安編選。 ・一九五八至一九五九年間，為趙麗蓮的《學生英語文摘》撰寫「英語欣賞」，選評英美散文名篇。 ・開始有系統地閱讀中國舊小說。
一九五九年	・《文學雜誌》一月號刊載〈一則故事，兩種寫法〉。 ・三月，以美國洛氏基金會資助再度赴美。先於西雅圖華盛頓大學任客座副教授一年。繼在柏克萊加州大學任教，並任中國問題研究中心客座講員、副語言研究員。 ・四月臺北文學雜誌社出版《小說與文化》，夏濟安、夏志清等著，齊文瑜編。
一九六〇年	・八月《文學雜誌》停刊，共出版四十八期。 ・八月臺北臺灣商務印書館出版《現代英文選評注》，夏濟安編選。
一九六一年	・加州大學中國問題研究中心出版《隱喻、神話、儀式和人民公社》。
一九六三年	・加州大學中國問題研究中心出版《下放運動》。
一九六四年	・《亞洲學會季刊》二月號刊載〈魯迅作品的黑暗面〉。 ・三月下旬，美國亞洲學會在華府開會，吳魯芹介紹他與喬志高見面，喬並帶夏氏兄弟去見張愛玲。

一九六五年	·二月二十三日，不幸因腦溢血不治辭世，享年五十。 ·七月，《現代文學》製作「夏濟安先生紀念專輯」，收入文章包括：〈懷濟安先生〉（劉紹銘）、〈夏濟安對中國俗文學的看法〉（夏志清）、〈評艾思本遺稿〉（夏濟安著，莊信正譯）、〈論夏德〉（夏濟安著，柯麗美譯）、〈論狄達勒斯〉（夏濟安著，江森譯）、〈維農陀〉（夏濟安著，陳若曦譯）、〈傳宗接代〉（夏濟安作，白先勇譯）、〈耶穌會教士的故事〉（夏濟安作，侯健譯）、〈火〉（夏濟安）、〈蘇麻子的膏藥〉（夏濟安）。

附錄二：《文學雜誌》各期首排論著作者篇目表

卷期	年月	作者	篇名	備註
一卷一期	一九五六年九月	勞榦	〈李商隱燕臺詩評述〉	作者為臺大歷史系教授
一卷二期	一九五六年十月	梁實秋	〈文學的境界〉	作者為臺大外文系兼任教授、師大英語系教授
一卷三期	一九五六年十一月	Robert Penn Warren作，張愛玲譯	〈海明威論〉	譯者為小說家
一卷四期	一九五六年十二月	白簡（臺靜農）	〈魏晉文學思想的述論〉	作者為臺大中文系教授兼系主任

一卷五期	一九五七年一月	梁實秋	〈「亨利四世上篇」序〉	作者曾為臺大外文系兼任教授、時為師大英語系教授
一卷六期	一九五七年二月	周棄子	〈說詩贅語〉	作者為詩人
二卷一期	一九五七年三月	夏濟安	〈白話文與新詩〉	作者為臺大外文系教授
二卷二期	一九五七年四月	鄭騫	〈從元曲四弊說到張養浩的雲莊樂府〉	作者為臺大中文系教授
二卷三期	一九五七年五月	J. E. Spingarn 著，吳魯芹譯	〈新批評〉	譯者為臺大外文系兼任教授
二卷四期	一九五七年六月	夏志清	〈張愛玲的短篇小說〉	作者為美國紐約州立學院教授
二卷五期	一九五七年七月	夏志清	〈愛情・社會・小說〉	作者為美國紐約州立學院教授
二卷六期	一九五七年八月	夏志清	〈評秧歌〉	作者為美國紐約州立學院教授
三卷一期	一九五七年九月	廖蔚卿	〈論古詩十九首的藝術技巧〉	作者為臺大中文系教師

三卷二期	一九五七年十月	Irving Babbitt 著，梁實秋譯	〈浪漫的道德之現實面〉	譯者曾為臺大外文系兼任教授、時為師大英語系教授
三卷三期	一九五七年十一月	張沅長	〈文學史上的浪漫時期〉	作者為臺大外文系教授
三卷四期	一九五七年十二月	沈剛伯	〈中國文學的沒落〉	作者為臺大歷史系教授兼文學院長
三卷五期	一九五八年一月	林以亮	〈密萊的生平與作品〉	作者當時任職於香港文化界
三卷六期	一九五八年二月	許世瑛	〈從儒林外史談起〉	作者為臺大中文系教授
四卷一期	一九五八年三月	鄭騫	〈溫庭筠韋莊與詞的創始〉	作者為臺大中文系教授
四卷二期	一九五八年四月	Philip Rahv 著，齊文瑜（夏濟安）譯	〈論自然主義小說之沒落〉	譯者為臺大外文系教授
四卷三期	一九五八年五月	余光中	〈愛倫坡的生平與作品〉	作者為詩人，東吳大學兼任教師

四卷四期	一九五八年六月	陳世驤	〈中國詩之分析與鑒賞示例－一九五八年六月七日在臺大文學院第三次演講詞〉	作者為美國柏克萊大學東亞系教授
四卷五期	一九五八年七月	Henry James 著，侯健譯	〈小說的構築〉	譯者為臺大外文系教師
四卷六期	一九五八年八月	陳世驤	〈關於傳統・創作・模仿－從「香港－一九五〇」一詩說起〉	作者為美國柏克萊大學東亞系教授
五卷一期	一九五八年九月	林文月	〈論陶淵明與謝靈運之為人及其詩〉	作者為臺大中文系教師
五卷二期	一九五八年十月	趙雅博	〈美的哲學觀念〉	作者為政大哲學系教授
五卷三期	一九五八年十一月	Boris Pasternak 著，梁實秋譯	〈關於莎士比亞之翻譯〉	譯者曾為臺大外文系兼任教授、時為師大英語系教授
五卷四期	一九五八年十二月	吳魯芹	〈小說的前途〉	作者為臺大外文系兼任教授
五卷五期	一九五九年一月	夏濟安	〈一則故事・兩種寫法〉	作者為臺大外文系教授

五卷六期	一九五九年二月	勞榦	〈「李商隱評論」所引起的問題〉	作者為臺大歷史系教授
六卷一期	一九五九年三月	彭歌	〈文學第幾？〉	作者為作家
六卷二期	一九五九年四月	陳世驤	〈中國詩歌中的自然〉	作者為美國柏克萊大學東亞系教授
六卷三期	一九五九年五月	英千里	〈漫談翻譯〉（上）	作者為臺大外文系教授兼系主任
六卷四期	一九五九年六月	英千里	〈漫談翻譯〉（下）	作者為臺大外文系教授兼系主任
六卷五期	一九五九年七月	William York Tindall著，朱南度譯	〈現代英國小說與意識流〉	譯者為臺大外文系助教
六卷六期	一九五九年八月	Rod W. Horton與Herbert W. Edwards著，景新漢譯	〈自然主義與美國文學〉	譯者為臺大外文系畢業
七卷一期	一九五九年九月	Malcolm Cowley著，劉紹銘譯	〈論批評家影響下的美國現代小說〉	譯者臺大外文系畢業，當時在美攻讀博士學位

七卷二期	一九五九年十月	Donald Malcolm著，劉易水譯	〈預言家與詩人－論查泰萊夫人的情人〉	
七卷三期	一九五九年十一月	Peter Kléne著，葉維廉譯	〈艾略特戲劇的精神中心〉	譯者臺大外文系畢業，當時在美攻讀博士學位
七卷四期	一九五九年十二月	趙岡	〈論紅樓夢後四十回的著者〉	作者為美國威斯康辛大學經濟系教授
七卷五期	一九六〇年一月	鄭騫	〈陶淵明與田園詩人〉	作者為臺大中文系教授
七卷六期	一九六〇年二月	黃瓊玖	〈索福克麗的悲劇藝術〉	作者為臺大外文系教授
八卷一期	一九六〇年三月	ClintonS.Burhans著，余光中譯	〈「老人和大海」：海明威對人類的悲劇觀〉	譯者為詩人，東吳大學兼任教師
八卷二期	一九六〇年四月	高格（Jacoborg）	〈卡繆的「荒謬論」〉	作者為華盛頓大學與臺灣大學交換教授，當時在臺大外文系任教
八卷三期	一九六〇年五月	Lewis Munford著，健人（侯健）譯	〈墾荒的浪漫主義〉	譯者為臺大外文系教師
八卷四期	一九六〇年六月	勞榦	〈論神韻說與境界說〉	作者為臺大歷史系教授

八卷五期	一九六〇年七月	朱立民	〈英國殖民時期的美國文學〉（上）	作者為臺大外文系教師
八卷六期	一九六〇年八月	朱立民	〈英國殖民時期的美國文學〉（下）	作者為臺大外文系教師

附錄三：[65]一九五〇年代夏濟安、吳魯芹臺大授課表

A、夏濟安授課表

時間	開課內容	必選修	全／半	學分	年級	附注
民國三十九年（一九五〇）	共同英文兩班（第五組、第二十六組）	必	全	四	一	下學期同
民國四十年（一九五一）	共同英文第三組文法課程	必	全	四	一	
	小說選讀甲	必	全	三	二	僅接下學期課程，上學期由任泰授課
	翻譯	選	全	二	三、四	

民國四十一年（一九五二）	小說選讀A	必	全	三	二	
	翻譯A、B	選	全	二	三、四	
民國四十二年（一九五三）	小說選讀A	必	全	三	二	
	翻譯A、B	選	全	二	三、四	
民國四十四年一九五五）	小說選讀B、C	必	全	三	二	
	英國文學史	必	全	三	二	
民國四十五年（一九五六）	小說選讀A、B	必	全	三	二	
	英國文學史	必	全	三	二	
民國四十六年（一九五七）	英國文學史A、B	必	全	三	二	

※未見四十三學年度上學期資料，根據下學期課表夏濟安未開課。

※四十七學年度原有注明開「維多利亞時代文學」，為選修、全學年、三學分之課程，然用紅筆劃去。

65　本表格資料由臺大中文所林姿君同學協助整理完成。

B、吳魯芹（吳鴻藻）授課表

時間	開課內容	必選修	全／半	學分	年級	附注
民國四十三年（一九五四）	新聞英語	選	全	二	三、四	下學期同
民國四十四年一九五五）	翻譯A	選	全	二	三、四	
民國四十五年（一九五六）	翻譯A	選	全	二	三、四	
民國四十五年（一九五六）	文學批評	選	全	二	四	
民國四十八年（一九五八）	文學批評	選	全	二	四	
民國四十九年（一九五九）	文學批評	選	全	二	四	
民國五十年（一九六〇）	小說選讀C	必	全	三	二	
	翻譯與寫作C	必	全	二	四	

民國五十一年（一九六一）	翻譯與寫作B	必	全	二	四
	英散文（三）B	必	全	二	四

※資料來源：國立臺灣大學各學院科目表（國立臺灣大學編）

附錄四：朱光潛主編《文學雜誌》各期首排論著作者篇目表

卷期	年月	作者	篇名	備註
一卷一期	一九三七年五月一日	朱光潛 葉公超	發刊詞〈我對於本刊的希望〉 〈論新詩〉	作者為北大西語系教授 作者為清華外文系教授
一卷二期	一九三七年六月一日	知堂（周作人）	〈談俳文〉	作者為北大中文系教授
一卷三期	一九三七年七月一日	陸志韋	〈論節奏〉	作者為燕京大學代理校長
一卷四期	一九三七年八月一日	錢鍾書	〈中國固有的文學批評的一個特點〉	作者當時在牛津大學進修

二卷一期	一九四七年六月一日	編者朱光潛	〈復刊卷頭語〉〈古文學的欣賞〉	作者為北大西語系教授
二卷二期	一九四七年七月一日	朱光潛	〈看戲與演戲——兩種人生理想〉	作者為北大西語系教授
二卷三期	一九四七年八月	聞一多遺著	〈端午考〉	作者為西南聯大中文系教授
二卷四期	一九四七年九月	李長之	〈李清照論〉	作者為北京師範大學中文系教授
二卷五期	一九四七年十月	聞一多遺著	〈廖季平論《離騷》〉	作者為西南聯大中文系教授
二卷六期	一九四七年十一月	朱光潛	〈蘇格拉底在中國(對話)〉	作者為北大西語系教授
二卷七期	一九四七年十二月	陸志韋	〈從翻譯說到批評〉	作者為燕京大學代理校長
二卷八期	一九四八年一月	盛澄華	〈紀德的藝術與思想的演進〉	作者為清華大學外文系教授

二卷九期	一九四八年二月	陸志韋	〈從翻譯說到批評(續)〉	作者為燕京大學代理校長
二卷十期	一九四八年三月	朱光潛	〈詩的意像與情趣〉	作者為北大西語系教授
二卷十一期	一九四八年四月	李廣田	〈愛倫坡的《李奇亞》〉	作者為清大中文系教授
二卷十二期	一九四八年五月	游國恩	〈屈原文藝論〉	作者為北大中文系教授
三卷一期	一九四八年六月	羅大岡	〈街與提琴〉	作者為南開大學外文系教授
三卷二期	一九四八年七月	馮至	〈從秦州到成都〉	作者為北大西語系教授
三卷三期	一九四八年八月	馮至	〈杜甫的童年〉	作者為北大西語系教授
三卷四期	一九四八年九月	朱光潛	〈遊仙詩〉	作者為北大西語系教授

三卷五期	一九四八年十月	浦江清	〈朱自清先生傳略〉	作者為清華大學中文系教授 本期為「朱自清先生紀念特輯」
三卷六期	一九四八年十一月	馮至	〈杜甫在梓州閬州〉	作者為北大西語系教授

第四章

「現代」是怎樣煉成的?

——現代主義小說家的「故」事新編與美學實踐

一、前言

在臺灣文學史上，一九六〇年代每每被視為「現代主義文學時期」。[1]繼五〇年代的反共懷鄉文學之後，現代主義文學書寫為蒼白的臺灣文學界開啟嶄新局面，並深遠地影響了此後的文學發展，重要性已是眾所公認。創刊於一九六〇年的《現代文學》雜誌，無疑是引領這股文學風潮最關鍵的刊物。

《現代文學》原是以臺大外文系學生為主的同仁雜誌，創辦者當時都還在大學就讀，緣於對文學的熱愛，以及對既有文學的不滿，遂以初生新銳之姿，戮力引進新的文學理念及形式，並且以勇於實驗的精神，嘗試自行創作。此一理念，在〈現代文學發刊詞〉中，即清晰可見：

> 我們不想在「想當年」的癱瘓心理下過日子。我們得承認落後，在新文學的界道上，我們雖不至一片空白，但至少是荒涼的。祖宗豐厚的遺產如不能善用即成進步的阻碍。……
>
> 我們感於舊有的藝術形式和風格不足以表現我們作為現代人的藝術情感。所以，我們決定試驗，摸索和創造新的藝術形式和風格。
>
> 我們尊重傳統，但我們不必模倣傳統或激烈的廢除傳統。不過為了需要，我們可能做

一些「破壞的建設工作」（Constructive Distruction）……[2]

這些字裡行間，躍動的正是對既有文學現況的不滿，以及對一己「創新」使命的自許。事實上，《現代文學》最大的貢獻，原就是培育了一批優異的現代主義小說家，以風格各異的書寫成果，為戰後臺灣文學厚植根基。只是，這批年輕的作者究竟如何「創新」？在去舊求新的過程中，他們經歷了怎樣的「試驗」與「摸索」？尤其是，現代主義原具有高度的叛逆性。為什麼發刊詞卻要說「我們尊重傳統，但我們不必模倣傳統或激烈的廢除傳統」？[3]此一主張，若置放於當時冷戰的時代語境之中，顯然更形複雜。[4]遊走於傳統與現代、西方與本土之間，他們將循由何種路徑去做出「破壞的建設工作」？我們是否能經由具體的文本

---

1 這是大多數臺灣文學史論述在總括一九六〇年代文學現象時的說法，但衡諸當時創作實況，原未必可一概而論。說參柯慶明：〈六十年代現代主義文學？〉，《中國文學的美感》（臺北：麥田出版，二〇〇〇），頁三八九－四六〇。

2 〈發刊詞〉，《現代文學》一期（一九六〇年三月），頁二。

3 夏志清先生在論及《現代文學》的努力與成就時，曾指出：「他們集體的努力即是在中華民國的土地上建立了一個真正與歐美先進國家看齊的現代文學傳統」；而「建立一個中國的現代文學傳統，並不暗示精神上一定要排斥中國舊文化、舊文學。《現文》創辦人自己對古舊中國的態度並不一致，白先勇氣質上比較保守，王文興則比陳若曦更富反抗精神。雖然如此，王文興對某些中國傳統文學作品，卻特別鍾愛。」參見夏志清：〈《現代文學》的努力和成就——兼敘我同雜誌的關係〉，收入白先勇編：《現文因緣》（臺北：聯經出版公司，二〇一六），頁六四－八三。

4 近十餘年來，學界有不少研究是將一九六〇年代臺灣的現代主義文學放置在「冷戰」與「美援文藝體制」的視閾中去探析它的生成發展，兼及所關涉的生產機制、美學品味等問題。詳後文。

論析，去探勘其間的轉折變化？在《現代文學》相關研究已汗牛充棟的今天，這些問題，過去研究者卻並未細論。因此，本章將以當年《現文》作者群對於西方現代主義小說的譯介取法與改寫為觀察起點，繼而由「故事新編」面向切入，藉由細讀若干代表性文本，探勘臺灣的「現代主義」小說家們，是如何挪用並轉化西方與中國傳統的文學資源，以成就具有本土性格的文學書寫；而不同的作者們，又是如何以「現代」的關懷回應「傳統」，各自形構出嶄新的藝術形式和風格。所據以討論的文本，主要聚焦於劉紹銘、奚淞、白先勇、李渝之作；其中李渝並非當年《現代文學》的主要作者，取之納入論析，正所以勘察《現文》譯介「現代主義」文學對於臺灣小說書寫的歷時性影響。

事實上，就既有之本事而予以新編改寫的做法，原是古已有之。五四以來，自從魯迅擷取古代神話傳說進行系列現代改寫，並以《故事新編》作為小說集名開始，此類書寫遂多被概括於其中，並儼然以一個次文類的形式，在當代文學中或隱或顯，綿延開展。[5] 本文取之以探勘「現代主義」小說的煉成，主要是基於它內蘊了「現代」作者對於「傳統」的反思與回應——一般而言，「故事」乃是涵括一切真實或虛構的事件敘述，然而在中文語脈中的「故」事，每每又凸顯了它在時間序列上的「過去」特質，故而很容易被歸屬為「傳統」的一部分；與之相對的「新編」，自然具有與傳統相對話，或是改變、裂解、轉化傳統的意蘊。再者，「現代」的意識原就是源於對「時間」之斷裂感受的敏銳體認，如何安置傳統並做出回應，乃是勢所必然。取「故」事而予以「新」編，正是現代主義者最典型的「破壞的建設工作」。

體現於小說書寫方面，過去的小說原以「寫實」為大宗，論者對於「故事新編」的關注層面，多著眼於情節本事之改寫。然而，「現代主義」的文學特色，一則是不再相信世俗的線性時間觀，轉而在體會到時間之破碎、斷裂的同時，頻頻進行各式翻轉時間的書寫試驗。再則，作者們多致力於小說語言、技巧的創新，以及對於人之存在困境的深度探索與思考。現代主義作家向來相信語言會構成意義，堅信只要找到精確的語言符號——如意象、象徵，便可使作品充滿意義。從作家立場看，現代主義傳統是一種自覺成分濃厚的傳統，不論詩人或小說家，都相信自己應該為現代生命找到精神上的出路，作家對於自身的角色有著高度的自覺與自我期許。這種自覺，反映於小說的敘述技巧與敘事觀點或視角的斟酌，奠定了現代主義在小說形式實驗方面最大的成就。[6]這些特點，自然將會是形構「新編」的重要關鍵。以至於，所謂的「故」事與「新」編，便不再僅止於本事情節人物層面的翻轉更新，而是擴大到敘事結構與框架共享後的重整與新變。其間，敘述視角和語言表述方面的推陳出新，尤其是重點所在。

然而，對於一九六〇年代多數的臺灣文藝青年而言，此一「現代」的文學關懷與技法，

5　詳見祝宇紅：《「故」事如何「新」編：論中國現代「重寫型」小說》（北京：北京大學出版社，二〇一〇）。

6　參見蔡源煌：〈從現代主義到後現代主義〉，《從浪漫主義到後現代主義》（臺北：雅典出版社，一九八七），頁七五－八五。

原非一蹴可幾，而必須先經歷一番技藝的摹習與磨礪。其中，對於卡夫卡與喬伊斯的小說的觀摹取法，尤其可作為探勘起點。

二、《現代文學》與西方現代主義小說的在地轉化：卡夫卡與喬伊斯小說的譯介、取法與新編

《現代文學》創辦之初的一大特色，即是「分期有系統地翻譯介紹西方近代文藝學派和潮流，批評和思想，並盡可能選擇其代表作品」，以借鑑「他山之石」。[7]因此從創刊號開始，逐期以「專輯」方式譯介了卡夫卡（Franz Kafka, 1883-1924）、湯瑪斯曼（Thomas Mann, 1875-1955）、詹姆斯．喬伊斯（James Joyce, 1882-1941）、勞倫斯（D. H. Lawrence, 1885-1930）、吳爾芙（Virginia Woolf, 1882-1941）、沙特（Jean-Paul Sartre, 1905-1980）、威廉．福克納（William Cuthbert Faulkner, 1897-1962）……等多位現代主義文學大師的作品及評介。對於當時荒涼的臺灣文壇而言，這些文學大家的譯介專輯不僅令人耳目一新，並且成為當時許多熱愛文藝的青年學子汲取新知、自我磨礪寫作技法的取法來源。[8]其中，卡夫卡與喬伊斯，無疑是最受這批青年作家群重視，同時影響也最為深遠的兩位。[9]

卡夫卡與喬伊斯分別是《現文》創刊號與第四期推介的作家。然而特別的是，這兩位不僅在創刊之初，即各有專輯刊登其譯作及評介，他們的重要作品與相關評論，隨後仍不斷由《現文》翻譯刊出。後來，編輯群甚至還將這些篇什編選成書，由晨鐘出版社正式出版。

如創刊號首先翻譯卡夫卡的〈判決〉、〈鄉村醫生〉與〈絕食的藝術家〉，其名作〈蛻變〉分上下篇，另刊登於一七、一八期；《審判》則是以連載方式，於三一至三五期刊出。四期雖然只先選譯喬伊斯《尤里西斯》中的〈出殯〉，以及《都柏林人》中的〈阿拉伯商展〉、〈公寓〉與〈微雲〉，然而《都柏林人》的其餘部分，也分別在二六、二七、二八期中全數翻譯刊出。到了三一期，更是集中發表包括李達三教授與當時的青年學者余玉照、周英雄、汪其楣、柯慶明等多人關於喬伊斯及卡夫卡各篇作品的論析。一九七〇年，《都柏林人及其研究》與《絕食的藝術家：卡夫卡及其小說研究》出版，正是這些譯文與評論文字結集後的成果。

在西洋文學在臺灣仍十分陌生的一九六〇年裡，《現文》大量譯介現代主義大師們的作品，並將卡夫卡與喬伊斯的經典名作及評論結集成書，實屬創舉。誠如白先勇所言：

> 因為我們本身學識有限，只能做譯介工作，但是這項粗淺的入門介紹，對於臺灣當時文壇，非常重要，有啟發作用。因為那時西洋文學在臺灣相當陌生，像卡夫卡、喬伊斯、湯瑪斯曼、福克納等這些西方文豪的譯作，都絕無僅有。喬伊斯的短篇小說經典之

7　〈發刊詞〉，《現代文學》一期（一九六〇年三月），頁二。

8　說參奚淞：〈與文學結緣〉、李昂：〈清夢〉、張錯：〈念舊〉等回憶文章，分見白先勇編：《現文因緣》（臺北：聯經出版公司，二〇一六），頁一二二－一二四、頁一三一－一三三、頁一九三－一九四。

9　參考湯舒雯：〈西方現代主義旅行／變形記——以《現代文學》中的卡夫卡、喬埃斯、海明威為考察對象〉（未刊稿）。

作《都柏林人》我們全本都譯了出來、後來風起雲湧，各出版社及報章雜誌都翻譯了這些巨匠的作品，但開始啟發讀者對西洋現代文學興趣的，《現文》實是創始者之一。[10]

尤其，將卡夫卡引介至臺灣，確乎是《現文》獨到的「發現」。[11]至於喬伊斯，當時雖有夏濟安、談德義、李達三、王文興等教師先後將它們納入為當時大學課程教材，[12]但也僅限於課堂的原文閱讀，未能普及於一般讀者。《現文》從單篇選譯，到將《都柏林人》全本譯出並正式出版，其貢獻及影響力自不待言。而若欲循此探勘他們對於當時文藝青年的影響，則不妨先以叢甦之作，作為觀察起點。

《現文》創刊之初，叢甦已自臺大外文系畢業，在美攻讀碩士學位。緣於外文系的學院背景，她對於卡夫卡與喬伊斯的閱讀與接受，實早於一般臺灣讀者。因此，創刊號推出「卡夫卡」專輯的同時，她同步發表小說〈盲獵——聽來的故事〉，隨後，又在八期發表〈攸里賽斯在新大陸〉。前者敘述獵人在無際的黑森林中盲目摸索，看不清去路，焦急惶惑，無能無助；後者採內心獨白方式，陳述了主人公在新大陸的一天生活。根據叢甦為兩篇小說所寫的〈後記〉與注解，它們的寫作，正是分別得自於卡夫卡與喬伊斯小說的啟發。如〈盲獵〉的〈後記〉一開始即提到：

讀完Kafka的一些故事之後，我很感到一陣子不平靜，一種我不知道是什麼的焦急和困惑，於是在夜晚，Kafka常走進我的夢裡，伴著我的焦急和困惑。於是，在今天晚上，以一個坐姿的時間，我匆匆地寫完了這個故事。[13]

〈攸里賽斯在新大陸〉則是從篇名到敘事方式，都明顯承襲喬伊斯的《尤里西斯》，它不僅首尾都以主人公——一位留美學生，在夢中見到該書中的人物「卡麗普叟」（Carlypso）作為呼應，通篇的內心獨白裡，更不時閃現「逃避」的意念。所以如此，亦以「注解」方式詳細說明。叢甦表示：在荷馬之原著中，被軟禁在卡麗普叟愛情中之攸里賽斯時刻不忘老家艾細卡（Ithaca）和妻子婢娜羅普（Penelope），但若以現代象徵主義眼光解釋之，則攸里賽斯在麗普叟洞穴中之暫時停留可視為其自多風之生命海上之「逃避衝動」（Escape Impulse）。而「本文取其象徵意義」。[14]

這兩篇小說，可視為《現文》作者們取法西方文學大師以磨礪自我書寫技藝的先發之

10　白先勇：〈現代文學的回顧與前瞻〉，《現文因緣》，頁一三六－五二。
11　參見李歐梵作，林秀玲譯：〈在臺灣發現卡夫卡〉，頁一七五－八六。
12　參見莊坤良：〈喬伊斯在臺灣．序言〉，《喬伊斯的都柏林：喬學研究在臺灣》（臺北：書林出版公司，二〇〇八），頁一－二〇。按：莊文僅提及夏濟安與當時任教於輔仁大學的談德義，但李達三於一九六、七〇年代在師大及耕莘文教院授課，王文興留美歸國後，在臺大同樣以喬伊斯小說作為課程教材，對青年學子深有影響。
13　叢甦：〈盲獵．後記〉，《現代文學》一期（一九六〇年三月），頁四七。
14　叢甦：〈攸里賽斯在新大陸〉，《現代文學》八期（一九六一年五月），頁八九－九〇。

作。〈盲獵〉遙契卡夫卡，「探索人類根本的存在問題」；[15]〈攸里賽斯在新大陸〉摹習喬伊斯《尤里西斯》的內心獨白文體，並將主人公置身於當代的「新大陸」，已是轉化挪用之後的「新編」。而隨著《現文》對於卡、喬二人小說的屢屢譯介，很快地，他們所關懷的主題與獨特的書寫風格，也就為不少青年作者汲取，成為一己創作的養分，並以不同方式，體現於各自的小說書寫之中。大體而言，《現文》作者取法自卡夫卡者，包括孤獨、無助、殘缺、罪惡等人類存在困境之思索，以及「變形」的象徵技巧；得益於喬伊斯者，則是內心獨白文體與「頓悟（Epiphany）」技巧的運用，以及由《都柏林人》所啟發的、以某一特定城市為中心的「人／城」書寫。

卡夫卡的小說「善於用想像方法把近乎神經質的心理狀態加以具體化」，具有高度象徵意義。[16]《現文》在譯介之初，白先勇還擔心臺灣讀者對他的接受度。然而事實證明，他所關注的人類生存困境與富於象徵性的表現手法，一刊出便深深吸引當時許多文藝青年，其中尤以〈鄉村醫生〉與〈蛻變〉兩篇影響最為深遠。〈鄉村醫生〉由歐陽子中譯，她在譯文之後附注說明：

> 事實上，我們應視全文為一象徵：作者透過故事情節發展，表達出了人類不可逃避的無助之立場。而這無助之感並非由任何特殊情境所引致，而是永遠存在的。……作者引用一聯串突發的、閃進的、有如夢魘的影像，蓄意表達。比如：在暴風雪中醫生找不到

> 馬去診病人……小女僕的命運不可挽回，醫生永遠回不了家……這一切都象徵著人類所處的地位：不安全，沒有保障。而孩子身上的傷口，正是人類軟弱無力的最有力之寫照。[17]

它不只讓卡夫卡走入叢甦的夢中，催生出〈盲獵〉，也讓奚淞沉醉其中，「彷彿和卡夫卡做著同樣的夢」。[18]〈蛻變〉譯文於一七、一八期刊載之後，《現文》更是出現多篇以人與蟲獸形象變換的小說創作，包括施叔青〈壁虎〉（二三期）、叢甦〈蝶的悲喜劇〉（三七期）、巫川〈蠅紙與蠅居〉（四一期）、馬健君〈捕鼠〉（四八期）、吳連英〈鼠叫〉（五〇期）等。這些文本大多具有將人「蟲獸化」的情節，並視其為一種墮落的、人性疏離的過程，先後在《現文》出現，或許正投射出當時青年作者們取法卡夫卡小說並予以挪用轉化的一個側面。

至於喬伊斯，他的內心獨白文體除了為〈攸里賽斯在新大陸〉取法之外，同樣也見於陳若曦〈巴里的旅程〉（二期）與葉維廉的〈攸里賽斯在臺北〉（五期），《尤里西斯》的影

---

15 參見歐陽子對於〈盲獵〉的簡評，收入歐陽子編：《現代文學小說選集．上冊》（臺北：爾雅出版社，一九七七），頁三九。
16 參見Philip Rahv作，高誠譯：〈論卡夫卡及其短篇小說〉，《現代文學》一期（一九六〇年三月），頁一〇－一六。
17 卡夫卡作，歐陽子譯：〈鄉村醫生〉，《現代文學》一期（一九六〇年三月），頁三五－三六。
18 奚淞：〈與文學結緣〉，收入白先勇編：《現文因緣》，頁一二三。

響力，由此可見。「在臺北」與「在新大陸」的空間挪移，當然也意味著西方經典的在地轉化。不過，《尤里西斯》的語言複雜艱澀，又屬長篇鉅製，在臺灣當時還沒有完整譯本的情況下，畢竟只有具外文系背景的作者有能力閱讀吸收，一般作者很難直接從中獲取寫作養分。反倒是由短篇結集而成的《都柏林人》，無論是構成小說重要元素的人物「頓悟」，抑是以某一特定城市作為小說人物活動的空間，再由系列短篇小說組構成一整部小說集的做法，都先後為《現文》作者們吸納，成為其小說寫作的有機成分。如李昂便曾坦言她早年發表於《現文》的《鹿城故事》系列，即有向《都柏林人》取經之意。[19]白先勇《臺北人》，以十四個短篇小說書寫一九四九年自大陸來臺的各色人物，從而共同投映出大時代的歷史滄桑，其主旨雖與《都柏林人》純粹寫都柏林城與人的「癱瘓」不盡相同，[20]然而以系列短篇小說共同組構成一整體的「城／人」書寫，做法上的形似，卻是不在話下。此外，《都柏林人》全書篇幅最長，也是最重要的一篇小說〈逝者〉，以一場盛大的宴會為中心，卻暗示活躍於宴會中的人雖生猶死，而已逝去的人與事，卻仍可以另一形式存活在人們心中，雖死而猶生。[21]這不只與〈遊園驚夢〉有聲氣相通之處，同時也成為貫串《臺北人》的重要母題之一。《臺北人》後出轉精，成為臺灣文學中的重量級經典，正是鎔鑄了得自於喬伊斯等大師們的現代技藝。

至於「頓悟」，原就是喬伊斯極為看重的寫作手法，《現文》作者得其沾溉尤多。喬曾將藝術家看成俗世的教士，「頓悟」正是來自宗教詞彙的文學名詞。它本是指嬰孩耶穌對三聖士的顯現，在喬氏筆下，則變成一種藝術上的啟示和領悟。對此，他在《史提芬．希羅》（*Stephen Hero*）中曾做出解釋：頓悟「是指心靈上突然的領悟，這種領悟或來自粗俗的談話或姿態，或來自內心一個難忘的片斷」；「這些頓悟應由文學家極為細心記錄下來，因為它們是極細緻和無常的片刻」。喬氏並且透露，他所記錄的是對話的片段或個人的經驗，都是曾使他的心靈有「突然的領悟」。在這種頓悟中顯露出來的通常是某種心靈上的缺陷。[22]

包括〈逝者〉在內，《都柏林人》有多篇小說都觸及到主人公的「頓悟」。其中尤以〈阿拉伯商展〉最為典型。小說敘述小男孩狂熱地愛上鄰居的姊姊，為了她無論如何要去參觀阿拉伯商展，幾經周折，終於在商展結束前趕到，然而最後結局卻是：

19 李昂在〈清夢〉一文中曾表示，《鹿城故事》「開始寫是一系列短短的小說，希望綜合起來有休伍德．安德森的《小城風光》的模樣，構成像《都柏林人》式的整體效果……」收入白先勇編：《現文因緣》，頁一三一－一三三。

20 「癱瘓」為《都柏林人》的重要主題，詳參鄭樹森：〈「都柏林人」析論〉，收入現代文學雜誌社編譯：《都柏林人及其研究》上冊（臺北：晨鐘出版社，一九七〇），頁一－二八。按：李奭學以為《臺北人》中的「臺北」，與喬伊斯筆下的都柏林同樣具有「癱瘓」的特質，其說固然有據，然而《臺北人》的重點其實在體現大時代中的家國滄桑，畢竟與《都柏林人》的主旨有別。參見李奭學：〈中國民族主義與臺灣現代性：從喬艾斯的《都柏林人》看白先勇的《臺北人》〉，《三看白先勇》（臺北：允晨文化公司，二〇〇八），頁一九－五九。

21 參見李達三的分析，李達三作，天青譯，〈逝者〉，收入現代文學雜誌社編譯：《都柏林人及其研究》下冊（臺北：晨鐘出版社，一九七〇），頁二三九－六一。

22 有關喬氏的「頓悟」說，參考鄭樹森：〈「都柏林人」析論〉。

抬頭凝視著那一片黑暗，我發覺自己不過是一個被虛榮所驅使與嘲弄的動物；我的雙眼便焚燒著痛苦和憤怒。[23]

經由喬伊斯演示，此類敘事手法，隨後很快便在《現文》小說創作中出現。如歐陽子的〈木美人〉，女主角發現自己從不輕易表露的感情，竟成為別人設計的賭局，當下反應：「我這就明白了，一切都明白了。」[24]林東華〈死巷〉敘述少年主人公率性地對一位殘廢乞丐給予施捨，不料這位「不出賣自尊心的殘而不廢的耍把戲」的乞丐，卻報以嚎叫衝撞，憤怒回應。於是，「胡明一剎間好像懂了什麼，抓到什麼，那一直為他所追求尋覓的某種東西在他心底靈明地一閃，有了一種覺悟，一種充實感……」。[25]

而王文興早年名作〈欠缺〉，更像是以〈阿拉伯商展〉為對話對象，進行在地新編：同樣是入住安靜的小巷，場景由都柏林轉入臺北同安街；同樣是小男孩愛戀上隔鄰的年長女子，女子身分則從清純的鄰居姊姊轉為開裁縫店的世故婦人。雖然剝除異國情調的「商展」與宗教元素，轉而著力於小男孩在時間歷程中的成長點滴；最後的結尾仍然同樣是戀情幻滅，主人公「頓悟」。它的敘述，也容易讓人與〈阿拉伯商展〉的結尾產生聯想：

啊，少年，也許那時我悲傷的不純是一個女人的失望我，而是因為感悲於發現生命中有一種甚麼存在欺騙了我，而且長久的欺騙我，發現的悲傷和忿怒使我不能自己。

自那一天以後，彷彿我多懂了一些甚麼，我新曉得了生活中攙雜有「欠缺」這回事，同時曉得以後還需面對更多「欠缺」的來臨。[26]

在臺灣文壇一片荒蕪的一九六〇年代，《現代文學》大量翻譯、引介西方現代主義文學大師的經典名作，對於有志於文學創作的青年學子而言，不啻為觸發靈感、摹習寫作技法的源頭活水。無論是標的鮮明，讓讀者一看即知所取法的〈攸里賽斯在臺北〉、〈攸里賽斯在新大陸〉；抑或是〈欠缺〉的遺形取神，奪胎換骨，都可看出西方現代主義，是如何滋養了當時臺灣新一代的文藝青年，而這些青年作者，又是如何在取法大師之文學技藝的同時，與他們展開對話；進而將對話的對象，擴及到中國古典小說與五四新文學。

三、「破壞的建設工作」：《現代文學》與中國古典小說的新編

《現文》發刊詞曾開宗明義表示：要尊重傳統，但「不必模倣傳統或激烈的廢除傳統」，因此他們要做的，乃是「破壞的建設工作」。古典小說是中國傳統敘事文學的重要資產，

23 喬伊斯作，夏里譯：〈阿拉伯商展〉，《現代文學》四期（一九六〇年九月），頁三三－三七。
24 歐陽子：〈木美人〉，《現代文學》一〇期（一九六一年九月），頁四三－四五。
25 林東華：〈死巷〉，《現代文學》二一期（一九六四年六月），頁四三－四五。
26 王文興：〈欠缺〉，《現代文學》一九期（一九六四年一月），頁二〇－三〇。

「現代」的小說家們，要如何對它們進行破壞？如何建設？劉紹銘〈烈女〉與奚淞〈封神榜裡的哪吒〉，應是最具代表性的兩個文本。

劉紹銘是白先勇等人的學長，也是《現文》發刊詞的作者，臺大外文系畢業後隨即赴美留學。〈烈女〉原以英文寫就，後由白先勇中譯，刊登於《現文》三四期。該小說取材自明代白話小說《醒世恆言》中的〈陳多壽生死夫妻〉，該小說敘述一對男女多壽與多福自小便被父母訂下親事，然而多壽十五歲時不幸染上惡疾，全身「肉色焦枯，皮毛皴裂；渾身毒氣，發成斑駁奇瘡；遍體蟲鑽，苦殺晨昏作癢」；三年不見好轉，遂請求退婚。不料多福堅持成親，婚後任勞任怨，照顧丈夫尤其盡心。多壽不忍拖累妻子，試圖以砒霜和酒自殺以求解脫；多福卻將餘酒飲下，欲與之同生共死。還好家人及時發現，將兩人救活。神奇的是，多壽的惡疾，竟在砒霜「以毒攻毒」之下，完全痊癒。兩人自此夫妻恩愛，兒女雙全，故事圓滿收場。

中國古典戲曲小說向來偏好以「大團圓」為結局，〈陳多壽〉一文峰迴路轉，最後皆大歡喜，亦是此一傳統的體現。然而對於劉紹銘而言，這卻正是他意圖破壞並再予以重建的對象。〈烈女〉一開始，他便以「前言」自報家門，說明該小說的寫作，乃是因為看了夏志清先生一九六二年發表於*Kenyon Review*的一篇論文：“To What Fyn Lyve I Thus”? Society and Self in the Chinese Short Story（〈中國舊白話短篇小說裡的社會自我〉），有感而寫：

故事骨幹、人物、時間，甚至男女主角的兩首贈詩，也全依據《醒世恆言》中第九卷的〈陳壽生死夫婦〉而寫，是屬於「故事新編」的一種手法。[27]

不同的是，劉強調：儘管女主角多福的造型，與天主教《聖徒傳》所載的聖徒烈女（尤以犧牲一己的終身幸福而獻身為痲瘋病人工作者最為顯著）有許多不謀而合之處，但是，

多福這類「烈女子」（其中當然包括節婦），不管她們的行為在中國傳統道德觀念中的地位如何，在我看來，全是「可怕」的女子。

因此我這篇〈烈女〉是一個可怕的女人的故事。[28]

為什麼多福這類「烈女子」是「可怕」的女人？劉沒有明言。但從小說看來，劉對此一故事的「新編」，主要就是大幅度地翻轉了女主角多福的性情作為，並因此開展出與舊作迥異的結局。不同於原作中那位執意從一而終，寧願全心事奉病夫而無意於夫妻之實的妻子，

27　劉紹銘作，白先勇譯：〈烈女〉，《現代文學》三四期（一九六八年五月），頁一七二－八九。按：《醒世恆言》所收入之小說篇名實應為〈陳多壽生死夫妻〉。

28　同前注。

劉筆下的多福，卻是在堅守婚約，盡心照顧丈夫的同時，仍具有正常女性的心理轉折與愛欲需求。好比說，她雖然意欲與丈夫共同面對病痛，擔負苦難，在新婚之夜乍見丈夫全身皮膚潰爛，還是不免心生怨悔。丈夫染病，不願與她行周公之禮，多福卻是春心蕩漾，對丈夫百般挑逗，以圖遂行夫婦之道。不過出人意料的是，多福對於丈夫的種種愛欲行為，反而造成多壽莫大的煎熬與痛苦。以至於，最後的結局不再是夫妻共飲砒霜藥酒，死而復生，皆大歡喜，反是多壽受不了妻子的挑逗誘惑，

> 一陣狂亂之中，多壽掙下了床，抓起一條毯子，把他妻子裹成一團，全身壓在她身上，不讓她掙扎出來，當裡面沒了聲息，他才透了一口氣，正常的呼吸起來。[29]

如此結局，對舊作而言，自然是莫大的「破壞」，以現今眼光視之，卻不啻為另一種「建設」。歐陽子在評論〈烈女〉時，就指出：

> 由於作者存心大大扭曲明代舊作的原意，這篇〈烈女〉的敘述語調是誇張的，詼諧的，近乎滑稽。全文也就有了一種「小題大作」的絕妙特點。小說中關於「性」的描寫，更使故事變得「現代化」。[30]

誠然，關於「性」的描寫，乃是使該小說具有「現代」感的重要因素。但整體而言，將「人」從服膺於傳統禮教的刻板形象中解放出來，重新正視其內在心靈與欲望的掙扎變化，或許才是〈烈女〉最值得注意之處。無論是多福的怨悔抑是愛欲需求、也無論是多壽對於妻子之情欲求索的掙扎趨避，抑是最後的暴力行為，都是人情人性的自然體現。〈烈女〉出之以誇張詼諧的敘述語調，造成近乎「哈哈鏡」的效果——它似寫實而又非寫實，藉由「誇張」，凸顯傳統文化的虛矯，進而在森嚴的政治文化氛圍中衝決羅網，從破壞中走向建設。

而同樣著墨於探觸人之內在的心靈與欲望，奚淞〈封神榜裡的哪吒〉所展現的，則是更富於「現代主義」文學特質的「故事新編」。奚淞早年深受卡夫卡啟發，他曾坦言，當年的自己手捧《現代文學》，「反覆渴讀片斷譯文，期望從形式、技巧和內文中鑽研出文學的深意」，

> 先勇擔心卡夫卡的作品古怪，不為人所接受。而我，正沉醉在〈鄉村醫生〉中，彷彿和卡夫卡做著同樣的夢。……卡夫卡為我打開了文學的夢之窗，他悲傷又溫柔的眼神，

29　同前注。

30　參見歐陽子對於〈烈女〉的簡評，收入歐陽子編：《現代文學小說選集．下冊》（臺北：爾雅出版社，一九七七），頁三二五。

至今猶深銘我心。沒有這些古怪的滋養，以及種種際遇，少年的我，是不會寫下〈封神榜裡的哪吒〉的吧？[31]

卡夫卡小說對於奚淞的啟迪，當然不會只有〈鄉村醫生〉。〈判決〉與〈蛻變〉裡的父子衝突與作為子輩的痛苦壓抑，無疑與「哪吒」故事更為聲氣相通。也因此，相對於〈烈女〉的誇張詼諧，〈封〉文最引人矚目之處，即是以詩化的語言，精心斟酌的敘述技巧與敘事觀點，突顯個人主體對生命、存在、命運與同性情慾的扣問，以及在傳統父權文化的壓抑之下，如何為現代生命找尋出路。它雖保留了《封神榜》之哪吒故事的梗概，然而無論是敘述技巧、人物設計抑是關懷重點，都超越了原先故事的框架，進而孕生豐富的象徵意義。

首先，在敘述技巧與敘事觀點方面，明顯可見的是，該小說乃是由大量的人物言語傾訴所構成——那是來自於哪吒，與作者新創的哪吒書僮「四娖」對師傅太乙真人的吐露心聲；以詩化的語言，娓娓揭露哪吒的內心世界與事件發展經過。較諸一般注重交代情節本事的全知觀點敘事，此一近似於獨白的傾訴，毋寧是極度強化了言說主體的抒情敘事功能，使其成為主導敘事過程的主要聲音。而由哪吒獨白所披露出的，正是其內心深處對於自由的渴盼，對命運、存在、以及愛與美，美與死亡等命題的困惑與思辨：

師傅，我終於得到自由了，自由到想哭泣的地步。……

師傅，我的出生是一種找尋不出原因來的錯誤。從解事開始，我就從母親過度的愛和父親過度的期待裡體會出來了。他們似乎不能正視我的存在，竭力以他們的想法塑造我，走上他們認許的正軌。

我終於用血償還了我短短人間一切所有虧欠的。我得到最終的自由，我可以俯臨人世。沒有時間、空間的世界於是變成平面的圖畫，無一處不和諧。我應該快樂，可是師傅，就如你聽見的，我還是在哭，忍不住的眼淚使我還想加入到世間的不完美裡去……[32]

其次，小說主要人物簡化為傾訴者哪吒與四氓，以及作為聆聽者與救贖者的太乙真人。由作者重新創造出的書僮四氓，實為小說的另一突破。如果說，四氓是哪吒「內心殘缺的形象化」，與哪吒本人恰為一體之兩面；[33]那麼，他的傾訴，便是在補充交代哪吒殺死龍王之子與析骨肉於父母之過程時，幽微地體現了隱藏於小說中的自戀／同性戀情結。[34]它流露於四氓對哪吒外形的極度迷戀，也顯現於四氓以自己的身體代哪吒受過之後的自豪：

31　奚淞：〈與文學結緣〉，收入白先勇編：《現文因緣》，頁一二二—一二四。

32　奚淞：〈封神榜裡的哪吒〉，《現代文學》四四期（一九七一年九月），頁二二四—二三六。

33　參見歐陽子對〈封神榜裡的哪吒〉的簡評，收入歐陽子編：《現代文學小說選集・下冊》，頁四四一。

三公子是神靈遣到世間來的，他是那麼完美，……少爺還不滿七歲的時候，第一次我看見他帶著象牙的小弓，在院子裏模仿老爺開弓射箭的姿態，我就著了迷，那完全不是一個七歲的孩子，在他身上看不出年齡，雪白的皮膚，墨也似的髮眉，已經十分結實的肌肉，還有他那雙閃著冷靜和幽微光芒微微吊梢的雙眼……

因為我抱過了公子的身體，為他受了過，我希望臉上紅腫的指痕永不消退，我要高高地昂起頭給每一個人看，這是證據，證明我和少爺有關聯的證據……

因此，無論是哪吒抑是四氓；是欲求自由、依違於出世與入世之間，抑是對於愛與死、自戀與同性情戀之間的困惑猶疑，奚淞小說的關懷重點，已經與先前的「故」事大相逕庭。不僅原本僅作為哪吒重生賦形所用的蓮花，在結尾處被抒情化的文字形塑為「永生」的象徵，全篇的哪吒敘事，更以此被賦予救贖與昇華的意義：

不知過了多少時辰，天候漸漸晚涼起來，微風吹動著太乙的眼睛和鼻樑，守候著，守候著，站在等候魂魄來臨的蓮花圖形前面，倦鳥回巢了，空氣那麼靜寂。漸漸地，太乙的左眼亮起了一朵端麗的蓮花，右眼也亮起一朵，可是在心中，不偏不倚地它們合併成一朵，在永生的池邊。[35]

這些改寫，固然是現代主義的藝術追求，更不妨視為哪吒之「叛逆」精神的美學體現。回到當時臺灣的政治文化語境，冰封的氛圍，森嚴的律法體制，在在對知識青年造成無形的精神壓迫。小說中，哪吒對於「自由」的欲求，何嘗不是隱喻著現實社會中意欲掙脫精神禁錮的企盼？其於同性情愛的著墨，更是以絕嗣無後的禁忌想像，嚴重挑釁了特重血緣傳承的傳統家國倫理。只是，儘管有心逸出既定規範，卻也未必得以恣意遠颺。這就有如小說題名為「封神榜『裡』的哪吒」，意味著哪吒即或意圖力求新變，出走「榜外」，仍不免要被定位於「榜裡」——無論是外力使然，抑是不由自主的自我設限。榜裡榜外的進退躊躇，投射出的，無非是當代臺灣青年於體制內外的依違徘徊，取捨掙扎。白先勇在回顧並反思《現代文學》創刊緣起時，特別將它與時代環境相連結，指出西方現代主義的興起，「是對西方十九世紀的工業文明以及興起的中產階級庸俗價值觀的一個大反動，因此其叛逆性特強」；而自己那一代成長於臺灣的青年們，跟那個早已消失只存在記憶與傳說中的舊世界已經無法

34　據歐陽子解析：四氐這一角色有二作用，其一是補充敘述故事，供給著一個對哪吒的客觀之觀察角度。其二是反映哪吒的心理狀態；四氐其實就是哪吒自己，四氐對他的崇拜愛慕，也就是他的自戀。《現代文學小說選集．下冊》，頁四四一。而佛洛依德以為，自戀情結往往與同性愛戀互為表裡；自戀者的愛慾對象可大別為四類：1.目前的自己；2.過去的自己；3.願欲中的自己；4.曾經是自己一部分的另一個人。見約翰．李克曼編，歐申談譯：《佛洛依德論文精選》（臺南：開山書店，一九七一），頁一〇一。

35　奚淞：〈封神榜裡的哪吒〉，《現代文學》四四期（一九七一年九月），頁二二四－二三六。

認同，「我們一方面在父兄的庇蔭下得以成長，一方面又必得掙脫父兄扣在我們身上的那一套舊世界帶過來的價值觀，以求人格與思想的獨立」。因此，「掙扎著建立一個政治與文化的新認同」，遂成為當時青年們的普遍欲求。只是，政治力強行干預之下，欲求新認同，卻是談何容易？這也難怪白先勇要說：

> 西方現代主義作品中叛逆的聲音、哀傷的調子，是十分能打動我們那一群成長於戰後而正在求新望變徬徨摸索的青年學生的。[36]

迴盪於〈封神榜裡的哪吒〉之中的，正是那「叛逆的聲音、哀傷的調子」；它在傳統父權文化壓抑下求新望變，終究還是要走出自己的道路。以下，即以白先勇小說的「故事新編」為具體個案，進一步論析。

四、白先勇的現代美學實踐與故事新編：從〈芝加哥之死〉到〈遊園驚夢〉

白先勇是《現代文學》最重要的靈魂人物，小說集《臺北人》早已被公認為現代主義小說的經典。綜觀他的寫作歷程，儘管早年的小說即已觸及現代主義文學的諸多重要主題，且展現過人之處，〈芝加哥之死〉卻是一個重要的轉捩點，標識出的，乃是他揮別少作，轉向書寫家國關懷與生命憂思的起點。[37]〈遊園驚夢〉則是《臺北人》最重要的名篇，也是現代主義美學實踐的經典之作。無獨有偶，兩者皆具有「故事新編」的敘事特質，並藉此分別與五四新文學，以及中國傳統文學展開對話。

〈芝加哥之死〉是白先勇負笈美國之後的第一篇小說，一九六四年一月刊登於《現代文學》一九期。在此之前，他有整整兩年沒有發表任何一篇文章。夏志清曾指出，白未出國前的早期寫作主要分為兩個系列，其一是或多或少憑藉自己切身經驗改頭換面寫成的小說，第二類是具有「幻想」成分的小說，「人物有其社會的真實性，但他們的舉止、脾氣都有些彆扭乖張」，所創造的是「憑自己主觀想像所認為更具真實性的成人世界」。直到〈芝加哥之死〉，才在文體上表現出「兩年中潛心修讀西洋小說後驚人的進步」。[38]

〈芝加哥之死〉寫的是一位留學生吳漢魂，赴美後隻身蝸居於地下斗室中苦讀學位，即

---

36 白先勇：〈《現代文學》創立的時代背景及其精神風貌〉，頁三三。

37 這一點，白先勇曾在〈驀然回首〉一文中有相當清楚的說明。他表示：赴美之後，「環境大變，方寸大亂，無從下筆」。直到年底耶誕節隻身赴芝加哥，在密歇根湖畔看萬家燈火，殘年急景，心中頓有所悟：「我立在堤岸上，心裡突然起了一陣奇異的感動，那種感覺，似悲似喜，是一種天地悠悠之念，頃刻間，混沌的心景，竟澄明清澈起來，驀然回首，二十五歲的自己，變成了一團模糊逐漸消隱。我感到脫胎換骨，驟然間，心裡增添了許多歲月。……回到愛荷華，我又開始寫作了，第一篇就是〈芝加哥之死〉。」正是點出此篇作為其個人創作過程中的「轉捩點」意義。見白先勇：〈驀然回首〉，《驀然回首》（臺北：爾雅出版社，一九七八），頁六五－七八。

38 前者包括〈金大奶奶〉、〈玉卿嫂〉、〈寂寞的十七歲〉等；後者如〈悶雷〉、〈黑虹〉、〈小陽春〉等，皆屬此。見夏志清：〈白先勇早期的短篇小說〉，收入白先勇：《白先勇作品集Ｉ：寂寞的十七歲》（臺北：天下遠見，二〇〇八），頁五四－七九。

或母親病危，也不曾回臺探視。拿到學位之後，卻在畢業當天頓失生活重心。他走進酒吧買醉，與吧女春風一度，內心益發焦躁難安，最後躑躅於密歇根湖堤岸，惝恍之間，竟幻想為自己未完成的自傳寫下如此結尾：

一九六〇年六月二日凌晨死於芝加哥，密歇根湖。[39]

乍讀之下，這篇「留學生小說」似乎與五四作家郁達夫的〈沉淪〉分享著同樣的故事框架：男性主人公負笈海外，孤獨苦悶，最後皆不免要在與異國歡場女性發生性關係之後，深感屈辱焦慮，甚至萌生自毀之念。[40]而無論是〈沉淪〉結尾主人公的吶喊：「祖國呀祖國！我的死是你害我的！」抑是吳漢魂幻想為自己寫下「死於芝加哥，密歇根湖」的自傳，都以主人公自身的命運，投射家國的命運。[41]

不過，回到「故事新編」的層面，〈芝加哥之死〉卻正是以現代主義文學的理念、美學實踐與家國憂思，置換了〈沉淪〉中的浪漫主義與感傷情調，使得相似的「故」事，體現出不同的時代「新」義。且不說，〈芝加哥之死〉主人公所身處之處，乃是全球性的大都會芝加哥，而「城市」原就與現代主義文學表裡相依。但看兩篇小說的開篇文字，就已各自為此後小說的風格走向，埋下不同的伏筆。這兩者都是從描述主人公自身境況開始，不同的是，〈沉淪〉著眼於個人心境，以「他近來覺得孤冷得可憐」、「他的早熟的性情，竟把他擠到與世人絕不相容的境地去，世人與他的中間介在的那一道屏障，愈築愈高了」等敘述，凸顯其人的孤冷落寞。〈芝加哥之死〉則是引述主人公的自傳：

「吳漢魂，中國人，三十二歲，文學博士，一九六〇年六月一日芝加哥大學畢業」——

經由「中國人」、「吳（吾／無？）漢魂」，清楚地宣示著個人的國族身分。再者，二者的活動場域與生活日常，也各自標識出「浪漫主義」與「現代主義」不同的文學特色：〈沉淪〉中的「他」喜愛在大自然中徜徉，朗誦愛默生《自然論》（Emerson's On Nature）、梭羅《逍遙遊》（Thoreau's Ex-cursion）、華滋華士〈孤寂的高原刈稻者〉（William Wordsworth's

39 白先勇：〈芝加哥之死〉，《白先勇作品集Ⅰ：寂寞的十七歲》（臺北：天下遠見，二〇〇八），頁三四八－六七。以下引文皆同此。

40 此一焦慮，皆源自於（男性）國族意識的屈辱感。〈沉淪〉主人公在日本酒店侍女面前承認自己「我是支那人」，並頓時感到「日本人輕視中國人，同我們輕視豬狗一樣。」〈芝加哥之死〉的美國吧女蘿娜也在吳漢魂說出「我是中國人」之後，對其嘲弄調侃，吳則不得不任其擺布。

41 郁達夫曾在〈懺餘獨白〉一文中提到：「我的抒情時代是在那荒淫慘酷軍閥專權的島國裡過的。眼看到故國的陸沉，身受到異鄉的屈辱，與夫所感所思，所經歷的一切，剔括起來沒有一點不是失望，沒有一處不是憂傷，同初喪了夫主的少婦一樣，毫無氣力，毫無勇毅，哀哀切切，悲鳴出來。就是那一卷很惹起了許多非難的〈沉淪〉。」（原載《北斗》一卷四期〔一九三二年十二月二十日〕）。指出〈沉淪〉的寫作，實與去國之後的故國感懷有關，寄託了家國的憂思。

"The Solitary Highlandreaper"）等自然書寫之作，體現濃厚的浪漫主義文學情調。〈芝〉文中的吳漢魂，卻是鎮日蝸居於地下室，埋首苦讀，「與他那四個書架上那些腐屍幽靈為伍」。偶然出門，便迷失在芝加哥燈紅酒綠的街頭，「蹣跚顛簸，跟不上它的節拍」。接獲母親仙逝訊息之後，他打開攤在書桌上的《艾略特全集》，「低頭默誦」的〈荒原〉，正是現代主義文學的經典。

白先勇曾坦承：年輕時，他很喜歡郁達夫，尤其欣賞郁的憂鬱、感傷氣質與詩化文字，但卻並不喜歡〈沉淪〉。[42]〈芝加哥之死〉之於〈沉淪〉，雖屬同一故事框架，卻是以「新編」的姿態，翻轉出不同的文學風格與時代意義。[43]它是臺灣現代主義文學世代與五四文學前輩的對話，也是將現代主義文學與五四以來「感時憂國」之關懷予以匯融的起始點。循此，也才有了後續的《臺北人》系列，其中的〈遊園驚夢〉，尤其是經典之作。

《臺北人》與〈遊園驚夢〉向來是白先勇研究與臺灣現代主義文學研究的熱點，相關成果不勝枚舉。無論是歐陽子以「新批評」閱讀方法對於《臺北人》的逐篇解析，抑是李奭學從「括號的詩學」觀點，論析吳爾芙《戴洛維夫人》之於〈遊園驚夢〉的啟發，[44]都各顯精采。然而以白先勇對於崑曲——特別是《牡丹亭》的一往情深，[45]從「故事新編」角度切入，去探勘〈遊園驚夢〉中的現代主義美學實踐，或許更能深入肯綮。

整體而言，〈遊園驚夢〉藉由女性情愛的追求與失落，寄寓動盪時代的家國滄桑，以及時空流變中，美好昔日的去而不返，寓意深遠，技巧繁複，舉凡場景描寫，各色人物刻畫，以及行文遣詞中，各類比喻、預示、雙關、象徵用法無所不在，在在令人嘆服。被公認為傑作，自非偶然。[46]其小說美學之犖犖大者，可概括為三：一是追步《牡丹亭》，以「情」為核心，以「遊園」之後繼以「驚夢」為敘事結構；二是戲文唱詞與小說敘事交融並進；三是文中回憶部分運用「意識流」手法進行。三者之中，「結構」部分可視為對於《牡丹亭‧驚夢》的挪用與新編；將戲文匯融於敘事，係承襲自《紅樓夢》的「以戲點題」；[47]「意識流」

42 參見劉俊：〈文學創作——個人‧家庭‧歷史‧傳統——訪白先勇〉，收入柯慶明等著：《白先勇研究精選》（臺北：天下遠見，二〇〇八），頁三九八－四三一。

43 白先勇的文學閱讀廣博，小說書寫取徑於「現代主義文學」的同時，亦多有擷取其他中西文學經典之處。〈芝加哥之死〉主人翁蝸居於地下室，或許也不乏杜斯妥也夫斯基《地下室手記》的餘影。

44 分見歐陽子：〈《遊園驚夢》的寫作技巧和引申含義〉，收入歐陽子：《王謝堂前的燕子：《臺北人》的研析與索隱》（臺北：天下遠見，二〇〇八），頁二三二－七六；李奭學：〈括號的詩學：從吳爾芙的《戴洛維夫人》看白先勇的《遊園驚夢》〉，《三看白先勇》（臺北：允晨文化公司，二〇〇八），頁九七－一四五。

45 白先勇兒時在上海曾隨母親赴劇院觀賞梅蘭芳於抗戰勝利後的第一場演出，劇碼即是〈遊園驚夢〉，深受吸引。當時他雖然不懂崑曲，但是他說：「〈遊園〉裡面的【皂羅袍】舞臺形象，給我的印象很深，那個音樂，那段唱詞『姹紫嫣紅開遍』，……小孩子聽了居然一直記得那段東西。」參見〈姹紫嫣紅，青春再現——白先勇青島海洋大學演講〉，收入白先勇：《白先勇作品集IX：牡丹亭》（臺北：天下遠見，二〇〇八），頁四二八－五五。

46 這方面歐陽子已有詳盡論述，參見〈《遊園驚夢》的寫作技巧和引申含義〉，茲不贅。

47 白先勇向來推崇《紅樓夢》，他以為，曹雪芹利用戲曲穿插，來推展小說情節，加強小說主題命意，是《紅樓夢》重要的敘事技巧之一。戲曲與小說正文融為一體，以之烘托小說的抒情情調，同時也暗示主要人物的命運，這種以戲點題的手法，是「《紅樓夢》小說技巧裡一項至高的藝術成就」。參見白先勇：〈《紅樓夢》對《遊園驚夢》的影響〉，收入白先勇：《白先勇作品集VII：遊園驚夢》（臺北：天下遠見，二〇〇八），頁三三〇－三四。

書寫，則是借鑑自現代主義文學的關鍵技巧。〈遊園驚夢〉兼括三者，將傳統戲曲小說書寫的精華質素以「現代」形式予以有機滙融，應是其所以成為臺灣現代主義小說經典的主要原因。

小說〈遊園驚夢〉淵源自戲曲《牡丹亭》，早已無庸贅言。白先勇曾明言：《牡丹亭》這齣戲在〈遊園驚夢〉中占有決定性的重要位置，

> 無論小說主題、情節、人物、氣氛都與《牡丹亭》相輔相成。甚至小說的節奏，作者也試圖比照《遊園驚夢》崑曲的旋律。[48]

這段話同時提醒我們：「新編」，並不限於一般人所認知的，僅著眼於主題情節與人物的改編創新，而是兼括氣氛與節奏的追摹轉化。特別是，戲曲原本為舞臺搬演而作，著重耳目視聽效果。小說將其改為純文字形式的同時，還要兼及音樂節奏與旋律，實為高難度的挑戰。但也正是在這一層面，益發凸顯出〈遊園驚夢〉之於現代主義美學實踐上的重大意義。

崑曲《牡丹亭》之〈驚夢〉一折，原本先後分為「遊園」與「驚夢」兩部分；對應於小說敘事，女主角錢夫人受邀至當年姊妹淘竇夫人的臺北家中作客，從她進入竇公館的那一刻起，就不啻揭開「遊園」的序幕。錢夫人原為昔日秦淮河畔的伶人藍田玉，後來嫁給喜愛聽她唱崑曲的錢老將軍，名為夫妻，實同父女，她竟因此與將軍副官鄭彥青發生不倫情事。竇

府晚宴賓主同歡，席間更以演唱她的拿手好戲〈驚夢〉作為重頭戲。但也就在恍如昨日的鑼鼓笙簫與崑曲唱腔聲中，微醺的錢夫人陷入回憶，「入夢」旋而「驚夢」；她當年與鄭彥青的情欲越軌，一晌貪歡，則是構成夢境的主要關目。

其間，由賓客徐夫人唱出〈驚夢〉曲文【皂羅袍】：「原來姹紫嫣紅開遍，似這般都付與斷井頹垣；良辰美景奈何天，便賞心樂事誰家院」，既成為啟動錢夫人回憶的引線，讓她回到昔日南京自宅所進行的一場類似宴會，也喻示著錢夫人的命運遭逢。戲中杜麗娘感嘆青春易逝，良人無覓的【山坡羊】：「沒亂裡春情難遣，驀地裡懷人幽怨」，更是與錢夫人當年情愛無所依託的幽懷若相彷彿。[49]於是，就在這一剎那，投懷於鄭彥青，「只活過一次」的往日情事猝然湧現，疊映著崑曲中杜麗娘與柳夢梅即將進行的夢中交歡，錢夫人紛亂的心緒如同流水，漫漶滋衍，全文中最為關鍵的「意識流」書寫，遂於焉出現。

「意識流」是「現代主義文學」最具代表性的寫作技巧，它打破一般敘事慣用的時間序列，著重體現內心世界的紛亂流轉，往往在片刻之內，匯聚一生所經歷的重要事件或創傷，隨後並產生剎那間的頓悟。[50]白先勇回顧〈遊園驚夢〉的寫作過程，提到這是自己寫作以

---

48 參見白先勇：〈《紅樓夢》對《遊園驚夢》的影響〉，《白先勇作品集VII：遊園驚夢》，頁三三二。

49 這即是承襲自《紅樓夢》而來的，典型的「以戲點題」。又，以下〈遊園驚夢〉引文俱見《白先勇作品集II：臺北人》（臺北：天下遠見，二〇〇八），頁二二四－四五。

50 參見蔡源煌：〈意識流〉，《從浪漫主義到後現代主義》（臺北：雅典出版社，一九八七），頁四九－五二。

來，最為曲折辛苦的一篇小說，尤其是錢夫人回憶的這一部分，前後修改五次，最後決定以「意識流」方式處理，才順利完成。原因是，回憶牽涉到心理的活動，「用意識流手法寫，跟音樂的旋律比較合適一點」。[51]

這段文字主要是以錢夫人過去與鄭彥青歡愛的回憶，置換／回應杜麗娘與柳夢梅的夢中交歡。因此不少評論者，都會注意到其中極富情欲象徵意味的敘述，諸如：「夫人，我來扶你上馬」、「他的馬褲把兩條修長的腿子繃得滾圓，夾在馬肚子上，像一雙鉗子」、「那些樹幹子，又白淨，又細滑，一層層的樹枝都卸掉了，露出裏面赤裸裸的嫩肉來」等。這些文字精妙，固然不在話下，不過，本文要進一步指出的是：這段敘述所以成為全文的最高潮，原因絕不僅止於此。首先，它由極具匠心的場景跳接，集中體現了貫串於《臺北人》的三個核心主題：今與昔、靈與肉，生與死。[52]它以竇公館席間程參謀與竇夫人妹妹蔣碧月的並坐調笑，與錢公館宴會中鄭彥青與自己妹妹月月紅的眉目傳情前後疊映，是為「今昔之比」。糾結於與鄭彥青的情欲行為之中的，是靈與肉之間的複雜關係。而從鄭彥青充滿生之欲力的放馬奔馳，猝然跳接至病榻上錢將軍的氣息奄奄，油盡燈枯，恰恰形成「生」與「死」，以及「現代」與「傳統」的強烈對比：

> 兩匹馬都在流汗了。而他身上卻沾滿了觸鼻的馬汗。他的眉毛變得碧青，眼睛像兩團燒著了的黑火，汗珠子一行行從他額上流到他鮮紅的顴上來。太陽，我叫道。太陽照得

人的眼睛都睜不開了。……

老五，錢鵬志叫道，他的喉嚨已經咽住了，老五，他瘖啞的喊道，你要珍重吓。他的頭髮亂得像一叢枯白的茅草，他的眼睛坑出了兩隻黑窟窿，他從白床單下伸出他那雙瘦黑的手來，說道，珍重吓，老五。他抖索索的打開了那隻描金的百寶匣兒，這是祖母綠，他取出了第一層抽屜。這是貓兒眼。這是翡翠葉子。珍重吓，老五，他那烏青的嘴皮顫抖著，可憐你還這麼年輕。榮華富貴——只可惜你長錯了一根骨頭。

放馬與流汗，是具有高度象徵意義的現代小說書寫技法；錢將軍一句句「珍重吓，老五」、瞎子師娘嘆息「榮華富貴——只可惜你長錯了一根骨頭」，卻儼然是傳統說部的聲腔再現。因此，就整體表述形式而言，此一段落固然是典型的意識流技巧運用，「在片刻之內，匯聚一生所經歷的重要事件或創傷」。然而構成它的敘述文字，其實兼括了「現代感」

51 白先勇：〈為逝去的美造像——《遊園驚夢》的小說與演出〉，《白先勇作品集Ⅶ：遊園驚夢》（臺北：天下遠見，二〇〇八），頁三三五－五一。

52 歐陽子在〈白先勇的小說世界——《臺北人》之主題探討〉一文中，認為《臺北人》的主題命意有三，分別是「今昔之比」、「靈肉之爭」與「生死之謎」，此說廣被徵引。收入歐陽子：《王謝堂前的燕子：《臺北人》的研析與索隱》（臺北：天下遠見，二〇〇八），頁八－三三。但本文以為，「今昔」、「靈肉」、「生死」三者，確乎為貫串《臺北人》的重要主題，然而除「今昔」多有對比之意，靈與肉、生與死之間的關係，則未必適合以「爭」與「謎」來概括。

與「傳統性」，兩者相互對話，並且相輔相成。循此，亦可看出，作為銜接在「以戲點題」的曲文唱詞之後，同時也是被編織於「入夢」與「驚夢」結構之中的這段敘述，是如何發揮了重要的匯融與串結作用：它以「現代」的技法去包納、匯融傳統說部與西方現代小說不同的表述技巧；而此一現代主義文學特色明顯的段落，卻又是被包覆在深具古典氛圍與「故」事情境的中心，並且成為樞紐，既匯聚全文所有的重要寓意，也綰合前後文，將傳統「故」事與現代主義文學技巧融為一體，為〈遊園驚夢〉締造現代主義美學的新境界。

五、李渝的女性意識及其〈和平時光〉：超越冷戰視閾的現代主義文學

然則，回到一九六〇年代臺灣現代主義文學產生的背景，顯而易見的是，近年來學界對於港臺六〇年代文學的研究，多將「現代主義」的生成發展置放在「冷戰視閾」與「美援文藝體制」之下去討論，主要論點包括：冷戰與美援帶來的大量資金挹注與「美新處」等機構設置，為港臺輸入崇美心態，另配合各種翻譯與出版機制，形成軟性的文藝體制。影響所及，臺灣現代主義的美學典律亦因此成為當時學院與文壇眾所追求的美學品味。而《現代文學》求新望變卻也不廢傳統，亦與官方以標舉中華文化去進行「反共」的意圖相關。[53]

這些論述固然有其洞見，但卻很可能在過度重視外在機制運作的同時，忽略作者自身不同的個人因素，以及作為創作主體的能動性。且不說，王文興曾多次表明，自己對五四以來的白話文學深為不滿，因此特重小說語言的琢磨鍾鍊。白先勇直到負笈美國之後，才萌生

家國憂患之思，遂有從〈芝加哥之死〉到《臺北人》系列。[54]這顯示即或同屬「現代主義文學」，不同作者，仍有各自的關懷重點與實踐方式。更何況，就在美援告終，冷戰時期結束多年之後，同屬《現文》世代的李渝仍採「故事新編」形式，於新世紀之初完成小說集《賢明時代》，其於臺灣現代主義小說美學之煉成的意義，遂值得進一步探討。

李渝早在一九六〇年代就讀臺大外文系期間，就曾在《現代文學》發表文學作品；雖然為數不多，卻深受業師聶華苓激賞。畢業之後，與丈夫郭松棻共同赴美深造，攻讀美術史。其後，曾因投身保釣運動而中輟寫作；沉潛多年後，八〇年代才又重新回到文學，並以深具自覺的女性意識，致力於現代主義的文學追求。[55]走過保釣運動的風雲動盪，她的所見所思，每每是暴力之後的和平，是文學藝術中的超越與永恆。李渝曾表示，她所以堅信「現代

53 參見陳建忠：〈「美新處」（USIS）與臺灣文學史重寫〉，《國文學報》五二期（二〇一二年十二月），頁二一一－四二；張誦聖：〈臺灣冷戰年代的「非常態」文學生產〉，《現代主義．當代臺灣：文學典範的軌跡》（臺北：聯經出版公司，二〇一五），頁四〇一－二五。

54 白先勇曾表示：「到外面去以後，更覺得自己是中國人，對自己國家的命運更為關懷」。參見白先勇：〈為逝去的美造像——《遊園驚夢》的小說與演出〉。

55 一九八〇年代以降，李渝先後出版《溫州街的故事》、《應答的鄉岸》、《金絲猿的故事》、《夏日踟躕》、《賢明時代》、《九重葛與美少年》等小說集；藝術史論文著作與紅樓夢評論《拾花入夢記》，以及文集《那朵迷路的雲》。有關李渝的女性意識、現代主義美學理念及其實踐，詳見梅家玲：〈女性意識、現代主義與故事新編——李渝的小說美學觀及其《和平時光》〉，《「她」的故事：穿越古今的性別閱讀》（香港：三聯書店〔香港〕有限公司，二〇二〇），頁二〇五－二九。本文以下論述，即參考該文，擇要改寫而成。

主義」，是因為它能夠「從悲劇中找力量」；[56]而她的女性意識，則是強調女性所特具的「親身感受的、移情的、給予的、承受的」特質；能夠「從自己的經歷而知道同情和愛護」。[57]因此，收入於《賢明時代》中的各篇故事新編，皆可視為別有用心之作。其中，取材於先秦刺客復仇故事的〈和平時光〉，尤其特別值得注意。

〈和平時光〉凡三節：〈鑄劍〉、〈復仇〉、〈猗蘭操〉。前兩節題名，很容易令人聯想到魯迅《故事新編》中的〈鑄劍〉。該小說敘述鑄劍師干將為王鑄劍之後見戮，其子力圖報仇的經過。結尾處，鑊中三頭相咬的場面，慘烈詭異，特別撼人心目。所取材的相關本事，散見於《吳越春秋》、《列異傳》與《搜神記》等。[58]李渝曾多次提及年輕時深受魯迅影響，〈和平時光〉敘述劍匠之女為父復仇，「故事」與魯迅類同，以此向魯迅致意、與魯迅對話的意圖宛然可見。然而不同的是，李渝的小說本事，其實源自蔡邕《琴操》所記載的〈聶政刺韓王〉，卻又有所創變。[59]不同於古代的鑄劍復仇故事，她的「新編」係由兩段復仇故事構成：一是韓公子舞陽為刺殺季父，為父復仇，密令劍匠聶亮鑄劍；二是聶亮鑄劍完成後為舞陽所戮，致使其女聶政矢志為父復仇，苦練劍術琴藝，甚至為圖接近成為韓王的舞陽，不惜毀容毀音。出人意料的是，最後歷經萬難，入宮奏琴，卻與識曲擅琴的韓王成為知音，放棄行刺。爾後，韓王識才用能，寬和行政，「在華夏即將全面陷入暴亂的時期，締造了一段難得的和平時光」。[60]

顯然地，這是在故事情節方面的重大翻轉。原本，無論是先秦故事抑是魯迅的新編，重點全集中於男性主人公的「復仇」行動，並以復仇者與被復仇者同歸於盡，作為最終結局。李渝別出機杼，所著力的，既有現代主義文學所追求的語言美感經營，亦有復仇過程中，「琴」與「劍」，「暴力」與「藝術」的相互辯證，並以此讓原本故事中的血腥暴力，昇華為藝術與和平。其間，她將小說主人公聶政的性別由男性轉換為女性，將原本是刺殺對象的仇敵改寫為識曲的知音者，以及將聶政所欲復仇的對象韓王舞陽，改寫為另一位為父復仇者，更是「新編」的重要關目。

在此，首先值得關注的，自當是「琴」的關鍵性意義。同樣是劍匠之子的復仇故事，

56 參見鄭穎：〈在夏日，長長一街的木棉花：記一次訪談的內容〉，《鬱的容顏：李渝小說研究》（臺北縣中和市：ＩＮＫ印刻文學，二〇〇八），頁一九〇－一九一。

57 李渝：〈來自伊甸園的消息——女動物學家和猩猩的故事〉，《中國時報．人間副刊》，一九九五年五月八－九日，三九版。

58 該本事當是取《吳越春秋》、《列異傳》與《搜神記》所述故事雜糅而成；其中《太平御覽》所錄存之《吳越春秋．逸文》敘寫鑊中三頭相咬的場面，為其他文獻記載所無，更是〈鑄劍〉之所本。參見周楠本：〈關於眉間尺故事的出典及文本〉，《魯迅研究月刊》五期（二〇〇三），頁六一。

59 李渝並未為《賢明時代》全書撰寫任何序記，卻獨獨在這篇小說之後附上了一篇後記，說明其本事之所從出，以及它與古代音樂美術的關聯。見李渝：〈後記——關於「聶政刺韓王」〉，《賢明時代》（臺北：麥田出版，二〇〇五），頁一六七－一七〇。按，此一本事最早出現於《戰國策．韓策二》「韓傀相韓」，其後《史記．刺客列傳》亦有記載。《琴操》不同於《韓策》之側重政治鬥爭，《史記》彰顯聶政的「士為知己者死」；而是意圖凸顯「琴」在此一故事中的關鍵作用：聶政先前為報父仇而習劍，入宮行刺未成；繼而習得精湛琴藝，漆身毀音，落齒變容，入宮為王奏琴，終得於韓王醉痴於琴音之際，抽出琴中預藏的匕刃刺殺韓王，最後自刎身亡。

60 同前注，頁一六六。

《琴操》與其他版本最大不同處，即是刺客得報父仇，並非循一般模式入宮行刺，即告完成；而是在習劍行刺不成之後，再改習琴藝以接近雅好琴音的韓王，並在韓王沉醉於琴音之際，始得刺殺成功。這凸顯出：「琴」乃是繼「劍」之後，完成「復仇」行動的重要環節。它也提醒我們：「琴」雖一向被視為藝術與「修身之具」，其實卻還內蘊著另一悖反的質素，那就是：既可以作為復仇殺人的跳板，也是招致殺身之禍的根由。相對地，「劍」也並不僅止於作為復仇工具或是致死凶器，而是同樣具有體現美感藝術的質性。〈和平時光〉用心於兩者的對話與相互辯證，遂使「有刺殺季父季姜之意」的公子舞陽，奏琴時「弦聲挑釁，音色剛愎，怨恨撻伐之心都在表面」；然而花園練劍，所體現出的，卻是「俊拔的神氣，醉人的姿勢，讓陪伴在身旁的人兒心恍神迷」。[61]再者，無論是聶政父親燃爐鑄劍，「重複又重複，鍛打又鍛打」，抑是聶政從師習劍，「什麼都看不見」，都於用心琢磨技藝之際，遙指超越現實殺戮的美感境界。另一方面，聶政父親指導女兒琴藝，卻是將「練琴」與「復仇」相提並論，[62]因此，「琴裡一樣是戰域」，務必要「反覆的摸索和摸索，鍛煉又鍛煉，學習在變化中知己知彼」：

> 於是學生晝夜奏彈如同執行攻擊，擊得一屋子都激揚著貫徹著聲音，擊得弦斷了指甲折了，從折了的底下滲出血，染紅了指頭。[63]

練琴的同時，更有父母之仇不共戴天的傷慟回憶，不時閃現：

父親擱在板車上送回來的時辰是正午，陽光白晃晃的沒有一點暖意，被戮殺而失血的臉是青白的顏色；母親從梁上解下的時辰是午夜，沒有月亮的夜裏，被懸掛而失血的臉是青黑的顏色。二臉輪番出現在荒久的夜裏，手指揮甩，擊打在臉上，擊打在弦上，宮商角徵鵲起，揚起激昂的音符齊鳴，盤旋扯纏搏斗，一室的喧譁和淬桀，刀鋒錚響玉石俱焚，從煉爐重新流出鮮紅的鐵漿，熔液和火焰燃燒又蔓延。[64]

回憶與現時，練琴與鑄劍，殺戮仇恨與琴藝追求，是如此這般地交相錯雜，倏忽流轉。線性時間斷裂，召喚出的，正是意識深層的創傷碎片。正午的陽光毫無暖意，午夜時分漆黑沒有月亮，這是外在實景，更是內在心情，是暴力與藝術的辯證；當然，也是現代主義語言美學的體現。

61　同前注，頁一一〇、一一二。
62　父親說：「聶政，妳要是在琴術上用下和復仇同等的苦心和精神，讓琴術達到使聽者忘神失我的地步，那時候，妳就能完成為我復仇的誓願。」同前注，頁一四八。
63　同前注，頁一四九－五〇。
64　同前注。

然而，儘管女主人公矢志復仇，甚至不惜毀容毀音，終得攜琴帶劍，入宮彈奏，其結果，卻不但沒有行刺韓王舞陽，反而隨著琴音裊裊，從原先「手指緊握五指凹槽刺匕」，到後來「掌中的刺匕不見了」。「月光靜照，弦音越發輕盈，釋放了一路攬來的幽靈」，長夜漸盡，黎明將來，就在「音止的這時」，人間瑣屑的一天開始，

> 日光進入庭殿，在柱和柱間如同在弦和弦間尋找位置，各就各位，等待著。君和臣，敵和我，聽者和奏者，復仇和被復仇的雙邊全體，都在水金色的光裏融解。[65]

這樣的結局出人意料，卻正是李渝「新編」的用心所在。箇中關鍵，便在於小說的另一重要翻轉：易「男性」為「女性」、化「復仇」為「知音」。

李渝曾在一項訪談中表示：女性的情質較男性溫潤且更具包容性，關注的是私人的歷史與記憶，因此，在人際關係方面，

> 如果她作為一個小說的文本，那麼從她可以讀到的東西就比較多。到了〈和平時光〉，我最後乾脆就用女的作為主角，因為女性才會發展人間關係。[66]

顯然，正史中的男性刺客聶政，在〈和平時光〉中轉變為女性，乃是李渝有意為之。而

她所看重的「人間關係」，便是人與人之間的相互了解與包容。回顧小說本事，舞陽所以延請劍匠鑄劍，聶政所以矢志行刺舞陽，都是為報殺父之仇。二人看似個別的「復仇」之舉，既是環環相扣，也是冤冤相報。李渝為二人營造若相彷彿的身世遭遇，聲氣相通的心緒情懷，讓彼此「畢竟是面對面，相互傾訴了身世，聆聽了相互的故事，一同走過了過去」，最後君臣敵我，復仇和被復仇「都在水金色的光裏融解」，原因遂不止於二人都是識曲擅琴之士，而是更多了一重彼此身世上的相互理解。她要告訴我們：原來，真正的「知音」，是同時兼括音樂律曲與情懷心靈的相感相惜；其間的千迴百轉，唯有女性人物才能深刻地感知體悟。

放在「現代主義」與「故事新編」的發展脈絡中，此一新編，固然同時與古代傳說及魯迅小說的經典文本進行對話，並且推陳出新，別開洞天；但它在新世紀出現，更不妨視為對於「冷戰視閾」與「美援文藝體制」的回應與超越。冷戰源自二戰之後，美蘇兩大陣營的非武力對抗；「和平」的表象之下，潛藏著的仍然是劃分敵我，堅壁清野的戰爭形態。〈和平時光〉以女性為主人公，著眼於「暴力」與「藝術」的辯證，在傳統「復仇」事件之外，開啟化仇敵為「知音」的可能，恰恰是以對「和平」的憧憬，回應並超越了（以男性為中心

65 同前注，頁一六一－一六五。

66 鄭穎：〈在夏日，長長一街的木棉花〉，頁一九〇－九一。

的）戰爭形態下的敵我對壘。它引《樂人傳》為全文作結，〈後記〉所敘亦多圍繞「聶政刺韓王」於後世音樂及美術方面所受到的注意，所透露的訊息，無非是要以恆久綿長的藝術追求，轉化血腥暴力，昇華仇恨殺戮，超越為政治服務的體制規範。歷經二十世紀的戰亂流離與風雲動盪，李渝藉由「故事新編」回溯過去，同時也寄託未來，將女性意識落實於現代主義的關懷與美學實踐，正所以為「現代」的煉成，開展出新世紀的不同風貌。

六、結語

現代主義的文學關懷與美學實踐並非一蹴可幾，而是需要積累一定的個人體悟，不斷自我磨礪，始得逐步完成。一九六〇年代，臺灣的政局森嚴，文壇荒蕪，有心於文學創作者徘徊歧路，「不想在『想當年』的癱瘓心理下過日子」，卻又缺乏可資觀摹取法的文學典範。《現代文學》應時而生，引介現代主義文學思潮與經典作品，鼓舞青年作者的文學追求，為臺灣文學開創新局，貢獻自不待言。光陰荏苒，數十載忽焉而逝，當年曾得益於《現文》的文藝青年們，早已於歲月淬煉中各自卓然成家；他們的小說，如今也多被公認為臺灣現代主義文學的經典之作。這批作者的關懷面向不同，個人風格各有千秋，但以取法、追摹前輩大師的經典文本作為寫作起手式，卻是不約而同。如何於中西古今之間取捨折衝，亦每每是共同思考琢磨的課題。「故事新編」內蘊傳統與現代的折衝與協商，以之為切入點，恰可看出《現文》所謂的「破壞的建設工作」，是如何經由對傳統的反叛與重整，逐步推進。從早期對卡夫卡、喬伊斯的追步摹習，到爾後分別與古典文學及五四新文學對話，其間用心，歷歷可見。本文所論，雖不過是嘗鼎一臠，窺豹一斑，亦可略見《現文》諸子與其同時代的作者們，在「現代主義文學」之追求與實踐過程中，一路走來的行跡。即或外在有冷戰的政治大環境與「美援文藝體制」，有官方標舉傳統文化以對抗共產主義的政策走向，這一文學世代，畢竟還是以堅定的文學信念與美學實踐，體現出創作主體的能動性。而《現代文學》之於臺灣文學史上的意義，也因此不僅止於雜誌本身刊載了許多重要譯介與青年作者的優秀小說，更有因之而開發出的種種後續動能。包括李渝在內的這些後繼創作者，當年雖未能在《現代文學》上發表成熟的作品，但日後的文學追求，仍然是來自於《現代文學》的啟迪。這份雜誌開啟了一代文藝作者寫作的新方向，也形塑了他們的文學信念與文學風貌。他們在敏銳的時間感知中反思傳統，瞻望未來，以「現代」的意識，為生命找尋精神出路。無論是精心琢磨的敘述視角與語言意象，抑是對於個人家國乃至人類全體命運的關懷與深思，都為臺灣文學史寫下豐美燦爛的一頁。

第五章

《中外文學》與中國／臺灣文學研究

——「學院派文學雜誌」與當代臺灣的知識生產及學科建制

一、前言

「學院派文學雜誌」最大的特色，乃是將學院中的研究與教學成果，轉化為出版文化產品，進而走出學院，進入一般閱讀市場。因此，不僅多具有理想性與學術性，還每每能體現、甚至引領學術研究或創作風潮。臺灣的學院派文學雜誌由夏濟安《文學雜誌》開其先河，雖前有所承，終究是另開新局。它以臺灣大學為供稿的後援基地，刊物兼重文學創作與評論的特色，恰恰在《現代文學》與《中外文學》中得到不同開展。相對於《現代文學》的成就在於培養了一批傑出的現代主義小說家。《中外文學》（以下簡稱《中外》）則不僅在文學評論與研究方面，做出重大貢獻，更是高度介入了一九七〇年代以後臺灣的知識生產與學科建制過程。這一章即由此著眼，就數十年來，《中外》與「中國／臺灣」文學研究的相互關係，進行初步考察。所關切的問題，主要是：《中外》如何以其「學院」的位置，介入了當時的學科建制與大學教育？發展過程中，它又如何因「學院人」在「知識生產」方面的優勢，引介新興理論思潮，與「中國（古典）」，以及「臺灣（現當代）」文學研究進行互動，進而促成臺灣文學研究的「學院化」？[1]

二、《中外文學》的創刊宗旨與轉折流變

《中外文學》創刊於一九七二年六月，迄今超過五十年。隨著內在人事更迭與外在環境

改變，不同階段的風貌特色，及其所內蘊的問題和意義，也各有不同。大體而言，從「中國文學」到「臺灣文學」，從「古典文學」到「現（當）代文學」，從「比較文學」到「文化研究」，乃是顯而易見的發展走向。其間的轉折變化，從〈發刊辭〉，以及其後屆滿「周年」，特別是「十周年」的各篇專輯特稿，尤其清晰可見。而由創刊主編胡耀恆先生撰寫的〈發刊辭〉，無疑是一個重要的觀察起點：

> 幾個月前，臺灣幾個有歷史性的純文學刊物先後休刊或不定期出版，造成文藝界新的

1　儘管《中外》創刊迄今已屆五十年，但學界針對它所做的「研究」，卻屈指可數。可見的參考資料，大致以《中外》各（十）周年特稿中的回顧性感言，以及若干零星的回憶、雜記、座談會紀錄為主；較為嚴謹的論述，只有以下少數幾篇：陳雅湞：《中外文學一九八七年至一九九六年間的當代西方文學批評與理論》（高雄：國立中山大學外文所碩士論文，一九九七）；曾巧雲：〈認同論述與文學史觀——談一九九五年到一九九六年間《中外文學》的一場論戰〉，「島嶼，島語——成大臺文所第二屆研究生論文發表會」宣讀論文（臺南：國立成功大學臺文系，二〇〇三）；張俐璇：〈前衛高歌：《中外文學》與臺灣文學批評現象觀察〉，收入封德屏編：《二〇〇七青年文學會議論文集：臺灣現當代文學媒介研究》（臺北：文訊雜誌社，二〇〇八），頁四六三－八六；蘇子中：〈「旋轉呀旋轉——在不斷向外擴張的漩渦中」：《中外文學》四十而不惑？〉，《中外文學》四一卷三期（二〇一二年六月），頁一五七－八三。整體而言，這些論述著眼的重點，多落在解嚴之後的專輯編輯、認同論戰及理論引介之上，至於《中外》如何因為它的「學院」特質而與學科建制、學院教學之間密切互動，以及創刊以來，前二十年如何與中國古典文學研究深度對話等問題，皆未能觸及。即使談後二十年的變化，也未能進一步闡析它與臺灣文學研究所以走向「學院化」的內在關係，以及「比較文學研究」在《中外》發展過程中所發生的作用。而這些，都是本章所意圖開展之處。

低潮，我們臺灣大學的部分同仁凜於文學與國運的密切關係，於是就開始籌創現在的這份月刊。我們深知辦文學雜誌的困難而仍然接下棒來，除了個人的興趣和責任感而外，主要是因為我們的印刷費已有著落，我們自己大都受過「學院」的文學訓練，以及我們在學術界和作家群中有很多熱心幫忙的朋友。這也就是說，在經濟稿源和編輯多方面我們自認具有相當良好的基礎。

如果文學只能在享有思想和言論自由的地方才能滋長繁榮，那麼臺灣在目前是中國文學唯一可能發展的國土；如果中國文學在這裡都沒有優秀的創作和卓越的研究，那麼這個世界上歷史最悠久的文學將有萎縮甚或中斷的憂慮。在此國步艱難而文壇荒蕪之際，我們竭盡所能地創辦這份刊物，懇切盼望海內外所有關心中國文運的人士能給我們鼓勵和支持。

長期以來，關心中國文學的人士都在期待著更多更好的作品產生，中外文學基於同樣的關注和期待，在月刊內開闢了「創作專欄」，以刊載小說、詩歌、戲劇和散文等類的作品。

學術論著，它代表一個國家的學術水準。……希望這些論文將能反映我國現階段文學研究的最高水準和最新成就。

目前中外文學的工作重點，一方面針對著國內文壇當前的需要，一方面兼顧到中國文學未來和發展。[2]

在此，它不僅一開始就點明《中外》的「學院」性格，以及經費稿源之於刊物的重要，其於「中國文學」殷勤致意，也隱含了此後「中國」與「臺灣」意識之間的糾結——更確切地說，此時的「中國文學」，其實主要是指「享有思想和言論自由」的「臺灣」的文學創作；而在學術研究方面，則無論古典，還是現代；無論中國文學，還是臺灣文學；無論中文系學者，還是外文系學者；皆兼融並蓄，各不偏廢。證諸「創刊號」所刊登的篇什，「其中文學創作所占篇幅最多，文學論評次之」。余光中、楊牧、羅門、梅新的詩，尉天驄的散文，朱西甯、子于、李永平的小說，誠然皆為一時之選；而文學論評的三篇論文，更是具有「宣示」意義。〈編後記〉特別指出：

在三篇學術論文之中，臺靜農先生討論的是中國文學史上的一個大問題，顏元叔先生評述的是現代中國詩壇上一位重要的作家，李達三先生宣揚的是比較學者應有的基本態度。在內容上，它們的重點一在過去，一在現在，一屬未來。[3]

2　胡耀恆：〈發刊詞〉，《中外文學》一卷一期（一九七二年六月），頁四－五。

3　〈編後記〉，《中外文學》一卷一期（一九七二年六月），頁一九八。三篇文章分別是：臺靜農：〈女真族統治下的漢語文字——諸宮調〉；顏元叔：〈細讀洛夫的兩首詩〉；李達三著，周樹華，張漢良譯：〈比較的思維習慣〉。俱見《中外文學》一卷一期，頁六－二〇、一一八－一三四、八六－一〇三。

不只於此，臺靜農時為臺大中文系主任，顏元叔時為外文系主任，李達三則是精研比較文學的知名外籍學者，如此作者身分，恰恰與該刊的創辦初衷互為表裡——這就是《中外》二十周年製作「懷舊與創新專輯」，胡耀恆受邀撰稿所談到的：

> 《中外文學》的刊名是顏元叔先生選定的，意在顯示刊物內容是兼容並蓄，同時也是希望中外文系共同攜手。
>
> 後來中文系的葉慶炳教授多年來一直義務為雜誌審查中國文學方面的學術論文，吳宏一教授擔任中外的總編輯，以及林文月教授的《源氏物語》在中外連載等等一連串的合作，都可視為這份希望的實踐。[4]

然而值得注意的是，正是在這份二十周年的紀念專輯之中，主編廖咸浩雖然仍強調「在精神上，中外文學將永遠是『守中納外，學創並重，愛眾親仁』的中外文學」。但「有守有變」之說，已透露出刊物折變的訊息：

> 在下一個二十年裡，中外的方向將會有守有變。基本上，我們仍將維持一貫的宗旨，也就是，一方面鼓勵實驗創新，提攜文壇新人，另一方面引介尖端思潮，提升學術品質。但另外，我們也意識到文學與文化的不可分割。因此，探討文學的文化意義，實踐

文學的文化使命，也將成為中外的關懷重點。[5]

也因此，當十年之後的二〇〇二年，廖、胡再度為《中外》三十周年而撰文時，遂呈現饒有興味的對照：廖以〈在最壞與最好的時代〉為題，意氣昂揚，明確表示：

三十年前中外面貌與今天中外的面貌早已大不相同。簡單的講，就是從綜合雜誌到專業雜誌的改變，也是從文學研究到文化研究的改變，兩者都為中外找到了新的生機，而後者的意義尤重。

《中外文學》介入文化研究之後，以其對理論的敏感度，及其從比較文學起家而獨具的比較視野，……一方面我們會更用心的審視本土，既要發掘更多新興與邊緣的議題，同時，也要有宏觀的圖解。另一方面，我們也會引進更多元雜沓的視野，以確實從非西方的文化找到另類的刺激與給養，更要能經此吸收後，再回饋這個屬於我們的地球。[6]

4 胡耀恆：〈中外編讀二十年〉，《中外文學》二一卷一期（一九九二年六月），頁一二。

5 廖咸浩：〈不流俗的堅持〉，《中外文學》二一卷一期（一九九二年六月），頁六。

6 廖咸浩：〈在最壞與最好的時代——《中外文學》三十週年有感〉，《中外文學》三一卷一期（二〇〇二年六月），頁七－九。

而胡耀恆〈三十年的風雲變幻〉，則慨言「三十年後的今天，這一切都徹底改變了」，字裡行間，難掩悵惘：

> 中外的創刊代表著學院人士對整個文化、文學的關懷，也有意繼承它一、兩年前停刊的《文學雜誌》所抱持的人文理想，一方面尊重傳統、一方面鼓勵創作。那時西方流行的文學理論是新批評，注重作品裡面的紋理結構；三十年後的今天，這一切都徹底改變了。西方的批評家不僅否定了所謂傳統或正統，也不僅否定了所謂的文學經典，甚至對文字作為傳達的工具也抱持徹底的懷疑，甚至否定。《中外文學》反映著國內外的變化：愈來愈多的是純粹為理論而講理論的文章，愈來愈少的是長篇創作。[7]

不只於此，他甚且進一步坦陳：

> 現在的升等最注重的是學術論文：它的理論基礎，它的參考書目，它的學術價值，在評分表上都占著很大的比重。影響所及，大部分近十幾年來《中外文學》所刊載的論文，都闡揚著或套用著西方最流行的理論，它的參考書目超過一整頁，書籍的出版年代最多的是五年內的英文著作，超過十年以上的幾乎絕無僅有。這些深奧的論文，一般人都說看不懂，創辦人之一的顏元叔先生曾慨然表示過，他每次收到新寄來的月刊，就直

接束之高閣。好在強人時代已經過去，在自由之中自有另一種秩序。[8]

從歷史發展的脈絡來看，胡的慨嘆，所指向的，其實正是「學院派文學雜誌」在當代學術體制規範下所產生的逐步轉型。三十年時光荏苒，昔日學院人士「興之所之」的偶然發想，[9]以及單純的理想熱情，至此已然與時俱渺。更遑論，二〇〇三年十一月，它取消文學創作，改為純學術性期刊。原先兼收文學創作與學術論文，作為「綜合性」文學月刊而行世多年的《中外文學》，至此終於功成身退，走入歷史。

成為純學術期刊之後的《中外文學》，理所當然地在國科會學術期刊評比中名列前茅，成為海內外學界關注的重量級學刊。[10]然而，此前當它作為一份「學院派文學雜誌」時，對於「中國」和「臺灣」文學研究所發生的作用，恐怕更值得深究。這些方面，過去學界雖然都有共識，卻還不曾有專文論述。以下，擬先將《中外文學》置於近現代學科建制發展的脈

7 胡耀恆：〈三十年的風雲變幻〉，《中外文學》三一卷一期（二〇〇二年六月），頁一〇－一一。

8 同前注。

9 據朱立民回憶，促成《中外》創辦的直接原因之一，是某次朱立民、顏元叔、胡耀恆三人在一起「打了一夜撲克牌之後」的決定。（參見〈《文學雜誌》、《現代文學》、《中外文學》〉，座談會上朱立民的發言）。而為《中外》有意承繼的《文學雜誌》，則是夏濟安、吳魯芹、劉守宜等人，在「麻將桌」上的共同發想。

10 其實，從創刊之初，《中外文學》的學術性就廣為學界重視，只是，兼收文學創作的「綜合性」，卻多少影響到它在學術期刊評比中的排名次第。

絡中，再循此進行若干觀察與討論。

三、中外攜手，薪火相傳：「學院」脈絡中的《中外文學》及其中國（古典）文學研究

《中外文學》由臺大外文系教師創辦，自始至終，編輯人力及經費來源都得自外文系，作為一份典型的「學院派文學雜誌」，它的風貌與走向，必然與其「學院」特質（或限制）互為表裡。更細緻地說，學科的教育理念與實踐、建制與發展，無不以或有形、或無形的方式，滲入到刊物之中，成為主導作用的內在驅力；而刊物的演變，同樣也動態地形塑了學科的發展面貌，二者具有十分微妙的辯證關係。如前所述，《中外》創刊之初，乃是「希望中外文系共同攜手」。往前追溯，此一「中外攜手」的合作模式，原本是其來有自。且不說，與《中外》深有淵源的《文學雜誌》、《現代文學》，都曾為中外文系合作留下成功先例；為夏濟安所紹承的一九三〇年代《文學雜誌》，早就是當年北大、清華中、外文系學者們共同攜手的成果。[11] 箇中緣由，實與近代中國教育發展及當時大學的課程規定有關。

（一）匯通中外：近現代學科建制的理念與實踐

中國近代教育史，其實乃是由中西文化相互碰撞、調和而發展出來的。基本上，新式學制的開始，可從清末《欽定學堂章程》（一九〇二）和《奏定學堂章程》（一九〇四）算起；

當時，中、外學門的課程設計之間，即多有相互滙通之處。如《奏定學堂章程》所設置的「中國文學門」下，開設有「西國文學史」；「英國文學門」下，亦開有「中國文學」。[12]北京大學英文系創設之初，便不僅開設「中國文學史」，同時還有中國詩文名著選以供選修。一九二六年，清華大學制定「外國語文系課程總則」五條，明訂課程設置之目的為：

（甲）成為博雅之士；
（乙）了解西洋文明之精神；
（丙）造就國內所需要之精通外國語文人才；
（丁）創造今世之中國文學；
（戊）滙通東西之精神思想而互為介紹傳布[13]

其「丁」、「戊」兩條的要旨，正是「滙通中外」。[14]再看當時任教於各學院的代表性師資，如胡適、魯迅、王國維、錢鍾書等，亦無不學貫中外，新舊兼治。他們的理念主張及身

11　由朱光潛等人創辦的《文學雜誌》其發起人朱光潛為北大西語系教授，葉公超為清華外文系教授，周作人為北大中文系教授，朱自清為清華中文系教授。經常發文的作者群中，馮至任教於北大西語系，游國恩任教於北大中文系，李廣田、浦江清任教於清大中文系，盛澄華任教於清華外文系。

12　參見舒新城編：《中國近代教育史資料彙編．中冊》（北京：人民教育出版社，一九六一），頁五八七－八九。

13　〈文學院外國語文系學程一覽民國二十五年至二十六年度〉，收入清華大學校史委員會編：《清華大學史料選編二（上）．國立清華大學時期（一九二八－一九三七）》（北京：清華大學出版社，一九九一），頁三二五。

體力行，都為現代大學文學教育之「匯通中外」，做出最佳示範。

國府遷臺之後，由帝國大學改制而來的臺灣大學，一則師資不少皆來自大陸；二則文學院的課程，亦多據先前北大、清華課程標準而訂定之；[15]因此，一九五〇年代起，中、外文系之間，便同樣互設「英國文學史」與「中國文學史」為兩系必修課。[16]此一情形，顯示新式大學建制以來的「文學」教育，原就得中西兼攝，相互融通。因而中、外文兩系之課程安排，從一開始便呈現相輔相成、彼此交流匯通的態勢。如此，既促使兩系學生皆能兼得中西文學訓練，也讓師生們多有互動。「學院派文學雜誌」由學院人士創辦，內蘊著學院的理想與實踐，故而，無論是朱光潛抑是夏濟安的《文學雜誌》，或是此後的《現代文學》與《中外文學》，它們創辦之初，雖然主力是外文系師生，然而談到創刊宗旨，無不強調要促興「中國文學」；一路走來，也多與中文系師生共同合作。「中國文學研究」方面的論文，每每更是刊登重點。這一切，其實都與當初外文系的設立宗旨，及重視中西匯通的「學院教育」背景，具有莫大關聯。[17]

落實到《中外文學》，此一「匯通中外」的特質，首先體現在外文系主編重視中文系教師來稿，以及中文系教師對於刊物稿件的鼎力支持之上。檢視《中外》創刊以來的前三期，每期的「首排」之作，全數為臺大中文系資深教授的研究論文：臺靜農〈女真族統治下的漢語文字——諸宮調〉（一卷一期）、葉慶炳〈蔡琰悲憤詩兩首析論〉（一卷二期）、黃得時〈《雪國》、《千羽鶴》、《古都》——從諾貝爾獲獎作品看川端康成之文學〉（一卷三期）。[18]

特別是，三期為「川端康成專號」，對日本文學深有研究的中文系黃得時教授除撰寫論文，還另編製〈川端康成簡明年譜〉；同期並有林文月翻譯太田三郎的〈川端康成「水晶幻想論」〉。中、外文系的共同合作，由此奠定良好基礎。此後，無論是鄭騫、張敬、裴溥言、廖蔚卿、張亨、林文月等當時臺大中文系的資深學者，抑是張健、曾永義、吳宏一、樂蘅軍、柯慶明、方瑜、張淑香等研究能量豐沛的年輕學者，無不先後供稿《中外》。而臺大之外，

---

14 同樣的課程理念及實際規畫，也發生在中文系。從一九二〇年代開始，北大中文系就已將外國文學和外國文學史規定為文學專業的選修課程。見馬越：《北京大學中文系簡史》（北京：北京大學出版社，一九九八），頁二三。一九二八年，楊振聲接任清華大學中文系主任，提出「注重新舊文學的貫通與中外文學的結合」為教學方針之一，並要求學生必修二十四個學分的外國語言與文學課程。見黃延復：《二三十年代清華校園文化》（桂林：廣西師範大學出版社，二〇〇〇），頁三一五。

15 參見《臺大校訊》三期（一九四七年十一月一日）、二五期（一九四九年三月五日）。

16 參見本書第三章注19，按，兩系互以對方「文學史」課程為必修課的規定，前後持續長達十年之久。之後，雖然中文系「英國文學史」必修課程於一九六〇年代以後中止，但外文系必修「中國文學史」的規定，仍持續到八〇年代中期。林文月、吳宏一、柯慶明等中文系教師，都曾為外文系開授過此一課程。

17 回顧夏濟安主編《文雜》，編輯理念正是希望能「繼承數千年來中國文學偉大的傳統，從而發揚光大之。」（〈致讀者〉，《文學雜誌》一卷一期，頁七〇）。他還曾在給彭歌的信中，解釋《文學雜誌》的「古典」傾向：「至於我們的『古典傾向』，假如指我們登載研究中國文學的論文，那是沒有辦法的事。我們不能不登論文，……真是有現代眼光，能融合中西，評論中國舊文學的人，實在不多。我們希望有這種作品，至少還在等待著這種作品」。彭歌：〈夏濟安的四封信〉，《中外文學》一卷一期（一九七二年六月），頁一一三。

18 蓋自朱光潛《文學雜誌》以來，「學院派文學雜誌」雖然兼收創作與文學評論，但它的編排慣例，向來是取當期全刊最重要、最具分量的評論文章，作為首排之作。夏濟安《文學雜誌》也是如此。

更有葉嘉瑩、王夢鷗、黃永武、沈謙等海內外知名中文學者，同來共襄盛舉。所研究者，從詩歌到小說，從神話戲劇到文學批評，「中國文學」的各主要範疇，靡不畢具。

除此而外，中、外文系學者紛紛致力於翻譯引介海外漢學名家的重要研究成果，更為「中外攜手」做出重大貢獻。如美國的梅祖麟和高友工二人先後於哈佛大學《燕京學報》發表了關於唐詩研究的三篇論文："Tu Fu's "Autumn Meditations": An Exercise in Linguistic Criticism"（〈分析杜甫的秋興——試從語言結構入手做文學批評〉）、"Syntax, Diction, and Imagery in Tang Poetry"（〈論唐詩的語法、用字與意象〉）、"Meaning, Metaphor, and Allusion in Tang Poetry"（〈唐詩的語意、隱喻與典故〉），其中前兩篇才發表不久，就由黃宣範譯成中文，刊登於一九七二年十一月號及一九七三年三、四、五月號的《中外文學》；第三篇也以〈唐詩的語意研究：隱喻與典故〉為題，同樣由黃宣範翻譯，於一九七五年十二月起，分三期連續刊出。另如鄭清茂翻譯吉川幸次郎〈推移的悲哀——古詩十九首的主題〉（六卷四、五期）、陳淑英與吳璧婉分別翻譯Patrick Hanan的〈《古今小說》中某些故事的作者問題〉（四卷六期），及〈《蔣興哥重會珍珠衫》與《杜十娘怒沉百寶箱》撰述考〉（五卷一期）、蘇正隆翻譯Jaroslav Průšek的〈蒲松齡《聊齋誌異》誕生的背景之探討〉（六卷三期）、賴瑞和翻譯W. L. Idema的〈中國的戲臺與宮廷——洪武御勾欄考〉（九卷七期）等，都為國內的中國古典文學研究，提供嶄新的觀照視野。而這些學術譯著所以頻頻刊出，又當與臺大外文系設置「比較文學」博士班，以及之後多位中、外文學者共同發起組織「中華民國比較文學學會」有關。

（二）中外攜手，兼容並包：比較文學與中國文學研究

一九七〇年，臺大外文系設立全國有史以來第一個「比較文學博士班」。之所以著眼於比較文學而非英美文學，主事者之一，時任臺大文學院院長的朱立民坦言：「與其勉強辦一個英美文學博士班，還不如得到中文系的幫助，成立一個比較文學博士班」。因為，若能結合中文系的師資與學術資源，「使兩系皆能將其獨特的秉賦發揮出來，那麼，在國內、國外，我們都會有些原創性的學術貢獻」。他並且提到自己與另一位提倡者顏元叔兩人共同的願景：「如果在臺灣發展比較文學的話，我們希望得到兩個結果：一個就是讓外文系的人多念中國文學，另一個就是讓中文系的人多注意外國文學」。[19]

一九七三年七月，「中華民國比較文學學會」正式成立，最早共同署名發起的十二位學者之中，外文系學者八名（朱立民、余光中、侯健、顏元叔、李達三、胡耀恆、齊邦媛、袁鶴翔），中文系學者四名（鄭騫、黃得時、葉慶炳、林文月），多是來自臺大中、外文系的資深教授。[20]創刊甫屆周年的《中外文學》，遂成為配合推動此一學門研究的重要刊物。舉

19　參見單德興：〈比較文學在臺灣〉，收入楊儒賓等主編：《人文百年・化成天下：中華民國百年人文傳承大展（文集）》（新竹：國立清華大學中文系，二〇一一），頁一〇九－一一三。

凡「比較文學學會」的會務，或是年度「比較文學會議」的議程、會議論文及講評意見等，大都刊載於此。[21]其中特別具有意義的，是學會自一九七四年起，連續四年，每年度四次，定期舉辦「比較文學座談會」，採兩人合講，或一人獨講方式，就中西文學比較，進行多方面闡發。會後每以論文形式，將講論內容刊載於《中外》。如一九七四年三月二日的主題為「中西戲劇比較」，由姚一葦與曾永義合講；兩人的論文：〈西洋戲劇研究上的兩條線索〉、〈我國戲劇的形成和類別〉，隨即刊載於《中外》二卷一一期。之後的「中西小說比較」（侯健與張健合講）、「中西山水詩比較」（葉維廉與林文月合講）、「中西神話比較」（齊邦媛與樂蘅軍合講）、「中西鬼小說與小說鬼比較」（朱立民與葉慶炳合講）、「中西文學批評中的評價問題」（黃啟方與涂經詒合講），莫不如此。[22]他們的論文，如〈中西美感意識的形成〉（葉維廉，三卷七、八期）、〈中國山水詩的特質〉（林文月，三卷八期）、〈希臘神話與史詩人的悲劇英雄〉（齊邦媛，四卷三期）、〈悲劇英雄在中國古代神話中的造像〉（樂蘅軍，四卷三期）等，都深具啟發性，刊出之後，多年來一直廣為學界徵引。

不過，「比較文學」除比較中西文學之異同及相互影響之外，其主要宗旨，仍在於「發揚中國文學」。[23]這就使得此後近二十年的臺灣比較文學研究，很大部分是聚焦在「中國文學」，尤其是「古典文學」之上。「中國文學」的相關研究因此不只為中文系學者所獨擅，它同樣是外文系學者進行比較文學研究以及教學時的熱點——更具體地說，當時有不少受過西方文學研究訓練的學者，紛紛援用或調整西方理論與方法，就中國文學重新進行闡發研究，因而為中國文學開發出比較文學研究的視野。[24]而《中外文學》，即是此類論文發表的重鎮。檢視張靜二以「分類」方式編製的《中外文學論文索引》（增訂版），一九七二年六月至一九九二年五月之間，「中國文學」的相關研究篇目遠多於「外國文學」。葉維廉、楊牧、顏元叔、侯健、周英雄、古添洪、陳慧樺、張漢良、張靜二等外文系背景的學者們，莫不撰有與中國古典文學研究相關的論文，即是具體反映了此一現象。

一九七六年，適逢《中外》創刊四周年，長年來為《中外》負責審查中國文學研究稿件的葉慶炳教授，將此前《中外》刊登過的中國文學研究論文精選六十一篇，輯成《中國古典文學論叢》；分為「詩歌之部」、「文學批評與戲劇之部」、「神話與小說之部」三冊，由「中外文學月刊社」出版，作為四周年紀念。〈出版感言〉中提到他的幾點感想，相當能夠

20 據單德興〈比較文學在臺灣〉，齊邦媛教授曾提供當初的發起書，由這十二位學者共同簽署。

21 「比較文學學會」成立之初，有鑑於「一個學會，應該有一份屬於它自己的會刊」，但在經濟能力還不足以籌辦會刊的情況下，遂與《中外》協議，暫時借用該刊為會刊。參見〈中華民國比較文學學會專欄〉，《中外文學》三卷四期（一九七四年九月），頁六二。

22 參見張靜二：〈比較文學在臺灣的拓展——中國民國比較文學學會簡介〉，《中外文學》六卷五期（一九七七年十月），頁七八－八九。

23 參見朱立民擔任比較文學會理事長，並任「第二屆國際比較文學會議」籌備會主席時的發言。朱立民：〈中外短評——第二屆國際比較文學會議〉，《中外文學》三卷一一期（一九七五年四月），頁四－五。

24 古添洪與陳慧樺即謂之為「比較文學的中國派」。見古添洪、陳慧樺編：《比較文學的拓墾在臺灣．序》（臺北：東大圖書公司，一九七六），頁一－二。

體現這段時期《中外》在中國古典文學研究方面的特色，以及中文、外文兩系誠心合作的實況：

一，「中國古典文學論叢」所收六十一篇論文所顯示的治學方法，包括我國傳統的考據以至取法西洋的原始類型、結構主義以及種種新批評。這說明了中外文學兼容並包的學術胸襟。

二，（該論叢）臺大中文系教師的作品占了六十一篇中的二十六篇，因為這意味著中外文系的學術合作。一本外文系主辦的月刊，而中文系的教師經常撰稿支持，現在社長兼主編侯建人兄不推出「西洋古典文學論叢」、「西洋現代文學論叢」，而首先推出「中國古典文學論叢」，彼此對學術合作的這份誠意，豈不可貴？……所以，我把它看作中文外文兩系學術合作所培養出來的第一株幼苗。它的茁長、繁衍以至豐收，仍有待兩系的學者細心持久的灌溉培養。

此外，還值得注意的是，葉慶炳表示：編輯此書的另一重要目的，乃是為了「提供給修習中國文學的朋友們一套既有參考價值又便於保存的論文集」；而且，

當初作者撰稿及編者選稿，本來就已考慮到給大學文學課程作參考的因素。因此，這

些論文對文學課程之有參考價值，是不容置疑的。[25]

這番話，同時指出了《中外》的另一重要特質：對文學課程具有參考價值。事實上，兼為教學之助，原是學院（派）文學雜誌的共同特色；然而《中外》刊行的時間迄今已屆滿五十年，遂使它較諸之前的《文學雜誌》、《現代文學》，更凸顯出「薪火相傳」的意義；這在中國古典文學研究方面，尤其明顯。

（三）教學相長，薪火相傳：《中外文學》與學院教學及學術人才養成

學院（派）文學雜誌的作者多為學院教師，所發表的論文或文學書寫，往往與學院開授的課程相關，甚且是個人教學之所得。因此，多可作為學生課後進一步研修的參考教材。以高友工廣受學界重視的「美感經驗」系列論文為例，其〈文學研究的美學問題（上）：美感經驗的定義與結構〉、〈文學研究的美學問題（下）：經驗材料的意義和解釋〉等篇什，根本就是一九七八年來臺客座講學的內容。由於理論深奧，為便於研究生理解，高遂將之撰寫成文，投交《中外》發表。再如《中國古典文學論叢》，出版後反應熱烈，不過一年多時間，初版六千冊便銷售一空。四年之後，葉慶炳寫下〈「中國古典文學論叢」在成長〉一文，指

25 葉慶炳：〈中國古典文學論叢出版感言〉，《中外文學》五卷一期（一九七六年六月），頁八一－八五。

出：「從許多劃撥購書的資料看，需要這套叢書的多半是大學文學科系的師生」。他並且根據自己的授課經驗，強調它對於文學課程的助益：「發表在中外文學的許多篇有關中國古典文學論文，對於我所擔任的課程中國文學史極有參考價值」。原因是，受限於上課時數，許多問題往往無法深入討論，因此，他的做法是：

> 為了補救這種事實的困難，我經常指定同學對某一問題去參考某書某篇論文，而用到中外文學的次數最多。這原因很簡單，因為發表在中外文學的古典文學論文，都是這一代學者的研究心得，無論在廣度和深度，有很多超越前人的地方。我講到魏晉遊仙詩，我就教同學參考康萍女士的〈論魏晉遊仙詩的興衰與類別〉。講到山水詩和宮體詩，我就教同學參考林文月女士的〈中國山水詩的特質〉和〈宮體詩人的寫實精神〉。講到陸機文賦，我就教同學參考張亨先生的〈陸機論文學的創作過程〉……。[26]

「中國文學史」是各大學中文系必修課程，相關論文在教師的指定參考之下，備受重視，自不待言。而《中國古典文學論叢》之外，葉維廉也在東大圖書公司支持下，編輯一系列「比較文學叢書」，包括葉維廉的《比較詩學》（一九八三）、周英雄的《結構主義與中國文學》（一九八三）、古添洪的《記號詩學》（一九八四）、鄭樹森的《現象學與文學批評》（一九八四）、張漢良的《比較文學理論與實踐》（一九八六），以及王建元《現象詮釋學與東西雄渾觀》（一九八八）等。其中大部分論文，以及葉維廉為這套叢書所寫的「總序」，都在《中外》發表。月刊形式輔以叢書出版，使得經由《中外》所演示的各類研究方法、文學理論，以及「比較文學」的觀照視野，對此後數十年中國文學的教學與研究，產生了極其深遠的影響。青年學子紛紛據此推陳出新，古典文學研究，亦以此益形活潑多元。最具體的成果，可由一九八〇年代初，聯經公司籌畫出版「中國文化新論」系列叢書見之。該叢書邀集各校青年學者撰稿。其中文學之部兩冊：《抒情的境界》與《意象的流變》，從各篇撰述之中，已可看出古典文學研究在西方文論激盪下的銳變之跡。如《抒情的境界》首篇為呂正惠所撰寫的〈形式與意義〉，該文論析中國文學特質，即由「從比較的觀點看中國文學」切入，中西參照。高友工、葉維廉等關乎語言結構及美感經驗的論述，也在這兩書所收的各篇章之中，廣被徵引。

除此而外，對於有心從事學術研究的學生，《中外》的意義恐怕還不止於作為自我研修的參考取法對象而已。在負責《中外》編務的師長有心引領下，不少青年學生們，每每得以在研究生時期，便在該刊發表第一篇正式的論文，循此走出個人的學術道路。它的過程，通常先是學生繳交的學期報告，受到授課師長肯定，從而被推薦給《中外》刊登。或者，學生在師長鼓勵下，將學位論文的一部分，改寫投交。這一模式，在葉慶炳、吳宏一先後負責

26 葉慶炳：〈「中國古典文學論叢」在成長〉，《中外文學》八卷二期（一九七九年七月），頁四－五。

《中外》古典文學論文審稿時期，最為明顯。舉例而言，鄭毓瑜〈詩歌創作的兩種模式——「詩言志」與「詩緣情」〉（一一卷九期）、梅家玲〈劉勰「神思論」與柯立芝「想像說」之比較研究〉（一二卷一期）、陳昌明〈論庾信的孤兒意識〉（一四卷八期），就分別是當年中文所「文學理論專題」（張亨開授），與「庾信研究」（廖蔚卿開授）的課程學期報告。沈冬〈唐代驃國樂初探〉（一九卷三期）、洪淑苓〈牛郎織女故事中「鵲橋」母題的衍變〉（一六卷三期），則為碩士學位論文的部分內容。隨著時光推移，前輩師長漸次凋零，昔日青澀的研究生，如今都已是學界中堅份子。這些「少作」，放在現今各人的研究成果中，或許並不起眼；然而，小則作為個人學術研究生涯的起步，大則作為人才養成、鼓勵後進的具體方式，它所體現的，正是學院教育「薪火相傳」的精神，箇中意義，是十分重大的。

四、《中外文學》轉型與臺灣（現當代）文學研究的「學院化」

不過，這一原著眼於「中外攜手」，「薪火相傳」的學院派文學雜誌，卻在一九八、九〇年代之交逐漸產生變化。它與「中國」文學研究的關係，當然也不同於既往。大體而言，改變分為兩個階段：第一階段從一九九一年廖咸浩接任主編，至二〇〇三年十月止，其特色為開始大量規畫製作理論性、議題性的專輯或專號，卻仍不廢文學創作。第二階段為二〇〇三年十一月迄今，主要是完全取消創作，改為純學術性期刊。其間轉折，不可謂不鉅。然而放在社會環境變化、學科建制調整的整體脈絡中，這一路走來，卻也是因勢利導，不得不然。以下的論析，將由《中外》與中國古典文學研究的關係逐漸轉向現當代，先就早期《中外》視野中的「臺灣」與「中國」文學，略作梳理；繼而由研究與創作的對話、西方文學理論的引介應用，以及《中外》之「專號化」、「理論化」，論析它在古典文學之外，與臺灣現當代文學及文化研究的互動關係。

(一)本土轉向(?)——《中外文學》視野中的「中國」與「臺灣」

二〇〇〇年一月，《中外文學》製作「資料彙編專輯」，同時以「專題論壇」形式，邀約多位學者就近年來的《中外》進行觀察與省思。其中不少意見，對於討論《中外》的文學研究，同樣提供了非常有意義的參考。如單德興〈《中外》之中／外〉，分從「外來文學」與「國內環境」、中文(文學)與外文(文學)、文學之中與之外(即「文學(研究)」與「文化(研究)」)、文學的學院之中與之外等多方面反思「中／外」的互動關係。[27]而劉紀蕙則就近十年的刊物內容變化進行觀察，進而指出：

> 《中外文學》前二十年與近十年最為明顯的差異，便是傳統中國文學研究的退居幕後，而臺灣文學文化研究興起。……我們看到《中外文學》發生了「本土轉向」。[28]

27 單德興：〈《中外》之中／外〉，《中外文學》二八卷八期(二〇〇〇年一月)，頁七－一二。

誠然，如果說，「傳統」中國文學研究指的就是「中國古典文學」，那麼，檢視從廖咸浩接任主編以來的《中外》，可見的是，雖然初期仍有詞學、散曲、古典戲劇等散篇古典文學研究論文出現，但不久之後，每期規畫專輯或專號以集中論述焦點，已成為編輯常態。其間，「古典詩詞傳承」、「紅樓夢的後現代情境」、「女性主義重讀古典文學」等專輯論文，實為中國古典文學研究的現代轉向；而「文化屬性與文學表現」、「混沌專輯」、「電影與文化結構」、「精神分析與性別建構」等專輯，就已經從「文學研究」邁向「文化研究」了。其間，「當代（文化）理論」對於議題研究的強勢主導，尤其明顯可見。一九九二至一九九五年間，邱貴芬、廖朝陽、陳昭瑛、陳芳明、廖咸浩等人先後就臺灣文化之後殖民／後現代問題，以及「空白主體」、族群、血緣等「本土化」相關論題的持續激辯，更是令海內外學界矚目。

此一情況所以出現，當然並非偶然。基本上，「本土化」、「理論化」與「專號化」各是不同的議題，並不必然相關。但它們卻因為解嚴之後，臺灣面臨的嶄新文化形式，以及「臺灣研究」日益廣受重視，而在《中外》相互發生關係。

先看「本土化」。事實上，回顧過去，《中外》從創刊以來，就從未忽略過臺灣（本土）文學。只是，早先標舉「臺灣」的篇什，不少都是日據時期文學的評論。如二卷二期顏元叔〈臺灣小說裡的日本經驗〉，聚焦早期本省作家；二卷六期的「文學傳記」登載鍾理和遺書，二卷七期隨即刊出林載爵〈臺灣文學的兩種精神——楊逵與鍾理和之比較〉，二卷八期又配合刊登楊逵〈鵝媽媽出嫁〉。另外，也有〈十年來的臺灣小說：一九六五－一九七五－兼論王文興的《家變》〉（劉紹銘，四卷一二期）、〈臺灣小說中的苦難意象〉（Cyril Birch著，楊澤、童若雯譯，七卷一一期）等。凡此，皆呈現出《中外》的本土關懷。只是，包括這類篇什在內的大多數「臺灣」文學，早期皆被混同納入「中國」文學範疇，以致未被特別凸顯。

一九九三年，張靜二編纂《中外文學論文索引》（增訂版），它的編排方式，恰好見證了當時一般的「中國／臺灣」看法：「索引」據論文主題分類，在「文學史」、「文學理論」、「詩歌」、「散文」、「小說」、「戲劇」等大類之下，各又細分「中國古典」、「中國現代」、「外國古典」、「外國現代」四目。仔細檢視，「中國現代」部分，收入的論文實多為臺灣文學研究。即使篇名以「中國」為題，所論者也實為「臺灣」。最典型的例子，如二卷二期刊出劉紹銘原作，張漢良翻譯的重量級論文：〈現代中國小說之時間與現實觀念〉，劉主要析論的，即為叢甦、七等生、王文興等當代臺灣作家。一〇卷一二期，張默編撰〈中國現代詩壇卅年大事記〉，起自一九五二年三月，迄至一九八二年三月。所列舉者，全數為臺灣詩壇之各項活動。可見彼時刊物負責人所殷殷致意的「中國」文學研究，屬現當代部分者，主要指涉的，其實就是「臺灣」。因而，所謂的「本土轉向」，只是將原來空泛的「中國」名號，依實際內容轉換為名實相符的「臺灣」。這一「中國」與「臺灣」文學的糾結錯綜，原

28 劉紀蕙：〈《中外文學》之本土轉向〉，《中外文學》二八卷八期（二〇〇〇年一月），頁一七－二一。

為時代因素使然，箇中糾葛，既有外在的社會政治因素，也有主編個人的認同問題，至為複雜，他日或將另文探討，在此暫不細究。倒是接下來試圖藉此思考：作為一份「學院派」文學雜誌，《中外》如何在「臺灣」的現當代文學或文化研究中發揮作用？

（二）學者與作者、文學研究與文學創作的對話

無疑地，現當代文學的重要特徵之一，乃是一直在動態發展之中，並與當前社會文化不斷往來對話。回顧胡耀恆的〈發刊詞〉：期待更多更好的作品產生、提升學術論著的水準與譯介國外文學三者，是為《中外》創刊的重要目的，也是學者實踐其理想的方式。為此，《中外》多管齊下：舉辦徵文比賽、[29]文學討論座談會，亦致力於譯介國外優秀作品，這些當然都是促興當代文學的方式。然而以「學院人」的特殊位置及所擁有的學術資源，讓學者藉由評論或研究與文學創作相互激盪，是更為具體的做法。在有心規畫下，《中外》的臺灣現當代文學研究，亦每每與文學創作相生相成，彼此互動。最顯著的例子，就是王文興《家變》於《中外》連載不久，顏元叔、歐陽子、張漢良即有專文評論；雜誌社亦配合舉辦「家變座談會」，邀集林海音、張系國、張健、張漢良、顏元叔等專家學者討論。[30]《家變》甫自問世，即備受各方矚目，《中外》的推介，當有推波助瀾之效。而為顏元叔所倡導的「新批評」，也因此多落實為對當代文學文本的細讀操演，藉由《中外》廣為流播。

類似做法，甚至延伸至一九九〇年代中期。雖然當時《中外》所刊論文已益趨理論

化，主編吳全成仍連續策畫「當代臺灣詩人新作展」（二五卷八期）、「當代臺灣散文十家」（二五卷九期）、「岐徑花園：短篇小說十二家新作暨評論展」（二五卷一〇－一一期），以彰顯創作之必要。特別是「岐徑花園」，規畫邀集鄭清文、西西、郭松棻、張系國、李渝、舞鶴、平路、蘇偉貞、林宜澐、黃碧雲、姜天陸、詹美娟十二位名家各自提供短篇小說新作；同時也商請馬森、曾麗玲、南方朔、呂正惠、黃碧端、李順興、邱貴芬、張誦聖、王德威、簡瑛瑛、陳芳明、沈乃慧十二位學者，每人分別針對其中一篇小說撰寫評論，彼此輝映。各學者的學術背景不盡相同，[31]化而為特定篇什的批評實踐，恰恰為不同的文學理論主張，做出「眾聲喧嘩」式的文本操演。

此外，由於顏元叔、張漢良等主持編務者對現代詩的高度興趣，臺灣現代詩論，一直是早年《中外》文學評論的重心。創刊號中，即有顏元叔親自撰寫的〈細讀洛夫的兩首詩〉。之後他又陸續有〈論羅門的死亡詩〉（一卷四期）、〈葉維廉詩的定向疊景〉（一卷七期）等。顏的評論，隨即引發洛夫與羅門回應。與此同時，劉非、陳芳明、唐文標因對現代詩的

29 早年《中外》曾前後舉辦小說、詩、散文的徵文比賽，銀正雄、李渡予、劉克襄、夏宇、陳芳明等，都曾是獲獎者。

30 顏元叔：〈苦讀細品談《家變》〉，《中外文學》一卷一一期（一九七三年四月），頁六〇－八五；歐陽子：〈論《家變》之結構形式與文字句法〉，《中外文學》一卷一二期（一九七三年五月），頁五〇－六七；張漢良：〈淺談《家變》的文字〉，《中外文學》一卷一二期（一九七三年五月），頁一二二－四一。「家變座談會」紀錄見《中外文學》二卷一期（一九七三年六月），頁一六四－七七。

意見不同，彼此也展開往來論辯，十分熱烈。[32]一九八二年，適逢《中外》創刊十周年，張漢良時任主編，遂製作「現代詩三十年回顧專號」，作為紀念。該期除集結林亨泰、洛夫、葉維廉的回顧性論文，更編有「中國現代詩壇三十年大事記」，並以「文獻重刊」方式，收入早期臺灣詩刊的發刊詞或序跋，以及不同世代詩人的作品，為臺灣現代詩發展留下珍貴紀錄，《中外》對於臺灣現代詩發展及文獻資料的高度關注，由此可見。然則，《中外》自創刊以來，即不斷引介各式文學理論，並據以落實為具體的文學評論，讓刊物成為不同理論的對話平臺，其對臺灣「文學研究」影響之深遠，無寧更是值得留意。

（三）從比較文學到文化研究：《中外文學》的理論譯介與批評實踐

放在學術史脈絡中考察，早自一九二、三〇年代，學界即不乏對於西方文學理論的教學與譯介。曾為顏元叔大力倡導的「新批評」，其實三〇年代即已進入中國。[33]一九五六年，夏濟安等人在臺創辦《文學雜誌》，也曾就「新批評」進行相關理論譯介及批評實踐。[34]《中外》用心於此，原是前有來者。然而較諸前賢，《中外》刊行已綿延五十年，這不僅使得它所引介的理論具有其他刊物所不及的多樣性，其譯介與應用的歷程本身，幾乎也可視為臺灣近五十年來的西方文學／文化理論流行發展史。

簡單回顧此一歷程，「新批評」當然一開始就先聲奪人，在顏元叔、歐陽子分別據以評論現代詩及現代小說的操演帶動下，成為一九七〇年代文學研究的顯學。除此而外，結構主義、記號學、現象學、詮釋學、讀者反應理論、後期結構主義等，也隨著「比較文學研究」的應用，被不斷引入。其中，結構主義與記號學的影響，應屬最為可觀。前述高友工的系列唐詩語意研究論文，基本上即是結構主義語言學的轉化運用。三卷一一期，《中外》同時刊出羅蘭．巴特與結構主義的介紹，與張漢良的〈《楊林》故事系列的原型結構〉。之後，張漢良〈唐傳奇《南陽士人》的結構分析〉（七卷六期），古添洪的〈唐傳奇的結構分析——

---

31 十二位學者中，馬森、呂正惠為中文系學者；南方朔為森林系畢業的文化評論者，陳芳明為歷史學背景的臺灣文學研究者，沈乃慧為臺大外文系畢業，曾就讀臺大中研所，其餘全數為散居海內外的外文系學者。

32 分見洛夫：〈與顏元叔談詩的結構與批評——並自釋「手術臺上的男子」〉，《中外文學》一卷四期（一九七二年九月），頁四〇－五二；羅門：〈一個作者自我世界的開放——與顏元叔教授談我的三首死亡詩〉，《中外文學》一卷七期（一九七二年十二月），頁二一－四七；唐文標：〈僵斃的現代詩〉，《中外文學》二卷三期（一九七三年八月），頁一八－二〇。

33 一九二九至一九三〇年間，新批評先驅I. A. Richards受清華大學之邀，任教於該校，開授「文學理論」課程，同時也在北京大學兼課，吸引了包括卞之琳在內的不少學生。他的著作，同時被選用為兩校西洋文學課程教本。之後，Richards的學生William Empson也來到北大任教，抗戰時轉任西南聯大，新批評的教學，始終不絕如縷。與此同時，葉公超大力推介T. S. Eliot的詩作與詩論，〈荒原〉、〈傳統與個人才具〉，及Richards的多篇重要詩論在極短的時間內先後被譯出，隨即刊載於曹葆華主編的《北京晨報．學園》附刊《詩與批評》，和葉公超等人主編的《學文》雜誌，風行一時。分見張潔宇：《荒原上的丁香：二〇世紀三〇年代北平「前線詩人」詩歌研究》（北京：中國人民大學出版社，二〇〇三），頁三四－三七；董洪川：《〈荒原〉之風：T. S. 艾略特在中國》（北京：北京大學出版社，二〇〇四），頁八九－一〇〇。

34 夏濟安曾任教於西南聯大，與卞之琳交稱莫逆，對「新批評」自不陌生。《文學雜誌》創刊未久，即推出由張愛玲翻譯新批評學者Robert Penn Warren的〈海明威論〉（一卷三期）；夏濟安也親自選譯新批評經典教本*Understanding Poetry*中的兩段文字，並且於文前予以討論（三卷三期）。此外，夏更以細緻的文本分析法，針對《隋唐演義》的〈李謫仙應詔答番書〉，與《今古奇觀》的〈李太白醉草嚇蠻書〉進行比較；另如他分析彭歌的《落月》，都可視為「新批評」文學分析法的實例演示。

以契約為定位的結構主義的應用〉（四卷三期）、〈從雅克慎底語言行為模式以建立話本小說的記號系統——兼讀《碾玉觀音》〉（一〇卷一一期）、鄭樹森〈白先勇《遊園驚夢》的結構和語碼——一個批評方法的介紹〉（八卷四期），則是施之於古典及現代小說的應用演示，對於古典及現代文學的分析，都提供了示範參考。[35]

一九八〇年代以降，各式新興的文學與文化理論紛至沓來，《中外》的譯介成果，堪稱有目共睹。其中，尤以解構主義、傅柯和巴赫汀的理論，以及女性主義影響最為深遠。如一一卷六期刊有奚密〈解結構之道：德希達與莊子比較研究〉、廖炳惠〈解構批評與詮釋成規〉，即為解構主義的演示。一一卷八期規畫為「語言專輯」，同時收入Edward Stankiewicz原作，易鵬、賴守正合譯的〈結構主義詩學與語言學〉、王建元〈淺介馬盧龐蒂的現象學語言理論〉，以及王德威的〈淺論福寇：語言、陳述、歷史〉等，一方面延續了先前即曾著力的結構主義與現象學，另一方面，福寇（Michel Foucault, 1926-1984，後譯為傅柯）在臺灣的譯介，也由此發出先聲。一二卷一二期，王德威再發表〈「知識考掘學」與「探原研究學」——再論福寇的歷史文化觀〉，一三卷一期刊載福寇原作，王俊三翻譯的〈作者探義〉，臺灣學界的傅柯熱，隨之開始迅速延擴。與此同時，由王德威發軔，在現代小說評論中頻頻引用的巴赫汀（M. M. Bakhtin, 1895-1975）「眾聲喧嘩」、「對話」、「狂歡」等觀念，也隨著《中外》相繼刊出相關論述，如廖炳惠〈論述與對話：巴克定逝世十周年〉（一四卷四期）、陳長房〈空間型式、作品論釋與當代文評〉（一五卷一期）、馬耀民〈「眾聲喧嘩」與正文的口述性〉（一九卷二期），被學界廣為援引應用。

此外，更值得一提的是，早自一九八〇年代中期，《中外》即開始著力於推介「女性主義」文學。一九八五年，主編張靜二於一四卷一〇期推出「女性主義專輯」，選刊西方女性主義經典論述：〈莎士比亞的妹妹〉（Virginia Woolf作，范國生譯）、〈荒野中的女性批評〉（Elaine Showalter作，張小虹譯）。另有王德威〈尋找女主角的男作家——茅盾、朱西寧、黃春明、李喬〉、古添洪〈讀李昂的《殺夫》——譎詭、對等與婦女問題〉、宋德明〈吳爾芙作品中的女性意識〉等論文。同時，還配合刊出〈英美「女性形象」詩選〉（Sidney等作，宋美琿譯），「女性主義」在《中外》，於是揭開序幕。

四年之後的一七卷一〇期，《中外》再次製作「女性主義／女性意識專號」，選刊經典名作：〈維琴尼亞吳爾芙書信選〉（Virginia Woolf作，劉紀蕙譯）、〈黃色壁紙〉（Charlotte Perkins Gilman作，王安琪譯）、〈自白與對話——當代女性形象詩選〉（Rich等作，宋美琿譯），以及廖炳惠〈女性與颱風——管窺侯孝賢的《戀戀風塵》〉、李元貞〈臺灣現代女詩人的自我觀〉、黃毓秀〈《奧瑞泰亞》諸女神與父權意識的形成〉等研究論文。三個月之後的

35 朱立民在〈迎第四屆國際比較文學會議〉一文中曾表示：近年來用於比較文學研究的理論五花八門，大會在「比較文學理論」項下分列六種：結構主義、記號學、現象學、詮釋學、讀者反應理論、後期結構主義。朱立民：〈迎第四屆國際比較文學會議〉，《中外文學》一一卷三期（一九八二年八月），頁一〇〇。這裡提到的張漢良與古添洪的論文，都同時是比較文學研究會議上的發表論文。

一八卷一期，為全國比較文學會議專輯，主題即為「文學的女性／女性的文學」。由此，既可見當時「女性主義」已蔚然成風，成為學界關注的重點；也再次印證了《中外》的走向與「比較文學研究」之間的密切關聯。

不過，更值得注意的是，《中外》藉由「專號」（或專輯）形式，凸顯特定議題的做法，實則隱含了一定的意識形態與運動色彩。這一點，「女性主義／女性意識專號」主編廖朝陽的〈專號的意識形態（代序）〉一文，即有所說明：

專號是文集的一個次類。就文學期刊與文學著作來說，專號與文集所以刊行，可以有種種因緣，而標舉宗派，闡揚主張，應該算是極常見的一種動機。……專號以其組織性、程式性、集結性，無疑帶有更明顯的意識形態，更強烈的運動色彩，表現文化論述的社會意義也最清楚。

以專號的形式來闡述宗派、主張，往往帶有改造現狀的企圖，想要藉此對文化機器中的權力秩序（典範的界定、研究工作的重點、研究文字或方法被徵引應用的頻率等）作一調整，促成權力分配的重組。在文化生產工作的演化辯證過程中，專號的這種功能可以扮演很重要的角色。[36]

「女性主義」本身即是「文化研究」的一環，《中外》為此製作專輯與專號，以及比較文學會議以此為研討主題，固然透露出：從一九八〇年代中晚期開始，比較文學即逐步朝向「文化研究」發展。但更重要的意義是：藉由相關專號的製作而凸顯特定議題，已經是當代文化生產演化過程中，爭取權力分配重組的實踐行動。廖的「代序」，闡述的還並不只是該期專題製作的意義而已，九〇年代以後，臺灣現當代文學研究之所以能夠由邊緣而中心，從學院之外進入學院之內，或許都可以循由此一思路來掌握。

（四）《中外文學》之「專號化」、「理論化」與臺灣現當代文學研究的「學院化」

相較於中國古典文學，（兼括中國與臺灣的）現當代文學其生也晚，在中文系課程教學中，自始就處於邊緣位置。兼以戒嚴時期，政府禁止開放中國現代文學資料，對於「臺灣」文學，也持保留態度，早年這方面的研究主力，多是具外文系背景的海外學者，國內中文系師生，並未積極參與。因此，臺灣現當代文學研究的發展，基本上是從學科建制之外開始的。一九九〇年代以降，臺灣政治社會環境丕變，各大學逐一設立臺灣文學系所，現當代臺灣文學，不僅進入正規的教學與研究視野之中，並且嘗試朝向文化研究與跨領域研究發展。這一點，與《中外》在九〇年代以後的「專號化」、「理論化」走向，當具有一定程度的關聯。而箇中關鍵，仍然是繫諸《中外》的「學院」本質。

36　廖朝陽：〈專號的意識形態（代序）〉，《中外文學》一七卷一〇期（一九八九年三月），頁四－九。

整體而言，促使臺灣文學研究與當代文學作品的相互對話，彼此增益，以及即時引介新興的理論思潮，乃是《中外》作為「學院派文學雜誌」顯而易見的貢獻。不過，或許因為彼時臺灣文學科系尚未設立，現當代文學仍徘徊於學院建制之外，如何進行「研究」，學界猶在摸索。而另一方面，由於它也吸引了不少非學院中人參與討論，因此，「（文學）評論」與「（研究）論文」往往雜糅難分，現當代文學研究的「學術性」，遂以此屢遭質疑。顏元叔、歐陽子以「新批評」方式在《中外》演示文本細讀，王德威、邱貴芬、廖咸浩、廖炳惠、張小虹等分別以不同理論解讀臺灣當代文學與文化現象，當然都為研究者帶來啟發；但臺灣現當代文學研究終究能夠走向「學院化」——亦即與一般的隨筆感言完全區隔，並具有「文化研究」的視野，應從《中外》改採「專題（專輯）」編輯，以及論文力求「理論化」談起。

以「專輯」或「專號」方式企畫編輯的做法，《中外》早已有之。從創刊未久的「川端康成專號」，到一九八〇年代的「語言專輯」、「女性主義／女性意識專號」等，皆屬之。但集中議題，大量而密集地規畫「理論性」的專輯專號，實始於廖咸浩。據廖之說，其接任主編之初，《中外》的銷售量與能見度低迷不振，「訂戶與零售的總額已經到達了有史以來的最低點。而且，除了書林之外，其他書店裡幾乎找不到這本雜誌」。主要原因在於：

> 其一，解嚴後，文學不再是年輕人唯一的精神出路：社會運動、小劇場、電影等大量

吸收了年輕人的理想主義的能量；再則，資本主義深化後的休閒領域愈加多樣，加上通俗文化多變的形式與快速更新能力，使得文學吸引力日趨小眾。

此外，雜誌內容日趨「學院化」，甚至「經院化」，「不但論文議題流於瑣碎，與時代脈動脫節，學院應有的深刻，也漸無跡可尋」。凡此，都使得《中外》必須「重新定位」。他的具體做法，首先是放棄傳統綜合性文學雜誌形態，不再刊登隨筆與漫談式的評論文章；其次，更積極規畫理論專輯或專號、鼓勵實驗性創作，以及開放學術性的論辯對話，目的即在於讓文學研究與當代議題與研究方法接軌；換言之，「就是把廣義的『文化研究』正式引進《中外文學》，使刊登的文學研究論文能有更多的社會意義」。

如此做法，立竿見影的效果，當然是《中外》「銷售訂閱量同時大幅回升，有些專題甚至全部銷售一空」。[37]而放在「學院派文學雜誌」的發展脈絡中，它最大的意義，應是「學院人」再次以其學術實力與思潮敏感度，走出學院，與當代社會文化對話，並帶動議題，引領風潮。

然而弔詭的是，益趨「理論化」的結果，卻也使得《中外》反而更為走向學院深處，曲高和寡。這一點，從胡耀恆《中外》三十周年的感言中，已可見端倪。[38]廖炳惠更毫不諱言

37　廖咸浩：〈《中外文學》的再生〉，《中外文學》二八卷八期（二〇〇〇年一月），頁二四－二七。

地指出：由創作與批評理論並陳的文學「評論」（review）月刊，到當前的文學與文化理論專號月刊，已充分呈現出人文科學的嶄新處境。由此所反映的新學術生態，很可能就是：

> 文化霸權速食式的移植，學術領域的架構逐漸小眾與缺乏共識化，在分析架構與對話空間上社群的自我封閉（ghettoized）或親密暗爽化。

至於「論述題材及作者群愈來愈同質化、無不以國族、性別、同性戀、弱勢、後現代、後殖民文化研究為課題」，專號主題時有重複，甚至「窮盡」，都是有待檢討之處。[39]

然則，從學術研究角度而論，理論有助於開發研究議題，深化論述，畢竟是不爭的事實。過去一般的現當代文學評論未能得到學院認可，應與其缺乏理論框架與方法論訓練有關。《中外》的各式理論專號，邀約學者以集中議題方式引介新興理論，較諸零星單篇論述，更能強化脈絡，為有心者提供參照觀摹的範式。無論是新歷史主義、女性主義、精神分析、後殖民、後現代，都大大開拓並深化了學術研究的面向。再者，「文化研究」原就特別關切當前自己的社會文化問題，與臺灣研究相結合，亦屬水到渠成；而原先的「臺灣（現當代）文學研究」，遂因增益了「文化研究」的理論與方法，視野更形開濶。

不過，仔細觀察，《中外》之「理論」專輯與「臺灣」文學與文化研究二者，其結合卻也並非自始即然，一蹴而幾。廖咸浩主編時期，所策畫的專輯專號十分多元，舉凡中國古典文學、非裔美國論述、羅狄與科幻、莎士比亞與文藝復興，都多所涵括；但即使其中「身分專號：文化屬性與文學表現」、「國家文學專輯」，都觸及到臺灣的認同問題，專輯名稱還未特別標舉「臺灣」，論述對象也兼括中、外。吳全成接編之後，雖有「英文小說研究」、「現代愛爾蘭文學專輯」、「當代澳洲文學的多元文化閱讀」等聚焦外國文學的專輯，但從「當代臺灣劇場再探專輯」開始，一系列「臺灣文學動向」、「臺灣流行歌」、「臺灣當代小說」等聚焦於臺灣文學文化的專輯專號輪番登場，則是宣告了「臺灣」研究正式浮出地表。劉毓秀、馬耀民、黃宗慧繼之，專題策畫加入更多臺灣女性與當前議題，以及臺灣作家的研究專號，諸如：「臺灣女性文學與文化」、「臺灣文學史的再思考」、「重探八〇年代臺灣新電影專輯」、「中國符號與臺灣圖象」、「永遠的白先勇」、「王文興專號」等。至此，《中外》的臺灣文學與文化研究，已堪稱蔚為大國，各方學者共襄盛舉，研究無論質量，都頗為可觀。它的「學術性」，當然備受肯定。

38 胡耀恆在一九九二年《中外》二十周年感言中，還很欣喜地表示：《中外》是學院人編給讀書人看的，所刊登的學術論文旁徵博引，不避艱澀，但每每令人愛慕感嘆，感到知也無涯。然而到了二〇〇二年的三十周年，他卻十分痛心地說：現在這些深奧的論文，一般人都說看不懂，「愈來愈多的是純粹為理論而講理論的文章」，連創辦人之一顏元叔，收到《中外》都束之高閣。

39 廖炳惠：〈文學研究在千禧——解讀十年來的《中外文學》〉，《中外文學》二八卷八期（二〇〇〇年一月），頁一三一—一六。

另一方面，一九九七年，真理大學成立臺灣文學系；二〇〇〇年，國立成功大學成立臺灣文學研究所；爾後清大、臺大、政大、臺師大、中正等校先後成立臺灣文學研究所，《中外》的各類理論及臺灣研究相關的專輯專號，不但成為各校教學與研究的重要參考，曾參與發表論文的若干學者，也進入臺灣文學系所任教，「臺灣文學」的學科建制，至此逐漸完成。若聯繫到前引廖朝陽關乎「專號」之具有意識形態與運動色彩的論述，這些以「臺灣」為名的學術論文專號，其參與並促成當代學術研究與教育文化之「權力分配重組」的行動軌跡，正是歷歷可見。[40]

與此同時，我們當然還有必要再次論及「比較文學」的研究轉向，及其如何在《中外》促成臺灣研究之「學院化」過程中，作為另一股重要的參贊力量。如前所述，《中外》創刊之初，即與比較文學博士班、比較文學研究學會關係密切。歷來全國比較文學研究年會及國際比較文學會議的論文，大多於《中外》以專號方式集中刊載。檢視這些論文，可以看出：早期學者關注中西比較，甚至逕以中國古典文學為研究對象。一九八〇年代以降，則明顯開始朝向「文化研究」發展。一九九二年（恰恰是《中外》創刊二十周年）的第十六屆全國比較文學會議，尤其具有相當的指標性意義：該屆會議以「中西文學典律的形成與文學教學」為主題，會中雖仍有周英雄〈必讀經典、主體性、比較文學〉，扣緊「比較文學」立論，但其他如蔡振興〈典律／權力／知識〉、陳昭瑛〈霸權與典律：葛蘭西的文化理論〉、張錦忠〈他者的典律：典律性與非裔美國女性論述〉等，都已是文化研究的範疇了。其中最值得注意的，應屬邱貴芬的論文：〈「發現臺灣」：建構臺灣後殖民論述〉，它將後殖民理論引進臺灣文學研究，並且清楚凸顯以「臺灣」作為理論化的研究對象。該次會議論文於一九九二年七月號《中外》刊載之後，主編廖咸浩隨即邀約邱貴芬與廖朝陽撰寫對談文章：〈「咱攏是臺灣人」——答廖朝陽有關臺灣後殖民論述的問題〉，〈是四不像，還是虎豹獅象？——再與邱貴芬談臺灣文化〉，於八月號刊出。臺灣文化研究在文學刊物上的學術性公開論辯，於焉開啟端緒，而這應該也是後來廖朝陽、邱貴芬、陳昭瑛、廖咸浩一連串論辯的前身之作。

　　一九九三年八月，《中外》推出第十七屆全國比較文學會議論文專號，逕以「文化研究與文學教學」為專輯名稱，論文包括楊明蒼〈詹明信後現代理論與臺灣〉、邱貴芬〈想我（自我）放逐的兄弟（姐妹）們：閱讀第二代「外省」（女）作家朱天心〉、張小虹〈盜版瑪丹娜：後現代仿擬與性別拷貝〉等，不僅「文化研究」的態勢，更為鮮明可見，研究焦點指向臺灣，也是大勢所趨。這些會議論文每年以不同的年度主題集中刊登於《中外》，與《中外》策畫的各式專題或專輯相偕並行，在在強化了臺灣文學與文化研究的學術性與正當性。[41] 因此，或許我們可以這麼說：「本土化」是一九八〇年代整體臺灣社會發展的共同趨歸；「文化

40 各校先後成立臺灣文學系所，以及「臺灣文學」的學科建制，實另有政治因素使然，當然並不能就此歸功於學術界（如《中外》）的影響。然而，學界豐富多元的研究成果，厚植了「臺灣文學研究」的內涵，使它在學科建置過程中，得以名實相應，不致淪為空洞的政治符號，則是不爭的事實。而也就是在這一層面上，《中外》的貢獻是明顯可見的。

研究」是當時學界的新興走向；《中外》因勢利導，藉由「專題」、「專輯」而集其大成，既開發議題、引介理論，也演示各種研究方法，為起初徘徊於學科建制之外的臺灣文學研究，提供了源頭活水。由於這些新興學術議題與理論框架的引入，以及引介這些理論的學者們先後加入臺灣文學研究行列，方興未艾的臺灣文學與文化研究，遂得以逐步「學院化」，並且走出有別於中國古典文學研究的路徑。[42]

五、結語

「學院派文學雜誌」源遠流長，從開始發展以來，即與大學教育深相關聯，甚至參與了學科建制。「學院派」的研究取向，使其論文質精量多，富於學術深度；既名之為「文學」雜誌，文學創作與翻譯，自然不可或缺。以「學院人」所獨具的學術實力及對思潮的敏感度，這類雜誌，每每能推介新知，引領風潮，主導創作與研究走向。《文學雜誌》與《現代文學》對戰後臺灣文學創作與研究的貢獻，都可循此一脈絡掌握。然而，限於創辦者個人的財力及人力，即使有心勉力延續，最終畢竟是難以為繼。

《中外文學》得天獨厚，在臺大外文系的經費及人力挹注下，創刊迄今已屆五十年，它的貢獻與影響力，當然遠遠超過《文雜》與《現文》。相對而言，《文雜》兼及文學評論與翻譯，《現文》以翻譯及鼓勵青年創作見長；《中外》雖早年也有王文興《家變》、林文月《源氏物語》、《枕草子》等重要文學創作與翻譯，但因一開始，就與「比較文學」之學科發展及學院教育密切相關，因此，學術研究方面的成果，遠超過其他。數十年間，它對於「比較文學」觀點及相關理論的引介，為中國古典文學研究開拓新視野；一九九〇年代以降，「專號化」、「理論化」的走向，則推動了臺灣文學與文化研究的「學院化」。放眼海內外，如此成就，大概沒有任何華文期刊能夠望其項背。而這長久以來的學術研究取向，也使得它從二〇〇三年十一月起，完全取消創作，成為純學術期刊，「學院派文學雜誌」的身分，至此正式終結。

從「文學雜誌」，轉變到「學術期刊」，箇中因素當然十分複雜：國內學界對於學術刊物的要求日增、期刊評比日益制度化、《聯合文學》、《文訊雜誌》、《印刻文學》等諸多文學雜誌先後加入市場競爭，都使得《中外》基於人力經費及自身優勢的考量，必須棄文學創作而就學術研究，徹底轉型。成為學術期刊之後的《中外文學》，論文品質固然可觀，但

41 每年的比較文學年會原本都設有特定主題，但早年會議論文在《中外》刊出時，多僅標明為「中華民國第X屆全國比較文學會議專刊」，或是「比較文學專號」；會議主題，從不曾被用為專號名稱而特別標舉。即使到了一九九〇年，第十四屆全國比較文學會議的主題設定為：一，口述與書寫傳統；二，巴赫汀與比較文學，論文於七月號《中外》刊登時，封面仍只標示為「比較文學專號」，只有在目錄頁中，才看得到會議主題。然而到了一九九二年，第十六屆會議論文刊出時，就已經是「中西文學典律的形成與文學教學專號」的形式了，此一做法自此成為常規，與《中外》的其他專輯專號相偕並行。

42 各校臺文系所開始成立時，不少都是由中文系分派而出，師資多來自中文系，研究方法因此頗受古典文學研究的影響。《中外》各專號作者群以外文系背景居多，亦不乏其他科系者。研探臺灣文學與文化，開展出的路徑與面向，自有不同。而邱貴芬由原先的外文系轉至臺文所任教，更是別具意義。

在編委會與審稿制度多重規範下，其於推介新知、引領風潮方面，恐怕是已成絕響。而先前中、外文兩系同心協力，攜手合作的盛況，更早就已是明日黃花。[43]本文無意抑今揚昔，卻是希望藉由此一考察，指出：放在「學院派文學雜誌」的歷史脈絡中，《中外》如何以其「學院」特質，介入了臺灣當代的學科建制與學術研究發展，其具體的作為及衍生的相關議題，應該值得學界重視並進行更細緻的後續研究。

43 原先「中外攜手」的重要基礎，一則在於外文系早年學科設置目的之一，即為「滙通中外」；再則，「比較文學」學科建置之始，重視中西比較，中國文學，自然不可偏廢。凡此，皆需借重中文系的專業。而中文系學者，也通過外文系學者對於西方文論的引介，拓展研究視野。彼此密切合作。一九九〇年代以後，中文系學者逐漸淡出《中外》，箇中因素不一而足，大致而言，至少有以下數端：一，《中外》的「理論化」走向，使得不擅理論的中文系學者心餘力絀，無緣涉足。二，外文學界與比較文學界所熱衷的「文化研究」，偏重討論當代議題，中文系研究重心一向在古典文學，相關程度日減。三，「本土化」過程中，有意無意的「去中國化」，傳統中國文學研究，遂不免被排除於《中外》編輯企畫之外。四，中文學界方面，八〇年代以後，另有《臺大中文學報》、《漢學研究》、《中國文哲研究集刊》等重量級學術期刊相繼創刊，學者們的研究路向與《中外》既然不再合轍，論文自然也就轉投其他學刊。凡此種種，皆使得中、外文系雖不致由「攜手」而完全「分手」，多少總是漸行漸遠。

第六章

近四十年來臺灣的近現代文學研究

——學科形構與研究動向

一、前言

「近現代文學」是近年來臺灣學界十分引人矚目的一個研究領域，不僅活力豐沛，成果斐然，而且具有相當高的國際能見度。然而追溯它在臺灣的正式開展，卻要遲至一九八〇年代中期以後。

基本上，任何學科領域的形構與發展，大都取決於以下條件的配合：研究資料能否順利取得、研究方法能否推陳出新、是否具有人才培育機制，以及能否組織研究社群彼此切磋、相互對話。其間，官方政策與意識形態，往往具有一定的左右力量。相較於其他學科領域，早期臺灣的「近現代文學研究」尤其深受政治因素干擾，隱而不彰。近四十年來，則由於政治大環境改變，經由民間與學院研究者共同努力，終究由隱而顯，從學院外而進入學院內，逐漸走出自己的道路。在本書即將進入尾聲之前，在此即就此一研究領域的形構過程，以及主要的研究動向進行梳理，並提出若干反思。

一般而言，「近現代文學」兼括「近代」與「現代」，在時間斷限上，前者始於一八四〇年，迄於一九一九年，時當「晚清」與「民初」；後者以五四新文學運動為起始點，其下限則有止於一九四九年，[1]或是直迄當下二說。在文學體類方面，「『現代』文學」固然以五四以來的白話文學為主，但亦上承「近代」文學，涵括同一時期的舊體詩詞。其中，「近代」的部分較不涉及當下的政治現實，問題雖然不大，但在戒嚴時期，研究資料仍然取得不易。至於「現代」部分，則無論時間斷限如何，自魯迅以降，絕大多數的一九三、四〇年代現代文學大家，都因為其書寫中具有「左翼」思想與現實關懷，不見容於國府。因此，早年臺灣在近現代文學方面的最大困境便是研究資料極其匱乏，不僅三、四〇年代重要文學作品被列為禁書，無法得見，學院中更沒有此一學科的一席之地。以至於，有心者除了負笈海外，幾乎完全無法從事相關研究。而國內學界，也往往經由海外學者，才能略窺於該學科的內涵及新近的研究狀況。此一情況，直至八〇年代前後才有所改變。原因一則是國民政府在戒嚴近四十年之後，終因民意所趨，走向解嚴解禁，自由開放；大量中國近現代文學的研究資料及論著，於是隨著兩岸頻繁交流進入臺灣，並在出版界的配合下，促興學科發展。再則，臺灣本土意識萌興，不少文學研究者致力於梳理建構日本殖民時期以來的臺灣新文學脈絡，同樣帶動了「臺灣近現代」的文學研究。[2]

因此，探勘此一研究領域之「學科形構」的進程，以及相應而生的研究特色，首先必須注意的，即是此一過程中，各種「機制」的相互作用問題。由於貼近當下社會，它所涉及的，不只是學術界與政府審查／推動機制的往來協商，亦有出版界、傳播／評論界與民間學

1 大陸學界一向以一九四九年來劃分現、當代文學：之前稱為「現代文學」，之後則為「當代文學」。它以新中國之成立作為文學史斷代方式，其實是政治性的劃分，背後涉及文學史觀建構的問題。本文在此所論述的「現代」，採取的是直迄當下之義。

2 值得注意的是，在臺灣意識還未彰顯之前，即或是出自於臺灣作家之手的文學書寫，仍被稱之為「中國」文學。

會組織的介入。這些來自不同界面的力量彼此牽動，相互作用，在在左右了此一領域所釋放的動能、所標舉的品味，以及所體現的研究走向。從一九五〇年代以「反共」是尚的文藝政策，到二〇〇〇年以後的廣設臺灣研究系所；從學者經由雜誌刊物以推介研究成果，到報刊與學會、政府機構合辦學術活動，進行論文研討，皆可見一斑。箇中曲折，大致可循由「五〇年代至七〇年代」、「八、九〇年代」、「新世紀」三個時期分別觀察。

二、禁忌的年代：一九五〇年代至七〇年代

一九四九年兩岸分裂，內戰失利的國民政府帶領百萬軍民播遷來臺，臺灣社會亦隨即進入以「反共復國」為首要目標的「戒嚴時期」。國民政府痛定思痛，以為大陸赤化的重要原因之一，即是一九三、四〇年代大量具有左翼色彩的文學作品批判社會現實，鼓吹階級鬥爭，影響民心士氣甚鉅。而在這些作家作品被列為禁書之後，臺灣對於五四新文學的接受，幾乎就僅剩下朱自清、徐志摩與隨國府渡海來臺的胡適、梁實秋、蘇雪林等極少數作家，報刊及圖書出版管制嚴格。在此情況下，臺灣的中國近現代文學研究誠然是舉步維艱，難以開展。儘管如此，此一領域畢竟還是以迂迴而且緩慢的方式，邁開了步履。

說它「迂迴」，一方面是因為除了少數黨政關係良好的學者仍得以在官方默許或授意下進行現代文學史料的編纂，以及撰寫文學史論述，[3]一般學者作家都迴避了關於新文學以來重要作家的討論，轉而以當下臺灣作家的文學書寫為評論、分析對象，為日後的臺灣現

代文學研究發出先聲；另一方面，則藉由刊載、出版海外知名學者的研究，開啟臺灣對於一九三、四〇年代文學的認知。就前者言，包括官方色彩濃厚的《文藝創作》、學院派的《文學雜誌》、民間基金會籌辦的《書評書目》等文學性雜誌，都於此著墨甚多。其中夏濟安的〈評彭歌《落月》兼論現代小說〉，[4]尤其是援引西方理論以論析臺灣當代小說的重量級力作。後者則以任教於美國的夏志清最具代表性。夏的反共立場鮮明，一九五六年開始，《文學雜誌》即刊載他關於張愛玲小說研究的論述；一九七〇年，純文學出版社出版他的文學評論集《愛情．社會．小說》，所收入的〈現代中國文學感時憂國的精神〉一文，以揭示現代中國作家的國族迷魅為主軸，論析了自魯迅、沈從文、老舍以及大陸當代作家楊朔的小說。一九七九年，夏在海外漢學界的扛鼎之作《中國現代小說史》經弟子劉紹銘等人合力譯出，由臺灣傳記文學社出版，更是成為當時臺灣得窺三、四〇年代文學風貌的重要來源。

除此而外，從一九三、四〇年代一路來到臺灣的作家兼學者梁實秋、蘇雪林、朱介凡等以「憶舊」或是重出舊作方式勾沉過去，[5]也算是為五四以來的新文學留下若干見證，但畢

3　如曾任政戰學校中文系主任的李牧著有《三十年代文藝論》（臺北：黎明文化公司，一九七三）、《中共文藝統戰之研究》（臺北：黎明文化公司，一九七七）；曾任職於教育部、退輔會的尹雪曼曾負責編纂《中華民國文藝史》（臺北：正中書局，一九七五）；曾任國大代表的劉心皇，致力抗戰文學研究，著有《現代中國文學史話》（臺北：正中書局，一九七一）、《抗戰時期淪陷區文學史》（臺北：成文出版社，一九八〇）；周錦：《中國新文學史》（臺北：長歌出版社，一九七七）等。

4　夏濟安：〈評彭歌的《落月》兼論現代小說〉，《文學雜誌》一卷二期（一九五六年十月），頁二五－四四。

竟分量有限。其間，雖然有學者從文化與文學傳承面向建請政府開放三〇年代文學作品，以供青年學子研讀，[6]然而官方的考量，總還是落實在政治層面之上。一九七五年，正中書局出版由尹雪曼總責編纂的《中華民國文藝史》，將中華民國開國前後以迄於建國六十年以來的文學、音樂、舞蹈、美術、戲劇、電影之發展概要匯為一編，其中自然也涵括大陸二〇、三〇年代現代文學作家作品，但它連同「海外華僑文藝與國際文藝交流」、「臺省光復前的文藝」與「大陸淪陷後文藝」等一併收編其中，意欲藉此建構並宣示「中華民國」建國以來的文藝主導權，應是不言可喻。[7]一九八〇年，成文出版社出版「中國現代文學研究叢刊」三輯共三十冊，分別就《五四時代的小說作家和作品》（尹雪曼著）、《文學研究會與創造社》（陳敬之著）、《三十年代作家記》（陳紀瀅著）等三十個不同論題進行概述。該叢刊的編輯委員包括尹雪曼、陳紀瀅、夏志清、葛浩文（Howard Goldblatt）、姚朋、孫如陵等國內外知名學者與文藝工作者多人，陣容堅強，叢刊的涵蓋面亦屬廣泛，應是國府遷臺以來，最具規模的中國三〇年代文學出版品。然而其理念與目的實與《中華民國文藝史》一脈相承，囿於意識形態，無論在學術研究抑或文獻資料方面，都價值有限。[8]

至於在「近代文學」方面，雖然並未受限於政治禁忌，相關研究亦屬鳳毛麟角。大抵而言，皆屬青年學者的學位論文，研究主題則集中於晚清小說。其中，以成宜濟《孽海花研究》（臺北：政大中文所碩士論文，一九六七）為最早，尹和重、林瑞明、鍾越娜、陳幸蕙繼之，[9]併為臺灣近代文學研究中的開先之作。

5 梁實秋：《清華八年》（臺北：重光文藝出版社，一九六二）；蘇雪林：《文壇話舊》（臺北：傳記文學出版社，一九六九）、《二、三十年代的作家與作品》（臺北：廣東出版社，一九七九）；朱介凡：《大陸文藝世界懷思》（臺北：臺灣商務印書館，一九六九）。

6 如臺大文外系教授胡耀恆即曾在《中外文學》發表〈開放三十年代文學〉一文，指出：「在大陸沉淪，國勢風雨飄搖之季，查禁政策，誠有安定局勢的效果。但隨著匪我雙方形勢的演變，此項斷然措施，目前實已到應該重新檢討、予以改弦更張的階段。」胡耀恆：〈開放三十年代文學〉，《中外文學》一卷一一期（一九七三年四月），頁四－七。胡耀恆的博士論文即是以一九三〇年代重要的劇作家曹禺為研究對象，他於一九七〇年取得美國印地安納大學比較文學博士之後，即返回母校臺大外文系任教，對於國內禁絕三、四〇年代文學的現況，自是感觸尤深。

7 尹雪曼時任「中華文化復興委員會」之「文藝促進會」執行秘書，該《文藝史》由「文復會」主其事，動員多位學者與藝文界人士共同撰寫，期間得到國民黨文工會支援，官方色彩濃厚。參谷鳳翔：〈序〉，《中華民國文藝史》（臺北：正中書局，一九七五），頁一－四。相關研究參考黃怡菁：〈文學史的書寫形態與權力政治——以《中華民國文藝史》為觀察對象〉，《臺灣學誌》創刊號（二〇一〇年四月），頁七五－九七。

8 據該叢刊〈編印緣起〉，可見其主旨在宣示「中華民國正統」：「中國新文學運動，是隨著中華民國政府而來的。儘管後來有著各種文藝思潮的激盪以及少數作家思想的變遷，但中國現代文學卻都是在國民政府的呵護下成長茁壯的，所以絕不能因為民國三十八年的政治原因而形成中斷。」「我們的政府是中華民國正統的政府，我們當代文學是新文學的一線相承，我們對新文學發展的史料應有總的整理和全盤的瞭解，進而作批判性的接收，纔能充實當代文學，並規畫出未來發展的美麗藍圖。」〈中國現代文學研究叢刊編印緣起〉，《五四時代的小說作家和作品》（臺北：成文出版社，一九八〇），頁一。

9 尹和重：《老殘遊記研究》（臺北：中國文化大學中文所碩士論文，一九七〇）、林瑞明：《晚清譴責小說的歷史意義》（臺北：臺灣大學歷史所碩士論文，一九七七）、鍾越娜：《晚清譴責小說中的官吏造型》（臺中：東海大學中文所碩士論文，一九七七）、陳幸蕙：《二十年目睹之怪現狀研究》（臺北：臺灣大學中文所碩士論文，一九七七）。

三、從蓄勢待發，到風起雲湧：一九八、九〇年代

一九八〇年代以來，臺灣經濟起飛，政治解嚴，島上風雲動盪，卻正是為學術自由提供有利條件。[10]尤其兩岸開放交流之後，不僅是國外學者，大陸學者與作家更是紛紛受邀來臺，臺灣的近現代文學研究，自此真正開啟新頁。由於過去學院中相關課程的訓練有限，此階段參與的研究者，多數為中文系原本研治古典文學的學者，以及外文系具比較文學研究、東亞研究或是文化研究背景的學者，此外還不乏若干作家與藝文工作者。更特殊的是，此一研究領域由八〇年代的蓄勢待發，到九〇年代的風起雲湧，主要的推動力量其實是來自學術機構之外的民間報刊雜誌社與學會組織。他們頻繁舉辦各類型的學術會議，激發學者的研究能量，也促成國內外研究者的多方往來對話。[11]其中《文訊》雜誌社及《中國時報》、《聯合報》、《中央日報》三大報系，都於此著力甚深。它們採取的模式往往是：與官方機構或是學會組織合作舉辦會議，會前經由媒體大幅宣傳，會後出版研究論文集，因而具有相當大的能見度與影響力。而隨著社會氛圍的改變，會議關注的議題，也有所轉變。

以文訊雜誌社為例，它原為國民黨文工會於一九八三年創辦，初期旨在蒐集、整理文學史料。一九八七年適逢盧溝橋事變五十週年，該社舉辦「抗戰文學研討會」，配合出版「抗戰文學」專書三冊；[12]兩岸開放交流之後，一九八七至一九九一年間所舉辦之多場研討會皆與大陸現當代文學有關。[13]一九九三年四到六月間，由行政院文化建設委員會與新聞局贊

助，舉辦六場不同地區之「臺灣地區區域文學會議」，會後將論文結集為《鄉土與文學》出版，此後以臺灣文學為主題而舉辦之研討會亦逐漸增多，對「臺灣文學研究」助益尤多。[14]

尤其值得一提的，是當時「三大報系」所籌辦的學術會議，它們多數集中於一九九〇年代。由於擁有媒體宣傳與豐厚財力的優勢，往往能邀請到海內外重量級學者及作家與會，更具聲勢。其中，《中央日報・中央副刊》率先於一九八八年與行政院文化建設委員會合作舉辦「現代文學討論會」，邀請夏志清、王德威、叢甦與會；一九九六年舉辦「百年來中國文學學術研討會」邀請陳平原、夏曉虹、吳祖光、北島和陳忠實等人，現場另配合播放大陸前輩作家影音，深受兩岸學術藝文界矚目。《中國時報・人間副刊》先後主辦「兩岸三邊華文

10 一九八七年，臺灣於政治上全面解嚴，黨禁、報禁及聚會結社之限制隨即解除。但解嚴解禁的呼聲，以及種種相應的活動，早自一九八〇年代之初，即已開始發軔。

11 如林燿德即曾在《文訊》製作的「現代文學會議的觀察」專題中表示：「國內中文系所主導的會議大約僅占一成半左右的比例，這表示相關活動的推動力量還是以媒體（報社、雜誌社、出版社）和文藝團體為主，即使是學術領域之中，中文系所對現代文學的關切仍然徘徊在文壇的邊緣上……」林燿德：〈近十年臺灣地區現代學術會議的觀察與思索〉，《文訊》六二期（一九九四年三月），頁二八。按：「近十年」指的是一九八四至一九九四年。

12 三冊專書分別為：秦賢次編：《抗戰時期文學史料》、李瑞騰編：《抗戰文學概說》、蘇雪林等著：《抗戰時期文學回憶錄》，皆於一九八七年由文訊雜誌社出版。

13 包括一九八八年「當前大陸文學研討會」、一九九一年「第二屆當前大陸文學研討會」等。

14 《文訊》及「文藝資料研究及服務中心」雖皆由國民黨文工會所創辦，但自二〇〇三年起，改由「臺灣文學發展基金會」負責經營。其發展變遷詳見其官網：https://www.wenhsun.com.tw/aboutussite/wenhsun_us?active=in_the_eyes。

小說研討會」（一九九四）、「張愛玲國際學術研討會」（一九九六）、「金庸小說國際學術研討會」（與漢學研究中心，遠流出版公司合辦，一九九八），邀請到的學者及作家包括劉紹銘、馬幼垣、李歐梵、王德威、周蕾、柯靈、李銳、劉心武，劉以鬯等多人。此外，聯合報系文化基金會亦於一九九三年主辦「四十年來中國文學會議」，基金會執行長邵玉銘特邀學者齊邦媛、王德威、鄭樹森為顧問，就所有會議論文主題預作規畫，採「命題作文」方式，分別邀請最具代表性之學者撰寫，隱然有以國府遷臺四十年為時間座標，全面梳理此一時期之文學發展的企圖與規模。[15]各研討會期間，或有總統頒贈書面賀詞，或有副總統親臨致意，[16]不僅轟動一時，會後所出版的論文集，亦深具學術價值，廣為學界參考徵引。[17]

除此而外，出版社與學者合作，出版相關文獻與海內外各類研究成果，亦深具推進之效。如楊牧與葉步榮、瘂弦等共同創立洪範書店，一九八〇年代初即陸續編選出版《現代中國散文選》（一九八一）、《豐子愷文選》（一九八二）、《周作人文選》（一九八三）等多種文學選本，[18]為「現代文學」提供可資研讀的具體文本。九〇年代開始，麥田出版邀請王德威主編「麥田人文」書系，出版王德威《小說中國：晚清到當代的中文小說》（一九九三）、《如何現代，怎樣文學？：十九、二十世紀中文小說新論》（一九九八）、廖炳惠《回顧現代：後現代與後殖民論文集》（一九九四）、陳平原《千古文人俠客夢：武俠小說類型研究》（一九九五）、周蕾《婦女與中國現代性：東西方之間閱讀記》（一九九五）、李歐梵《現代性的追求：李歐梵文化評論精選集》（一九九六）等系列近現代文學研究名家的論著，以及包括米歇・傅柯（Michel Foucault）《知識的考掘》（一九九三）、費修珊（Shoshana Felman）和勞德瑞（Dori Laub）《見證的危機：文學・歷史與心理分析》（一九九七）、愛德華・薩依德（Edward W. Said）《知識分子論》（一九九七）等譯著，皆為臺灣的近現代文學研究，開啟嶄新的參照視野。

相形之下，學術機構自身的作為則較為保守低調，唯清華、淡江、政大的中文系所與中研院文哲所著力較多。一九八一年，清華中語系首開其端，先以「現代文學教學研討會」的形式，就現代文學之課程教學與相關研究議題進行研討；此後，文化、臺大等校也曾先後舉辦過此類會議。一九八八年前後，清華、淡江相繼以「當代中國文學」、「三十年代文學」之名召開研討會，[19]政大則關注晚清，於一九八四年舉辦「晚清小說討論會」，為臺灣的晚清

15 該會議邀請齊邦媛、劉再復、鄭樹森、李歐梵分別就四十年來之「臺灣」、「大陸」、「香港」、「海外」四地區文學進行總論，之後再就各地區分別論述。如臺灣部分，由王德威論一九五〇年代反共文學，柯慶明論六〇年代現代主義文學，呂正惠論七、八〇年臺灣鄉土文學；大陸地區有黃子平論「革命歷史小說」，香港地區有盧瑋鑾論「南來作家」等，論文作者皆為一時之選。

16 李登輝總統曾為「百年來中國文學學術研討會」頒贈賀詞，副總統連戰曾親臨「金庸小說國際學術研討會」開幕致詞。

17 這些論文集包括：楊澤編：《從四〇年代到九〇年代：兩岸三邊華文小說研討會論文集》（臺北：時報文化出版公司，一九九四）；楊澤編：《閱讀張愛玲：張愛玲國際學術研討會論文集》（臺北：麥田出版，一九九九）；王秋桂編：《金庸小說國際研討會論文集》（臺北：遠流出版公司，一九九九）；邵玉銘、張寶琴、瘂弦編：《四十年來中國文學》（臺北：聯合文學出版社，一九九四）等。

18 詳參楊牧數位主題館〈大事年表〉（網址：http://yang-mu.blogspot.com/#about）。

文學研究，正式揭開序幕。

另一方面，成立於一九七九年的「中華民國古典文學研究會」，也在此一時期先後舉辦了「五四文學與文化變遷」（一九八九）與「二十世紀中國文學」（一九九一）兩場學術研討會。所以如此，主要因為一九八〇年代以前，臺灣原無「近現代文學」之學科，發展之初，多由原先的中國古典文學研究學者轉而兼之。「古典文學研究會」關注於此，正是此一現況的體現。值得注意的是，在「五四文學與文化變遷」會議中，已有學者注意到「晚清」與「五四」之間的關聯；[20]「二十世紀中國文學」會議的主題設定，則不僅明顯有與大陸學界對話之意，[21]多篇聚焦於「臺灣文學」的論文，也為「臺灣」標示出它在此一學科領域中的重要位置。[22]

然而在學術機構中最為用心於此，並且最具影響力的，仍屬中研院中國文哲研究所。在彭小妍主導下，該所先後舉辦「寫實之外：中國現代文學」（一九九三）、「文藝理論與通俗文學：四〇到六〇年代」（一九九八）、「世變與維新：晚明與晚清的文學藝術」（一九九九）等大型國際研討會，邀請歐美、日本、大陸、香港多位重量級學者與會，並將會議論文結集出版。其中以「寫實之外」為名的「中國現代文學」研討會，會中所論，同樣是在地域上兼括中國、臺灣，時間上始於晚清的「近現代文學」。後來會議論文集訂名為《民族國家論述：從晚清，五四到日據時代臺灣新文學》，似乎微妙地預示了此後臺灣在此一學科形構過程中的特色：既凸顯「臺灣文學」在其中的主體地位，也將「晚清」納入「現代」的學術視域；而左右其走向的重要關鍵詞，恰恰是「民族國家」。

四、學院化、跨域化、國際化：二十一世紀

時至二十一世紀，對於臺灣的「近現代文學研究」而言，此一時期最大的意義，應是在「學院」主導下，開始日趨「跨域化」與「國際化」，走出自己的道路。其原因，既緣於政策面的改變，更有來自於學科自身專業研究的要求。

前已述及，一九八〇年代以前，三、四〇年代的中國現代作家作品被列為禁書，學院中並無此學科的一席之地；即或論及「中國現代」文學，所指涉的也是「臺灣當代」的文學書

---

19 詳細會議訊息，參見文訊編輯部編：〈近十年來國內有關現代文學會議的目錄〉，《文訊》六二期（一九九四年三月），頁一四－二七。

20 如龔鵬程：〈傳統與反傳統——從晚清到五四的文化變遷〉，《近代思想史散論》（臺北：東大圖書公司，一九九一）；王樾：〈晚清思潮的批判意識對五四反傳統思想的影響——以譚嗣同的變法思想為例〉，收入中國古典文學研究會編：《五四文學與文化變遷》（臺北：臺灣學生書局，一九九〇）。

21 此前北大學者陳平原、黃子平、錢理群倡議以「二十世紀文學」取代先前「近代－現代－當代文學」的分期論，在大陸學界引發許多回響，龔鵬程對此有不同思考。參龔鵬程：〈「二十世紀中國文學」概念之解析〉，收入古典文學研究會編：《二十世紀中國文學》（臺北：臺灣學生書局，一九九二），頁一－一八。

22 這些論文包括：游勝冠：〈日據時代臺灣新文學本土論的建構〉、星名宏修：〈日據時代的臺灣小說——關於皇民文學〉、下村作次郎：〈臺灣文學研究在日本〉等多篇。會議詳情，請參考李瑞騰：〈前言：走出更寬廣的道路〉，收入古典文學研究會編：《二十世紀中國文學》（臺北：臺灣學生書局，一九九二），頁Ｉ－Ｖ。

寫。因此，關於它的評析與研究，向來有不少作家或藝文工作者參與其中。甚至於，藝文界往往較學術界更為關注「（臺灣）現代文學」的發展。此一情況，不僅使得「學院」與「文壇」之間沒有一定的區隔，更模糊了「專業」與「非專業」之間的界限。解嚴解禁之後，各類型的「現代『學術』研討會」如雨後春筍，應運而生；相較於學術機構的步履躊躇，報刊雜誌與出版社反而是劍及履及，積極戮力於此，原因多少與此相關。而細查當時各會議之議程表，邀請當代作家與會擔任論文發表者或講評者的情形所在多有，便也不令人意外。[23]然而新世紀以來，邀請專業作家於學術性研討會中發表論文的情況幾乎不再復見，其原因，除了學術界已開始正視此一領域並且主導研究走向之外，對於「學術研究」之「專業化」與「理論化」的要求，更是重要原因。這一點，參之以前一章論析《中外文學》的轉型過程，亦可見一斑。

至於學術界的主導方式，大致包括在學術機構內成立研究中心、組織學會、創辦學術期刊、舉辦學術會議、出版研究專書，以及在各校開設相關課程以培養研究人才等。其中，中研院中國文哲研究所的「近現代文學研究室」於二〇〇一年成立，應是國內學術機構中，最早專注於此一研究領域的正式組織。該研究室除延續一九九〇年代之初即已開展之晚清以來的文學研究外，更關注臺灣當代的文學、文學與電影研究；二〇一〇年開始，則以「翻譯」與「跨文化」研究為重點，先後召開多場國際學術會議，並將成果結集出版，[24]帶動臺灣近現代文學的「跨文化」與「跨地域」研究，成果斐然。

此外，學術機構內也先後成立相關的研究組織。如中央大學「現代文學教研室／琦君研究中心」（二〇〇五）、政大「近現代報刊與文化研究室」（二〇〇七）與「民國歷史文化與文學研究中心」（二〇一三）、東華大學成立「楊牧文學研究中心」（二〇一八）等。其設置，或與自二〇〇五年開始，臺灣教育部為了提升國內研究水準、建設世界級的頂尖大學而給予大學「邁向頂尖大學計畫」之經費補助有關。「琦君研究中心」與「楊牧文學研究中心」分別整理並研究琦君、楊牧的文學、推動相關研究。「近現代報刊與文化研究室」彙整海內外近現代報刊與文化研究相關論文，於網路設置「近現代報刊與文化研究論壇」，為國內外從事報刊研究的學者提供切磋交流的平臺，頗受學界矚目。其由鄭文惠帶領的研究團隊因參訪香港中文大學當代中國文化研究中心所建置的「中國近現代思想史專業數據庫（一八三〇－一九三〇）」，遂與主持人金觀濤和劉青峰教授合作開發「中國近現代思想及文學史專業數據庫（一八三〇－一九三〇）」，組成「中國現代認同的形成與演變」研究群及「中國

23 據文訊編輯部所輯錄之〈近十年來國內有關現代文學會議的目錄〉，當代臺灣作家如葉石濤、彭瑞金、陳紀瀅、羅青、林燿德、張放、叢甦、許達然、季季、蔡詩萍、張大春、楊照、張啟疆等，皆曾受邀擔任論文發表者或講評者。

24 出版的論文集包括彭小妍編：《翻譯與跨文化流動：知識建構、文本與文體的傳播》（臺北：中央研究院中國文哲研究所，二〇一五）；彭小妍編：《文化流動的弔詭：晚清到民國》（臺北：中央研究院中國文哲研究所，二〇一六）；陳相因、陳思齊編：《聶隱娘的前世今生：侯孝賢與他的刺客聶隱娘》（臺北：時報文化出版公司，二〇一六）；彭小妍編：《色，戒：從張愛玲到李安》（臺北：聯經出版公司，二〇二〇）；陳相因編：《左翼文藝的世界主義與國際主義：跨文化實例研究》（臺北：中央研究院中國文哲研究所，二〇二〇）等多種。

認同與現代國家的形成」跨校系研究團隊，結合「數據挖掘」（data mining）方法，推動「觀念史研究」。由張堂錡主持的「民國歷史文化與文學研究中心」，則與北京師範大學和四川大學中國現代文學文獻研究中心合作，試圖發掘一九一二至一九四九年中國文學的「民國性」，調整過去以「現代性」和「左翼現實主義」主導此時期文學研究的框架，以及反思「民國文學」與「臺灣文學」的交鋒。前者創辦《東亞觀念史集刊》，後者創辦《民國文學與文化研究集刊》，皆為相關研究成果之發表，提供專屬學術期刊。此外，不少大學還另有「人文（社會）中心」的設置，雖然研究涵括多重領域，並不以「中國近現代文學」為聚焦點，但經由跨領域對話，亦多能推進該領域之研究，並且促成發展「跨域」研究之效。尤其是成立於二〇〇七年的中山大學人文研究中心附設「離散／現代性研究室」，近年來著重馬華文學與華語語系文學研究，匯集研討成果而出版多部論文集，[25]別具特色。

與此同時，還有學者以跨校組織「學會」的方式促進學術對話與研究發展。二〇〇三年，幾位任教於文化大學的教師們發起成立「中國現代文學學會」，次年創辦《中國現代文學》半年刊，作為現代文學研究的專屬學術期刊。學會創始迄今，多次與對岸合作舉辦「海峽兩岸華文文學研討會」，讓兩岸的學者聚會切磋，促進學術交流。所創辦的《中國現代文學》，最近幾年已發展為以「專輯」形式，規畫刊出各類新興議題，匯集海內外學界的研究成果。[26]凡此，皆顯示此一學科領域已於新世紀之初正式建立，並在學術界主導之下，日趨茁壯。

據此，也可看出：進入二十一世紀之後，此一領域彰顯出的另一特色，即是日趨「跨域化」與「國際化」：跨領域、跨地域與跨文化的研究蔚起，並且經由國際交流合作，推升該領域研究的國際能見度。

原本，臺灣在解嚴之前，一九三、四〇年代文學資料闕如，大多只能被動接收海外學者的研究成果。九〇年代以後，兩岸交流頻繁，許多先前無法得見的研究資料與研究成果進入臺灣，為研究者提供許多便利。臺灣學者與學術研究機構，亦紛紛與大陸及歐美、東亞學者進行交流合作，成果產出相當可觀。除前述中研院與政大之外，二〇〇二年秋，臺大中文系、音樂所與美國哥倫比亞大學東亞系合作舉辦「文化場域與教育視界：晚清－四〇年代」國際學術研討會，邀集來自歐美、日本、大陸及臺灣學者多人進行研討。二〇〇四年，基於同樣「跨域研究」的關懷，幾位分別來自臺大、政大與中研院的學者，共同組織研究團隊，在國科會整合型計畫支持下，以「世變中的啟蒙：文化重建與教育轉型（一八九五－

25 包括：張錦忠、熊婷惠編：《疆界敘事與空間論述》（高雄：中山大學人文研究中心，二〇一六）；張錦忠編：《離散、本土與馬華文學論述》（高雄：中山大學人文研究中心，二〇一九）；熊婷惠、張斯翔、葉福炎編：《異代新聲：馬華文學與文化研究集稿》（高雄：中山大學人文研究中心，二〇一九）等。

26 諸如王德威、史書美：〈「華語語系與臺灣」主題論壇〉，《中國現代文學》三二期（二〇一七年十二月），頁七五－九三；宋明煒、嚴鋒：〈數位時代的人文與文學〉，《中國現代文學》三五期（二〇一九年六月），頁一－一二；宋偉杰、李育霖：〈環境人文，生態批評，自然書寫〉，《中國現代文學》三六期（二〇一九年十二月），頁一－一五；劉正忠、梅家玲：〈近現代文學的「今古之辨」與「今古之變」〉，《中國現代文學》三七期（二〇二〇年六月），頁一－一二等。

一九四五）」為題，進行為期三年的整合研究，成果結集為《文化啟蒙與知識生產：跨領域的視野》（梅家玲主編，麥田出版，二〇〇六），亦為一例。

此外，還值得一提的是，自二〇〇二年起，在蔣經國學術交流基金會贊助支持下，暨南國際大學中文系以「現代文學的歷史迷魅」為題，與哥倫比亞大學東亞系合作主辦臺灣首屆「青年學者國際會議」，此後清華、東華、臺東大學、輔仁、政大、臺大、中正等校，也先後與哥大、哈佛大學合作，承辦此會。該會議邀集臺灣、大陸及海外青年學者與會交流切磋，發表論文，每屆設定的主題雖各有不同，但「近現代文學與文化」始終為其中大宗，且多於會後結集出版論文集，[27]展現新一代青年學者的研究成果。再者，近年來政府力推「新南向政策」，國際合作的對象遂擴及至東南亞。二〇一八年起，臺大、中山、暨南國際大學三校共同執行「南向華語與文化傳釋：臺灣與新馬的跨國人文沙龍」科技部計畫，與新、馬等地的學術機構合作，雖然領域涵括人文學科各領域，對於「近現代文學」的跨領域研究，同樣產生推進之效。而與國際接軌的「跨領域」、「跨文化」，遂成為新世紀以來，臺灣「近現代文學」研究發展的重要路徑。其所形成的特色及重要成果，值得進一步關注。

五、臺灣近現代文學研究的新動向

「近現代文學」——尤其是其中的「現代文學」研究，向來是大陸與海外漢學研究中的顯學。大陸方面，它始終隸屬中文系的研究領域；海外研究者則多來自於歐美的東亞系、漢學系與比較文學系，以及日韓的中國學部、文學部或中語系等。由於中國近現代文學的重要文獻史料多收藏於大陸各圖書館，大陸學者得天獨厚，每能以豐厚的文獻資料為基礎，勾沉發微，開發研究議題。日本學者學風篤實，長於研究資料之蒐羅與深掘；北美研究者則以理論思辨為其特色，每每經由新興的文學與文化理論，建構嶄新的論述框架。臺灣方面，此一領域在一九八〇年代以前十分沉寂，唯有中文系以古典文學為專業的學者，以及自海外學成歸國的學者零星為之。前者如施淑、樂蘅軍、柯慶明、何寄澎、呂正惠、陳萬益、呂興昌、吳達芸、康來新、楊昌年、馬森、尉天驄、鄭明娳、張素貞、林明德、賴芳伶、李瑞騰等，後者如胡耀恆、侯健等。他們在學院中開授現代文學課程，大多經由細讀文本的方式，以專家、專著或文類為中心展開研究。所關注者，雖以臺灣作家為多，但為此一領域奠定後續研究的基礎，功不可沒。

另一方面，由於早年臺灣學界對中國近現代文學及研究現況的認知，多得自於夏志清、劉紹銘、葉維廉、楊牧、鄭樹森、李歐梵等北美學者，從學術背景看來，這些學者幾乎全數畢業於外文系，加上一九八、九〇年代以後，又有新一代留學歐美的外文系的學者，如王

27 包括王德威、黃錦樹編：《想像的本邦：現代文學十五論》（臺北：麥田出版，二〇〇五）；梅家玲編：《臺灣研究新視界：青年學者觀點》（臺北：麥田出版，二〇一二）；江寶釵、王德威編：《域外經驗與中國文學史的重構》（臺北：文水出版社，二〇一七）等。

德威、奚密、張誦聖、廖咸浩、廖炳惠、邱貴芬、彭小妍、劉紀蕙、張小虹等，投入此一研究領域。他們嫻熟於歐西各種文學與文化理論，援之以進行現當代文學與文化的研究，令人耳目一新。尤其是王德威，先後提出「沒有晚清，何來五四」、「後遺民」、「抒情傳統」、「華語語系文學／華夷風」之說，[28]研究視野貫通晚清與現當代，以及兩岸三地與其他地區的華文文學，所研探的論題，從現代性到文學史，從小說美學，到歷史記憶、國族認同與華語語系研究，論述新穎深刻且富於思辨性，在海內外學界都造成深遠影響。臺灣年輕一輩的文學研究者，大多對於新興的理論思潮具有高度興趣，研究取向自不免較依賴理論框架之挪用。然而，中文系文本細讀的訓練，以及兩岸開放交流後，大陸的文獻資料及學者的研究成果，同樣開啟研究者不同的觀照面向。九〇年代以後，研究生以近現代文學為研究主題的學位論文，即開始日漸增加，新世紀以來，更是成長迅速——而這當然也與二〇〇〇年前後，國內不少大學的中文系都因應學生需求，增加開設現代文學課程，以及各校先後成立臺灣文學研究系所有關。[29]臺文所的課程設計與研探議題，恰以近代以降的文學與文化議題為大宗，其中，關於「臺灣原住民文學」的研究，更是一大特色。[30]它的師生來源，涵括了中文、外文、日文、歷史、社會、政治等不同系所，臺灣的近現代文學研究，因此也就在中文、臺文、外文等不同學術訓練之學者的相互激盪，以及與海外學界的往來對話之中，日趨蓬勃多元，既積累豐碩成果，也形構出自身的特色。而臺文系所成立之後，「臺灣文學」已成為另一專業領域，遂與中國近現代文學研究分流。

整體而言，相對於大陸學者於「近」、「現」、「當」代研究的界域分明，各有專精，臺灣學者多傾向於貫通或兼顧不同時期、不同地域的文學而進行研探；此一時期的研究取徑，也從早年聚焦於專家、專著研究，發展為議題式的、具有文學史或是文化研究向度的深入考掘。其中，最具在地特色的，應是兼治兩岸，以臺灣為主體，就臺灣之於中國現代文學的傳承與新變所進行的探析，以及「女性文學」與「性別研究」；最具前瞻性與發展潛力的，則是具有「跨域」與「跨文化」特質的相關文學研究。

首先，在「兼治兩岸」的研究方面，臺灣學者之所以特別關注於此，乃因為新文學發軔

28 相關論述，可參見王德威（David Der-wei Wang）著，宋偉杰譯：《被壓抑的現代性：晚清小說新論》（*Fin-de-Siècle Splendor: Repressed Modernities of Late Qing Fiction, 1849-1911*）（臺北：麥田出版，二〇〇三）、《後遺民寫作》（臺北：麥田出版，二〇〇七）、涂航等譯：《史詩時代的抒情聲音：二十世紀中期的中國知識分子與藝術家》（*The Lyrical in Epic Time: Modern Chinese Intellectuals and Artists Through the 1949 Crisis*）（臺北：麥田出版，二〇一七）、《華夷風起：華語語系文學三論》（高雄：中山大學出版社，二〇一五）等。

29 一九九七年，真理大學成立「臺灣文學系」；二〇〇〇年，成功大學、清華大學與國立臺北師範學院（今國立臺北教育大學）同時成立「臺灣文學所」碩士班；此後臺師大、中正、靜宜、臺大、中興、政大等校，皆於二〇〇三至二〇〇五年間先後成立臺灣文學研究所碩士班。成大、政大、清華、臺大、中正等多校，並且隨後成立博士班，大量培養研究人才。

30 一九八〇年代以降，臺灣「原住民」自覺意識萌興，不少原民作家有意識地以「書寫」為自己的族群發聲，無論是口傳文學，抑是個人創作，都引起研究者高度關注。孫大川：《夾縫中的族群建構：臺灣原住民的語言、文化與政治》（臺北：聯合文學出版社，二〇〇〇）、浦忠成：《臺灣原住民族文學史綱》（臺北：里仁書局，二〇〇九）、劉秀美：《從口頭傳統到文字書寫：臺灣原住民族敘事文學的精神蛻變與返本開新》（臺北：文津出版社，二〇一一）、魏貽君：《戰後臺灣原住民族文學形成的探察》（新北市：ＩＮＫ印刻出版社，二〇一三）等著作，都是值得重視的研究成果。

於五四時期的北京，一時風起雲湧，遍及於各地的華文文學圈；臺灣雖時當日本殖民統治，仍經由不同管道，響應並參與其後續發展；然而殖民時期的日本語文與文化教育，畢竟對臺灣文學的語文形構、國族及文化認同影響深遠。面對此一歷史進程，臺灣學者首先關切的是：臺灣新文學與中國新文學之間的關係如何？它如何接受、延續？或是斷裂，再嫁接？如何以臺灣為主體，探勘其所開展出的新變？此一方面的研究，實須奠基於兼跨兩岸、相互參照的視野，而施淑教授，正是其中的先行者。[31] 此後，許俊雅、梅家玲、劉正忠、石曉楓、黃文倩等學者，都就此開展出不少重要成果。[32]

其次，「性別」問題向來與文學傳統、歷史文化，以及社會政治環境息息相關。然而以性別研究的角度去解讀文學，卻要直至二十世紀中後期，才逐步啟動。它始於關注「女性文學」與「文學中的女性」，進而擴及探析文學中的兩性互動，以及潛藏於其間的，關乎欲望、權力、國族、殖民、言語等不同複雜面向的糾結消長。一九八、九〇年代開始，臺灣學界開始大量引介西方女性主義與性別研究的理論及研究成果，流風廣被，引起不同領域女性學者的共同關注，並援引作為研究框架。既藉之以開發研究新面向，更有與理論對話的意義。在近現代文學研究領域中，邱貴芬、劉人鵬分別援以研探臺灣文學與中國近現代文學，是為先發之作。[33] 黃錦珠與胡曉真針對晚清民初女性文學與性別問題的研究，各有不同開展。[34] 進入現代文學部分，明顯可見的是，聚焦於「張愛玲」的研究，是為其中大宗。尤其是一九九五年張愛玲在美逝世之後，她的生平與文學，成為學界競相研探的焦點，尤以女性

學者為然。[35]其中，張小虹以深厚的文化理論為基礎，用女性主義閱讀張愛玲，也用張愛玲

---

31 一九九〇年代起，施淑先後出版《理想主義者的剪影》（臺北：新地文學出版社，一九九〇）、《兩岸文學論集》（臺北：新地文學出版社，一九九七）、《兩岸：現當代文學論集》（北京：清華大學出版社，二〇一四）等多部專著，其研究以左翼文學為主軸，兼跨兩岸，所探討的論題包括胡風、端木蕻良、路翎、賴和、龍瑛宗、陳映真等人的文學書寫、大陸新時期文學，以及日據時期臺灣的文藝思想論爭、「二戰」時日本在華占領區及傀儡政權「滿洲國」的文藝措施現象的分析等。

32 許俊雅潛心於臺灣報刊轉載、改寫大陸報刊的篇章所涉及的文學承衍、嫁接與新變等問題，所著《日治臺灣小說源流考：以報刊的轉載、改寫為論述核心》（臺北：萬卷樓圖書公司，二〇二〇）對此著力尤深。梅家玲的《從少年中國到少年臺灣：二十世紀中文小說的青春想像與國族論述》（臺北：麥田出版，二〇一二），與劉正忠的《現代漢詩的魔怪書寫》（臺北：臺灣學生書局，二〇一〇）分別就二十世紀以來的「現代小說」與「現代漢詩」兩文類的跨時間、跨地域折變，做出不同面向的考察。石曉楓《兩岸小說中的少年家變》（臺北：里仁書局，二〇〇六）與黃文倩《不只是「風景」的視野：後革命時代兩岸現當代文學比較論》（臺北：臺灣學生書局，二〇一七）則是分別從參照比較的觀點，就兩岸當代文學進行研探。

33 參見邱貴芬：《仲介臺灣・女人：後殖民女性觀點的臺灣閱讀》（臺北：元尊文化公司，一九九七）；劉人鵬：《近代中國女權論述：國族、翻譯與性別政治》（臺北：臺灣學生書局，二〇〇〇）。

34 黃錦珠以文獻考掘與文本細讀的方式，為晚清小說中的「新女性」勾繪圖像，參見《晚清小說中的新女性研究》（臺北：文津出版社，二〇〇五）、《女性書寫的多元呈現：清末民初女作家小說研究》（臺北：里仁書局，二〇一四）等專著。胡曉真關注由明清女作家共享的「才女文化」，如何過渡到清末民初的「新女性」與現代女作家，參見《新理想、舊體例與不可思議之社會：清末民初上海「傳統派」文人與閨秀作家的轉型現象》（臺北：中央研究院中國文哲研究所，二〇一五）。

35 臺灣方面研究成果至少包括周芬伶：《豔異：張愛玲與中國文學》（臺北：元尊文化公司，一九九九）；蘇偉貞：《孤島張愛玲：追蹤張愛玲香港時期（一九五二－一九五五）小說》（臺北：三民書局，二〇〇二）、《長鏡頭下的張愛玲：影像・書信・出版》（新北市：ＩＮＫ印刻出版社，二〇一一）；鍾正道：《佛洛依德讀張愛玲》（臺北：萬卷樓圖書公司，二〇一二）等。另外亦有結合電影、劇本與文學的研究，如許珮馨：《借銀燈說傳奇：張愛玲電影劇本與小說研究》（臺北：文津出版社，二〇一八）；鍾正道：《鏡夢與浮花：張愛玲小說的電影閱讀》（臺北：時報文化出版公司，二〇二一）。

來質疑、挑戰女性主義，體現出中西雙方的跨文化對話。[36]凡此，都是以女性與性別研究作為方法，為臺灣的近現代文學研究開啟新路向。

除此之外，「跨域」與「跨文化」的近現代文學研究，應是晚近臺灣學界在此一領域中最具特色的研究動向。基本上，「跨文化」兼涉「transcultural」、「intercultural」與「multicultural」三個不同面向，並往往與「跨語際」或「翻譯」研究相關。從明末以來的西學東漸，到晚清時期的中外文化激盪；從日本殖民臺灣時期的語言同化政策，到當代無遠弗屆的跨國流動，皆因為種種「跨語際／翻譯」活動之介入，締造不同形式的「跨文化」現象。「跨域」，則兼有「跨地域」與「跨領域」之義。從一開始，臺灣的近現代文學研究就有許多「外國文學」及「比較文學」背景的學者共同參與，經由不同於中文系的跨國學術訓練，很容易開展出「跨地域」、「跨領域」與「跨文化」的研究路向。此外。長年以來，臺灣一直有不少來自馬來西亞的留學生，他們完成學業之後，繼續留臺從事教研工作。基於本身跨域流轉的經歷，以及對於馬華與中國及臺灣文學的共同關懷，亦使其能以「跨域」的視野去從事研究，並成為晚近有關「華語語系文學／華夷風」研究的中堅學者。而近年來政府力推「新南向政策」，影響所及，亦使所跨之域從原先的歐美、日韓，延擴至東南亞地區。

在「跨文化」與「跨語際／翻譯」研究方面，中研院「近現代文學研究室」於此深耕多年，成員彭小妍、楊小濱、李育霖、陳相因等，都就此積累不少重要成果。[37]涵括馬華文學以及東南亞相關的「跨地域／跨文化」研究，則由李瑞騰教授在一九九〇年代之初開其先河，爾後黃錦樹、陳大為、鍾怡雯、張錦忠等，都相繼著力於此，[38]所關注的問題，從馬華現代文學之於現實主義的實踐困境、文化鄉愁與新／後移民的漂泊經驗開始，發展到「南方」移民在面對標準／純粹的中文言說與書寫時的「失語」問題，以及對於「文」與「文學史」在面臨跨地域、跨文化問題時的深度思辨。

基本上，前述跨域研究所著眼的文類多偏重於小說與散文。至於「詩」，近年來高嘉謙與鄭毓瑜所開展的動向，特別值得注意。高承續探討「南方」議題並擴而大之，所著眼者，則是臺、港與南洋詩人群體及其「漢詩」，如何於新舊交替、殖民與西學衝擊之下，體現政

36　參見張小虹：《張愛玲的假髮》（臺北：時報文化出版公司，二〇二〇）與《文本張愛玲》（臺北：時報文化出版公司，二〇二〇）。

37　參見彭小妍：《浪蕩子美學與跨文化現代性：一九三〇年代上海，東京及巴黎的浪蕩子，漫遊者與譯者》（臺北：聯經出版公司，二〇一二）；楊小濱：《欲望與絕爽：拉岡視野下的當代華語文學與文化》（臺北：麥田出版，二〇一三）；李育霖：《翻譯閾境：主體、倫理、美學》（臺北：書林出版公司，二〇〇九）；陳相因：〈俄蘇文學在中國——由翻譯統計探政治與文藝的角力與權力〉，《中國現代文學半年刊》三四期（二〇一八年十二月），頁八五－一一九；〈嬲嫐、愛情與早期共產革命文學——論《三代之愛》在蘇聯、日本與中國的跨文化實踐〉，《中國文哲研究集刊》五四期（二〇一九年三月），頁七五－一一三。

38　參見黃錦樹：《馬華文學：內在中國、語言與文學史》（吉隆坡：華社資料研究中心，一九九六）、《馬華文學與中國性》（臺北：元尊文化公司，一九九八）、《華文小文學的馬來西亞個案》（臺北：麥田出版，二〇一五）；鍾怡雯：《亞洲華文散文的中國圖象：一九四九－一九九九》（臺北：萬卷樓圖書公司，二〇〇一）與陳大為：《亞細亞的象形詩維》（臺北：萬卷樓圖書公司，二〇〇一）、《亞洲中文現代詩的都市書寫》（臺北：萬卷樓圖書公司，二〇〇一），應是臺灣最早著眼於亞洲華文文學研究的專著。兩年後，則有張錦忠的《南洋論述：馬華文學與文化屬性》（臺北：麥田出版，二〇〇三）出版。

治／文化遺民的精神處境，以及漢詩文類的越界與現代性脈絡，可謂以不同視野，回應當代的「後遺民」與「抒情傳統」論述。[39]鄭毓瑜同時援用古典詩學資源與當代語言學、現象學理論，將現代「詩」經驗放回漢語所在的處境脈絡，重探「詩界革命」以來的漢語詩學論述，為「詩國革命」的轉向與蛻變提出別具隻眼的剖析，並就「抒情傳統」論述予以重新檢討。所演示問題意識與研究路向，為跨領域研究提供了示範性的參考。[40]

六、結語

戰後以來，臺灣近現代文學研究的發展，其實是一脈曲折的歷程。基於與政治現實的相關性，早先此一領域的研究，在政策壓抑下隱而未顯，僅能於學院之外遊走徘徊；直至一九八〇年代前後，才得以在文化界與學術界的合作下逐漸正式成形。此後，它不僅在學院中蓬勃發展，更開啟許多國際間的跨域連結。此一研究肇興於中國大陸，然而它的發展，也與前文所論及的「學院派文學雜誌」若相彷彿，終究都是另開戶牖，別顯洞天。

參照於大陸及海外學界，臺灣因緣際會，投身於此一領域的研究者，包括來自中、外文系與比較文學系的學者，他們或有中國古典文學研究的深厚基礎，或有西方理論思辨的嚴謹訓練，以之進行近現代文學研究，開啟的視野自然別有天地。再者，曾經的殖民經驗、大規模的戰爭流徙，造成臺灣社會文化的多元混融，這也促使研究者對於疆域、語文、文化的跨界交混，以及文學文化在兩岸分治後的傳承與新變問題，多所用心。臺灣近年來的重要研究成果中，之所以特多從歷史文化面向去兼治兩岸文學，以及挪用歐西理論去思辨性別與跨域、跨文化議題，原是其來有自。對於「抒情傳統」、「後遺民」、「華語語系／華夷風」等論題的再三致意，亦是臺灣特殊的歷史社會情境，以及研究者的多元學術背景有以致之。

　　而在本文即將結束之前，我們瞻望未來，或許可以在結合前述之特殊背景及既有研究成果的基礎上，嘗試為臺灣的「近現代文學研究」，簡單提供若干值得開展的研究面向，以及進一步思考的問題。

　　首先可見的是，儘管「跨域／跨文化」實為現今海內外近現代文學研究共同的大勢所趨，然而臺灣學者對擁有大量華人移民的東南亞「華文文學」跨域研究，尤其別擅勝場。其中很重要的原因，即是多能跳脫以中原大陸為中心的思維，就新／舊、內／外、中心／邊緣等論題進行更為細緻深入的思辨，進而探勘其間的流動新變。因此，擴而充之，以華文文學為視野，就港、澳、星、馬、越、菲、印尼等地區的華文生產脈絡進行整合性的跨域研究，循之進而融貫、重探近三百年華文文學、文化及學術發展的脈動，應可開啟不同的學術視野。

39 參見高嘉謙：《遺民、疆界與現代性：漢詩的南方離散與抒情（一八九五－一九四五）》（臺北：聯經出版公司，二〇一六）。

40 參見鄭毓瑜：《姿與言：詩國革命新論》（臺北：麥田出版，二〇一七）。

其次，過去學界對於「現代」文學的研究，多框限於五四以來的白話新文學；近年來，二十世紀中的「通俗／大眾文學」與包括詩詞等傳統文類在內的「舊體文學」，也被視為近現代文學研究中的重要環節。臺灣學者在這些方面著墨者不多，如何就此推陳出新，以期豐富並細緻化此一領域的研究，亦是另一可考慮的方向。尤其，若再與貫通今古的「抒情傳統」或是「華文文學」的跨域研究相聯結，應該更有不少可資拓展的空間。而相對於大陸學界對於臺灣文學的多所關注、海外學者對於新興「科幻」文學的勤於琢磨，臺灣學界對於大陸當代文學與新興的「類型文學」研究，其實較為有限；對於大陸新世代的作家的關注，更是明顯不足。凡此，亦當是值得開展的另一面向。

除此之外，作為在「臺灣」的近現代文學研究者，或許還可以思考：在臺灣發展此一領域的研究，它的對話對象為何？所需要回應的問題是什麼？擺盪在史料與理論，以及中國研究、臺灣研究與國際漢學研究之間，臺灣的近現代文學研究，要如何以有限的資源去確立自己的位置？如何進行自我的理論建構，並拓展方法論的意義？回顧過去，我們看到的是研究者篳路藍縷，不斷摸索前進的足跡；瞻望未來，則期待後續的研究，能因為兼及對前述問題的思考，日新又新，更上層樓。

結論

臺灣四面環海，特殊的地理位置與歷史境遇，使它成為一座「移民之島」，長久以來，便廣納來民，頻頻與各方的政經文教力量接觸對話。數百年間，島上政權幾經更迭，文化多元匯流，但移民畢竟以來自彼岸大陸者為絕大多數，文學書寫，亦以漢語文學為主流。它自明鄭以來，便隨著對岸文人官吏進入臺灣，因此「在某種情況下，跟中國有特別的關聯」。[1]十八、九世紀以降，民族國家意識萌興，造成世局動盪與傳統語文的裂變；現代大學建制，報刊媒體風行，更改變了過去的知識生產與文學實踐模式。這些鉅變催生出歷史發展中的現代轉型，所造成的影響遍及世界各地，臺灣當然不能自外於此。所不同的是，它兼有與中國大陸長久以來的淵源、有曾經日本殖民的經歷，以及原就棲居島內的原住民族的生活印記；凡此，都為它的文學形構憑添複雜變因。當然，另一個關鍵因素，是內戰失利的國民政府於

1　黃得時作，葉石濤譯：〈臺灣文學史序說〉，收入江寶釵編：《黃得時全集九》（臺南：國立臺灣文學館，二〇一二），頁二九－四八。

一九四九年帶領百萬軍民倉皇來臺，此後，在「海峽中線」的想像與範限之下，兩岸壁壘分明，既牽動瞬息萬變的國際形勢，也左右了半個多世紀的臺灣文學發展。

誠然，攸關文學發展的因素繁複多端，舉凡國家文藝政策與教育體制的往來協商，出版界、傳播／評論界與民間組織團體的多方介入，無不作用其間，各從不同層面左右了文學的品味與走向。然而對於一九四〇年代以降的臺灣而言，來自學院知識分子的文教實踐，卻是促發此後文學遷變的重要主軸。本書分別從「文學史」、「國語文」及「學院派文學雜誌」三個面向進行探討，在論述即將告一段落之前，擬從以下三方面總結其中要旨，並提出若干反思。

一、從「政治」到「文學的政治」：現代學院人的文教志業與「文．學．史」的再解讀

現代學院人藉由創辦雜誌以寄託個人文學理想與文教志業的現象，始於二十世紀上半葉的中國大陸，真正發揮重大影響力，卻是在戰後臺灣。重要關鍵之一，即在於「海峽中線」所激發出的時代危機感，使得深受傳統文化薰陶的現代知識分子，選擇了同時經由學院教學與創辦文學雜誌，「用文章來報國」。[2]有別於傳統社會的文人學者僅能藉由詩社、書院，在特定地方推廣文教，現代學院人結合師生力量，讓學院的知識生產（「學」）與個人的書寫實踐（「文」）相互辯證，彼此生成，並藉由雜誌刊物能穿越時空的特質，廣為播散。它凸顯將

「Literature」對譯為現代意義的「文學」時，其間「文」與「學」的交融互動，也使得「文學史」在寄託了書寫者的情志與理念之後，體現出特定的文化政治，不再只是客觀記述文學發展的歷史檔案。黃得時與臺靜農的文學史書寫，正是以此一方式，改寫了原先歐西「文學史」書寫的理論框架。

放在中國歷史文化的脈絡中省視，這些學院人希望「用文章來報國」，所思所為，與過去心懷家國天下的「士人」似乎聲氣相通；但其實有更複雜的轉化與當代意義。基本上，從黃、臺兩人的文學史書寫，到三份學院雜誌的創辦，莫不起源於時代的動盪憂患，然而它的旨歸，卻都是對於「文學」的理念與堅持，因而形成另一種「文學的政治」；它既因現實政治衝擊而萌生，也意圖在批判與對抗中突破現實政治的局限，體現知識分子的時代使命感與文學追求。誠如王智明在論及夏濟安的《文學雜誌》與白先勇的《現代文學》時所指出的：「文學的政治不僅也是一種政治，更是一種反對政治汙染的政治，以及回應中國現代史曲折發展的方式，藉著主張一種理想，而非支持某個政權，來提出政治性的批評與對抗。」[3] 循由這一層面，或許也就能為臺灣文學「史」的再解讀，帶來更深刻的體察，開啟更為寬廣的研究

2 參見三份臺灣學院派文學雜誌的發刊辭，本書導論注6。

3 參見王智明：〈反浪漫主義：夏濟安的文學與政治〉，《落地轉譯：臺灣外文研究的百年軌跡》（臺北：聯經出版，二〇二一），頁二〇四。

視野。

原本，文學發展往往受到政治力左右，幾乎已是不言自明。然而文學「史」的歷時性觀照，正所以透視一時一地的政治迷霧，鑑照文學本色，清理源流始末。它的意義，與其說是經由種族、環境、時代或歷史去形塑一個民族國家的心靈圖式，不如說，是以宏觀的視野，揭示文學傳統的承衍與創化，體現不同時期、不同個體的生命經驗、理想堅持與文學追求。一九四、五〇年代渡海而來的學院人，多數走過烽火戰亂，從中國輾轉來臺，原是歷史變局使然，是動盪時代裡艱難的選擇。他們在中外文化碰撞中反思文學的傳承與創新，在民族認同、意識形態的交鋒中致力於文化志業與文教實踐，以現今的批判性眼光看來，學院的高度，菁英的性格，使其所引領的文學新潮無法引發大眾共鳴；所認同的中華文化，也難以讓新世紀的本土論者接受。但他們所體現的「文學的政治」，畢竟是二十世紀臺灣文學史上一道亮麗的風景線。更何況，因「世變」而啟動的臺灣文學在地新變，原就是由這批學院前輩開啟端緒；一九八、九〇年代之後，更有後輩學院人起而繼之，促成「臺灣文學研究」的學院化，以及「臺灣文學」的學科建制。這一方面，參照五十年來《中外文學》在中國文學與臺灣文學研究之間的推移變化，尤其歷歷可見。現代學院人的文化志業與文教實踐，因此也為臺灣文學史的再解讀，提供不同的切入面向。

二、「海納百川」與「融會轉化」：超越「海峽中線」的文學新變

回顧臺灣文學的生成發展，雖然開始時「跟中國有特別的關聯」，但臺灣之種族、環境與特殊歷史經驗——特別是政權更易，必然為文學帶來衝擊與變化。黃得時〈臺灣文學史序說〉，早已就此多所論述。尤其文末簡論「改隸以後」的文學，特別提到當時漢詩徒然以雕琢為專事，詠物詩與擊缽吟大行其道，原因就是歷代總督和民政長官皆以漢詩作為治臺方策之故。這正是從「歷史」層面著眼，指出臺灣文學因政治因素而產生的變化。此外，他也同時注意到：當時臺灣不只受到中國文學革命影響，產生卓越的白話文作家賴和；還有以各類日語寫作的文藝作品，刊載於《先發部隊》、《第一線》、《南音》、《臺灣文藝》、《臺灣新文學》等雜誌中。[4]〈晚近臺灣文學運動史〉一文所著眼者，亦為當時的日文刊物與以日文寫就的各類文學作品。[5]凡此，皆是將不同來源的文學兼納於臺灣文學之中，體現出「海納百川」的文學史觀。中、日語文並蓄共存於臺灣，應是它所以「具有獨特性格」的重要原因之一。因此，它也才成為「擁有清朝文學裡不存在，明治文學裡也不存在的臺灣獨特的文學」。[6]

4　黃得時作，葉石濤譯：〈臺灣文學史序說〉，《黃得時全集九》，頁二九－四八。
5　黃得時作，葉石濤譯：〈晚近臺灣文學運動史〉，《黃得時全集九》（臺南：國立臺灣文學館，二〇一二），頁二〇七－二一四。
6　黃得時作，葉石濤譯：〈臺灣文學史序說〉，《黃得時全集九》，頁三一。

與此同時，黃得時與臺靜農不約而同地援引歐西文學理論進行文學史書寫，已展現另一種對於不同來源之文學新知進行「融會轉化」的嘗試。相對於「海納百川」的廣納來者，「融會轉化」則重在採擷來者之所長，轉為己用。戰後的三種學院派文學雜誌從譯介、吸納國外的文學理論與經典著作開始，為愛好文藝的讀者提供新知；繼而促使寫作者將它們轉化落實為關注自身境遇的文學形式，讓外來他者與內在自我交融互動，更為臺灣文學開創許多嶄新的可能性。具有在地特色的文學與研究成果，遂隨之創生不絕。其間，對於國外經典文學與重要理論的翻譯，尤其居功厥偉。如前文所述，夏濟安《文學雜誌》所取法的對象，實為一九三〇年代朱光潛所創辦的同名雜誌。而兩者最大的差異，就在於對「翻譯」之作的取捨態度：朱編不收翻譯文論與文學，夏編則以之為汲取新知，觀摹新作的源頭活水。此一編輯理念，其後在《現代文學》與《中外文學》中不僅延續不輟，甚且還成為形塑各自特色的關鍵因素。晚近臺灣的近現代文學領域特重跨文化、跨地域研究，並且開展許多國際連結，同樣與此相關。反觀先前朱光潛的《文學雜誌》，雖為「學院派文學雜誌」樹立標竿，抗戰勝利後也曾再度復刊，但中共建國後，大陸政教體制丕變，此類刊物遂無以為繼。在意識形態掛帥的年代裡，朱光潛、沈從文等學院人動輒得咎，有志難伸。相形之下，臺灣學院人以「文學」為志業，藉「雜誌」以突圍，終得走過戒嚴時期，成就自在自為的美學典律，走出與對岸不同的徑路。

當然，整體而言，臺灣譯介文學新知的管道多端，原不以此三種刊物為限；致力於此的有心人士，也不限於學院中人。然而學院派文學雜誌的引領之功，畢竟是有目共睹。特別是，三種刊物都以「學院」為基地，結合中文、外文兩系師生攜手合作，為中學與西學、傳統與現代提供對話交流與融會轉化的平臺，文學研究與創作的薪火，於是經由學院教育體制而相繼相傳，不斷後出轉精。隨著時光推移，因之所引領出的文學新變，所積累的一切成果，終究是超越了「海峽中線」的範限，融入當代臺灣，成為不可或缺的內在肌理。

不過，正是基於「文學史」的觀照視野，我們在此並無意過度誇大學院人對於臺灣文學的貢獻。如果說，文學的形構發展、文學史的書寫與解讀，原就是以「海納百川」與「融會轉化」為重要原則，那麼，由學院人所引領的文學走向，就也不過是匯流而至的「百川之一」而已。學院之外，還有廣大的天地，那裡有鄉土、有原民，還有其他不同類型的文學與文化。它們與學院人所帶動的文學新潮交響共振，也各從不同面向與學院人相互對話，彼此辯證，共同匯流為臺灣文學的百川大海。循此，思考學院人之於「文學新變」的真正意義，或許還不應僅局限於他們所樹立的文學史書寫典型，或是所締造的現代主義文學成果等具體實績；反倒是在締造這些實績過程中所體現的自由開放態度，兼容並包與轉化創新的精神，才是得以開展新變的真正根源。

三、從民族國家拯救國文：「國．語．文」問題的歷史根源與當代反思

從另一面向思考，一切文學書寫，都必須以語文教育為基礎，才得以進一步開展。如

此，我們將如何省思「海納百川」與「融會轉化」中的語文問題？不同語系的語言文字，是否會在語文教育的過程中，發生碰撞與摩擦？對於文學的發展，它又將產生什麼樣的影響？回顧臺灣文學的歷史進程，無可否認地，自明鄭以降，「語言」（漢語／日語）與「文體」（文言／白話）的變化革新，對文學發展的影響最為深遠；而體制化的「語文教育」，則是決定其走向的重要因素。在此，學院人參與其中，既助成它的推展實踐，也揭示它所帶來的問題性。

「『國』語文」問題的源頭，實為歐西的民族主義與民族國家意識。在此一意識驅動下，無論是殖民政府在臺灣廣推日語文化，抑是隨後國民政府的「去日本化」與「再中國化」，二十世紀上半葉臺灣的「語文教育」，實為「中國」與「日本」相互角力的另一戰場，是兩國之間非武力鬥爭的兵家必爭之地。一九四〇年代的臺灣，日語已是普遍流行於社會各地的通用語文；推廣（中）國語文教育所以成為戰後初期的當務之急，正是職此之故。許壽裳、魏建功銜命來臺，戮力於滌清日本語文，他們廣推「國語」與「國文」，務求立竿見影；為臺灣大學編選國語文教材，正是聚焦於此，所編選出的教材選本，當然與先前大陸時期大相逕庭。本書將兩岸不同選本相互參照，並且將它們放置在明治日本及晚清以來「國語」與「國文」發展的歷史脈絡中整體檢視，最大的意義，應是得以洞悉「『國』語文」在單純的語文運用層面之外，所糾結的種種複雜面向——那是民族認同與國家政策的交鋒，也是意識形態與文化想像的爭辯。其間的過猶不及之處，所在多有；甚至於，它所帶來的負面作用，還成為日後臺灣諸多的語文論爭的遠因。

既是如此，那麼，我們是否應該重新思考「國」與「文」的相互關係？相對於被近世民族主義框限的「國」，「文」卻是源遠流長，內蘊繁複，並且具有無限的創生動能。從最基本的語言文字，到文體、風格，乃至於文明、文化，莫不廣羅於「文」的意涵之中。長久以來，「文」便不斷與外來的語言與文化頻繁互動，也在綿延播散的過程之中，因時間流變、空間位移而發生變化。近年來有關「華語語系文學」的相關論述，正是循此開展，為此提供了重要參證。

此外，參照前文對於三份學院文學雜誌的討論，也可以看出：它們不僅是經由大量譯介，為臺灣「人文學」帶來豐碩資源，其實也為「『國』語文教育」的問題，提供另一反思面向：如果說，二十世紀上半葉的語文教育，是在「民族主義」本位下的堅壁清野，三份雜誌則是以近乎「世界主義」的態度悅納異己。前者的自我框限與後者的多元開放，恰成強烈對比，所導致的評價，也顯然不同。以今視昔，論者多能客觀批判民族主義的盲點與局限，倡議開放包容。但近年來，臺灣的中學國文教材是否應大幅削減文言文，大學國文課程是否應該廢除必修，以及各方面是否應該「去中國化」，無不一再引發各界論辯。各方攻防的背後，總也有民族主義、國家政策、意識形態種種幽靈若隱若現，呼之欲出。面對此一狀況，有心者是否也應自問：我們是否還要被這些無形的框架綑綁？是否能以更開濶的視野與胸襟廣納百川，轉化創新？而政治上的「去中國化」是否就等同於文學、文化上的「去中國化」？

最後，我們不妨再次回到黃得時的〈臺灣文學史〉。就如黃早已指出的：中國文人官吏渡海來臺，是臺灣文教、文學得以生成發展的重要源頭。儘管臺灣文學以漢語文學為主流，然而特殊的歷史境遇、地理環境及種族構成，早已成為它發生「新變」的內在基因。能夠不斷吸納不同來源的百川眾流，匯融轉化，則是啟動新變的關鍵因素。它既有包含原民文化在內的種種在地文學與文化，更有世變之際，學院人多方引介而來的中華文化與各地精華。它們相互對話，彼此激盪，終至交融匯流，成就「臺灣獨特的文學」。二十世紀學院人為臺灣文學與文化帶來資源，開啟視野；他們超越框限的態度，所積累的成果，值得重視。而黃得時挪用泰納學說，卻將「時代」改易／譯為「歷史」，或許正可視為對後之來者的提醒：唯其具有歷史化的視野，才得以全面而且客觀地洞悉文學發展的轉折遷變，並且正面看待所有匯流而至的各方動能。《文學的海峽中線：從世變到文變》關注因「世變」而啟動的「文變」，論析臺灣文學中「文」與「學」的辯證互動與在地新變，正是著眼於此，並期待此一論述，能為未來的相關研究，提供一個值得繼續開展的面向。

各章論文出處

第一章

動盪時代的史識與詩心——黃得時與臺靜農的「文學史」書寫

原文發表於《臺大中文學報》七九期（二〇二二年十二月），頁二三九－八〇。（111-2410-H-002-245-MY3）

第二章

世變中的國．語．文——以一九四〇年代「大學國文」教材編選為起點的論析

該章係由兩篇已發表的論文重新改寫整合而成，分別為：

1.〈戰後初期臺灣的國語運動與語文教育——以魏建功與臺灣大學的國語文教育為中心〉，《臺灣文學研究集刊》七期（二〇一〇年二月），頁二五－六〇；

2.〈現代大學與國文教育——以四〇年代大一國文教材選本為起點的論析〉，《臺大中文學報》七〇期（二〇二〇年九月），頁一九一－二四二。（109-2424-H-002-001）

第三章

大學與文學——夏濟安、《文學雜誌》、臺灣大學與臺灣的「學院派文學雜誌」

該章原題〈夏濟安、《文學雜誌》與臺灣大學——兼論臺灣「學院派」文學雜誌及其與「文化場域」和「教育空間」的互涉〉，發表於《臺灣文學研究集刊》創刊號（二〇〇六年二月），頁六一－一〇二。經修訂改寫後收入本書。

第四章

「現代」是怎樣煉成的？——現代主義小說家的「故」事新編與美學實踐

該章原題〈「故」事如何新編？——臺灣現代主義小說家的當代關懷與美學技藝〉，發表於「數位化時代的中越文化與文學國際學術研討會」，二〇二三年三月三十一至四月二日，越南河內大學舉行。（107-2410-H-002-182-MY3）

第五章

《中外文學》與中國／臺灣文學研究——「學院派文學雜誌」與當代臺灣的知識生產及學科建制

該章原題〈《中外文學》與中國／臺灣文學研究——以「學院派文學雜誌」為視角的考察〉，《中外文學》四一卷四期（二〇一二年十二月），頁一四一－七四。經修訂改寫後收入本書。

第六章

近四十年來臺灣的近現代文學研究——學科形構與研究動向

該章原題為〈近四十年來臺灣的近現代文學研究：學科形構與重要成果〉，收入漢學研究中心編：《深耕茁壯：臺灣漢學四十回顧與展望》（臺北：漢學研究中心，二〇二一），頁一六九－九八。經修訂改寫後收入本書。

後記

人生中許多際遇，原以為是出於偶然，事後回想，卻又彷彿早有定數，千絲萬縷，總也牽動著現今自己的關懷與抉擇，思想與作為。學術研究，也是如此。

還記得生平第一次參加學術研討會，是博士班畢業未久，在臺大中文系初任副教授時期。那時候，國內舉辦學術研討會的風氣不若今日普遍，若非特定的學會會員，就是須經師長推薦引介，才能與會發表論文。我之所以能有此機會，就是由當時系主任齊益壽先生指派參加的。那是由師大國文系舉辦的「第一屆臺灣地區國語文教學研討會」，邀集各級學校的國文教師，一同就國文教學問題進行研討。當時真是惶恐之至，因為，那個會議的主題，與我的研究完全無關。而且，才剛剛開始擔任教職，沒有太多實務經驗可談，該怎麼辦呢？

為此，煩惱不已的我，還特別請教了好幾位師長前輩，左思右想，最後想到的是：或許可以從爬梳臺大國文教學的文獻資料開始，探討大學國文的意義、目的，及其與教材教法的關係。因此，遂仔細翻閱了從傅斯年先生接任校長以來，三十多年裡的各種臺大國文教材，以及校方的相關課程資料，好不容易，總算趕出了我的第一篇研討會論文：〈理想大學國文教育的追尋：由臺大歷年教材教法的演變談起〉。

原本，我博士論文寫的是《世說新語的語言藝術》，在系內被指派開設的課程，是「歷代詩選及習作」；那時候以為，研探國語文問題，不過是因緣際會下的無心插柳。我的研究興趣很廣，後來被現當代小說，以及新興的女性主義、性別研究等文化理論吸引，遂就此進行探討。臺大臺文所成立之初，與系內幾位同事被派往支援，自然又開始了十餘年的臺灣文學研究。多年以來，基於不同因素，岔出既訂研究方向而涉足不同論題的情況，往往所在多有。就一般所認知的領域劃分而言，我所碰觸過的教學與研究課題相當駁雜，它們似乎分屬不同範疇，彼此未必有所關聯。不過，現今看來，每一階段不同的新課題，未嘗不是在為下一步的研究工作預作準備。它的指向，其實是學術研究與個人現實關懷的深層連結——作為一個臺灣中文系出身，後來在臺文所任教十多年，爾後又回到中文系的文學研究者，長久以來，我不斷想扣問的是：來自於歐西的文學與文化理論，如何與自身的文學與文化對話？中國文學與臺灣文學、古典文學與現代文學之間的關係為何？我們該如何從語文變遷、文學史發展的角度，去思考其間的傳承、轉化，以及衍生的種種辯證關係？還有，二十世紀風雲動盪，我們的父祖輩，都曾不同程度地歷經烽火，走過戰亂。這些時代的印記，又將如何與個體生命經歷相互嵌合，牽動文學的轉折變化？

對於這些問題的初步探討，首先落實在《性別，還是家國？——五〇與八、九〇年代臺灣小說論》（臺北：麥田出版，二〇〇四）的系列論文裡。它意圖在以華人社會文化特重「家國意識」的思考脈絡中，從根本上反思西方「性別論述」與華人「家國」觀念之間的牽纏糾葛。之後的《從少年中國到少年臺灣——二十世紀中文小說的青春想像與國族論述》（臺北：麥田出版，二〇一二），則是經由「古典」與「現代」雙重視野的參差對照，指出「少年」人物、「成長」主題、「青春」意象與「國族」論述，不僅是二十世紀以來中文現代小說著墨的重點，更是它有別於古典文學之處。這兩部專著都聚焦於小說文本的研究，分別回應了前述若干提問，卻也同時促使我思考：除卻文學文本的研析，是否還能經由其他的研究視角，去開展更全面的觀照與思辨？《文學的海峽中線：從世變到文變》所試圖提出的，便是這方面的初步成果。

該書最早成篇的，是關於夏濟安、《文學雜誌》與臺灣大學的相關研究。時當二〇〇四年，王德威教授在美國哥倫比亞大學主辦「夏氏昆仲與中國文學」國際學術研討會，我受邀與會，針對夏濟安先生與《文學雜誌》做了些討論。在當時，那的確又是一篇「岔出去」的論文，與早先探討大學國文教材問題一樣，純屬無心插柳之作。然而，兩者皆關涉到「大學教育」與當代大學教師的文教實踐，卻使得兩者之間，隱然出現了聯繫。更沒想到的是，不久之後，我的學生林姿君在總圖書架上發現了一九四七年出版的，由魏建功編選、吳守禮注音的《大學國語文選》。那真是一本奇特的教材，不但內文收入一般大學國文教材裡不會選錄的童謠、臺語與廈語文本，更有趣的是，從封面書名到內文，全都在文字旁邊附上了注音符號——這是什麼緣故呢？這樣的教材背後，關涉的是怎樣的時代因素與文教政策？所體現的是什麼樣的語文現象與教學理念？

這些疑問，於是與夏濟安的研究正式連結，帶出了「大學」、「學院人」、「學院派文學雜誌」、「大學國語文與文學教育」之間的多重對話，延伸出「文學史書寫」的文化政治，並且糾結著從「抗日」到「反共」的時代烽火與兩岸分治的政治現實。對我而言，這些論題在一般的文學文本研究之外，另外開啟了一片不同的天地，貼近個人的存在處境，也深具啟發性意義。它以一代學院知識分子為主體，演示著他們與時代的互動，並且感召著同為學院人的後之來者。

只是，說來慚愧，我的論文撰寫速度向來遲緩，從起心動念，到終於完稿成書，竟然延續了十多年。回想在這段期間裡，我不但先後在臺文所與中文系任教，而且都還各負責了一段時間的行政工作，對於中國文學與臺灣文學研究，具有同樣深厚的情感與使命感（尤其書中討論「世變中的國．語．文」一章，原是由兩篇論文改寫彙整而成，它們分別撰寫於我的臺文所所長與中文系主任任內，前後相隔將近十年）。與此同時，擔任《中外文學》的編輯委員歷時十餘年；前幾年，整修中文系第七研究室，意外發現當年黃得時先生使用過的日文書籍；另外，還被臺大校方指派為臺靜農故居修復小組的成員。這些經歷，正彷彿是偶然，也是定數，千絲萬縷，牽引著研究工作的逐步推進，讓我珍惜並且感恩。

當然，最後成書，要感謝國科會專題研究計畫與學術專書寫作計畫的支持，以及許多師友的多方協助。特別是王德威教授，除了特別撥冗撰寫序文，也對書名，以及各章初稿提供了寶貴意見。還有，如果不是因為當年他主辦「夏氏昆仲」研討會，我可能未必會關注到「學院人」與「學院派文學雜誌」，這本書也就無從產生了。此外，陳平原教授、黃英哲教授、白先勇教授、高嘉謙教授、劉秀美教授等，都曾對書中不同章節提供了修訂意見。助理黃國華、李筱涵、吳佳鴻、林文心協助蒐集資料與負責校對；時報文化出版公司胡金倫總編輯親自負責編務，大力促成本書順利出版，都令我銘感於心，在此一併向他們致以最誠摯的謝意。

二〇二三年七月二十三日
於中文系第十一研究室

引用書目

一、專書

中文

尹雪曼：《中華民國文藝史》（臺北：正中書局，一九七五）。

——：《五四時代的小說作家和作品》（臺北：成文出版社，一九八〇）。

王秋桂編：《金庸小說國際研討會論文集》（臺北：遠流出版公司，一九九九）。

王智明：《落地轉譯：臺灣外文研究的百年軌跡》（臺北：聯經出版公司，二〇二一）。

王德威（David Der-wei Wang）著，宋偉杰譯：《被壓抑的現代性：晚清小說新論》（*Fin-de-Siècle Splendor: Repressed Modernities of Late Qing Fiction, 1849-1911*）（臺北：麥田出版，二〇〇三）。

——（David Der-wei Wang）著，涂航等譯：《史詩時代的抒情聲音：二十世紀中期的中國知識分子與藝術家》（*The Lyrical in Epic Time: Modern Chinese Intellectuals and Artists Through the 1949 Crisis*）（臺北：麥田出版，二〇一七）。

——、黃錦樹編：《想像的本邦：現代文學十五論》（臺北：麥田出版，二〇〇五）。

——：《小說中國：晚清到當代的中文小說》（臺北：麥田出版，一九九三）。

——：《如何現代，怎樣文學？：十九、二十世紀中文小說新論》（臺北：麥田出版，一九九八）。

——：《後遺民寫作》（臺北：麥田出版，二〇〇七）。

——：《華夷風起：華語語系文學三論》（高雄：中山大學出版社，二〇一五）。

古典文學研究會編：《二十世紀中國文學》（臺北：臺灣學生書局，一九九二）。

古添洪、陳慧樺編：《比較文學的拓墾在臺灣》（臺北：東大圖書公司，一九七六）。

白先勇：《白先勇作品集Ⅰ：寂寞的十七歲》（臺北：天下遠見文化出版股份有限公司，二〇〇八）。

——：《白先勇作品集Ⅱ：臺北人》（臺北：天下遠見文化出版股份有限公司，二〇〇八）。

——：《白先勇作品集Ⅸ：牡丹亭》（臺北：天下遠見文化出版股份有限公司，二〇〇八）。

——：《白先勇作品集Ⅶ：遊園驚夢》（臺北：天下遠見文化出版股份有限公司，二〇〇八）。

——：《驀然回首》（臺北：爾雅出版社，一九七八）。

——編：《現文因緣》（臺北：聯經出版公司，二〇一六）。

石曉楓：《兩岸小說中的少年家變》（臺北：里仁書局，二〇〇六）。

田正平：《留學生與中國教育近代化》（廣州：廣東教育出版社，一九九六）。

朱介凡：《大陸文藝世界懷思》（臺北：臺灣商務印書館，一九六九）。

朱自清：《朱自清全集》（南京：江蘇教育出版社，一九九三）。

江寶釵、王德威編：《域外經驗與中國文學史的重構》（臺北：文水出版社，二〇一七）。

何二元：《現代大學國文教育》（上海：華東師範大學出版社，二〇一七）。

何寄澎編：《文化・認同・社會變遷：戰後五十年臺灣文學國際學術研討會論文集》（臺北：行政院文化建設委員會，二〇〇〇）。

李牧：《三十年代文藝論》（臺北：黎明文化公司，一九七三）。

——：《中共文藝統戰之研究》（臺北：黎明文化公司，一九七七）。

李宗剛、謝慧聰選編：《楊振聲研究資料選編》（濟南：山東人民出版社，二〇一六）。

李渝：《賢明時代》（臺北：麥田出版，二〇〇五）。

——著，梅家玲、鍾秩維、楊富閔編：《那朵迷路的雲：李渝文集》（臺北：國立臺灣大學出版中心，二〇一六）。

李瑞騰編：《抗戰文學概說》（臺北：文訊月刊出版社，一九八七）。

李歐梵：《現代性的追求：李歐梵文化評論精選集》（臺北：麥田出版，一九九六）。

李奭學：《三看白先勇》（臺北：允晨文化公司，二〇〇八）。

邱貴芬：《仲介臺灣・女人：後殖民女性觀點的臺灣閱讀》（臺北：元尊文化，一九九七）。

周芬伶：《豔異：張愛玲與中國文學》（臺北：元尊文化，一九九九）。

周錦：《中國新文學史》（臺北：長歌出版社，一九七七）。

周蕾：《婦女與中國現代性：東西方之間閱讀記》（*Women and Chinese Modernity: The Politics of Reading between West and East*）（臺北：麥田出版，一九九五）。

邵玉銘、張寶琴、瘂弦編：《四十年來中國文學》（臺北：聯合文學出版社，一九九四）。

胡適：《胡適作品集三：文學改良芻議》（臺北：遠流出版公司，一九八六）。

柯慶明：《中國文學的美感》（臺北：麥田出版，二〇〇〇）。

——：《沉思與行動：柯慶明論臺灣現代文學與文學教育》（臺北：國立臺灣大學出版中心，二〇一一）。

胡曉真：《新理想、舊體例與不可思議之社會：清末民初上海「傳統派」文人與閨秀作家的轉型現象》（臺北：中央研究院中國文哲研究所，二〇一五）。
——執行編輯，中央研究院中國文哲研究所籌備處編委會主編：《民族國家論述：從晚清、五四到日據時代臺灣新文學》（中國現代文學國際研討會論文集）（臺北：中央研究院中國文哲研究所籌備處，一九九五）。
倪海曙：《中國拼音文字運動史簡編》（上海：時代出版社，一九五〇）。
祝宇紅：《「故」事如何「新」編：論中國現代「重寫型」小說》（北京：北京大學出版社，二〇一〇）。
施淑：《兩岸：現當代文學論集》（北京：清華大學出版社，二〇一四）。
——：《兩岸文學論集》（臺北：新地文學出版社，一九九七）。
——：《理想主義者的剪影》（臺北：新地文學出版社，一九九〇）。
孫大川：《夾縫中的族群建構：臺灣原住民的語言、文化與政治》（臺北：聯合文學出版社，二〇〇〇）。
浦忠成：《臺灣原住民族文學史綱》（臺北：里仁書局，二〇〇九）。
秦賢次編：《抗戰時期文學史料》（臺北：文訊月刊出版社，一九八七）。
馬越：《北京大學中文系簡史》（北京：北京大學出版社，一九九八）。
高恒文：《京派文人：學院派的風采》（上海：上海教育出版社，二〇〇〇）。
高嘉謙：《遺民、疆界與現代性：漢詩的南方離散與抒情（一八九五—一九四五）》（臺北：聯經出版公司，二〇一六）。

莊坤良：《喬伊斯的都柏林：喬學研究在臺灣》（臺北：書林出版公司，二〇〇八）。

張博宇編：《臺灣地區國語運動史料》（臺北：臺灣商務印書館，一九七四）。

張誦聖（Chang, Yvonne Sung-sheng）：《臺灣文學生態：戒嚴法到市場律》（*Literary Culture in Taiwan: Martial Law to Market Law*）（臺北：國立臺灣大學出版中心，二〇一一）。

——：《現代主義．當代臺灣：文學典範的軌跡》（臺北：聯經出版公司，二〇一五）。

張潔宇：《荒原上的丁香：二〇世紀三〇年代北平「前線詩人」詩歌研究》（北京：中國人民大學出版社，二〇〇三）。

張錦忠、熊婷惠編：《疆界敘事與空間論述》（高雄：中山大學人文研究中心，二〇一六）。

——：《南洋論述：馬華文學與文化屬性》（臺北：麥田出版，二〇〇三）。

——編：《離散、本土與馬華文學論述》（高雄：中山大學人文研究中心，二〇一九）。

梁容若：《中國文學史的研究》（臺北：三民書局，一九六七）。

梁實秋：《清華八年》（臺北：重光文藝出版社，一九六二）。

梅家玲：《「她」的故事：穿越古今的性別閱讀》（香港：三聯書店〔香港〕有限公司，二〇二〇）。

——：《從少年中國到少年臺灣：二十世紀中文小說的青春想像與國族論述》（臺北：麥田出版，二〇一二）。

——編：《文化啟蒙與知識生產：跨領域的視野》（臺北：麥田出版，二〇〇六）。

——編：《臺灣研究新視界：青年學者觀點》（臺北：麥田出版，二〇一二）。

清華大學校史委員會編：《清華大學史料選編二（上）．國立清華大學時期（一九二八－一九三七）》（北京：清華大學出版社，一九九一）。

許俊雅：《日治臺灣小說源流考：以報刊的轉載、改寫為論述核心》（臺北：萬卷樓圖書公司，二〇二〇）。
——：《臺灣文學家年表六種》（臺北縣：臺北縣政府文化局，二〇〇六）。
張小虹：《文本張愛玲》（臺北：時報文化出版公司，二〇二〇）。
——：《張愛玲的假髮》（臺北：時報文化出版公司，二〇二〇）。
郭紹虞、吳文祺、章靳以編：《新編大一國文選》（北京：商務印書館，一九五〇）。
——：《語文通論正續編合訂本》（香港：太平書局，一九七八）。
——：《學文示例》（上海：開明書店，一九六九）。
陳大為：《亞洲中文現代詩的都市書寫》（臺北：萬卷樓圖書公司，二〇〇一）。
——：《亞細亞的象形詩維》（臺北：萬卷樓圖書公司，二〇〇一）。
陳子善編：《回憶臺靜農》（上海：上海教育出版社，一九九五）。
陳平原：《「文學」如何「教育」：文論精選集》（新北市：新地文化藝術出版，二〇一二）。
——：《千古文人俠客夢：武俠小說類型研究》（臺北：麥田出版，一九九五）。
——：《作為學科的文學史》（北京：北京大學出版社，二〇一五）。
——：《歷史、傳說與精神：中國大學百年》（香港：三聯書店（香港）有限公司，二〇〇九）。
——：《觸摸歷史與進入五四：一場遊行‧一份雜誌‧一本詩集》（臺北：二魚文化事業有限公司，二〇〇三）。
陳芳明：《後殖民臺灣：文學史論及其周邊》（臺北：麥田出版，二〇〇二）。
——：《殖民地摩登：現代性與臺灣史觀》（臺北：麥田出版，二〇〇四）。

——：《臺灣新文學史》（臺北：聯經出版公司，二〇一一）。
陳相因、陳思齊編：《聶隱娘的前世今生：侯孝賢與他的刺客聶隱娘》（臺北：時報文化出版公司，二〇一六）。
——編：《左翼文藝的世界主義與國際主義：跨文化實例研究》（臺北：中央研究院中國文哲研究所，二〇二〇）。
陳國球：《文學史書寫形態與文化政治》（北京：北京大學出版社，二〇〇四）。
陳廣宏：《中國文學史之成立》（上海：上海古籍出版社，二〇一六）。
許珮馨：《借銀燈說傳奇：張愛玲電影劇本與小說研究》（臺北：文津出版社，二〇一八）。
現代文學雜誌社編譯：《都柏林人及其研究》上、下冊（臺北：晨鐘出版社，一九七〇）。
——編譯：《絕食的藝術家：卡夫卡小說及研究》（臺北：晨鐘出版社，一九七〇）。
陸胤：《國文的創生：清季文學教育與知識衍變》（北京：社會科學文獻出版社，二〇二二）。
彭小妍編：《文化流動的弔詭：晚清到民國》（臺北：中央研究院中國文哲研究所，二〇一六）。
——編：《色，戒：從張愛玲到李安》（新北市：聯經出版公司，二〇二〇）。
——編：《翻譯與跨文化流動：知識建構、文本與文體的傳播》（臺北：中央研究院中國文哲研究所，二〇一五）。
舒新城編：《中國近代教育史資料彙編．中冊》（北京：人民教育出版社，一九六一）。
項潔主編：《國立臺灣大學校史稿：（一九二八－二〇〇四）》（臺北：國立臺灣大學出版中心，二〇〇五）。
黃延復：《二三十年代清華校園文化》（桂林：廣西師範大學出版社，二〇〇〇）。

黃文倩：《不只是「風景」的視野：後革命時代兩岸現當代文學比較論》（臺北：臺灣學生書局，二〇一七）。
黃英哲：《「去日本化」「再中國化」：戰後臺灣文化重建（一九四五－一九四七）》（臺北：麥田出版，二〇〇七）。
——主編：《日治時期臺灣文藝評論集》（臺南：國立臺灣文學館籌備處，二〇〇六）。
——編：《許壽裳：臺灣時代文集》（臺北：國立臺灣大學出版中心，二〇一〇）。
黃得時著，江寶釵編：《黃得時全集九》（臺南：國立臺灣文學館，二〇一二）。
——編：《黃得時全集二》（臺南：國立臺灣文學館，二〇一二）。
黃錦珠：《女性書寫的多元呈現：清末民初女作家小說研究》（臺北：里仁書局，二〇一四）。
——：《晚清小說中的新女性研究》（臺北：文津出版社，二〇〇五）。
黃錦樹：《馬華文學：內在中國，語言與文學史》（吉隆坡：華社資料研究中心，一九九六）。
——：《馬華文學與中國性》（臺北：元尊文化，一九九八）。
——：《華文小文學的馬來西亞個案》（臺北：麥田出版，二〇一五）。
黃曉蕾：《民國時期語言政策研究》（北京：中國社會科學出版社，二〇一三）。
黃喬生編：《臺靜農往來書信》（鄭州：海燕出版社，二〇一五）。
楊牧編：《周作人文選》Ⅰ、Ⅱ（臺北：洪範書店，一九八三）。
——編：《現代中國散文選》Ⅰ、Ⅱ（臺北：洪範書店，一九八一）。
——編：《豐子愷文選》Ⅰ、Ⅱ（臺北：洪範書店，一九八二）。
楊澤編：《從四〇年代到九〇年代：兩岸三邊華文小說研討會論文集》（臺北：時報文化出版公司，

一九九四）。
——編：《閱讀張愛玲：張愛玲國際學術研討會論文集》（臺北：麥田出版，一九九九）。
葉石濤：《臺灣文學史綱》（高雄：文學界雜誌社，一九八七）。
葉至善、葉至美、葉至誠編：《葉聖陶集》一三卷（南京：江蘇教育出版社，一九九二）。
董洪川：《〈荒原〉之風：T. S. 艾略特在中國》（北京：北京大學出版社，二〇〇四）。
廖炳惠：《回顧現代：後現代與後殖民論文集》（臺北：麥田出版，一九九四）。
熊婷惠、張斯翔、葉福炎編：《異代新聲：馬華文學與文化研究集稿》（高雄：中山大學人文研究中心，二〇一九）。
臺靜農：《中國文學史》（臺北：國立臺灣大學出版中心，二〇一八臺大九十週年校慶版）。
——：《靜農佚文集》（臺北：聯經出版公司，二〇一八）。
國立臺灣大學中國文學系編：《大學國文選》（臺北：臺灣大學教務處出版組，一九四七）。
——編：《大學國文選》（臺北：臺灣大學教務處出版組，一九四八）。
鍾正道：《鏡夢與浮花：張愛玲小說的電影閱讀》（臺北：時報文化出版公司，二〇二一）。
鍾怡雯：《亞洲華文散文的中國圖象：一九四九—一九九九》（臺北：萬卷樓圖書公司，二〇〇一）。
劉人鵬：《近代中國女權論述：國族、翻譯與性別政治》（臺北：臺灣學生書局，二〇〇〇）。
劉大杰：《中國文學發展史》（上海：上海書店，一九九〇）。
劉心皇：《抗戰時期淪陷區文學史》（臺北：成文出版社，一九八〇）。
——：《現代中國文學史話》（臺北：正中書局，一九七一）。
劉正忠：《現代漢詩的魔怪書寫》（臺北：臺灣學生書局，二〇一〇）。

劉秀美：《從口頭傳統到文字書寫：臺灣原住民族敘事文學的精神蛻變與返本開新》（臺北：文津出版社，二〇一一）。
劉東、吳耀宗整理：《西南聯大國文課》（南京：譯林出版社，二〇一五）。
劉師培著，萬仕國輯校：《劉申叔遺書補遺》（揚州：廣陵書社，二〇〇八）。
歐陽子：《王謝堂前的燕子：《臺北人》的研析與索隱》（臺北：天下遠見文化出版股份有限公司，二〇〇八）。
鄭振鐸：《插圖本中國文學史》（臺北：莊嚴出版社，一九九一）。
——編：《現代文學小說選集．上冊》（臺北：爾雅出版社，一九七七）。
——編：《現代文學小說選集．下冊》（臺北：爾雅出版社，一九七七）。
鄭毓瑜：《姿與言：詩國革命新論》（臺北：麥田出版，二〇一七）。
黎錦熙：《國語運動史綱》（上海：商務印書館，一九三五）。
戴燕：《文學史的權力》（北京：北京大學出版社，二〇〇二）。
璩鑫圭、唐良炎編：《中國近代教育史：學制演變》（上海：上海教育出版社，二〇〇七）。
藍博洲：《麥浪歌詠隊：追憶一九四九年四六事件（臺大部份）》（臺中：晨星出版社，二〇〇一）。
魏建功、吳守禮編：《大學國語文選》（臺北：臺灣大學教務處，一九四七）。
——：《魏建功文集》（南京：江蘇教育出版社，二〇〇一）。
魏貽君：《戰後臺灣原住民族文學形成的探察》（新北市：印刻出版社，二〇一三）。
羅聯添：《臺靜農先生學術藝文編年考釋》（臺北：臺灣學生書局，二〇〇九）。
蘇雪林：《二、三十年代的作家與作品》（臺北：廣東出版社，一九七九）。

——：《文壇話舊》（臺北：傳記文學出版社，一九六九）。
——等著：《抗戰時期文學回憶錄》（臺北：文訊月刊出版社，一九八七）。
蘇偉貞：《孤島張愛玲：追蹤張愛玲香港時期（一九五二—一九五五）小說》（臺北：三民書局，二〇〇二）。
——：《長鏡頭下的張愛玲：影像．書信．出版》（新北市：印刻出版社，二〇一一）。
顧黃初編：《中國現代語文教育百年事典》（上海：上海教育出版社，二〇〇一）。
龔鵬程：《近代思想史散論》（臺北：東大圖書公司，一九九一）。

外文

（日）三上參次、高津鍬三郎：《日本文學史》（東京：金港堂，一八九〇）。
（日）上田萬年：《國語のため》（東京：冨山房，一九〇三）。
（日）————：《国語論》（東京：金港堂，一八九五）。
（日）————：《作文教授法》（東京：冨山房，一八九五）。
（日）久保天隨：《支那文學史》（東京：早稻田大學出版部，一九〇四）。
（日）古城貞吉：《支那文學史》（東京：東華堂，一八九七）。
（日）柄谷行人著，薛羽譯：《民族與美學》（西安：西北大學出版社，二〇一六）。
（日）笹川種郎：《支那文學史》（東京：博文館，一八九八）。
（日）橋本恭子著，李文卿、涂翠花譯：《島田謹二：華麗島文學的體驗與解讀》（臺北：國立臺灣大學出版中心，二〇一四）。

（韓）李妍淑（Lee, Yeounsuk）：《国語という思想：近代日本の言語認識》（東京：岩波書店，一九九六）。

（美）卡勒，喬納森（Culler, Jonathan）著，李平譯：《當代學術入門：文學理論》（*Literary Theory: A Very Short Introduction*）（瀋陽：遼寧教育出版社，一九九八）。

（美）杜贊奇（Duara, Prasenjit）著，王憲明、高繼美、李海燕、李點譯：《從民族國家拯救歷史：民族主義話語與中國現代史研究》（*Rescuing History from the Nation: Questioning Narratives of Modern China*）（南京：江蘇人民出版社，二〇〇八）。

（美）費修珊（Felman, Shoshana）、勞德瑞（Laub Dori）著，劉裘蒂譯：《見證的危機：文學．歷史與心理分析》（*Testimony: Crises of Witnessing in Literature, Psychoanalysis, and History*）（臺北：麥田出版，一九九七）。

（美）愛德華．薩依德（Said, Edward W.）著，單德興譯：《知識分子論》（*Representations of the Intellectual: The 1993 Reith Lectures*）（臺北：麥田出版，一九九七）。

（美）溫徹斯特（Winchester, Caleb Thomas）著，景昌極、錢堃新譯：《文學評論之原理》（*Some Principles of Literature Criticism*）（臺北：臺灣商務印書館，一九七二）。

（英）伊格爾頓，特雷（Eagleton, Terry）著，伍曉明譯：《二十世紀西方文學理論》（*Literary Theory: An Introduction*, Second Edition）（北京：北京大學出版社，二〇〇七）。

（英）李克曼（Ryckmans, Pierre）編，歐申談譯：《佛洛依德論文精選》（臺南：開山書店，一九七一）。

（英）威廉斯，雷蒙（Williams, Raymond）著，劉建基譯：《關鍵詞：文化與社會的詞彙》（*Keywords: A*

Vocabulary of Culture and Society）（臺北：巨流圖書公司，二〇〇四）。
（英）韓德森（Hudson, William Henry）著，宋桂煌譯：《文學研究法》（*An Introduction to the Study of Literature*）（上海：光華書局，一九三三）。
（德）洪堡特，威廉．馮：（Humboldt, Wilhelm von）著，姚小平譯：《論人類語言結構的差異及其對人類精神發展的影響》（*Über die Verschiedenheit des menschlichen Sprachbaues und ihren Einfluss auf die geistige Entwickelung des Menschengeschlechts*）（北京：商務印書館，二〇〇八）。
（法）米歇．傅柯（Foucault, Michel）著，王德威譯：《知識的考掘》（*L'archeologie du savior*）（臺北：麥田出版：一九九三）。
Chi, Pang-yuan (edited and compiled). *An Anthology of Contemporary Chinese Literature: Taiwan, 1949-1974* (Taipei: National Institute for Compilation and Translation, 1975).
Taine, Hippolyte. *Histoire de la Littérature Anglaise* (Paris: L. Hachette et cie, 1863).
Wellek, Rene. *The Attack on Literature and Other Essays* (Chapel Hill: The University of North Carolina Press, 1982).

二、專書文章

〈學部．奏定女學堂章程程折．學科程度章第二〉，收入璩鑫圭、唐良炎編：《中國近代教育史資料匯編．學制演變》（上海：上海教育出版社，二〇〇七），頁五八四－八八。
上田萬年：〈国語と国家と〉，《國語のため》（東京：冨山房，一八九七），頁一－二八。
———：〈尋常小學の作文教授につきて〉，《国語論》（東京：金港堂，一八九五），頁一－二四。

川合康三著，朱秋而譯：〈中國文學史的誕生：二十世紀日本的中國文學研究之一面〉，收入葉國良、陳明姿編：《日本漢學研究續探：文學篇》（臺北：國立臺灣大學出版中心，二〇〇五），頁二三七－四八。
尹雪曼：〈中國現代文學研究叢刊編印緣起〉，《五四時代的小說作家和作品》（臺北：成文出版社，一九八〇），頁一。
王風：〈文學革命與國語運動之關係〉，收入夏曉虹、王風等著：《文學語言與文章體式：從晚清到「五四」》（合肥：安徽教育出版社，二〇〇六），頁二〇－四五。
王智明：〈反浪漫主義——夏濟安的文學與政治〉，《落地轉譯：臺灣外文研究的百年軌跡》（新北市：聯經出版公司，二〇二一），頁一五七－二〇四。
王樾：〈晚清思潮的批判意識對五四反傳統思想的影響——以譚嗣同的變法思想為例〉，收入中國古典文學研究會編：《五四文學與文化變遷》（臺北：臺灣學生書局，一九九〇），頁四一－一一九。
田正平：〈中國教育近代化研究叢書．總前言〉，《留學生與中國教育近代化》（廣州：廣東教育出版社，一九九六），頁五－一五。
白先勇：〈《紅樓夢》對《遊園驚夢》的影響〉，《白先勇作品集VII：遊園驚夢》（臺北：天下遠見文化出版股份有限公司，二〇〇八），頁三三〇－三四。
——：〈《現代文學》的回顧與前瞻〉，《現文因緣》（臺北：聯經出版公司，二〇一六），頁二三六－五二。
——：〈《現代文學》創立的時代背景及其精神風貌——寫在《現代文學》重刊之前〉，收入白先勇編：《現文因緣》（臺北：聯經出版公司，二〇一六），頁二九－三八。

———：〈芝加哥之死〉，《白先勇作品集I：寂寞的十七歲》，頁三四八－六七。

———：〈姹紫嫣紅，青春再現——白先勇青島海洋大學演講〉，《白先勇作品集IX：牡丹亭》（臺北：天下遠見文化出版股份有限公司，二〇〇八），頁四二八－五五。

———：〈為逝去的美造像——《遊園驚夢》的小說與演出〉，《白先勇作品集VII：遊園驚夢》（臺北：天下遠見文化出版股份有限公司，二〇〇八），頁三三五－五一。

———：〈遊園驚夢〉：《白先勇作品集II：臺北人》（臺北：天下遠見文化出版股份有限公司，二〇〇八），頁二一四－四五。

———：〈驀然回首〉，《驀然回首》（臺北：爾雅出版社，一九七八），頁六五－七八。

朱雙一：〈《自由中國》與臺灣自由人文主義文學脈流〉，收入何寄澎編：《文化．認同．社會變遷：戰後五十年臺灣文學國際學術研討會論文集》（臺北：行政院文化建設委員會，二〇〇〇），頁七五－一〇六。

何二元：〈現代大學國文教育．緒論〉，《現代大學國文教育》（上海：華東師範大學出版社，二〇一七），頁一－二〇。

———：〈學堂不得廢棄中國文辭——《學務綱要》（節錄）〉，《現代大學國文教育》（上海：華東師範大學出版社，二〇一七），頁一－四。

何寄澎、許銘全：〈導讀：文學史書寫的典型〉，收入臺靜農：《中國文學史》（臺北：國立臺灣大學出版中心二〇一八臺大九十週年校慶版），頁v-xviii。

何寄澎：〈敘史與詠懷——臺靜農先生的中國文學史稿書寫〉，收入國立臺灣大學中國文學系編：《臺靜農先生百歲冥誕學術研討會論文集》（臺北：國立臺灣大學中國文學系，二〇〇二），頁一五九－

八二。

——：〈編序〉，收入臺靜農：《中國文學史》（臺北：國立臺灣大學出版中心二〇一八臺大九十週年校慶版），頁xxiii-xxix。

李育霖：〈帝國與殖民地的間隙——黃得時與島田謹二文學理論的對位閱讀〉，收入李育霖、李承機主編：《「帝國」在臺灣：殖民地臺灣的時空、知識與情感》（臺北：國立臺灣大學出版中心，二〇一五），頁二七七－三〇〇。

李昂：〈清夢〉，收入白先勇編：《現文因緣》（臺北：聯經出版公司，二〇一六），頁一三一－一三三。

李渝：〈和平時光〉，《賢明時代》（臺北：麥田出版，二〇〇五），頁一〇七－七〇。

——：〈後記——關於「聶政刺韓王」〉，《賢明時代》（臺北：麥田出版，二〇〇五），頁一六七－七〇。

李瑞騰：〈前言：走出更寬廣的道路〉，收入古典文學研究會主編：《二十世紀中國文學》（臺北：臺灣學生，一九九二），頁I-V。

李達三著，天青譯：〈逝者〉，收入現代文學雜誌社編譯：《都柏林人及其研究》下冊（臺北：晨鐘出版社，一九七〇），頁三三九－六一。

李奭學：〈中國民族主義與臺灣現代性：從喬艾斯的《都柏林人》看白先勇的《臺北人》〉，《三看白先勇》（臺北：允晨文化公司，二〇〇八），頁一九－五九。

——：〈括號的詩學——從吳爾芙的《戴洛維夫人》看白先勇的《遊園驚夢》〉，《三看白先勇》（臺北：允晨文化公司，二〇〇八），頁九七－一四五。

李霽野：〈魯迅先生對文藝嫩苗的愛護與培育〉，《李霽野文集》卷二（天津：百花文藝出版社，二〇〇四），頁四九－六九。
汪曾祺：〈晚翠園曲會〉，《汪曾祺全集》卷六（北京：北京師範大學出版社，一九九八），頁二〇六－二〇七。
林海音：〈小說家應有廣大的同情——悼念夏濟安先生〉，收入夏濟安先生紀念集編印委員會編：《永久的懷念》（臺北：濟安先生紀念集編印委員會，一九六七），頁二一－二三。
侯健：〈紀念夏濟安先生〉，收入夏濟安先生紀念集編印委員會編：《永久的懷念》（臺北：濟安先生紀念集編印委員會，一九六七），頁三七－四九。
柄谷行人著，薛羽譯：〈民族－國家和語言學〉，《民族與美學》（西安：西北大學出版社，二〇一六），頁一三三－六〇。
柯慶明：〈六十年代現代主義文學？〉，《中國文學的美感》（臺北：麥田出版，二〇〇〇），頁三八九－四六〇。
——：〈出版前言〉，收入臺靜農：《中國文學史》（臺北：國立臺灣大學出版中心，二〇一八年臺大九十週年校慶版），頁xix-xxi
——：〈短暫的青春！永遠的文學？〉，收入白先勇編：《現文因緣》（臺北：聯經出版公司，二〇一六），頁五三－六三。
——：〈學院的堅持與局限：試論與臺大文學院相關的三個文學雜誌之一：《文學雜誌》〉，《沉思與行動：柯慶明論臺灣現代文學與文學教育》（臺北：國立臺灣大學出版中心，二〇一一），頁三九－七三。
柳書琴：〈誰的歷史？誰的文學？——日據末期文壇主體與歷史詮釋權之爭〉，收入國立成功大學臺灣文學系主編：《臺灣文學史書寫國際學術研討會論文集二》（高雄：春暉出版社，二〇〇八），頁八九－一三四。

胡適：〈建設的文學革命論——國語的文學，文學的國語〉，《胡適作品集三：文學改良芻議》（臺北：遠流出版公司，一九八六），頁五五－七三。

夏志清：〈《現代文學》的努力和成就——兼敘我同雜誌的關係〉，收入白先勇編：《現文因緣》（臺北：聯經出版公司，二〇一六），頁六四－八三。

——：〈白先勇早期的短篇小說〉，《白先勇作品集I：寂寞的十七歲》（臺北：天下遠見文化出版股份有限公司，二〇〇八），頁五四－七九。

奚淞：〈與文學結緣〉，收入白先勇編：《現文因緣》（臺北：聯經出版公司，二〇一六），頁一二一－二四。

島田謹二著，葉笛譯：〈臺灣文學的過去、現在和未來〉，收入黃英哲主編：《日治時期臺灣文藝評論集雜誌篇．第三冊》（臺南：國立臺灣文學館籌備處，二〇〇六），頁九七－一一六。

常風：〈回憶朱光潛先生〉，《逝水集》（瀋陽：遼寧教育出版社，一九九五），頁七三－九五。

張以淮：〈陣陣春風吹麥浪——張以淮的證言〉，收入藍博洲：《麥浪歌詠隊：追憶一九四九年四六事件（臺大部份）》（臺中：晨星出版社，二〇〇一），頁四七－六六。

張俐璇：〈前衛高歌——《中外文學》與臺灣文學批評現象觀察〉，收入封德屏編：《二〇〇七青年文學會議論文集：臺灣現當代文學媒介研究》（臺北：文訊雜誌社，二〇〇八），頁四六三－八六。

張誦聖：〈臺灣冷戰年代的「非常態」文學生產〉，《現代主義．當代臺灣：文學典範的軌跡》（臺北：聯經出版公司，二〇一五），頁四〇一－二二五。

張錯：〈念舊〉，收入白先勇編：《現文因緣》（臺北：聯經出版公司，二〇一六），頁一九三－九四。

梅家玲：〈女性意識、現代主義與故事新編——李渝的小說美學觀及其《和平時光》〉，《「她」的故事：穿越古今的性別閱讀》（香港：三聯書店〔香港〕有限公司，二〇二〇），頁二〇五－二九。

莊坤良：〈喬伊斯在臺灣．序言〉，《喬伊斯的都柏林：喬學研究在臺灣》（臺北：書林出版公司，二〇〇八），頁一－二〇。

許俊雅：〈黃得時生平著作年表初編〉，《臺灣文學家年表六種》（臺北縣：臺北縣政府文化局，二〇〇六），頁一〇五－二二二。

許壽裳：〈「光復文庫」編印的旨趣〉，收入黃英哲編：《許壽裳：臺灣時代文集》（臺北：臺大出版中心，二〇一〇），頁二二三－二二四。

——：〈怎樣學習國語和國文〉，收入黃英哲編：《許壽裳：臺灣時代文集》，頁一二五－七四。

郭紹虞：〈大一國文教材之編纂經過與其旨趣〉，《語文通論正續編合訂本》（香港：太平書局，一九七八），頁一四〇－五六。

——：〈新文藝運動應走的新途徑〉，《語文通論正續編合訂本》（香港：太平書局，一九七八），頁八三－一一七。

——：〈語文通論自序〉，《語文通論正續編合訂本》（香港：太平書局，一九七八），頁一－四。

——：〈編例〉，《學文示例》（上海：開明書店，一九六九），頁一。

陳平原：〈一份雜誌：文學史／思想史視野中的《新青年》〉，《觸摸歷史與進入五四：一場遊行．一份雜誌．一本詩集》（臺北：二魚文化事業有限公司，二〇〇三），頁六一－一四三。

——：〈中國大學百年？〉，《歷史、傳說與精神：中國大學百年》（香港：三聯書店〔香港〕有限公司，二〇〇九），頁一五－四五。

——：〈清儒家法、文學感覺與世態人心——作為文學史家的魯迅〉，《作為學科的文學史》（北京：北京大學出版社，二〇一五），頁二六〇－九三。

——：〈新教育與新文學——從京師大學堂到北京大學〉，《「文學」如何「教育」：文論精選集》（新北市：新地文化藝術出版，二〇一二），頁二一－五七。

陳芳明：〈黃得時的臺灣文學史書寫及其意義〉，《殖民地摩登：現代性與臺灣史觀》（臺北：麥田出版，二〇〇四），頁一〇〇－一一五。

——：〈臺灣現代文學與五〇年代自由主義傳統的關係——以《文學雜誌》為中心〉，《後殖民臺灣：文學史論及其周邊》（臺北：麥田出版，二〇〇二），頁一七三－九六。

陳國球：〈文學立科〉，《文學史書寫形態與文化政治》（北京：北京大學出版社，二〇〇四），頁一－四四。

陳萬益：〈黃得時的臺灣文學史觀析論〉，收入東海大學中文系編：《戰後初期臺灣文學與思潮論文集》（臺北：文津出版社，二〇〇五），頁一六一－八七。

陳廣宏：〈泰納文學史觀的引入〉，《中國文學史之成立》（上海：上海古籍出版社，二〇一六），頁九一－一一五。

陸胤：〈國家與文辭〉，《國文的創生：清季文學教育與知識衍變》（北京：社會科學文獻出版社，二〇二二），頁一七五－二一九。

單德興：〈比較文學在臺灣〉，收入楊儒賓等主編：《人文百年‧化成天下：中華民國百年人文傳承大展（文集）》（新竹：國立清華大學中文系，二〇一一），頁一〇九－一一三。

舒蕪：〈憶臺靜農先生〉，收入陳子善編：《回憶臺靜農》（上海：上海教育出版社，一九九五），頁五三－七六。
黃得時著，小野純子譯：〈晴園讀書雜記〉，收入江寶釵編：《黃得時全集二》（臺南：國立臺灣文學館，二〇一二），頁三四九－五四。
——著，黃得峰譯：〈新體制與文化〉，收入江寶釵編：《黃得時全集二》（臺南：國立臺灣文學館，二〇一二），頁二五五－五六。
——著，葉石濤譯：〈臺灣文學史序說〉，收入江寶釵編：《黃得時全集九》（臺南：國立臺灣文學館，二〇一二），頁二九－四八。
——著，葉石濤譯：〈臺灣文學史．第一章明鄭時代〉，收入江寶釵編：《黃得時全集九》（臺南：國立臺灣文學館，二〇一二），頁七一－九〇。
——著，葉石濤譯：〈臺灣文學史．第二章康熙雍正時代〉，收入江寶釵編：《黃得時全集九》（臺南：國立臺灣文學館，二〇一二），頁一四一－八四。
——著，葉石濤譯：〈晚近臺灣文學運動史〉，收入江寶釵編：《黃得時全集九》（臺南：國立臺灣文學館，二〇一二），頁二〇七－二四。
——著，葉蓁蓁譯：〈臺灣文壇建設論〉，收入江寶釵編：《黃得時全集二》（臺南：國立臺灣文學館，二〇一二），頁二八五－九四。
楊起、王榮禧：〈追思楊振聲先生〉，收入李宗剛、謝慧聰選編：《楊振聲研究資料選編》（濟南：山東人民出版社，二〇一六），頁三一七－一九。
——：〈淡泊名利，功成身退——楊振聲先生在昆明〉，收入李宗剛、謝慧聰選編：《楊振聲研究資料選編》（濟南：山東人民出版社，二〇一六），頁三二五－三三一。

溫徹斯特著，〈第三章文學上之感情原素〉，景昌極、錢堃新譯：《文學評論之原理》（臺北：臺灣商務印書館，一九七二，臺二版），頁三四－六四。

葉聖陶：〈大學一年級國文的教學目標和學習方法——《大學國文（現代文之部）》序〉，收入葉至善、葉至美、葉至誠編：《葉聖陶集》卷一三（南京：江蘇教育出版社，一九九二），頁一六一－六八。

葉曙：〈我所認識的八位臺大校長〉，《閒話臺大四十年》（臺北：傳記文學出版社，一九八九），頁一五－二六。

賈廷詩：〈憶夏濟安師〉，收入夏濟安先生紀念集編印委員會編：《永久的懷念》（臺北：濟安先生紀念集編印委員會，一九六七），頁五八－六三。

路統信：〈臺灣糖的滋味——路統信的證言〉，收入藍博洲：《麥浪歌詠隊：追憶一九四九年四六事件（臺大部份）》（臺中：晨星出版社，二〇〇一），頁二五一－五二。

聞一多：〈復古的空氣〉，收入國立臺灣大學中國文學系編：《大學國文選》（臺北：臺灣大學教務處出版組，一九四七），頁三二一－三八。

臺靜農：〈《關於魯迅及其著作》序言〉，《靜農佚文集》（臺北：聯經出版公司，二〇一八），頁一五四－五五。

——：〈中國文學史方法論〉，《中國文學史》（臺北：國立臺灣大學出版中心，二〇一八臺大九十週年校慶版），頁七〇九－四五。

——：〈致李霽野（一九八九年年底）〉，收入黃喬生主編：《臺靜農往來書信》（鄭州：海燕出版社，二〇一五），頁七三－七四。
——：〈魯迅先生整理中國古文學之成績〉，《靜農佚文集》（臺北：聯經出版公司，二〇一八），頁二〇三－二四〇。
齊益壽：〈冰雪盈懷絕世姿——臺靜農師魏晉文學史稿讀後〉，收入國立臺灣大學中國文學系編：《臺靜農先生百歲冥誕學術研討會論文集》（臺北：國立臺灣大學中國文學系，二〇〇一），頁二二九－六二。
劉俊：〈文學創作：個人．家庭．歷史．傳統——訪白先勇〉，收入柯慶明等著：《白先勇研究精選》（臺北：天下遠見文化出版股份有限公司，二〇〇八），頁三九八－四三一。
劉師培：〈國文典問答．序〉，收入劉師培著，萬仕國輯校：《劉申叔遺書補遺上冊》（揚州：廣陵書社，二〇〇八），頁七二－七三。
——：〈國文典問答．第一章總論〉，收入劉師培著，萬仕國輯校：《劉申叔遺書補遺上冊》（揚州：廣陵書社，二〇〇八）頁七三－七六。
——：〈講教授國文的法子〉，收入劉師培著，萬仕國輯校：《劉申叔遺書補遺上冊》（揚州：廣陵書社，二〇〇八），頁二六九－二七一。
歐陽子：〈《遊園驚夢》的寫作技巧和引申含義〉，《王謝堂前的燕子：《臺北人》的研析與索隱》（臺北：天下遠見文化出版股份有限公司，二〇〇八），頁二三一－七六。
——：〈白先勇的小說世界——《臺北人》之主題探討〉，《王謝堂前的燕子：《臺北人》的研析與索隱》（臺北：天下遠見文化出版股份有限公司，二〇〇八），頁八－三三。
蔡元培：〈中國現代大學觀念及教育趨向〉，《蔡元培全集五》（北京：中華書局，一九八八），頁七－

一三。
蔡源煌：〈從現代主義到後現代主義〉，《從浪漫主義到後現代主義：文學術語新詮》（臺北：雅典出版社，一九八七），頁七五－八五。
———：〈意識流〉，《從浪漫主義到後現代主義：文學術語新詮》（臺北：雅典出版社，一九九一），頁四九－五二。
鄭樹森：〈「都柏林人」析論〉，收入現代文學雜誌社編譯：《都柏林人及其研究》上冊（臺北：晨鐘出版社，一九七〇），頁一－二八。
鄭穎：〈在夏日，長長一街的木棉花——記一次訪談的內容〉，《鬱的容顏：李渝小說研究》（臺北縣中和市：ＩＮＫ印刻文學，二〇〇八），頁一九〇－九一。
魯迅：〈魯迅致臺靜農（一九三二年八月十五日）〉，收入黃喬生主編：《臺靜農往來書信》（鄭州：海燕出版社，二〇一五），頁一〇二－一〇三。
聶華苓：〈爐邊漫談〉，收入柏楊編：《對話戰場》（臺北：林白出版社，一九九〇），頁三一－三二。
魏建功：〈「國語運動在臺灣的意義」申解〉，《魏建功文集四》（南京：江蘇教育出版社，二〇〇一），頁三〇六－一六。
———：〈何以要提倡從臺灣話學習國語〉，《魏建功文集四》（南京：江蘇教育出版社，二〇〇一），頁三一九－二一。
———：〈國立臺灣大學一年級國語課程旨趣〉，《大學國語文選》（臺北：臺灣大學教務處，一九四七），頁一－五。
———：〈國語的德行〉，《魏建功文集四》（南京：江蘇教育出版社，二〇〇一），頁三七三－七五。

——：〈搜錄歌謠應全注音並標語調之提議〉，《魏建功文集三》（南京：江蘇教育出版社，二〇〇一），頁四－一三。

羅聯添：〈臺靜農先生學術藝文編年考釋・序言〉，《臺靜農先生學術藝文編年考釋（上冊）》（臺北：臺灣學生書局，二〇〇九），頁一－一九。

嚴復：〈論世變之亟〉，收入王栻主編：《嚴復集》第一冊（北京：中華書局，一九八六），頁一－五。

龔鵬程：〈「二十世紀中國文學」概念之解析〉，收入古典文學研究會編：《二十世紀中國文學》（臺北：臺灣學生書局，一九九二），頁一－一八。

——：〈傳統與反傳統——從晚清到五四的文化變遷〉，《近代思想史散論》（臺北：東大圖書公司，一九九一），頁一五－五九。

威廉斯，雷蒙（Williams, Raymond）著，劉建基譯：〈Literature（文學）〉，《關鍵詞：文化與社會的詞彙》（*Keywords: A Vocabulary of Culture and Society*）（臺北：巨流圖書公司，二〇〇四），頁二一五－二二〇。

三、期刊文章

〈中華民國比較文學學會專欄〉，《中外文學》三卷四期（一九七四年九月），頁六二。

〈夏濟安紀念專輯前言〉，《現代文學》二五期（一九六五年七月），頁二－三。

〈家變座談會〉，《中外文學》二卷一期（一九七三年六月），頁一六四－七七。

〈發刊詞〉，《現代文學》一期（一九六〇年三月），頁二。

〈編者前言〉，《幼獅月刊》四〇卷三期（一九七四年九月），頁二。

〈編後記〉，《中外文學》一卷一期（一九七二年六月），頁一九八－九九。

文訊編輯部編：〈近十年來國內有關現代文學會議的目錄〉，《文訊》六二期（一九九四年三月），頁一四－一二七。

王文興：〈欠缺〉，《現代文學》一九期（一九六四年一月），頁二〇－三〇。

王德威、史書美：〈「華語語系與臺灣」主題論壇〉，《中國現代文學》三二期（二〇一七年十二月），頁七五－九三。

朱立民：〈中外短評——第二屆國際比較文學會議〉，《中外文學》三卷一一期（一九七五年四月），頁四－五。

——：〈迎第四屆國際比較文學會議〉，《中外文學》一一卷三期（一九八二年八月），頁九八－一〇〇。

朱光潛：〈我對於本刊的希望〉，《文學雜誌》一卷一期（一九三七年五月），頁九－一〇。

——：〈就部頒《大學國文選目》論大學國文教材〉，《高等教育季刊》二卷三期（一九四二年九月），頁四九－五二。

朱自清：〈中國文的三種型——評郭紹虞編著的《學文示例》〉，《清華學報》一四卷一期（一九四七年十月），頁一六七－七三。

——：〈論大一國文選目〉，《高等教育季刊》二卷三期（一九四二年九月），頁五三－五五。

朱遜：〈介紹《學文示例上冊》〉，《國文雜誌》一九四三年一卷四、五期合刊，頁三八－三九。

江寶釵：〈黃得時的古典文學史論及其相關問題〉，《臺灣文學研究學報》一九期（二〇一四年十月），頁一九一－二二二。

何寄澎、許銘全：〈文學史書寫的典型——寫於臺靜農先生《中國文學史》三版付梓前〉，《書目季刊》四九卷三期（二〇一五年十二月），頁二九－四三。
余光中：〈夏濟安的背影〉，《文訊》二一三期（二〇〇三年七月），頁一一一－一一三。
吳文星：〈日據時期臺灣的高等教育〉，《中國歷史學會史學集刊》二五期（一九九三年九月），頁一四三－五七。
吳連英：〈鼠叫〉，《現代文學》五〇期（一九七三年五月），頁七七－八〇。
吳魯芹：〈瑣憶《文學雜誌》的創刊和夭折〉，《傳記文學》三〇卷六期（一九七七年六月），頁六三－六六。
吳叡人：〈重層土著化下的歷史意識——日治後期黃得時與島田謹二的文學史論述之初步比較分析〉，《臺灣史研究》一六卷三期（二〇〇九年九月），頁一三三－六三。
宋明煒、嚴鋒：〈數位時代的人文與文學〉，《中國現代文學》三五期（二〇一九年六月），頁一－一二。
宋偉杰、李育霖：〈環境人文，生態批評，自然書寫〉，《中國現代文學》三六期（二〇一九年十二月），頁一－一五。
李瑞山、陳振、鄒鐵夫：〈民國大學國文教育課程教材概說〉，《中國大學教學》二〇一五年八期，頁八三－八七。
李達三著，周樹華、張漢良譯：〈比較的思維習慣〉，《中外文學》一卷一期（一九七二年六月），頁八六－一〇三。
李歐梵著，林秀玲譯：〈在臺灣發現卡夫卡——一段個人回憶〉，《中外文學》三〇卷六期（二〇〇一年十一月），頁一七四－八六。

巫川：〈蠅紙與蠅居〉，《現代文學》四一期（一九七〇年十月），頁一五〇－六三。
周楠本：〈關於眉間尺故事的出典及文本〉，《魯迅研究月刊》二〇〇三年五期，頁六一－六四。
林巾力：〈建構「臺灣」文學——日治時期文學批評對泰納理論的挪用、改寫及其意義〉，《臺大文史哲學報》八三期（二〇一五年十一月），頁一－三五。
——：〈殖民地的文學史建構——重探日治時期「臺灣文學史」書寫〉，《臺灣史研究》二三卷四期（二〇一六年十二月），頁八一－一二二。
林東華：〈死巷〉，《現代文學》二一期（一九六四年六月），頁四三－四五。
林燿德：〈近十年臺灣地區現代學術會議的觀察與思索〉，《文訊》六二期（一九九四年三月），頁二七－二八。
洛夫：〈與顏元叔談詩的結構與批評——並自釋「手術臺上的男子」〉，《中外文學》一卷四期（一九七二年九月），頁四〇－五二。
胡耀恆：〈三十年的風雲變幻〉，《中外文學》三一卷一期（二〇〇二年六月），頁一〇－一一。
——：〈中外編讀二十年〉，《中外文學》二一卷一期（一九九二年六月），頁一二－一四。
——：〈發刊詞〉，《中外文學》一卷一期（一九七二年六月），頁四－五。
——：〈開放三十年代文學〉，《中外文學》一卷一一期（一九七三年四月），頁四－七。
郁達夫：〈懺餘獨白〉，《北斗》一卷四期（一九三一年十二月），頁五五－五七。
施叔青：〈壁虎〉，《現代文學》二三期（一九六五年二月），頁九一－九四。
馬健君：〈捕鼠〉，《現代文學》四八期（一九七二年十二月），頁一一七－一二六。
唐文標：〈僵斃的現代詩〉，《中外文學》二卷三期（一九七三年八月），頁一八－二〇。

夏濟安：〈致讀者〉，《文學雜誌》一卷一期（一九五六年九月），頁七〇。
——：〈評彭歌的《落月》兼論現代小說〉，《文學雜誌》一卷二期（一九五六年十月），頁二五－四四。
奚淞：〈封神榜裡的哪吒〉，《現代文學》四四期（一九七一年九月），頁二三四－三六。
孫化顯：〈從《文學評論之原理》的譯介實踐看現代中國文學理論的知識建構〉，《宜賓學院學報》一九卷一一期（二〇一九年十一月），頁三四－三五。
張旭春：〈文學理論的西學東漸——本間久雄《文學概論》的西學淵源考〉，《中國比較文學》二〇〇九年四期，頁二四－三八。
張長弓：〈讀《學文示例》〉，《教育函授》一卷一期（一九四八年一月），頁一八－一九。
張漢良：〈淺談《家變》的文字〉，《中外文學》一卷一二期（一九七三年五月），頁一二一－四一。
張靜二：〈比較文學在臺灣的拓展——中國民國比較文學學會簡介〉，《中外文學》六卷五期（一九七七年十月），頁七八－八九。
梁容若、黃得時合著：〈重訂中國文學史書目〉，《幼獅學誌》六卷一期（一九六七年五月），頁一－三六。
梅家玲：〈《中外文學》與中國／臺灣文學研究——以「學院派文學雜誌」為視角的考察〉，《中外文學》四一卷四期（二〇一二年十二月），頁一四一－七四。
——：〈夏濟安、《文學雜誌》與臺灣大學——兼論臺灣「學院派」文學雜誌及其與「文化場域」和「教育空間」的互涉〉，《臺灣文學研究集刊》創刊號（二〇〇六年二月），頁六一－一〇二。
——：〈戰後初期臺灣的國語運動與語文教育——以魏建功與臺灣大學的國語文教育為中心〉，《臺灣文學研究集刊》七期（二〇一〇年二月），頁一二五－六〇。

許俊雅：〈回首話當年——論夏濟安與《文學雜誌》〉（上）、（下），《華文文學》五三期（二〇〇二年十二月）頁一三－二二，二五、五四期（二〇〇三年一月）頁五五－六四，六九。

陳世驤：〈中國詩之分析與鑒賞示例〉，《文學雜誌》四卷四期（一九五八年六月），頁四－一六。

——：〈關於傳統．創作．模仿——從「香港——一九五〇」一詩說起〉，《文學雜誌》四卷六期（一九五八年八月），頁四－六。

陳建忠：〈「美新處」（USIS）與臺灣文學史重寫〉，《國文學報》五二期（二〇一二年十二月），頁二一一－四二。

陳若曦：〈巴里的旅程〉，《現代文學》二期（一九六〇年五月），頁八六－九一。

陸胤：〈清末「蒙學讀本」的文體意識與「國文」學科之建構〉，《文學遺產》二〇一三年三期，頁一二二－三六。

傅斯年：〈怎樣做白話文〉，《新潮》一卷二期（一九一九年二月），頁一七一－八四。

單德興：〈《中外》之中／外〉，《中外文學》二八卷八期（二〇〇〇年一月），頁七－一二。

彭歌：〈夏濟安的四封信〉，《中外文學》一卷一期（一九七二年六月），頁一〇八－一一六。

黃怡菁：〈文學史的書寫形態與權力政治——以《中華民國文藝史》為觀察對象〉，《臺灣學誌》創刊號（二〇一〇年四月），頁七五－九七。

楊宗翰：〈《文學雜誌》與臺灣現代詩史〉，《臺灣文學學報》二期（二〇〇一年二月），頁一五七－七八。

楊振聲：〈新文學在大學裡——大一國文習作參考文選序〉，《國文月刊》二八、二九、三〇期合刊

（一九四四年十一月），頁二－三。
葉維廉：〈攸里賽斯在臺北〉，《現代文學》五期（一九六〇年十一月），頁八七。
葉慶炳：〈「中國古典文學論叢」在成長〉，《中外文學》八卷二期（一九七九年七月），頁四－五。
——：〈中國古典文學論叢出版感言〉，《中外文學》五卷一期（一九七六年六月），頁八一－八五。
廖咸浩：〈《中外文學》的再生〉，《中外文學》二八卷八期（二〇〇〇年一月），頁二四－二七。
——：〈不流俗的堅持〉，《中外文學》二一卷一期（一九九二年六月），頁五－六。
——：〈在最壞與最好的時代——《中外文學》三十週年有感〉，《中外文學》三一卷一期（二〇〇二年六月），頁七－九。
廖炳惠：〈文學研究在千禧——解讀十年來的《中外文學》〉，《中外文學》二八卷八期（二〇〇〇年一月），頁一三－一六。
廖朝陽：〈專號的意識形態（代序）〉，《中外文學》一七卷一〇期（一九八九年三月），頁四－九。
臺靜農（署名孔嘉）：〈紀錢牧齋遺事〉，重慶《七月》月刊五卷四期（一九四〇年十月），頁一七三－一七四。
——：〈女真族統治下的漢語文字——諸宮調〉，《中外文學》一卷一期（一九七二年六月），頁六－二〇。
——：〈「謝本師」周作人——老人的胡鬧〉，《抗戰文藝月刊》七卷六期（一九四二年六月十五日），頁四〇四－四〇六。
——：〈黨錮史話〉，上海《希望月刊》二卷四期（一九四六年十月）。
——：〈讀知堂老人的《瓜豆集》〉，重慶《文壇半月刊》二期（一九四二年四月五日），頁二。

褚昱志：〈五〇年代的《文學雜誌》與夏濟安〉，《臺灣文學觀察雜誌》四期（一九九一年十一月），頁六八－七六。

趙苗：〈日本中國文學史觀的建構——一八八二－一九一二〉，《華文文學》一三九期（二〇一七年二月），頁六四－七一。

劉正忠、梅家玲：〈近現代文學的「今古之辨」與「今古之變」〉，《中國現代文學》三七期（二〇二〇年六月），頁一－一二。

劉紀蕙：〈《中外文學》之本土轉向〉，《中外文學》二八卷八期（二〇〇〇年一月），頁一七－二一。

劉紹銘著，白先勇譯：〈烈女〉，《現代文學》三四期（一九六八年五月），頁一七二－八九。

——：〈懷濟安先生〉，《現代文學》二五期（一九六五年七月），頁四－一三。

歐陽子：〈木美人〉，《現代文學》一〇期（一九六一年九月），頁四三－四五。

——：〈論《家變》之結構形式與文字句法〉，《中外文學》一卷一二期（一九七三年五月），頁五〇－六七。

歐陽軍喜：〈在中西新舊之間穿行——五四前後的清華國文教學〉，《清華大學學報》二〇一三年三期，頁三八－四六。

鄭振鐸（西諦）：〈關於文學原理的重要書籍介紹〉，《小說月報》一四卷一期（一九二三年一月），頁一－一一。

應鳳凰：〈劉守宜與「明華書局」、《文學雜誌》〉（上）、（下），《文訊月刊》二〇期（一九八五年十月），頁三二一－三〇、二一期（一九八五年十二月），頁三〇九－一八。

謝循初：〈今日大學課程編制問題〉，《安徽大學季刊》一九三六年一期，頁一－一四。

叢甦：〈攸里賽斯在新大陸〉，《現代文學》八期（一九六一年五月），頁八九－九〇。

——：〈盲獵．後記〉，《現代文學》一期（一九六〇年三月），頁四七。

——：〈蝶的悲喜劇〉，《現代文學》三七期，（一九六九年三月），頁九七－一〇三。

顏元叔：〈苦讀細品談《家變》〉，《中外文學》一卷一一期（一九七三年四月），頁六〇－八五。

——：〈細讀洛夫的兩首詩〉，《中外文學》一卷一期（一九七二年六月），頁一一八－一三四。

魏建功：〈大學一年級國文的問題〉，《高等教育季刊》二卷三期（一九四二年九月），頁三二－四八。

——：〈答朱孟實先生論大一國文教材兼及國文教學問題〉，《高等教育季刊》二卷三期（一九四二年九月），頁五六－六一。

羅門：〈一個作者自我世界的開放——與顏元叔教授談我的三首死亡詩〉，《中外文學》一卷七期（一九七二年十二月），頁三二－四七。

蘇子中：〈「旋轉呀旋轉——在不斷向外擴張的漩渦中」：《中外文學》四十而不惑？〉，《中外文學》四一卷三期（二〇一二年六月），頁一五七－八三。

三ツ井崇著，李欣潔譯：〈開化期朝鮮的「國文」與漢字／漢文的糾葛〉，《東亞觀念史集刊》三期（二〇一二年十二月），頁一一九－六五。

安田敏朗著，呂美親譯：〈日本「國語」的近代〉，《東亞觀念史集刊》三期（二〇一二年十二月），頁七一－一一七。

Joyce, James作，朱南度譯：〈出殯——摘自《優里西斯》地獄篇〉，《現代文學》四期（一九六〇年九月），頁二八－三二。

——作，夏里譯：〈阿拉伯商展〉，《現代文學》四期（一九六〇年九月），頁三三－三七。

——作，淨玉譯：〈微雲〉，《現代文學》四期（一九六〇年九月），頁四四－五四。

——作，歌樂譯：〈公寓〉，《現代文學》四期（一九六〇年九月），頁三八－四三。

Kafka, Franz作，張先緒譯：〈判決〉，《現代文學》一期（一九六〇年三月），頁二四－三一。

——作，張惠鍞譯：〈蛻變1〉，《現代文學》一七期（一九六三年六月），頁一三一－四一。

——作，張惠鍞譯：〈蛻變2〉，《現代文學》一八期（一九六三年九月），頁一一八－三八。

——作，歐陽子譯：〈鄉村醫生〉，《現代文學》一期（一九六〇年三月），頁三五－三六。

Rahv, Philip作，高誠譯：〈論卡夫卡及其短篇小說〉，《現代文學》一期（一九六〇年三月），頁一〇－一六。

四、學位論文

尹和重：《老殘遊記研究》（臺北：中國文化大學中文所碩士論文，一九七〇）。

林瑞明：《晚清譴責小說的歷史意義》（臺北：國立臺灣大學歷史所碩士論文，一九七七）。

徐筱薇：《戰後臺灣現代主義思潮之出發：以《自由中國》、《文學雜誌》為分析場域》（臺南：國立成功大學臺文所碩士論文，二〇〇四）。

陳幸蕙：《二十年目睹之怪現狀研究》（臺北：國立臺灣大學中文所碩士論文，一九七七）。

陳雅湞：《中外文學一九八七年至一九九六年間的當代西方文學批評與理論》（高雄：國立中山大學外文所碩士論文，一九九七）。

歐素瑛：《傳承與創新：戰後初期的臺灣大學（一九四五－一九五〇）》（臺北：國立臺灣師範大學歷史系博士論文，二〇〇四）。

鍾越娜：《晚清譴責小說中的官吏造型》（臺中：東海大學中文所碩士論文，一九七七）。

五、研討會論文

曾巧雲：〈認同論述與文學史觀——談一九九五年到一九九六年間《中外文學》的一場論戰〉，「島嶼，島語——成大臺文所第二屆研究生論文發表會」宣讀論文（臺南：國立成功大學臺灣文學系，二〇〇三）。

六、報刊雜誌

〈國內碩彥咸集本校．風雲際會盛極一時．新聘教授近四十名〉，《國立臺灣大學校刊》二五期（一九四九年三月）。
〈傅斯年簽出期票一紙，一年半內辦好臺大〉，《公論報》（一九四九年四月十六日）。
〈談本省教育〉，《公論報》（一九四八年七月六日）。
《國立臺灣大學校刊》九期（一九四八年三月一日）。
《國立臺灣大學校刊》三八期（一九四九年九月二十日）。
《國立臺灣大學校刊》五期（一九四七年十二月一日）。
《國立臺灣大學校刊》四五期（一九四九年十一月二十一日）。
《臺大校訊》二五期（一九四九年三月五日）。
《臺大校訊》三期（一九四七年十一月一日）。
吳守禮：〈臺灣人語言意識側面觀〉，《新生報．國語》一期（一九四六年五月二十一日）。

李竹年：〈我對於本校國文教學的意見〉，《國立臺灣大學校刊》一〇期（一九四八年三月十六日）。

李渝：〈來自伊甸園的消息——女動物學家和猩猩的故事〉，《中國時報．人間副刊》（一九九五年五月八－九日，三九版）。

張則貴：〈三十七年度國語文教育問題〉，《國立臺灣大學校刊》一〇期（一九四八年三月十六日），七版。

郭強生、林慧娥整理：〈《文學雜誌》、《現代文學》、《中外文學》——對臺灣文學深具影響的文學雜誌〉，《中央日報．中央副刊》（一九八八年十一月十七日）。

傅斯年：〈國立臺灣大學第四次校慶演說詞〉，《臺灣大學校刊》四五期（一九四九年十一月二十一日）。

臺靜農（署名「孔嘉」）：〈出版老爺〉，重慶《新蜀報．蜀道副刊》（一九四〇年五月二十四日）。

——：〈關於販賣牲口〉，重慶《新蜀報．蜀道副刊》（一九四〇年五月二十八日）。

——：〈被侵蝕者〉，《文摘戰時旬刊》（一九三九年二月二十一日）。

——：〈電報〉，重慶《全民抗戰》（一九三九年二月五日）。

——：〈談「倭寇底直系子孫」〉（重慶《抗戰文藝周刊》（一九三九年一月二一日）。

魏建功：〈臺語即是國語的一種〉，《新生報．國語》五期（一九四六年六月二十五日）。

七、網路資料

「文訊大事紀」，文訊官網，https://www.wenhsun.com.tw/aboutussite/wenhsun_us?active=in_the_eyes

「楊牧大事年表」，楊牧數位主題館官網，http://yang-mu.blogspot.com/#about

八、其他

湯舒雯：〈西方現代主義旅行／變形記：以《現代文學》中的卡夫卡、喬埃斯、海明威為考察對象〉（未刊稿）。

臺大課務組課程表（民國三十七－五十學年度）。

知識叢書 1137

文學的海峽中線：從世變到文變

作　者——梅家玲
「渡越／Crossing」書系主編——梅家玲
人文科學線主編——王育涵
特約編輯——蔡宜真
校　對——梅家玲、黃國華、李筱涵、林文心、蔡宜真、胡金倫
美術設計——倪旻鋒
內頁排版——立全電腦印前排版有限公司

總編輯——胡金倫
董事長——趙政岷
出版者——時報文化出版企業股份有限公司
一〇八〇一九 台北市和平西路三段二四〇號七樓
發行專線—（〇二）二三〇六六八四二
讀者服務專線—〇八〇〇二三一七〇五
（〇二）二三〇四七一〇三
讀者服務傳真—（〇二）二三〇四六八五八
郵撥—一九三四四七二四時報文化出版公司
信箱—一〇八九九臺北華江橋郵局第九九信箱
時報悅讀網——www.readingtimes.com.tw
時報人文科學線臉書／https://www.facebook.com/humanities.science
法律顧問——理律法律事務所　陳長文律師、李念祖律師
印　刷——家佑印刷有限公司
初版一刷——二〇二三年九月八日
定　價——新台幣五六〇元
（缺頁或破損的書，請寄回更換）

時報文化出版公司成立於一九七五年，
一九九九年股票上櫃公開發行，二〇〇八年脫離中時集團非屬旺中，
以「尊重智慧與創意的文化事業」為信念。

文學的海峽中線：從世變到文變 / 梅家玲作. -- 初版. -- 臺北市 : 時報文化出版企業股份有限公司, 2023.09
面; 14.8×21公分. -- (知識叢書 ; 1137)

ISBN 978-626-353-956-3(平裝)

1.CST: 中國文學 2.CST: 臺灣文學 3.CST: 文學評論 4.CST: 文集

820.7　　112008401

ISBN 978-626-353-956-3(平裝)
Printed in Taiwan